04

中文經典100句・古典小說

水滸傳

玄奘大學中文系主任　季旭昇教授　總策劃

文心工作室　編著

〈出版緣起〉

文字煮成的滿漢全席饗宴

季旭昇

滾滾長江東逝水，浪花淘盡英雄。是非成敗轉頭空：青山依舊在，幾度夕陽紅。

很熟的句子吧！

世人都曉神仙好，只有功名忘不了。古今將相在何方，荒塚一堆草沒了。

不但熟，好像還能唱喲！

這就是古典小說！

從詩經、楚辭到唐詩、宋詞、元曲，從左傳、戰國策到史記、漢書、後漢書、三國志，從孔、孟、荀、老、莊到唐宋八大家，光陰之箭從來沒有停止過，文人之筆也一直沒有停止過。

到了唐宋，說唱藝術開始興盛，內容也越來越精彩，「身後是非誰管得，滿街聽唱蔡中郎」，小說逐漸成形；到了明清，章回小說開始引領風騷，猗歟盛哉，「儂今葬花人笑癡，他年葬儂知是誰」，多少讀者跟著小說哭、跟著小說笑、跟著小說癡、跟著小說老。古典小說已經成

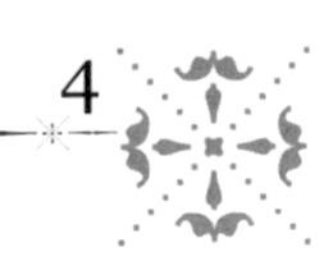

為我們生活中不可或缺的一部分了。

從「中文可以更好」系列開始，我們為大家加強糾正字詞成語，補充經典名著，奠下厚實的基礎之後，如今應該到了享受中文的時刻了。以文字煮成的滿漢全席——「中文經典一〇〇句・古典小說」即將上菜。每書精選一本經典小說中的名句近一〇〇則，就該名句的相關語文知識，提供一篇完整而實用的介紹。揉合現代生活，文字活潑，趣味性高。每一篇包括四大單元：

【原汁原味的閱讀】——介紹名句的出處，簡明而扼要，並且提供必要的字詞註解、讀音，完全讀懂。

【穿梭時空背景】——完整的介紹名句的背景，一篇就是一段完整的情節。

【品味賞析再延伸】——結合古今中外的發揮，最能表現本團隊的功力。

【上知天文，下知地理】——介紹名句背景中的相關知識，等於演唱會中的「安可」曲。

「中文經典一〇〇句・古典小說」系列維持以往的一貫風格，配合現代人的生活節奏，讓大家在「三上」的片刻空間中就可以讀完一回小說，記住一句名言，充實一生，感動無窮。

讀了本系列，你會覺得：

奔馳萬國，未必得知天下事；一展《三國》，卻能「古今多少事，都付談笑中」。

名校的紅樓，未必人人有幸就讀；十二金釵的《紅樓》，卻掃敬以待，隨時恭迎。

跟著導遊旅遊，得到的是油腔油調，浮光掠影；跟著老孫《西遊》，得到的是堅持理想，人生智慧。

且看《水滸傳》的忠肝義膽、《儒林外史》的嘻怒笑罵、《聊齋志異》的神鬼傳奇、《三言二拍》的高潮迭起、《老殘遊記》中的血淚交織……等，一部部精彩絕倫的小說，在我們的剪裁之下，都將成為滿漢全席上的珍饈佳餚。讓我們一起來品嚐小說中的酸甜苦辣、悲歡離合，欣賞小說中的宗廟之美、百官之富。

只要有青山夕陽，就有英雄美人；只要有英雄美人，就有小說故事，讓我們跟著哭、跟著笑、跟著癡、跟著老……。

（本文作者現爲玄奘大學中文系主任）

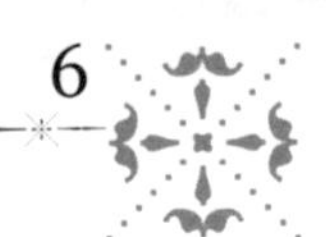

〈導讀〉

亂世裡的草澤奇雄

楊清惠

那是戾氣橫溢的時代，《水滸傳》付梓於即將天崩地坼的晚明。

明清之際的文人王夫之曾以「戾氣」概括明末的時代氛圍，錢謙益甚至視晚明為「劫末」，說普遍「殺氣」，說「刀途血路」，提及「救世」。落拓的半知識分子施耐庵，根據北宋徽宗宣和（一一一九～一一二五）年間，活動於山東、河北、河南、江蘇一帶，以宋江為首等三十六人事蹟，並取材自宋元說話藝人流傳的朴刀桿棒及公案故事，寫成一部梁山水邊的英雄傳奇。

天罡地煞下凡來

梁山泊一〇八條好漢本來是石碣封印的魔君，只因一場瘟疫，奉命尋找張天師的洪太尉誤走了天罡地煞，也揭開了《水滸傳》草澤英雄的聚義故事。在四大奇書中，歷來該書的版本最為複雜。魯迅《中國小說史略》概括為繁、簡兩系統：簡本，文簡事繁，乃書商為了盈利，濫加刊削而粗製濫造者。繁本，文繁事簡；共分三類：

● 百回本，《李卓吾先生評忠義水滸傳》（容與堂本）：包括招安、征遼、平方臘等情節。

● 百二十四回本，《忠義水滸全傳》（明末楊定見增編）：增添平田虎、王慶故事，首有乾隆元年（丙辰）陳枚序。

● 七十回本，《貫華堂第五才子書施耐庵水滸傳》（金聖嘆腰斬本）：楔子一回，起於洪太尉誤走天罡地煞，止於盧俊義一夢，坊間最通行本。

諸多版本異同，確實造成水滸一書主題意識費解，尤其是對於「招安」和「宋江」的看法多所扞格。清人金聖嘆稱本書是第五才子書，他將原書第一回改編為楔子，但仍保留與開篇首尾呼應的「天下太平」。而無論是驚惡夢或集體自殺，結局蒼涼死亡的意象，隱然迴照出世變時局的滄桑之感。李卓吾以為《水滸傳》「怨毒著書」，是民間表達對「亂自上作」的芻蕘狂議。所以，本書人間故事一開篇，不學無術的高俅躋登太尉，剛正俠義的王進反而被迫浪跡天涯。書中名句「用人之人，人始為用。恃己自用，人為人送」，可謂徽宗之最佳註腳，不僅為本書提綱挈領，也對歷史提出針砭。

此外，梁山好漢多魔性、煞氣，尤其是「天殺星」李逵。其中尚不乏為「應天數」而被「賺」上山者，包括秦明、朱仝、及盧俊義。天罡地煞的身分表徵，符合通俗小說星君臨凡的慣常模式；全傳本結束在宋江託夢，好漢們魂歸蓼兒洼，聚而復散、回歸仙班的神話架構，也充分顯現以煞止煞的民間信仰觀。

「逼」上梁山

雖說好漢們多是「逼上梁山」，論到無辜落難的代表，非八十萬禁軍總教頭林冲莫屬。祇因高俅螟蛉子偶遇林冲美貌娘子，竟惹得他鋃鐺入獄，甚至火燒草料場時險些送命。第十回風雪山神廟，林冲眼看火雪交織，聽聞一路提攜的同鄉陸謙，與人共謀加害自己。那紛飛霰雪與延燒烈焰，正說明他心中悲憤萬千。同樣的，第十六回楊志押送生辰綱，炎夏燥熱對比冰冷心機，又恰是世情冷／暖的寫照。《水滸傳》人文化的時空敘事，總是如此善用季節循環、冷熱意象作為情節舖墊，像是盂蘭盆節李逵截斷小衙內頭顱，魯達中秋滿月間辭世，都是鮮明的文學隱喻。

可這「逼」上梁山，倒未必盡是官逼民反。青面獸楊志固然時運不濟，誤沉了花石綱，開罪了高太尉；而梁山泊七星聚義首樁買賣——智取生辰綱，卻使他成了第一個受害者。他可說是亂世間進退失據的末路英雄，但只因為蔡京的生日禮物苦毒軍伕，也說明水滸英雄是有血有肉的。好漢，不祇是頂天立地，也可能擁有缺陷；於是，李逵純孝卻不免殘暴，魯達義氣卻難免性急，連天人武松，從容手刃張都監後，還不忘「越貨」。漢學家浦安迪主張《水滸傳》是綴段性結構，每十回為一個單位，二到三回是人物小傳。事實上，引人沉浸水泊世界的，還是那些英雄的個性化表現，以及傳奇經歷。

酒能成事，酒能敗事

一〇八條好漢，聲口、形狀、氣質各異，同樣寫粗鹵，魯達是性急，史進是少年任氣，李逵是蠻，武松則是豪邁不羈。好漢粗豪瀟灑，大多飢餐縱酒，先有魯智深醉鬧五臺山，後有武松景陽岡打虎，《水滸傳》藉著飲食設喻完成人物肖像。話說第二十三回陽穀縣盛傳「三碗不過岡」，要過路人閃避吊睛白額大蟲（虎），可好勝倔強的武都頭，偏以為酒家誆騙，一意孤行。待上山後遽見印信榜文，又因「回去時，須吃他取笑，不是好漢」，便索性上岡。恣飲十八碗的武松，趁著酒意酣眠。小說偏寫十月天氣晚得早，醉酒的他陷在暗夜裡與大蟲生死搏鬥，唯一的武器哨棒，又不幸擊中枯樹斷折，只好赤手空拳打死大猛虎。狂飲成癖，呈現水滸英雄近乎非常人的原始欲望，諸如此類，還有孫二娘黑店賣人肉，李逵以李鬼屍身佐飯等飢餐茹血的殘酷書寫。

不過，小說中飲食的描寫並不皆是正面的。景陽岡成就了打虎英雄，可十字坡武松栽在酒中迷藥，差點死於刀俎下。醉打蔣門神一事，更注定走上不歸路。試看第三十一回，血濺鴛鴦樓後，武都頭夜走蜈蚣嶺，醉倒的他竟被黃狗追趕撞入寒溪。曾經，他的怪力足以搏虎；而今，卻免不了為犬窘迫。淪為「殺人者」武松，此刻已經退無可退了。

用飲食刻畫兄弟情誼，應是《水滸傳》令人動容的「閒筆」。如果說，林沖與魯智深不打不相識，是相逢意氣為君飲，寫出好漢的惺惺相惜。那麼，第一百二十回飲下毒酒的李逵，喟嘆淚下道：「罷，罷，罷！生時服侍哥哥，死了也只是哥哥部下一個小鬼！」，就不禁讓讀者為之戚然。所謂「姓名各異死生同，慷慨偏多計較空」，竟似這般。

武松腳邊的那盆火

要說酒能敗事的，第二十四回王婆貪賄說風情，堪稱典範。三姑六婆的偷情妙計「十挨光」，端賴酒做色媒人來成就。而醉罵潘巧雲，卻使偷漢的她得以先下手為強。若不是楊雄酒後吐真言，石秀也不必演出翠屏山為己明冤的戲碼。

作為奇書，施耐庵駕馭經典鉅制，能犯亦能避，處處可見才子之筆。《水滸傳》章法謹嚴，

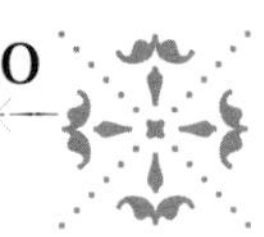

已有奇絕的景陽岡打虎，後面卻又有沂水縣殺虎；寫武松打虎純是精細，寫李逵殺虎則是大膽。縱觀全書，雷同情節再現之中，能彰顯各自精彩處的，該算三個淫婦故事——潘金蓮、潘巧雲、閻婆惜。

讀者必不陌生武松殺嫂一事，可是同為殺嫂，武松與石秀的異樣心事，倒值得一提。先說作者刻意讓兩個女人同姓，一樣有著花容月貌。金蓮有雙搖曳生姿的小腳，巧雲誕生在七夕情人節。本是青春年華，金蓮卻因失身張大戶慘遭賤賣武大郎，巧雲則喪夫再嫁世曹刑劊手。兩人分別勾搭上破落戶西門慶，以及六根不淨的和尚裴如海。但武松殺嫂並非懲戒淫婦，主要還是為兄報仇，這與忽於長街偶遇，只和楊雄義結金蘭的石秀，無疑不同。

堂堂七尺男兒武松，有個三寸丁的哥哥武大。雖然外貌迴不相似，但兄弟情深。挨家挨戶拜求母乳的武大，不僅是武松長兄，更恩同父母。因此，第二十三回十二月雪天日中，武松腳邊簇的那盆爐火，讀者就不得不再作思量。只見武松踏著亂玉碎瓊歸來，潘金蓮即暖酒滿杯送至面前，雲鬢半嚲的婦人借酒、火情挑，小說行文明指潘金蓮「欲心如火」，沉默不快的武松，始終簇火不應。

水滸英雄大半不好女色，可「眼裡認得嫂嫂，拳頭卻不認得嫂嫂」的打虎英雄，悍然拒絕之前，翻攪著那熊熊盆火，是否也有些心理掙扎呢？不能選擇婚姻的潘金蓮、情場聖手的西門慶、鴆酒殞命的武大，加上避嫌出走的武松。如果不是忌憚打虎英雄神力，私通的兩人會不會下毒手？武松倘使一走了之，乾脆私奔的淫婦還會不會死？若使，不停擾動爐火的那隻手曾有些遲疑，也許更會增添飲食男女的世情悲慨。小說中遺留的空白，不僅無損武松英姿，反而讓他的復仇染上幾分悲劇色彩。無怪乎他位列「天傷星」，結局折臂出家，傷人又自傷。

至於第四十六回教唆楊雄開腸破肚的石秀，既精細又狠毒。他能夠明查暗訪洗刷冤屈，也彷彿讓讀者看見那個祝家莊探路的尖利英雄。而不好女色的，還有宋江。對他而言，閻婆惜只是居於外室的女人，連正妻也談不上。她被殺既不為出軌，也無關癡戀，純粹是扣留招文袋勒索送命而已。這個角色意在陪襯宋江與梁山好漢的義氣，以及為第一把交椅落草提供時機。

名句是《水滸傳》梁山水寨傳奇的楔子，全傳本保留說書套語的詩句，能為章回點睛。如「只為衣冠無義俠，遂令草澤見奇雄」頗足以概括全書精神風貌，「須知酒色本相連，飲食能成男女緣」預示了風月筆墨從《水滸傳》而來的文學基因。更重要的是，語言通俗白描而簡約深刻，未嘗不是白話小說諧於里耳的趣味所在。

（本文作者現爲華梵大學中國文學系助理教授）

施耐庵與《水滸傳》內容簡介

《中文經典一〇〇句——水滸傳》以名句貫穿全書，介紹元末明初人施耐庵忠肝義膽的白話章回小說，有百回本，百十回本，百十五回本，百二十回本。內容敘述宋末俠盜宋江等一百零八條綠林好漢，嘯聚山東梁山泊，後受朝廷招安的故事。另有通行的七十回本，是由清初金聖歎所批改。《水滸傳》的故事中，「林沖夜奔」、「楊志賣刀」、「武松打虎」、「石秀殺嫂」、「三打祝家莊」等橋段，膾炙人口。與《紅樓夢》、《三國演義》、《西遊記》並稱「四大名著」。

【施耐庵簡介】

施子安，字耐庵，元末明初人，生卒年與生平均不詳。元末時居官錢塘，與當政權貴不合，於是棄官歸，閉戶著書，著有《水滸傳》等書。

【水滸傳內容簡介】

一、引子（第一回）

宋仁宗嘉祐三年，東京瘟疫盛行，殿前太尉洪信奉命前往江西龍虎山，請張真人赴京城修設羅天大醮，以禳天災；就在洪太尉於龍虎山遊覽風景時，闖進了伏魔殿，放走了被鎮鎖在殿中的三十六天罡、七十二地煞，共一百八個魔君，闖下大禍。

二、聚義

第二至三回——史進

宋朝皇帝由仁宗、英宗、神宗、哲宗至徽宗，市井無賴高俅發跡，成了殿帥府太尉。高俅掌權後，挾怨報仇，迫使八十萬禁軍教頭王進攜母逃往延安府，途中借宿於史進家，並收九紋龍史進為徒；後來史進因與朱武、楊春等人結識而被告發，又不想上少華山落草，便往延安府投靠師父王進，在渭州與提轄魯達相識。

第四至七回——魯智深

魯達仗義救助金氏父女時，失手打死當地惡

霸鄭屠，只得逃往他鄉避禍，在五臺山削髮為僧，被智真長老賜名為智深。由於魯智深不守寺院戒規，所以智真長老舉薦他投往東京大相國寺，沿途大鬧桃花村，教訓了企圖強占民女的周通，結識了桃花山的頭領；又遇上了史進，並與他聯手殺了惡僧道。魯智深在東京大相國寺看守菜園，在演習武藝時與林沖初識，互相仰慕對方之名，最後結為兄弟。

第八至十一回——林沖

高俅的乾兒子高衙內當街調戲林沖的妻子，被林沖呵斥，高衙內懷恨在心，因此設下圈套使林沖誤入白虎堂，發配滄州；又買通押役在野豬林殺害林沖，幸虧魯智深挺身相救。押解途中，林沖投宿柴進莊上，兩人一見如故。高俅仍要置林沖於死地，先在大雪紛飛的時節，將林沖派去守草料場，再派人到草料場縱火，企圖殺死林沖；林沖大怒，殺了高俅所派的來人，雪夜上梁山。

第十二至十七回——楊志、吳用、劉唐、阮氏三兄弟、公孫勝

梁山泊首領王倫，嫉賢妒能，不願收留林沖，林沖被迫下山取「投名狀」時，與失陷了花石綱的軍官楊志交手，楊志不願在梁山泊落草，仍舊回到東京。楊志因變賣祖傳寶刀時，與潑皮牛二起衝突，殺了牛二後充軍大名府；幸好得到大名府留守梁中書賞識，派他護送生辰綱到東京給蔡京祝壽。吳用說服阮氏三兄弟入夥，加入他與晁蓋、公孫勝、劉唐等人在黃泥岡智取生辰綱的計畫；當楊志失陷生辰綱後，只得逃往他鄉避難，途中遇到魯智深及林沖徒弟曹正，便聯手攻上二龍山，占山為王。

第十八回至第二十二回——宋江

生辰綱案爆發後，鄆城縣押司宋江為晁蓋通風報信，晁蓋等人逃往石碣村，並利用湖泊地形打敗官軍；王倫雖帶領山上頭領出來迎接晁蓋等人，但又不願接納他們，林沖等人火併王倫，推舉晁蓋為山寨首領。而晁蓋為了報答宋江救命之恩，派劉唐給宋江送信贈金，宋江不肯收酬金，寫了封信交劉唐帶給晁蓋。

宋江為人樂善好施，仗義相助，周濟閻婆母女，其女閻婆惜以身相許，但又水性楊花，與宋江同房押司張文遠勾搭上了，此時，正好發現了

宋江寫給晁蓋的書信，便以告官相威脅、敲詐財物，並想離開宋江，與張文遠在一起，宋江一時怒起，殺了閻婆惜後逃往滄州柴進處避難，與同在莊上避難的武松相識。

第二十三回至三十一回——武松

武松離開柴進莊後，回家探望哥哥武大，路過景陽岡，乘著酒興打死了一隻猛虎，當了陽穀縣步兵都頭。武松到武大家裡，發現嫂子潘金蓮是個水性楊花的女人，當面怒斥她的醜行，與潘金蓮翻臉。當地惡霸西門慶買通王婆，與潘金蓮通姦，潘金蓮趁著武松去東京的機會，毒死武大；武松回來後，向官府告發，官府卻收受西門慶賄賂，不肯受理，為報兄仇，武松因此殺死西門慶、潘金蓮，並向官府自首。武松被刺配孟州，為報管營之子施恩賞識之義，醉打蔣門神，奪回被霸占的快活林，但也因此得罪了張都監、張團練等人。這些人設計陷害武松，武松又被刺配恩州。張都監派人在非雲浦謀殺武松，但武松早有防範，殺死公人後，又回到孟州城殺死張都監、蔣門神等人，幸好在十字坡得到張青、孫二娘的協助，改扮為行者逃走。

第三十二回至三十五回——花榮、秦明

在孔太公莊上又遇上了宋江，十數日後武松到二龍山投奔魯智深，宋江則到清風寨探望武知寨花榮，途中遇上王英等人，被文知寨劉高老婆誤會，後來被劉高捉住，花榮為救出宋江，兩人大鬧清風寨，又說服了青州知府的兵馬統制秦明歸降。最後，一行人投奔梁山泊。途中遇到石勇傳假信，說宋江父親病故，因此連忙趕回家中奔喪，但回家只見父親健在，原來是宋江父親怕他上山落草，要人傳喚他回家；不料當晚鄆城縣便派人圍住宋家莊，緝拿宋江歸案，發配江州。花榮等人在宋江回家後，便到梁山入夥。

第三十六回至四十一回——戴宗、李逵、張順、穆弘、李俊、張橫

宋江在往江州途中，路經梁山泊，劉唐要救宋江上山，宋江不肯，吳用只得寫信給江州牢城押牢節級戴宗，請他相助宋江；路過揭陽嶺、潯陽江皆結識了眾好漢。在江州又與節級戴宗、牢子李逵結為好友；李逵到江邊向漁船討鮮魚要款待宋江時，與張順發生爭執，直到宋江、戴宗趕來勸阻才和好。但在潯陽樓上，宋江乘酒興題寫

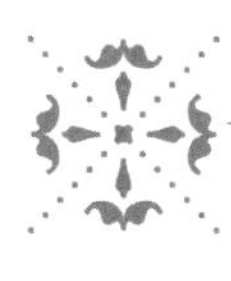

了兩首詩詞，被通判黃文炳以反詩罪名告到江州蔡九知府處，被判死刑。戴宗送蔡九家書到東京給父親蔡京時，被下藥麻翻，引戴宗上梁山泊與晁蓋等人商議搭救辦法。戴宗先傳了一封假信給蔡九知府，但被蔡九識破，害戴宗也要一起喪命。因此，梁山泊好漢與眾江湖英雄不約而同往江州劫法場，在白龍廟小聚義，在宋江領眾人擒殺黃文炳，以雪冤仇之後，便一起上了梁山。從此，梁山泊以晁蓋為首，宋江為副首領，日益興旺。

第四十二回至四十六回——楊雄、石秀

宋江下山接父，被追捕，逃入九天玄女廟，得九天玄女授天書；宋江被救回梁山後，公孫勝回薊州探望母親，李逵也要回沂州接母親。李逵在路上，殺了假李逵；回山途中，又殺了四隻老虎。慶功時被假李逵的妻子告發，遇救後將朱富等人帶回梁山；宋江派戴宗下山找公孫勝，結識了石秀、楊雄。楊雄妻潘巧雲與和尚裴如海私通，石秀、楊雄殺了裴、潘兩人，準備同往梁山泊安身，正巧遇上時遷，三人結伴同行。路過祝家莊借宿，時遷因偷吃店家的報曉公雞而發生爭鬥，最後時遷被捉，石秀、楊雄逃往梁山泊。

第四十七回至五十回——解珍、解寶、李應

宋江領兵攻打祝家莊，前兩次均失利。與此同時，在登州發生了獵戶解珍、解寶被惡霸地主毛太公誣陷入獄事，正巧解氏兄弟有親戚樂和在牢中任小牢子，樂和便串聯顧大嫂、孫立、鄒淵等劫牢，救出解氏兄弟後投奔梁山入夥。吳用利用孫立與祝家莊教頭的師兄弟關係，使孫立等人進入祝家莊，裡應外合，終於攻破祝家莊；同時計誘李應等人上梁山入夥。

第五十一回至六十回——雷橫、朱仝、柴進、徐寧、呼延灼

鄆城縣都頭雷橫因受知縣的相好白秀英侮辱，打死白秀英，被捕入獄；都頭朱仝在押解雷橫赴濟州途中，故意放走雷橫，而被刺配滄州。滄州知府愛惜朱仝，將他留在府內使喚；但吳用、雷橫為邀朱仝入夥，李逵趁朱仝帶知府兒子觀燈的機會，殺死知府兒子，迫使朱仝隨吳用等人上山。高唐州知府高廉的舅子殷天錫強占柴進叔父的花園，被住在柴進莊中的李逵打死，柴進因此陷入死牢。宋江派戴宗、李逵去薊州請回公

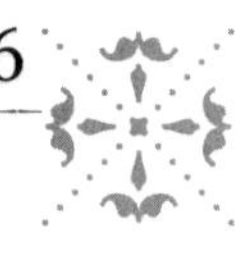

孫勝，破高廉妖法，救出了柴進。高俅得知弟弟高廉被殺，奏請朝廷調兵征討，並保舉呼延灼為兵馬指揮使，征剿梁山。吳用則派時遷至東京偷盜金槍班教師徐寧的祖傳寶貝雁翎甲，引誘徐寧上山，徐寧上山後教授鉤鐮槍，大破呼延灼的連環馬。呼延灼兵敗後，投靠青州知府，並奉命征剿桃花山、二龍山、白虎山等山寨，為了聯合抵抗官軍，魯智深、楊志、武松與其他三山好漢請宋江出兵合力攻打青州，在吳用之計與宋江的歸勸下，呼延灼也歸順了梁山。魯智深為了邀史進等少華山好漢上梁山，隻身至華州搭救因行刺華州太守而被捕入獄的史進，但也因此身陷牢獄；吳用設計活捉賀太守，救出魯智深、史進。後來，曾頭市挑釁，晁蓋率兵攻打，卻中箭身亡。

第六十一回至六十三回——盧俊義、燕青

吳用為邀大名府富豪盧俊義上山，與李逵扮成算命先生與啞道童，給盧俊義算命，誘使盧俊義去泰安；途經梁山泊時，活捉了盧俊義，勸他入夥，但盧俊義不肯在梁山泊落草，此時吳用設計先放隨行管家李固回到大名府，假傳盧俊義已歸順梁山的消息，欲絕其後路。果然，等盧俊義回家後，管家李固已與盧妻賈氏私通，家人燕青也被逐出家門，李固還告發盧俊義，盧俊義被刺配沙門島。途中公人要害死盧俊義，幸好燕青射死公人，救出盧俊義，但因盧俊義受傷，又被捉回，判了死刑。石秀劫法場，但寡不敵眾，也被捕入獄。宋江率大軍攻打北京，欲救出盧俊義及石秀，但因東京增援，北京久攻不下。

第六十四回至第七十一回——關勝、索超、董平、張清

關勝是東京派往北京救援的領兵指揮使，呼延灼用計誘使關勝被俘，關勝與宣贊等人歸順梁山；之後，宋江再次攻打北京，活捉了索超，但因背上長瘡，只能退兵，經神醫安道全治癒後，宋江再次率軍攻打北京，總算救出了盧俊義、石秀。宋江等人最後為晁蓋報了仇，又收降董平、張清。至此，一百零八條好漢聚義梁山泊，天降石碣，原來一百零八人是天罡星、地煞星降世，英雄們分排座次。

三、招安

宋江透露願意接受招安的想法，遭到李逵、

魯智深等人的強烈反對；後來朝廷派陳宗善太尉來招安，阮小七倒換御酒、李逵扯旨罵欽差，因此朝廷又派武力征剿，但梁山泊兩次贏童貫、三次打敗高俅，最後宋江通過宿元景、李師師讓皇帝知道內情，同意招安。

四、征遼、征田虎、征王慶、征方臘

宋江全夥受招安後，被朝廷派去征遼、征田虎、王慶，皆大勝歸來。最後又去征方臘，但在征方臘中，死傷過半，雖然仍平了方臘之亂，但最後僅剩二十七人。

五、神聚蓼兒洼

朝廷內的奸臣為斬草除根，假傳御酒，毒死了宋江、盧俊義，而宋江臨死前又怕李逵造反，也讓李逵喝下毒酒。之後，吳用、花榮在宋江墓前自縊。後來宋徽宗夢遊梁山泊，知道了實情，建立祠堂，宋江等人被封侯成神。

《水滸傳》人物簡介

水滸英雄——三十六天罡

1天魁星：宋江（呼保義）

仗義疏財，樂於助人，廣交天下好漢，人稱及時雨；因救助晁蓋等人上梁山的事情暴露而殺死閻婆惜，被發配充軍江州，最後上梁山聚義，接替晁蓋成為梁山泊的第三任首領。他打出「替天行道」的旗號，接受招安後又指揮征討遼國、田虎、王慶、方臘的戰爭。

2天罡星：盧俊義（玉麒麟）

原為北京大名府富戶，儀表堂堂，武藝高強，棍棒天下無雙，人稱河北三絕。被宋江、吳用設計引誘仍不願上山入夥，後來因管家李固與妻子通姦而向官府告發他私通梁山，身陷牢獄後被救上山，任山寨副首領。與宋江分任正副先鋒率軍征遼、滅田虎、剿王慶、打方臘，最後與宋江同樣被蔡京等奸臣下毒殺害。

3天機星：吳用（智多星）

廣讀書，善謀略，組織策畫並參加劫取生辰綱，事發後設計擊退追兵投奔梁山；他以軍師的身分，和晁蓋、宋江密切配合，參與梁山義軍的重大決策，取得了一次次勝利。他與宋江交情甚厚，得知宋江被害後，自縊於宋江墓前。

4天閒星：公孫勝（入雲龍）

羅真人的徒弟，幼習武藝，後學道術，能呼風喚雨、騰雲駕霧，宋江接受招安後，回薊州出家。

5天勇星：關勝（大刀）

三國名將關羽的子孫，自幼熟讀兵書，精通武藝，使一口青龍偃月刀。原任蒲東巡檢，在率兵征剿梁山時，解了大名府之圍；後來被設計活捉歸順梁山。在征遼、滅田虎、剿王慶、打方臘的戰爭中，屢建戰功，被朝廷封為大名府正兵馬總管，後來得病身亡。

6天雄星：林沖（豹子頭）

原為東京八十萬禁軍教頭，因高俅之子高衙內陷害，在家破人亡、忍無可忍的情況下，林沖殺了高俅的爪牙，雪夜投奔梁山。他智勇雙全，武藝高強，戰功卓著；但在征滅方臘班師回朝途中，患風癱病，留在杭州六和寺中由武松照料，半年後過世。

7天猛星：秦明（霹靂火）

原任青州指揮司總管兵馬統制，因性急如火，人稱霹靂火；在奉命剿捕清風山時，被花榮等人設計活捉歸降，並娶了花榮之妹為妻，隨眾人上梁山入夥。他英勇善戰，屢立戰功，最後在征討方臘攻取清溪縣時陣亡。

8天威星：呼延灼（雙鞭）

宋朝開國名將呼延贊的子孫，原任汝寧郡都統制，在率兵征剿梁山失敗後，被捉歸順。他武藝高強，英勇善戰，剿滅方臘後被封為御營兵馬指揮使，後領軍征伐金兀朮四太子，出軍殺至淮西陣亡。

9天英星：花榮（小李廣）

原為青州府清風寨武知寨，儒雅俠氣，武藝高強，箭無虛發，百發百中；因與清風寨文知寨劉高不合，遭劉高陷害被逼上梁山。剿滅方臘後任應天府兵馬都統制，得知宋江被毒害身亡後，與吳用至宋江墓前自縊。

10天貴星：柴進（小旋風）

後周柴世宗的子孫，因祖上有陳橋讓位之功，宋太祖敕賜丹書鐵券；他仗義疏財，接納四方豪傑，周濟過王倫、林沖、武松、宋江等，人稱柴大官人。因其叔柴皇城被高唐周知府的妻弟欺凌，弄得家破人亡，梁山好漢將他從牢中救出，上梁山入夥。征討方臘勝利後，被封橫海軍滄州都統制，但他不願為官，辭官返鄉為民，無疾而終。

11天富星：李應（撲天鵰）

山東鄆州獨龍岡李家莊莊主，為人仗義疏財，武藝高強；他與祝家莊、扈家莊訂立攻守同盟，但因祝家莊不合作而反目。在梁山英雄攻破祝家莊後，吳用設計引誘他上梁山聚義；剿滅方

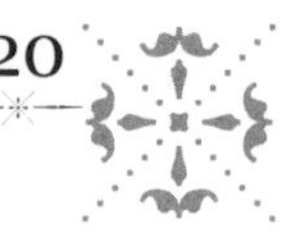

臘被封中山府鄆州都統制，他推病辭官，與杜興仍回獨龍岡為民。

12天滿星：朱仝（美髯公）

因長得面似三國英雄關羽，鬚長一尺五，人稱美髯公；原任鄆城縣兵馬都頭，與晁蓋、宋江、雷橫等意氣相投，先後仗義捨身相救，後被吳用設計引上梁山。剿滅方臘後被封保定府都統制，後隨劉光世抗擊金兵，官至太平軍節度使。

13天孤星：魯智深（花和尚）

本名魯達，原任渭州經略府提轄，性格豪爽，為人仗義；因救助金氏父女而打死惡霸鄭屠，逃至五臺山削髮為僧，法名智深。他在東京大相國寺供職時與林沖結拜為兄弟，與楊志、曹正等人占據了青州二龍山，打家劫舍，後隨眾上梁山聚義。他英勇善戰，屢建戰功，反對招安；在征討方臘時捉拿方臘有功，最後班師途中，在杭州六和寺坐化善終。

14天傷星：武松（行者）

因在景陽岡打死猛虎而被任為陽穀縣步兵都頭，但為報兄仇殺了西門慶、潘金蓮，被發配到孟州牢城服役，又因殺死仇人，在張青、孫二娘夫婦的幫助下扮成行者模樣，投奔到二龍山入夥，後來隨眾人上梁山聚義。在征討方臘攻取睦州時受傷致殘，不願回京，在杭州六和寺出家，後至八十善終。

15天立星：董平（雙槍將）

原任東平府兵馬都監，在與梁山英雄交戰時，被王英夫婦和張青夫婦活捉歸順梁山；他英勇善戰，但在征討方臘攻取獨松關時陣亡。

16天捷星：張清（沒羽箭）

虎騎出身，善打飛石，百發百中；原為東昌府兵馬都監，用飛石接連打傷梁山徐寧、呼延灼等十四員大將，後中吳用計策被阮氏兄弟活捉，歸順梁山。他生擒田虎，但在征討方臘攻取獨松關時陣亡。

17天暗星：楊志（青面獸）

他是三代將門之後、五侯楊令公之孫，曾應過武舉，做到殿司制使官。因押運生辰綱赴京途中，被晁蓋、吳用等人劫取，只得遠逃他鄉與魯智深、曹正等合夥占據二龍山打家劫舍，後隨眾上梁山聚義。他在征討方臘途中患病，病逝於丹徒。

18天佑星：徐寧（金槍手）

原為東京金槍班教師，梁山好漢為破呼延灼連環馬陣而將他引誘上山；征討方臘攻取杭州時，中毒箭身亡。

19天空星：索超（急先鋒）

原任北京留守司正牌軍管軍提轄，梁山英雄攻打北京時被活捉，後歸順梁山；征討方臘攻取杭州時遇害。

20天速星：戴宗（神行太保）

有道術，善神行法，日行八百里；原為江州兩院押牢節級，為救宋江而身陷牢獄，晁蓋率梁山好漢劫法場將他救上梁山。滅方臘後被封兗州府都統制，後來辭官到泰安州岳廟出家，大笑而終。

21天異星：劉唐（赤髮鬼）

自幼飄蕩江湖，專愛結交天下好漢；他是劫取生辰綱的最早發起人和參加者，事發後隨眾人上梁山入夥；他英勇善戰，屢建戰功，在征討方臘攻取杭州時陣亡。

22天殺星：李逵（黑旋風）

他無家無業，因打死人而逃走江湖，參加江州劫法場後隨眾人上梁山入夥；性格魯莽，嫉惡如仇，忠誠勇敢。在剿滅方臘後被封鎮江潤州都統制，最後因宋江死前怕他造反，令他喝下毒酒而死；他極力維護宋江的領導地位，最後義殉宋江。

23天微星：史進（九紋龍）

原為史家莊少莊主，先後拜李忠、王進為師；因與少華山寨主交往而被官府通緝，最後占少華山為王；又因救畫匠王義父女行刺華州賀太守而被捕入獄，宋江率兵將他救上梁山。征討方臘攻取昱嶺關時陣亡。

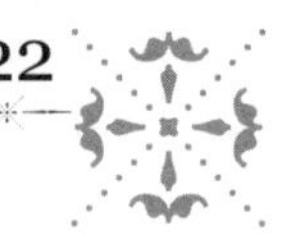

24天究星：穆弘（沒遮攔）

揭陽鎮富戶，與弟弟穆春號稱揭陽一霸；和李俊等人參加劫法場救宋江、戴宗的行動後，上梁山入夥。在征討方臘途中染瘟疫，病逝杭州。

25天退星：雷橫（插翅虎）

鐵匠出身，為人仗義，原任鄆城縣步兵都頭，先後私放被官府緝捕的好友晁蓋、宋江等人，因打死白秀英而獲罪入獄，押解途中被朱仝私放逃上梁山。征討方臘攻取德清時陣亡。

26天壽星：李俊（混江龍）

原在揚子江上撐船做私商為生，為揭陽嶺一霸，水性極好；他與張順等人參加江州劫法場救宋江、戴宗後，上梁山入夥。招安後，他主張殺回梁山重舉義旗，剿滅方臘後不願回京，與太湖豪傑費保等人乘船出海投化外國，後來做了暹羅國主。

27天劍星：阮小二（立地太歲）

原為山東濟州府石碣村漁民，與弟弟阮小五、阮小七並稱阮氏三雄。在吳用的邀請下，參與了劫取生辰綱的行動，事發後殺退追捕的官軍，隨眾投奔梁山；他水性好，武藝高強，臨危不亂，反對招安，在征討方臘攻取烏龍嶺時失利，自刎身亡。

28天平星：張橫（船火兒）

張順的哥哥，兄弟兩人為潯陽江一霸，水性好，善撐船；他與李俊等人參加江州劫法場救宋江、戴宗後，上梁山入夥。征討方臘途中染患瘟疫，病逝杭州。

29天罪星：阮小五（短命二郎）

原為山東濟州府石碣村漁民，與哥哥阮小二、弟弟阮小七並稱阮氏三雄。參與了劫取生辰綱的行動，事發後隨眾投奔梁山；他水性好，武藝高強，精明強悍，反對招安。在征討方臘攻取清溪縣時遇害。

30天損星：張順（浪裡白跳）

張橫的弟弟，兄弟兩人為潯陽江一霸，水性好；他與李俊等人參加江州劫法場救宋江、戴宗後，上梁山入夥。征討方臘攻取杭州時，在湧金門陣亡。

31天敗星：阮小七（活閻羅）

原為山東濟州府石碣村漁民，與哥哥阮小二、阮小五並稱阮氏三雄。在吳用的邀請下，參與了劫取生辰綱的行動，事發後殺退追捕的官軍，隨眾投奔梁山；他水性好，武藝高強，豪爽粗直，藐視官家，曾偷換御酒，使朝廷招安梁山好漢遭到挫折。在剿滅方臘後，被朝廷授任蓋天軍都統制，但又被誣陷因穿過方臘的赭龍袍有造反之心，追奪官誥。他回石碣村打漁為生，奉養母親，至六十而亡。

32天牢星：楊雄（病關索）

原為薊州兩院押獄兼充行刑劊子手，因殺死與和尚裴如海通姦的妻子潘巧雲及其使女迎兒，而與石秀等人逃到梁山泊入夥。剿滅方臘班師途中發背瘡而逝。

33天慧星：石秀（拚命三郎）

他為人俠肝義膽，嫉惡如仇，因隨叔父販賣羊馬折了本錢，而在薊州賣柴度日。他幫助楊雄殺了裴如海、潘巧雲後，共同投奔梁山泊入夥；在征討方臘攻取昱嶺關時遇害。

34天暴星：解珍（兩頭蛇）

解寶之兄，狩獵為生，被官府責限捕捉登州山上猛虎，而當地惡霸毛太公強占他們捕獲的老虎送官請賞，又買通官府將他們兄弟送入牢獄；後被孫立、顧大嫂等人劫牢救出，隨眾人智取祝家莊後，上梁山入夥。征討方臘攻取烏龍嶺時陣亡。

35天哭星：解寶（雙尾蠍）

解珍之弟，與兄同樣狩獵為生，並上梁山入夥。征討方臘攻取烏龍嶺時墜崖身亡。

36天巧星：燕青（浪子）

北京大名府人，因排行第一，人稱小乙，自小父母雙亡，由盧俊義收養；他聰明伶俐，多才多藝，武藝高強。征討方臘後，他自知不為奸臣所容，不願回京，辭別眾人，隱跡江湖，終其天年。

目錄 Contents

目錄 Contents

目錄 Contents

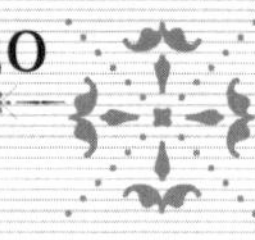

一朝皇帝，夜眠不穩，晝食忘餐

第一回〈張天師祈禳瘟疫　洪太尉誤走妖魔〉

【原汁原味的閱讀】

真人慌忙諫道：「太尉不可掘動，恐有利害，傷犯於人，不當穩便[1]。」太尉大怒，喝道：「你等道眾，省得什麼？碑上分明鑿著遇我教開，你如何阻當[2]？快與我喚人來開。」真人又三回五次稟道：「恐有不好。」太尉哪裡肯聽。只得聚集眾人，先把石碑放倒，一齊併力掘那石龜，半日方才掘得起；又掘下去，約有三四尺深，見一片大青石板，可方丈圍。洪太尉叫再掘起來，真人又苦稟道：「不可掘動。」太尉哪裡肯聽。眾人只得把石板一齊扛起。看時，石板底下，卻是一個萬丈深淺地穴。只見穴內刮喇喇一聲響亮。那響非同小可，恰似：

天摧地塌，嶽撼山崩。錢塘江上，潮頭浪擁出海門來；泰華山頭，巨靈神一劈山峰碎[3]。共工奮怒，去盔撞倒了不周山[4]；力士施威，飛鎚擊碎了始皇輦[5]。一風撼折千竿竹，十萬軍中半夜雷。

那一聲響亮過處，只見一道黑氣，從穴裡滾將起來，掀塌了半個殿角。那道黑氣，直沖到半天裡，空中散作百十道金光，望四面八方去了。眾人吃了一驚，發聲喊，都走了，撇下鋤頭鐵鍬，盡從殿內奔將出來，推倒顛翻無數。驚得洪太尉目睜口呆，罔知所措，面色如土。奔到廊下，只見真人向前叫苦不迭。

太尉問道：「走了的卻是什麼妖魔？」那真人言不過數句，話不過一席，說出

1 不當穩便：不太妥當。

2 阻當：阻擋。當，通「擋」。

3 泰華……山峰碎：據說很久以前，華山和首陽山是連在一起的。河水氾濫，被這兩座山所阻擋，流不進大海，於是巨靈神施展神力，劈開兩座山。

4 共工……不周山：神話中提到火神祝融和水神共工爭鬥。共工戰敗，一氣之下，撞倒了支撐天地的不周山。

5 力士……始皇輦：指張良派大力士椎擊秦始皇，誤中副車一事。

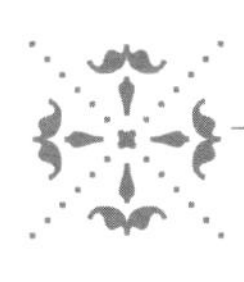

這個緣由。有分教：一朝皇帝，夜眠不穩，晝食忘餐。直使：宛子城[6]中藏虎豹，蓼兒窪內聚神蛟。

【穿梭時空背景】

世人對於傑出的英雄人物，不是把他們當成神仙投胎，就是當成星宿下凡。《水滸傳》裡的英雄固然是星宿下凡，但他們不是神仙，是魔君。

故事要從宋仁宗時期說起。在歷史上，宋仁宗也算是個好皇帝了，在他的統治下，出了個鐵面無私的包拯包青天，還出了個「先天下之憂而憂，後天下之樂而樂」的范仲淹。

不過，荀子說的好，「天行有常，不為堯存，不為桀亡」，再好的皇帝也難免會碰上天災人禍。嘉祐三年初，也就是包拯還在擔任開封府尹的期間，京師發生了瘟疫。宋仁宗雖然下令大赦、免稅，仍解決不了瘟疫的問題。既然已經盡了人事，那也還要聽天命。賢相范仲淹進奏：「不如請道教的張天師來祈禳瘟疫。」宋太宗准奏。

宋太宗派了太尉洪信為使者，到龍虎山的上清宮去請張天師。上清宮的住持真人說：「現在張天師住在山頂，不是一般人能夠請得下來的。只有請太尉您親自走一趟，表現出您的誠心，才能夠請出天師。」洪太尉雖有些不情願，但還是答應了。

第二天一大早，洪太尉隻身一人向山頂前去。走到半途，山路上竟然跳出一隻猛虎。那洪太尉雖然名義上是最高階的武官，可是膽子不像官位那麼大，嚇得渾身直打哆嗦。要知道，宋朝的開國君主宋太祖是武人出身，他的皇位是靠武力搶來的，對武人一向有戒心，專意提倡「重文輕武」的政策，到後來，真正的武官反而不見得比文人有本事。像前面提到的范仲淹，他雖是文人，卻很能帶兵，經常犯邊的西夏人都怕他三分，稱他：「小范老子，胸中自有數萬甲兵。」

閒話休提。那山路上的猛虎並不曾傷害洪太

6 宛子城：梁山泊方圓八百餘里，中間是宛子城、蓼兒窪。

尉分毫，就往後山坡跳了下去。過沒多久，洪太尉見到一條大蛇，又嚇得倒在地上。大蛇也沒傷害洪太尉，逕自溜下山去。

洪太尉正自驚魂未定，突然遇到一個吹笛的牧童。牧童說：「天師不在山上，但他已經領了聖旨，早駕雲禳災去了。」洪太尉聽了牧童的話，悻悻然下山。

回到山下，住持真人告訴洪太尉，那牧童就是張天師本人。洪太尉和張天師緣慳一面，頗以為憾，但責任已完，倒也樂得輕鬆，就留在龍虎山上遊歷。

住持真人帶著洪太尉到處遊山玩水，忽然來到一處「伏魔殿」。洪太尉好奇心起，想看一看伏魔殿裡鎮壓的魔君。他不理會住持真人的勸諫，反而大發官威，非要把魔君放出來看一看。結果，伏魔殿裡的一百零八位魔君逃得無影無蹤，後來投胎轉世，成了梁山泊上打家劫舍的「英雄好漢」，開始了《水滸傳》中一連串轟轟烈烈的故事。至於闖禍的洪太尉呢？他依舊是「好官我自為之」，瞞下誤放魔君的事情，回京領賞去了。

【品味賞析再延伸】

壞皇帝當不得。商朝的紂王就因為當了壞皇帝，後來在鹿臺上自焚而死，死後還不得安寧，「天下之惡皆歸焉」，擔下無盡的罵名。好皇帝也當不得，夏朝的大禹是個好皇帝，憂國憂民，吃也吃不好，住也住不好，一想到天下有人捱餓受苦，就急急忙忙趕去救援，沒一刻安寧，過著比平常人還不如的生活。

壞皇帝不好當，好皇帝也不好當，那麼當個不好不壞的皇帝總可以吧！那也不成。朝廷裡的好人會逼著上頭的君主做個好皇帝，朝廷裡的壞人則會害得上頭的君主做了壞皇帝。就算真的當了不好不壞的皇帝，那麼還是會有人虎視眈眈地企圖推翻上頭的皇帝，而且往往不只一個，不論親疏，就算是親生父子也會陷入權力的爭奪之中。

所以，只要當了皇帝，那就是「一朝皇帝，夜眠不穩，晝食忘餐」。然而，就是有無數的人夢想當上皇帝，因為權力總是最誘人的。

其實，當皇帝還是比當百姓好多了。元朝有位大文學家張養浩寫了一首曲子〈山坡羊・潼關

懷古〉，其中提到：「興，百姓苦；亡，百姓苦。」無論朝代興、衰、存、亡，受苦的都是百姓。百姓在受苦之餘，總得為自己找到解脫的辦法，於是他們編織故事，期望有人能夠為他們找到出路。

通常，百姓期望的救世主是個新的統治者，他們期望這個人願意犧牲自己的享受，成為一個真正的好皇帝。不過，當百姓不再指望統治者，而是把希望寄託在一群殺人不眨眼的強盜身上時，那樣的時代是最可悲的。

在整個社會已經黑暗到看不見一點希望，人們開始自暴自棄，心裡想著「乾脆顛覆一切算了」時，只要有人敢起而對抗整個黑暗社會，他們就是「英雄」，管他們是不是殺人越貨的土匪強盜！《水滸傳》的故事就是在這個背景下成就的。

【上知天文，下知地理】

天罡地煞

道教稱北斗叢星中有三十六天罡星，每個天罡星各有一神，共有三十六位神將，又有七十二個地煞星，每星各有一神，共有七十二神將。三十六位天罡星加上七十二位地煞星，共有一百零八名神將，元末明初施耐庵把這些神將附會為《水滸傳》裡梁山泊的大小頭領一百零八人，而以天魁星宋江為首。民間傳說北斗叢星為天地之秤，天罡維天之正，地煞維地之平，所以梁山泊裡的「英雄」們，生來就是為百姓「抱不平」的。不過，正因為他們是天上的星宿，所以縱然有些逾矩的舉動，人們也能夠接受。愛殺人的李逵、開黑店的孫二娘，乃至「鼓上蚤」的小偷時遷就這麼被塑造為英雄。

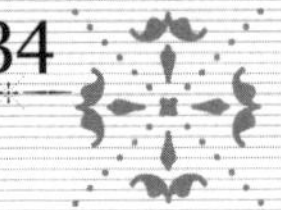

用人之人，人始為用。恃己自用，人為人送

第二回〈王教頭私走延安府　九紋龍大鬧史家村〉

【原汁原味的閱讀】

高俅道：「你那廝便是都軍教頭王昇的兒子？」王進稟道：「小人便是。」高俅喝道：「這廝，你爺是街市上使花棒賣藥的，你省[1]的什麼武藝？前官沒眼，參[2]你做個教頭，如何敢小覷我，不伏俺點視[3]！你托誰的勢，要推病在家，安閒快樂！」王進告道：「小人怎敢，其實患病未痊。」高太尉罵道：「賊配軍[4]，你既害病，如何來得？」王進又告道：「太尉呼喚，安敢不來！」高殿帥大怒，喝令左右：「拿下，加力與我打這廝！」眾多牙將[5]都是和王進好的，只得與軍正司同告道：「今日是太尉上任，好日頭，權免此人這一次。」高太尉喝道：「你這賊配軍，且看眾將之面，饒恕你今日，明日卻和你理會[6]。」王進謝罪罷，起來抬頭看了，認得是高俅。出得衙門，嘆口氣道：「俺的性命，今番難保了。俺道是什麼高殿帥，卻原來正是東京幫閒的『圓社』高二。比先時曾學使棒，被我父親一棒打翻，三四個月將息[7]不起，有此之仇。他今日發跡，做得殿帥府太尉，正待要報仇，我不想正屬他管。自古道：『不怕官，只怕管。』俺如何與他爭得？怎生奈何

1 省：懂。

2 參：委任。

3 點視：點校、視察。

4 賊配軍：罵人的話。配軍，原指流放充軍的罪犯。

5 牙將：副將。

6 理會：處置、料理。

7 將息：調養休息。

8 老种經略：北宋時，种世衡與其子孫抵禦西夏、遼金有功。老种經略指种世衡的兒子种

是好？」回到家中，悶悶不已。對娘說知此事，母子二人抱頭而哭。娘道：「我兒，三十六著，走為上著。只恐沒處走。」王進道：「母親說得是，兒子尋思，也是這般計較。只有延安府老种經略8相公鎮守邊庭，他手下軍官，多有曾到京師的，愛兒子使槍棒，何不逃去投奔他們？那裡是用人去處，足可安身立命。」正是：

用人之人，人始為用。恃己自用，人為人送。
彼處得賢，此間失重。若驅若引，可惜可痛。

【穿梭時空背景】

宋哲宗時，京師出了個姓高的潑皮無賴。這個人懂音樂，會武術，能詩詞，不過全都是半調子，上不了檯面，唯獨踢毬一事，倒真有兩下子，所以大家都喚他高俅。

高俅平日裡遊手好閒，因為帶壞了城裡一個王員外的兒子，讓他成了每日跑妓院的火山孝子，被王員外一狀告進官府，判了高俅一個發配出界，趕出城外。高俅沒奈何，只得投奔開賭坊的柳世權，混口飯吃。後來宋哲宗大赦天下，高俅才回到京城，並在柳世權的推薦下，在開生藥舖的董將士家裡住下。

董將士卻不過柳世權的面子，收留了高俅。但是他想，高俅是個不學好的傢伙，留他在家裡，只會帶壞自家的子弟。董將士想了十幾日，終於讓他想出一個辦法。他拿著一封信，對高俅說：「我這裡是『螢火之光，照人不亮』。留你在這裡，只會擔誤了你的前途。城裡的小蘇學士是我舊識，所以我推薦你到他那裡，日後也好有個出頭之日。」

高俅拿著董將士的推薦函到了小蘇學士府中。小蘇學士心想：「這個高俅，看起來就不是個正經的人物，我怎麼好留他這種人在家裡？不如推薦他到駙馬王晉卿的府裡做個親隨。」

諤，小种經略指的是种諤的兒子种師道。經略，邊防軍事長官。

就這麼著，高俅成了「人球」，從董將士處被踢到小蘇學士處，又從小蘇學士處被踢到了王駙馬處。

王駙馬是宋哲宗的妹夫。他平常就喜歡收留高俅這類不學無術的人，所以高俅在王駙馬府中過得倒還愜意。

也是機緣巧合，有一天，王駙馬派高俅到小舅子端王的府中送禮。端王是宋哲宗的弟弟，雖然有些聰明才華，琴棋書畫，無一不通，但也不是個頂愛守規矩的人。高俅到端王的府中，正巧他在園中踢毬。那毬飛到了高俅的面前，高俅一時大著膽子，用一記「鴛鴦拐」踢還給了端王。端王見高俅踢毬的技術極佳，心下高興，就把高俅從王駙馬處討了來。高俅好不容易找到了個懂得欣賞他的人，心裡高興得很。

端王把高俅留在府中，才不過兩個月，宮中發生一件大事，哲宗皇帝駕崩了。由於宋哲宗沒有立太子，所以文武百官推舉端王登上帝位，也就是後來的宋徽宗。

正所謂「一人得道，雞犬升天」，宋徽宗即位後，他身旁那一群走獸飛禽般的傢伙，全都成了高官。沒多久時間，高俅就當到了殿帥府太尉一職。這個職位負責的是什麼樣的事務，對高俅而言，並沒有什麼好在意的，只要知道那是一個職位頂高的大官就行了。

當好官不容易，當大官就沒什麼困難的了，不過就是擺擺官威，整整仇人，如此而已。高俅到任以後，立刻煞有其事地點起下屬的名來，裡面只有一個禁軍教頭王進沒到。高俅看到王進這個名字，覺得有點眼熟，後來想起他是都軍教頭王昇的兒子。高俅曾經被王昇打過一回，傷了三、四個月。如今王昇已經不在了，正好拿他的兒子出氣，於是下令捉拿王進。

王進被帶到高俅面前，高俅本想痛打王進一頓，但被其他部下勸住了。高俅心想「日後整他的機會還多得很」，就先饒了他一回。王進雖逃過一回，但想到日後可能的遭遇，把心一橫，就帶著老母親逃到延安府，另謀出路去了。

【品味賞析再延伸】

孔子周遊列國時，楚昭王因為欽佩孔子的賢聖，而派人帶著禮物去拜訪身在蔡國的孔子。孔子正打算到楚國回禮，蔡國和陳國的大夫商量著說：「孔子是個賢人，他所說的都能切合統治者的弊病。我們做不到孔子所說的事，要是楚國重用他，改正了所有弊病，變得更加強大，我們不就危險了嗎？」於是就包圍了孔子和他的弟子一行人。

孔子被圍困在陳、蔡之間，糧食將盡，所有學生都病倒了。於是孔子派子貢到楚國求救。楚昭王派兵營救孔子，孔子一行人因而倖免於難。楚昭王打算把一塊方圓七百里的地封給孔子。楚國的宰相子西開口說：「請問大王，您的外交官中有沒有人可以比得上子貢？」楚昭王說：「沒有。」子西問：「那麼您的文官中有沒有人可以比得上顏回？」楚昭王說：「沒有。」子西又問：「那麼您的武將中有沒有人可以比得上子路？」楚昭王說：「也沒有。」子西再問：「那您的地方官裡，有沒有人比得上宰予？」楚昭王說：「還是沒有。」子西說：「如此看來，事情已經非常清楚了。孔子如此賢能，又有一干賢人輔佐，倘若孔子得到這塊土地，必然會治理得比楚國好。要是他打算擴張土地，侵犯楚國，楚國能夠對付得了他嗎？」楚昭王聽了子西的話，嚇出一身冷汗，就打消了送土地給孔子的念頭。

楚昭王不是不知道孔子是人才，卻因為孔子太有能力而不敢用他。由此看來，能否任用人才還得看在上位者的胸襟。魏國大夫須賈帶著門客范雎出使到齊國，卻因范雎的外交手腕太好，而懷疑他，終而把他逼得逃到了秦國。范雎逃到秦國後，受到重用，因而回過頭來對付魏國。所謂「恃己自用，人為人送」，當統治者嫉賢妒能時，真該以范雎的事情為戒。

【上知天文，下知地理】

蹴　鞠

蹴鞠類似近代的足球。相傳在黃帝時，就曾利用蹴鞠來訓練武士。在漢代，蹴鞠這種運動已經非常普遍。通常是在鞠城進行這類比賽。鞠城的兩端有新月型的鞠室，相當於現今的球門。唐代是蹴鞠運動的巔峰期。當時的鞠由實心變為空心，以空氣代替羽毛，所以名為氣毬。此外，球門也改成在場地兩端豎起竿子，並在竿上結網，形成球門，分兩隊進行比賽，以進球數的多寡來決定勝負。除了分隊進行比賽，也會採取兩人對踢，乃至多人對踢，以比賽誰踢得較高的方式進行這類運動。歷史上除了宋徽宗之外，最愛蹴鞠的是唐僖宗。他有「蹴鞠皇帝」之稱，不但自己愛蹴鞠，還會以蹴鞠技術的好壞來封官，而陪他蹴鞠的人，若有重大失誤，甚至會遭到處斬的命運。

只為衣冠無義俠，遂令草澤見奇雄

第二回〈王教頭私走延安府　九紋龍大鬧史家村〉

【原汁原味的閱讀】

史進上了馬，正待出莊門，只見朱武、楊春步行，已到莊前。兩個雙雙跪下，擎[1]著兩眼淚。史進下馬來喝道：「你兩個跪下如何說？」朱武哭道：「小人等三個，累被官司逼迫，不得已上山落草[2]，當初發願道：『不求同日生，只願同日死。』雖不及關、張、劉備的義氣，其心則同。今日小弟陳達不聽好言，誤犯虎威，已被英雄擒捉在貴莊，無計懇求，今來一逕就死，望英雄將我三人，一發解官請賞，誓不皺眉。我等就英雄手內請死，並無怨心。」史進聽了，尋思道：「他們直恁義氣。我若拿他去解官請賞時，反教天下好漢們恥笑我不英雄。自古道：『大蟲不吃伏肉[3]。』」史進便道：「你兩個且跟我進來。」朱武、楊春並無懼怯，隨了史進，直到後廳前跪下，又教史進綁縛。史進三回五次叫起來，他兩個哪裡肯起來。惺惺[4]惜惺惺，好漢識好漢。史進道：「你們既然如此義氣深重，我若送了你們，不是好漢。我放陳達還你如何？」朱武道：「休得連累了英雄，不當穩便，寧可把我們去解官請賞。」史進道：「如何使得——你肯吃我酒食麼？」朱武道：「一死尚然不懼，何況酒肉乎？」有詩為證：

姓名各異死生同，慷慨偏多計較空。
只為衣冠無義俠，遂令草澤見奇雄。

---

1 擎：含。
2 落草：淪落草野，成為盜賊。
3 大蟲不吃伏肉：老虎不吃降伏的動物的肉。指勿對投降者趕盡殺絕。
4 惺惺：機智、聰明、伶俐。〈元曲・曲江池〉：「可不道惺惺的自古惜惺惺。」惺惺當為「了慧之人」。

當時史進大喜，解放陳達，就後廳上座，置酒設席，款待三人。朱武、楊春、陳達拜謝大恩。酒至數杯，少添春色。酒罷，三人謝了史進，回山去了。史進送出莊門，自回莊上。

【穿梭時空背景】

禁軍教頭王進帶著母親，趁夜出了城門，一路前去延安府。第二天，高俅見王進棄家逃走，氣得下令捉拿逃軍王進，非要把他捉回來好好整治一番不可。

一個多月過去，王進和母親眼看就要到延安府了。因為心中高興，錯過了路上的旅店，卻來到了一處大莊院。大莊院的莊主姓史，年近六十，甚是好客。王進和母親在莊上住了一晚，沒想到王進的母親竟生起病來，於是史莊主留他們住下，還找人為王進的母親治病調養。

王進的母親休養了幾天，病體逐漸痊癒，王進本來打算告辭，不過卻見到了莊主的兒子，名為史進，身上紋了九條龍，所以人稱「九紋龍」。史進平日裡就喜歡舞槍弄棍，還拜過不少師父。那一日，他在空地練習棍法時，王進湊巧看到了。王進是習武之人，見到有人練武，不覺多看了一會兒。

王進見史進的棍法雖佳，但仍有破綻，忍不住說出來。史進聽了以後，大感不服，於是要求和王進比武。王進是禁軍教頭，有的是真才實學，史進怎麼勝得了他！史進被王進打倒以後，傾心於他的武藝，就拜他為師。

王進花了半年的時間，把一身的武藝全數傳授給了史進，因為擔心高俅的追捕，於是離開了史家莊。不久，史進的父親過世，整座莊院就交給了史進。

史家莊附近的少華山上，來了三個強盜頭子，分別是「神機軍師」朱武、「跳澗虎」陳達、「白花蛇」楊春。這三個人為了劫掠華陰縣，於是先攻打華陰縣外的史家莊。

陳達帶了一百多人，來到史家莊外。史進領

著莊中的人迎戰陳達。史進從王進那兒學到的本事果然了得，輕易地就抓住了陳達。朱武、楊春知道自己不是史進的敵手，又不願拋下陳達不顧，就施展苦肉計，親自向史進下跪請死。史進見他們三人如此講義氣，大為感動，不但放了陳達，還和他們三人結成了好友。

史進和朱武等人時常往來，後來被獵戶李吉告到官府。官府得知消息，就派了大隊人馬，捉拿史進等人。

那時是中秋節，史進和朱武、陳達、楊春等在史家莊喝酒。史進和朱武等三人喝得正開心，突然聽到一聲：「不要讓強賊跑了！」原來是官府的人馬已包圍了史家莊。

朱武等三人表明願意束手就擒，以免連累史進，但史進怎麼肯做這種沒義氣的事！史進一把火燒了莊院，和朱武等人殺出重圍，來到少華山上。朱武本想勸史進落草為寇，不過被史進拒絕了。史進想：「莊院既然沒了，不如去投靠師父王進。」主意打定後，史進就動身前往尋找師父，後來在關西經略府，認識了另一位好漢魯達。

【品味賞析再延伸】

「只為衣冠無義俠，遂令草澤見奇雄。」這兩句詩頗足以表現《水滸傳》的精神。古人說：「成者為王，敗者為寇。」王、寇之間的區別，往往在於他們的成、敗，而不在他們的行事。

新莽末年，天下大亂，盜賊蜂起。當時，在山東起義的是樊崇，由於他們把眉毛塗成紅色，以為記號，所以稱為「赤眉軍」；在湖北起義的是王匡，稱為「新市兵」；在江陵起義的是王常，稱為「下江兵」；在荊襄起義的是陳牧，稱為「平林兵」。此外，漢朝王室的後代劉秀也從長安回到故鄉春陵，號召家鄉子弟起義，稱為「春陵兵」。春陵兵和新市兵、下江兵、平林兵四支部隊，同屬「綠林軍」系統。

綠林軍對抗官府，在當政者的眼中，自然屬於賊寇盜匪。所以後人把藏在山中，殺人越貨的盜匪稱為「綠林好漢」，其實就是緣於此。不過後來劉秀打下天下，當上皇帝，他就成了天命所歸，也不可能有人說他是「綠林好漢」。

雖說劉秀是漢朝王室之後，但是他的遠祖劉邦是平民出身，做著和他一樣的事，也同樣被認

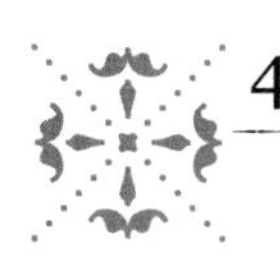

為是天命所歸。換言之，劉秀之所以不被認為是盜匪，主因在於他的成功，不在於他的出身。

那些開國君主，如唐朝的李淵、明朝的朱元璋等人，說穿了不過就是「成者為王」而已。

回過頭來看《水滸傳》裡的好漢，他們被腐敗的官府逼上梁山，成了盜匪。他們若是如黑旋風李逵所說的：「殺去東京，奪了鳥位，在那裡快活。」只怕他們的首領宋江到時也就成了「真命天子」。不過宋江沒有這個膽識，後來雖被招安，前往征討方臘，在後人眼中，仍是個盜匪出身的人，永遠翻不了身。

【上知天文，下知地理】

不求同日生，只願同日死

「不求同日生，只願同日死」是劉備、關羽、張飛三人在桃園結義時發下的誓言。劉備生於西元一五七年（一說西元一六一年），關羽生於西元一六〇年，張飛生於西元一六八年，三人確實不是「同日生」。關羽死於西元二一九年，張飛死於西元二二一年，劉備死於西元二二三年，三人也不是「同日死」。不過，張飛、劉備之所以死亡，都是為了要替關羽報仇。三人死亡的時間雖然不同，但三人深厚的友情與義氣，卻使無數後人欽慕不已。

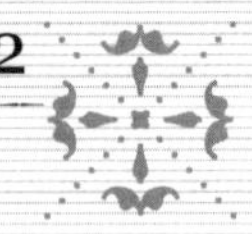

饑不擇食，寒不擇衣，慌不擇路，貧不擇妻

第三回〈史大郎夜走華陰縣　魯提轄拳打鎮關西〉

【原汁原味的閱讀】

且說魯達自離了渭州，東逃西奔，急急忙忙，卻似：

失群的孤雁，趁月明獨自貼天飛；漏網的活魚，乘水勢翻身衝浪躍。不分遠近，豈顧高低。心忙撞倒路行人，腳快有如臨陣馬。

這魯提轄急急忙忙行過了幾處州府，正是「逃生不避路，到處便為家」。自古有幾般：「飢不擇食，寒不擇衣，慌不擇路，貧不擇妻。」魯達心慌搶路，正不知投哪裡去的是。一迷地1行了半月之上，在路卻走到代州雁門縣。入得城來，見這市井鬧熱，人煙輳2集，車馬軿馳，一百二十行3經商買賣，諸物行貨都有，端的4整齊。雖然是個縣治，勝如州府。魯提轄正行之間，不覺見一簇人衆圍住了十字街口看榜。但見：

扶肩搭背，交頭並頭。紛紛不辨賢愚，攘攘難分貴賤。張三蠢胖，不識字只把頭搖；李四矮矬5，看別人也將腳踏。白頭老叟，盡將拐棒拄髭鬚；綠鬢6書生，卻把文房抄款目。行行總是蕭何法7，句句俱依律令行。

1 一迷地：一個勁兒地。

2 輳：聚集。

3 一百二十行：宋、元時，各行各業的說法，明以後稱三百六十行。

4 端的：確實。

5 矮矬：形容個子短小。矬，ㄘㄨㄛˊ，矮小；土氣、笨拙的樣子。

6 綠鬢：指烏黑光亮的鬢髮。

7 蕭何法：蕭何佐漢高祖定天下，漢初律令多由其制

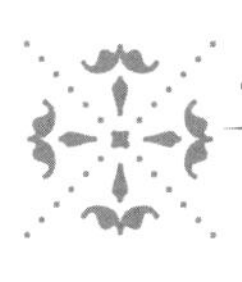

魯達看見眾人看榜，挨滿在十字路口，也鑽在人叢裡聽時，魯達卻不識字，只聽得眾人讀道：「代州雁門縣依奉太原府指揮使司，該准渭州文字，捕捉打死鄭屠犯人魯達，即係經略府提轄。如有人停藏在家宿食，與犯人同罪；若有人捕獲前來，或首告[8]到官，支給賞錢一千貫文。」

【穿梭時空背景】

史進來到渭州，在一間茶坊中結識了小經略府的提轄魯達，得知師父並不在此。魯達生性豪爽，力邀史進上街喝杯酒，半路又巧遇史進的啟蒙師父李忠。魯達也硬拉他一同喝酒去，不去便要打人。三人在酒樓中，魯達因隔壁閣子有人哭哭啼啼，焦躁不安，氣得把酒食丟在地上。等喚來那一對啼哭的父女，問清原由，才知道他們受了殺豬鄭屠的強騙欺侮，淪落到酒樓賣唱，好賺取典身錢與盤纏。愛路見不平拔刀相助的魯達聽了氣憤填膺，打算要教訓鄭屠一頓。也不管他人的勸說，他把金氏父女安排好後，便獨自來到鄭屠的肉舖。他先讓鄭屠給他剁上十斤瘦肉，不得有半點肥的；然後再剁十斤肥肉，又不得有半點瘦的；接著還要十斤軟骨，上頭不得帶有半點肉。這時，切了一上午肉的鄭屠才發現他在消遣自己，魯達二話不說，把兩包絞肉扔向鄭屠，瞬間彷彿下了一陣肉雨。於是兩人打了起來，魯達打了鄭屠三拳，在文史學者李泉、張永鑫的眼中，這段文字聲光效果十足，寫得是「有味、有色、有聲」：第一拳「正打在鼻子上，打得鮮血迸流，鼻子歪在半邊，卻便似開了個油醬舖，鹹的、酸的、辣的，一發都滾出來」；第二拳「就眼眶際眉梢只一拳，打得眼棱縫裂，烏珠迸出，也似開了個彩帛舖的，紅的、黑的、絳的，都綻將出來」；第三拳「太陽上正著，卻似做了一個全堂水陸的道場，磬兒、鈸兒、鐃兒，一齊響」，血肉淋漓的場面，十分駭人。

魯達粗曠莽撞的個性，也在這一段中表露無遺。他這三拳打死了鄭屠，趕忙逃出城去。慌不

定，後世便以蕭何法代稱法律條令。

8 首告：出面告發。

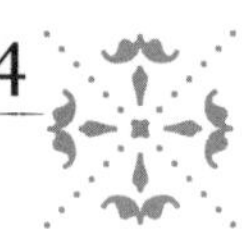

擇路，見路就走，走了大半個月，來到了代州雁門縣。他進了縣城，在一處十字街口，見到一群人正圍著看告示。雖然不識字，魯達卻也不知好歹地擠進人群看熱鬧。

就在這個時候，一個人抱住魯達，大叫：「張大哥，你怎麼在這裡？」把他拖離十字街口。魯達正覺得奇怪，自己明明姓魯不姓張，怎麼會被錯認？回過身一看，原來是翠蓮的父親金老，直拉著他到靜僻處，還說他怎麼如此大膽，榜文上公告要捉拿的人就是他。他幫金氏父女出頭，打死了鄭屠，原以為他們已經回到故鄉東京，沒想到卻在這裡見到金老。金老說，他怕被鄭屠追殺，所以不敢回東京。在這裡遇見一個老鄉，虧那人幫忙做媒，翠蓮成了大財主趙員外的小老婆，日子過得安穩多了。

金老帶著魯達到了住處，翠蓮出來拜見：「如果不是大恩人的搭救，怎麼能夠有今天呢？」魯達本來打算稍作停留就走，但是金老堅持留他下來喝酒。魯達和金老喝到傍晚，突然聽到外頭有吵鬧聲：「不要讓賊逃走了！」一個衣著光鮮的人騎在馬上，領著二、三十個人，拿著棍子，包圍了金老的住處。魯達抄起凳子，準備打出去。金老大喊：「都不要動手！」然後衝出去，在那個騎馬的人耳邊說了幾句話。那人聽了金老的話，笑了起來，喝散那二、三十個人。

那人下了馬，進到屋裡。見到魯達，立即行了個大禮。魯達嚇了一跳：「你是誰？」金老說：「他就是翠蓮的丈夫趙員外。」趙員外說：「我聽到消息，說金老帶了個男人來翠蓮這裡。我以為是什麼歹人，才會找人來這裡。」魯達說：「原來如此，怪你不得。」

趙員外和魯達聊到半夜，趙員外就先回去了。第二天，趙員外邀魯達到他所住的七寶村，魯達就先暫時住在那裡。

過了五、六天，金老跑來對趙員外和魯達說：「不好了！前日裡，員外不是因為誤會，找了人來包圍我那兒嗎？雖然後來沒事了，但是有幾個鄰居起了疑心，到官府密告。所以官府找了幾個差人來我這裡打聽，說不定很快就會查到莊上了。」魯達說：「那我走就是了！」趙員外說：「我有個辦法，只是怕委屈了恩人您。」魯達說：「我是個逃犯，能有地方安身就好了，沒

什麼委屈不委屈的。」趙員外說：「我和五臺山文殊院的智真長老是好友。我曾經許下心願，要在寺裡剃度一位僧人，您若願意出家的話，這倒是一個可以安身的所在。」魯達說：「也好，就這麼做吧！」魯達就這麼出了家，取了個法名叫智深。後來，人們就只知道個花和尚魯智深，再沒多少人想起經略府提轄魯達了。

【品味賞析再延伸】

魯達為了逃避官府的追捕，於是出家做了和尚，成了花和尚魯智深。和魯智深採取相同做法的江洋大盜，其實並不少見，例如武松也在殺了官府中人後，化裝成頭佗，成了行者武松。

據說八卦拳的始祖清人董海川在年輕時也是江洋大盜，因為做了太多案子而出家。他出家後又故態復萌，犯下重罪。為了逃避追緝，他揮刀自宮，進了肅親王府。

董海川進了王府，原本只想隱姓埋名，做一名普通的僕役。有一回，由於賓客擁擠，他為了上菜，偷偷施展輕功，輕鬆地穿梭在人群之中，旁人看到這情況，大覺訝異，才知道他身負絕技。肅親王知道以後，就請他表演武藝。肅親王相當欣賞董海川的武藝，於是提拔他為護院。

因為肅親王自己也很喜歡武術，所以經常舉辦武術比賽。楊氏太極拳的始祖楊露禪藝成以後，有心闖出名號，於是參加了比賽。為了不想傷人，楊露禪建議在木樁上比武，並在木樁下方及四周張起羅網，只要被打到網上就算輸。

楊露禪施展太極拳四兩撥千斤的絕技，輕易地就把對手打入網中。一連十四天，沒有任何人能夠敵得過他。董海川見到如此高手，心中起了較量之心，假借奉茶的名義，走過羅網，來到楊露禪的面前。楊露禪見一個看似普通的太監竟然有這麼好的功夫，於是要求比武。一比之下，雙方不分勝負。兩大高手的一番交手，成為武林中人津津樂道的美談。

董海川後來回到故鄉，專心授徒，教出了不少武術界的名人。近代武術大師劉雲樵先生除了擅長八極拳外，也擅長八卦拳。他的八卦拳師父宮寶田，就是董海川的再傳弟子。荀子說：「玉在山而草木潤，淵生珠而崖不枯。」真正擁有能力的人，又何必擔心得不到表現的機會呢？

酒能成事，酒能敗事

第四回〈趙員外重修文殊院　魯智深大鬧五臺山〉

【原汁原味的閱讀】

智深跟著侍者到方丈，長老道：「智深雖是個武夫出身，今來趙員外檀越[1]剃度了你，我與你摩頂受記[2]，教你『一不可殺生，二不可偷盜，三不可邪淫，四不可貪酒，五不可妄語。』此五戒乃僧家常理。出家人第一不可貪酒，你如何來吃得大醉？打了門子[3]，傷壞了藏殿上朱紅格子，又把火工[4]都打走了，口出喊聲，如何這般所為？」智深跪下道：「今番不敢了。」長老道：「既然出家，如何先破了酒戒，又亂了清規？我不看你施主趙員外面，定趕你出寺！再後休犯！」智深起來合掌道：「不敢，不敢！」……昔有一名賢，走筆作一篇口號，單說那酒。端的做得好！道是：

從來過惡皆歸酒，我有一言為世剖。
地水火風合成人，麵麴米水和醇酎[5]。
酒在瓶中寂不波，人未酣時若無口。
誰說孩提即醉翁，未聞食糯顛如狗。
如何三杯放手傾，遂令四大[6]不自有！
幾人涓滴不能嘗，幾人一飲三百斗。
亦有醒眼是狂徒，亦有酕醄[7]神不謬。

1 檀越：施主。
2 摩頂受記：指師父用手摸著要求出家者的頭，並且為之授戒。
3 門子：守門者。
4 火工：這裡指寺廟中管理香油燈燭的人。
5 醇酎：ㄔㄨㄣˊ ㄓㄡˋ，味道濃烈的酒。
6 四大：佛教用語。指地、水、火、風是構成宇宙萬物的基本四大元素，也代稱人身。
7 酕醄：ㄇㄠˊ ㄊㄠˊ，指大醉。

47 酒能成事，酒能敗事

酒中賢聖得人傳，人負邦家因酒覆。
解嘲破惑有常言：「酒不醉人人醉酒。」
但凡飲酒，不可盡歡，常言：「酒能成事，酒能敗事。」便是小膽的吃了，
也胡亂做了大膽，何況性高的人？

【穿梭時空背景】

趙員外帶著魯達到五臺山上，進了文殊寺。來到寺裡，趙員外毫不囉嗦，先送上厚禮，然後開口對智真長老說：「我先前許下心願，要在寺裡剃度一位僧人。現在我這個表弟，姓魯名達，是關西軍人出身，因為看破塵俗，情願出家，希望長老能夠答應，所有費用，由我支付。」智真長老說：「這件事容易！我讓寺裡的首座安排就是。」

首座和其他僧人私下商議：「這個人一臉橫肉，看起來就不像是出家人的樣子，要是讓他出家，難保不會在寺裡惹事端。」趙員外和魯達到客房休息後，首座請求長老不要收容魯達，長老說：「他是趙員外的兄弟，我怎麼可以不顧他的面子呢？你們不要疑心，待我看來。」說著，長老閉上眼睛，入定去了。

過了一炷香的時間，長老睜開眼睛，說：「這個人上應天星，心地剛直。雖然眼下有些凶惡，但日後一定會修成正果。你們都比不上他。」聽了長老的話，首座暗自抱怨：「長老既要護短，我們也沒辦法，只得接受。」

魯達出家後，法名智深。他雖然剃了度，卻無心坐禪念佛。不僅每晚睡得東倒西歪，鼾聲如雷，還在佛殿後到處拉屎撒尿，全寺的僧侶都受不了他。有人向長老報告，長老說：「看在趙施主的面子上，不要理他。他以後一定會改。」

魯智深在寺裡住了四、五個月，心裡覺得悶，就走到半山腰。剛巧看到一個挑酒上山的人，魯智深犯了酒癮，半搶半買的，喝光了那人挑的酒，醉醺醺地走回寺裡。

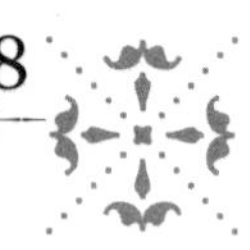

看守寺門的僧侶看魯智深滿臉酒意，本打算不放他進門，卻被打了個七葷八素。魯智深打入寺中，一連打了二、三十人。其他僧侶見到這種情形，連忙去請長老出來。魯智深見到長老，不敢造次，只說：「是他們先動手的。」長老說：「看在我的面子上，你先去睡，不要和他們計較。」寺裡僧眾見長老如此護短，雖然不快，也不敢多說什麼。

第二天，長老把魯智深找來訓誡一番，魯智深也答應不再喝酒。

魯智深安分了三、四個月，後來，實在憋不住，溜到山下，打了一條禪杖，一把戒刀，還到酒店要了酒來吃。魯智深這一喝可就停不住，他一連喝了好幾桶酒，再度酩酊大醉了。

這一回，魯智深比上次更加粗暴，不但拆了半山的亭子，砸了山門前的金剛像，更打傷了幾十個僧人。由於眾怒難犯，雖然趙員外同意負擔寺裡所有損失，但長老仍不得不趕走魯智深。魯智深臨行前，智真長老送了他四句話：「遇林而起，遇山而富，遇水而興，遇江而止。」暗示了魯智深後來在梁山落草為寇，服從宋江領導等命運。

【品味賞析再延伸】

自古以來，酒就和人的生活密不可分。人們除了在日常生活中飲酒，在祭祀活動中，更是少不了酒。酒和醫藥也有關係。單看「醫」這個字，它從「酉」部，「酉」就是酒罈。據說商朝的名醫巫彭就是以酒來治病。

古代的文人尤其愛酒，例如李白。杜甫的〈飲中八仙歌〉說「李白斗酒詩百篇」。喝一斗酒就能寫下一百篇詩作，詩句雖然未免誇大，但添了幾分醉意，確實可以增加寫作的靈感。

〈飲中八仙歌〉還提到另一名愛酒的人——張旭。張旭有「草聖」之名，每每在醉後大書狂草，留下驚世駭俗的作品。除了張旭，許多書法作品也和酒關係密切，如王羲之的〈蘭亭集序〉，就是在醉後寫成的。據說，他酒醒後，怎麼也沒辦法寫得比原來更好。

除了文人，武人也大多愛酒。有一套頗富盛名的拳法，名為醉拳，據說在喝酒後，威力更增。就武學原理來看，喝酒後身體放鬆，確實有助於出拳的力道。至於增加應敵的膽量、減少受擊的疼痛，那是又在其次了。

喝酒固然有助出拳的力道，酒後練拳卻很容易傷到筋骨。一個不當的發勁動作，往往需要休養很長的時間才能復元，更別提酒後應敵的判斷力了。

喝酒過量還可能造成酒精中毒。魏晉名士阮籍利用喝酒來逃避現實的黑暗，有時一連六十幾天都大醉不醒。後來他只活到五十四歲，大概和酒喝太多脫不了干係。

南宋詞人辛棄疾也愛酒，他曾察覺到酒的危害，而決心戒酒。為了表示決心，他寫了一闋詞〈沁園春〉，以擬人的口吻告訴酒杯，命令它不能再靠近自己，詞中有一句：「物無美惡，過則為災。」意思是說任何東西，只要過量，就會產生禍害。追究到底，「酒能成事，酒能敗事」，關鍵就在於是否過度了。

【上知天文，下知地理】

五臺山

五臺山位於山西省，平均海拔一千公尺以上，有五座主峰，分別是東臺望海峰，南臺錦繡峰，西臺挂月峰，北臺葉門峰，中臺翠岩峰。五臺山除了景觀壯麗，更有許多文化資產。它是佛教文殊菩薩的道場，是中國四大佛教聖地之一。相傳這裡最早的是顯通寺，建於東漢之時，經過歷代增建，寺廟越來越多，現存四十八座。每年都有許多遊客前來遊歷，懷想當年的諸多歷史事件。

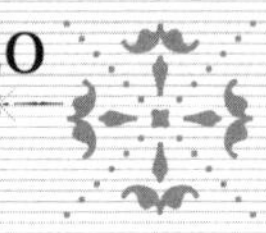

帽兒光光，今夜做個新郎；衣衫窄窄，今夜做個嬌客

第五回〈小霸王醉入銷金帳　花和尚大鬧桃花村〉

【原汁原味的閱讀】

那大王來到莊前下了馬，只見眾小嘍囉齊聲賀道：「帽兒光光，今夜做個新郎；衣衫窄窄，今夜做個嬌客。」劉太公慌忙親捧台盞，斟下一杯好酒，跪在地下。眾莊客都跪著。那大王把手來扶道：「你是我的丈人，如何倒跪我？」太公道：「休說這話，老漢只是大王治下管的人戶[1]。」那大王已有七八分醉了，呵呵大笑道：「我與你家做個女婿，也不虧負了你。你的女兒匹配我也好。」劉太公把了下馬杯[2]，來到打麥場上，見了香花燈燭，便道：「泰山[3]，何須如此迎接？」那裡又飲了三杯，來到廳上，喚小嘍囉教把馬去繫在綠楊樹上。小嘍囉把鼓樂就廳前擂將起來。大王上廳坐下，叫道：「丈人，我的夫人在哪裡？」太公道：「便是怕羞，不敢出來。」大王笑道：「且將酒來，我與丈人回敬。」那大王把了一杯，便道：「我且和夫人廝見了，卻來吃酒未遲。」那劉太公一心只要那和尚勸他，便道：「老漢自引大王去。」拿了燭台，引著大王，轉入屏風背後，直到新人房前。太公指與道：「此間便是，請大王自入去。」太公拿了燭台，一直去了。未知凶吉

1 人戶：人丁住戶的意思。
2 下馬杯：古時客人來到時，剛下馬便敬酒一杯，表示歡迎，故稱之。
3 泰山：指岳父。

如何，先辦一條走路。

【穿梭時空背景】

魯智深離開了五臺山，在寺中智真長老的推薦下，準備到東京大相國寺安身。一路上，他喝酒吃肉，住店不住廟，旅途倒也悠閒自在。

某一天，魯智深錯過客店，正在為晚上的宿處發愁時，突然看到一所莊院。魯智深心想：「就到那家莊院借宿一晚吧！」

到了莊前，幾十個下人正忙進忙出，搬東搬西。魯智深說：「洒家想借貴莊投宿一晚，明早就走。」下人說：「和尚快走，不要找死！」魯智深動了氣：「只是借住而已，怎麼就是找死？」下人說：「再囉嗦的話就把你綁起來。」魯智深氣得拿起禪杖，準備動手打人。這時，莊裡走出一個老人，喝住下人，並帶著魯智深進到莊裡坐下。

老人向魯智深介紹了自己。原來這處莊院名為桃花村，別人都叫老人作桃花莊劉太公。劉太公讓下人準備了一桌酒席，招待魯智深吃喝。魯智深說：「今晚莊裡有什麼事？」劉太公苦著臉說：「今晚小女要出嫁，因此煩心。」魯智深笑著說：「男大當婚，女大當嫁。有什麼好煩惱的？」劉太公說：「師父不知，這婚事不是我情願的。附近有座桃花山。近來山上來了兩個強盜頭子，聚集了五、六百人，打家劫舍。他們到了我的莊上，看中我十九歲的女兒，於是丟下二十兩金子，一匹紅布當聘禮，選定今夜完婚。我雖然不情願，又拿他們沒辦法，所以煩惱。」

聽到這裡，魯智深說：「原來如此。由洒家來勸他回心轉意，如何？」劉太公當下就安排魯智深在新房裡冒充新娘，準備由魯智深來「勸」那個殺人不眨眼的魔君回心轉意。

到了晚上，那強盜頭子果然領著四、五十人，帶著刀槍器械，前來迎娶新娘。劉太公跪著迎接他。那強盜頭子喝了幾杯酒，嚷著要見新娘，劉太公只得引著他進了新房。

到了新房，那強盜頭子色心大起，不規不矩

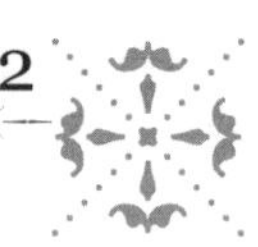

地把手摸進了帳中。沒想到，他摸到的不是如花似玉的貌美新娘，而是一個赤身露體的胖大和尚。魯智深趁機揪住那強盜頭子，壓在地上猛打，那強盜頭子還不知情，大喊：「為什麼打老公？」魯智深邊打邊喊：「教你認得老婆！」一群小嘍囉衝進來，把那強盜頭子救了出去。

魯智深打了桃花山的強盜頭子，他們自然不會善罷甘休。被打的那個是二頭領，大頭領見二頭領被打，於是帶著一群小嘍囉，準備來報仇。這邊的魯智深絲毫不懼，一面喝酒，一面等著敵人前來。

那大頭領來到莊外，見到魯智深，突然喊：「你的聲音好耳熟，你且通個姓名。」魯智深說：「我是魯達！現在出家做了和尚，叫做魯智深。」那大頭領哈哈一笑，說：「哥哥，別來無恙？」原來他就是史進的啟蒙師父「打虎將」李忠，曾和魯智深一起喝過酒。至於那二頭領，則是「小霸王」周通。魯智深要周通別再強娶劉太公的女兒，周通折箭為誓，答應了他。

【品味賞析再延伸】

有人說：「女人昏了頭才會結婚，所以『婚』字的寫法是由一個『女』字一個『昏』字合成的。」其實不然，「婚禮」原寫作「昏禮」，是在黃昏實施的禮儀。

在黃昏實施婚禮有兩個意義，一是黃昏為陰陽交融的時刻，二是和古代的搶婚制有關。所謂搶婚，指的是由男方帶人從女方的家中把新娘搶來，這是人類最早懂得族外婚時所用的辦法。秦漢以來，婦女普遍戴上戒指，據說也是和搶婚制有關。從前，男子搶來婦女，就給她戴上枷鎖，演變到後來，枷鎖就成了戒指。

在中原地區，搶婚制逐漸由婚禮的儀式所取代，但是一些少數民族如彝族、哈尼族、普米族、阿昌族、部分藏族、苗族、傣族等，仍保有此習俗。臺灣的布農族也有過搶婚制。

「搶婚」是布農族原始的婚姻方式。不管女方家長同不同意，男子都會上門把女子搶回家，帶回家之後，女子就屬於男方家了，然後才到女方家談論迎娶細節，擇日下聘，正式迎娶。布農人的觀念是，男方如果沒有能力搶到女子，日後

也沒有能力保障女子的安全。

在「搶婚」慢慢制度化以後，女子如果願意嫁給對方，往往會故意讓對方輕易得手，甚至跑到男方處束手就擒。女子如果不願意嫁給對方，就會想盡辦法保護自己，不讓對方搶到。

搶婚雖是古代習俗，但是後世也有人因為付不起聘金、遭到女方拒絕等種種原因而「搶婚」。如《左傳・襄公二十五年》記載了一個鄭國小商人在前往晉國的途中，遇到送親的隊伍，他就把新娘搶來當妻子。南北朝時，一個名為高乾的人，想要娶一位姓崔的女子，但女子認為高乾無權無勢，所以拒絕了。高乾不甘心，在弟弟高昂的協助下，搶出了崔家的女子。為了怕被搶回去，高乾在野外先占有了那女子，才帶回家去。

從古代的搶婚制來看，「小霸王」周通強娶劉太公的女兒，倒是饒有古風。幸虧劉太公這方有個仗義的魯智深出手相助，否則他的女兒難逃魔掌。不過，從劉太公只能依靠逃犯魯智深而不能倚賴官府一事來看，當時官府的懦弱無能，令人不敢領教。

【上知天文，下知地理】

古代的婚禮

古代婚禮最重要的是「六禮」，是結婚的六個步驟，包括納采、問名、納吉、納徵、請期、親迎。納采就是提親，由男方托媒說親。問名就是問女子的姓名，今人則是問女方的生辰八字，合八字以判定吉凶。納吉就是把占卜合婚的好消息告訴女方。納徵就是由男方將聘禮送到女家。請期就是選擇成婚日期。親迎就是由新郎親自到女方家中迎娶新娘回家。古代婚禮非常繁複，一來表示慎重，二來也是透過繁瑣的準備手續，建立兩方家族的關係。

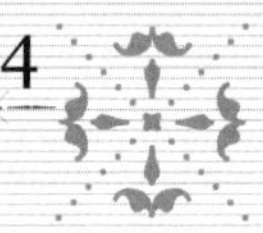

梁園雖好，不是久戀之家

第六回〈九紋龍剪徑赤松林　魯智深火燒瓦罐寺〉

【原汁原味的閱讀】

到寺前，看見那崔道成、丘小乙兩個兀自在橋上坐地。智深大喝一聲道：「你這廝們，來，來，今番和你鬥個你死我活！」那和尚笑道：「你是我手裡敗將，如何再來敢廝併？」智深大怒，掄起鐵禪杖，奔過橋來。那「生鐵佛」生嗔，仗著朴刀，殺下橋去。智深一者得了史進，肚裡膽壯；二乃吃得飽了，那精神氣力，越使得出來。兩個鬥到八、九合，崔道成漸漸力怯，只辦得走路；那「飛天藥叉」丘道人見和尚輸了，便仗著朴刀來協助。這邊史進見了，便從樹林子裡跳將出來，大喝一聲：「都不要走。」掀起笠兒，挺著朴刀，來戰丘小乙——四個人兩對廝殺。智深與崔道成正鬥到深澗裡，智深得便處喝一聲：「著！」只一禪杖，把「生鐵佛」打下橋去。那道人見倒了和尚，無心戀戰，賣個破綻便走。史進喝道：「哪裡去？」趕上望後心一朴刀，撲地一聲響，道人倒在一邊。……可憐兩個強徒，化作南柯一夢[1]！正是「從前做過事，無幸一齊來」。智深、史進把這丘小乙、崔道成兩個屍首都縛了，攛[2]在澗裡。兩個再趕入寺裡來，香積廚下拿了包裹。那幾個老和尚，因見智深輸了去，怕崔道成、丘小乙來殺他，已自都吊死了。……再尋到裡面，只見床上三四包衣服，史進打開，都是衣裳，包了些金銀，揀好的包了一包袱，背在身上。尋到廚房，見有酒有肉，兩個都吃飽了。灶前縛了兩個火把，撥開火爐，火上

1 南柯一夢：出自唐代李公佐的傳奇小說《南柯太守傳》，比喻人生如夢，富貴得失無常。與「黃粱一夢」同。

2 攛：ㄘㄨㄢ，拋擲，投入。

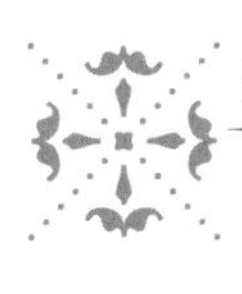

點著，焰騰騰的先燒著後面小屋，燒到門前。再縛幾個火把，直來佛殿下後簷，點著燒起來。湊巧風緊，刮刮雜雜地火起，竟天價燒起來。智深與史進看著，等了一回，四下火都著了。二人道：「『梁園雖好，不是久戀之家』，俺二人只好撒開。」

【穿梭時空背景】

魯智深離開桃花山，走過幾個山坡後，來到一座破敗不堪的寺院，他叫了半天，無人搭理，便往內走進廚房，見到幾個面黃肌瘦的老和尚席地而坐，和尚搖手叫魯智深不要大聲嚷嚷，因為寺院被外來的和尚和道人占據，和尚叫崔道成，綽號「生鐵佛」；道人叫邱小乙，綽號「飛天藥叉」。他們破壞房舍、趕走僧眾，官府離此甚遠，也無可奈何。老和尚們對二人頗為忌憚。

忽然傳來一陣歌聲，原來是道人邱小乙，魯智深不動聲色，尾隨他來到一棵槐樹下，當中坐著一個皮膚黝黑、滿臉橫肉的胖和尚，旁邊還有一個年輕婦人。魯智深走上前，胖和尚大吃一驚，請他同坐。魯智深劈頭就問寺院一事，胖和尚大聲喊冤，反指責那些老和尚行為不檢，他與道人就是特地來此重整門戶。魯智深聽罷，回到寺院質問老和尚，老和尚矢口否認，並分析說，胖和尚有酒肉吃，而他們這群人連粥都喝不飽，怎麼可能做出敗壞佛門之事？

魯智深覺得老和尚言之有理，便提起禪杖，找那兩人理論。崔道成不甘示弱，拿著朴刀應戰，打了十幾回合後，邱小乙想從魯智深背後給他一計暗算。忽有一個人影出聲提醒魯智深，讓邱小乙的詭計無法得逞。就這樣繼續打鬥了數回合後，魯智深肚子餓極，便故意露出破綻，擺脫了這兩人。

魯智深回到林子邊，想到剛才出聲相救之人，不知是敵是友，仍不敢掉以輕心。那漢子聽見魯智深的聲音，拿起朴刀翻身跳出，魯智深自然是舉禪杖迎戰。二人覺得彼此的聲音似曾相似，漢子報了姓名，原來是史進。二人稍敘別後情景，史進拿出乾肉燒餅，二人邊吃邊聊。

魯智深和史進吃飽喝足了，發現崔道成、邱小乙還坐在橋上，並出言挑釁，於是四人又打了起來。崔邱二人本不是魯智深對手，現在魯智深又與史進聯手，崔邱二人不多時便命喪黃泉。魯智深和史進將二人屍首綁在一起丟入溪澗。回到寺院，卻發現那幾個老和尚以為魯智深打輸，紛紛上吊自殺了。兩人收拾東西，拿起火把，將寺院燒了個乾淨。他們看著熊熊烈火，轉身便離去了。

【品味賞析再延伸】

在這一回中，魯智深一把火燒掉瓦罐寺，離去之前說道：「梁園雖好，不是久戀之家。」他所說的梁園又有兔園、梁苑、睢園等名稱，是西漢梁孝王劉武所建的園囿，在今河南開封縣東南方。梁孝王為漢文帝之子，受封在大梁，根據晉人葛洪《西京雜記》記載：「梁孝王好營宮室苑囿之樂，作曜華之宮，築兔園。」「兔園」就是梁園。據說，建築竣工的梁園，庭台樓閣、珍禽異獸、奇木佳樹，美不勝收。《史記．梁孝王世家》記載「梁苑」有「方三百餘里」，可見規模宏大。司馬相如與枚乘都曾受邀至梁園與梁王飲酒作樂。枚乘作〈梁王菟園賦〉，記錄了當時文人競相遊覽梁園的盛況。

唐天寶三年春，李白離開長安，在洛陽遇見當時三十三歲的杜甫，二人同遊梁園，並作詩誌之。李白寫下〈梁園吟〉：「平臺為客憂思多，對酒遂作梁園歌。」杜甫也有〈寄李十二白二十韻〉：「醉舞梁園夜，行歌泗水春。」梁園再美再好，畢竟仍是異鄉，也不是久留之地。

金聖歎在此回中評點道：「吾讀瓦官一篇，不勝浩然而嘆。」瓦罐寺這一橋段，有兩個重要的承接作用，第一、是魯智深與林沖在東京相遇的過場；第二、書中的前後兩回都寫魯智深在林子裡所發生的事，這段跳脫不寫林子，而是在寺院內生事。金聖歎就說，本來沒有寺院，施耐庵寫了一個寺院，但是轉眼之間，魯智深一把火燒掉寺院，讀者讀了，心中又無寺院了，有無之間，可見施耐庵寫作高妙之處。

不怕官，只怕管

第七回〈花和尚倒拔垂楊柳　豹子頭誤入白虎堂〉

【原汁原味的閱讀】

當時林沖扳將過來，卻認得是本管高衙內，先自手軟了。高衙內說道：「林沖，干你甚事！你來多管！」原來高衙內不曉得他是林沖的娘子；若還曉的時，也沒這場事。見林沖不動手，他發這話。眾多閒漢見鬧，一齊攏來勸道：「教頭休怪，衙內不認得，多有衝撞。」林沖怒氣未消，一雙眼睜著瞅那高衙內。眾閒漢勸了林沖，和哄高衙內出廟上馬去了。林沖將引妻小並使女錦兒，也轉出廊下來。只見智深提著鐵禪杖，引著那二三十個破落戶，大踏步搶入廟來。林沖見了，叫道：「師兄哪裡去？」智深道：「我來幫你廝打。」林沖道：「原來是本管高太尉的衙內，不認得荊婦[1]，一時間無禮。林沖本待要痛打那廝一頓，太尉面上須不好看。自古道：『不怕官，只怕管。』林沖不合吃著他的請受，權且讓他這一次。」智深道：「你卻怕他本管太尉，洒家[2]怕他甚鳥！俺若撞見那撮鳥時，且教他吃洒家三百禪杖了去。」林沖見智深醉了，便道：「師兄說得是。林沖一時被眾人勸了，權且饒他。」智深道：「但有事時，便來喚洒家與你去。」眾潑皮[3]見智深醉了，扶著道：「師父，俺們且去，明日再得相會。」智深提著禪杖道：「阿嫂休怪，莫要笑話。阿哥，明日再會。」智深相別，自和潑皮去了。林沖領了娘子並錦兒，取路回家，心中只是鬱鬱不樂。

1 荊婦：即拙荊，對妻子的謙稱。

2 洒家：宋元時關西一帶人的自稱。

3 潑皮：無賴、流氓的意思。

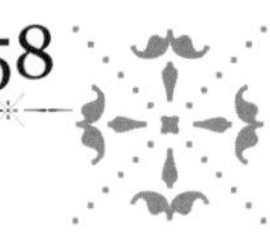

【穿梭時空背景】

魯智深與史進拜別之後，魯智深來到大相國寺投靠智真禪師的師弟智清禪師，智真禪師也寫了一封信，敘述魯智深出家的原由，並叮囑師弟務必收留。因魯智深背景特殊，智清禪師頗為躊躇，與職事僧人商量後，讓他到酸棗門外的菜圃居住，一方面也算完成智真禪師的請託，一方面也免魯智深鬧事。在菜圃附近，住了二三十個小混混，他們聽說有新和尚，打算對他來個下馬威。

那幾個小混混先假意拿果盒、酒禮獻殷勤，想用計將魯智深騙到糞坑讓他出糗，但魯智深察覺有異，早已起疑，偏偏不上他們的當，並趁人不備時，左一腳右一腿，將幾個混混踢進糞坑，眾人見魯智深身手了得，伏首稱臣。接連幾日，混混們拿酒肉招待魯智深，酒酣耳熱之際，便請魯智深耍刀弄棍一番。

這天，魯智深正大展身手時，一名豹頭環眼、燕頷虎鬚、身長八尺的官人在旁觀看，並大聲喝采，原來是八十萬禁軍頭子林沖。林沖因陪妻子到廟裡燒香，聽見了使棒聲，好奇前來湊趣。林沖與魯智深一見如故，兩人三杯酒下肚，侍女錦兒便急急跑來報告，說林沖妻子在五岳樓下被人攔住不放行。

只見一名男子糾纏著林沖妻子，林沖走上前，準備將他痛打一頓，卻發現竟是本管高太尉的養子高衙內。高衙內素行不良，仗著高太尉的權勢，作威作福，強奪人家妻女，百姓敢怒不敢言，在背後稱他「花花太歲」。林沖這下自是無法動手，旁人上前勸解，高衙內悻悻地上馬離去。這時，魯智深也提著禪杖，帶著一群混混前來助陣，林沖喊住魯智深，告訴他輕薄妻子的那人就是高太尉的養子高衙內，得罪不得，況且自己還領高太尉的俸祿，多一事不如少一事。

高衙內回到府裡，對林沖妻子仍是念念不忘，有一人喚做富安，便向高衙內獻計，說可以利用陸謙和林沖十分要好這一點，使個調虎離山之計，讓衙內先躲在陸謙家的閣樓，然後要陸謙請林沖到酒樓飲酒，接著遣人到林沖家，告訴他的妻子說，林沖悶倒在陸謙家樓上，將她騙到高衙內的藏身之處，然後甜言蜜語一番，林沖妻子必定乖乖就範。

隔了幾天，陸謙果然到林沖家，邀請他上街喝酒解悶，林沖不疑有他，便一同前往。喝了幾杯，林沖想要小解，便下樓來，卻遇見錦兒匆匆尋來，說林沖出門不久，有一漢子奔至家中，說林沖喝酒，一口氣上不來，昏了過去，林沖妻子急忙趕去陸謙家探看，卻不見丈夫，只見滿桌酒菜。林沖大吃一驚，三步併作一步跑到陸謙家，高衙內聽見林沖的叫聲，作賊心虛，從窗戶一躍而下，翻牆逃走。林沖把陸謙家砸個粉碎，回頭到酒樓想找陸謙算帳，卻也不見蹤影了。

【品味賞析再延伸】

在《水滸傳》的故事中，林沖是「官逼民反」的代表人物，他原是八十萬禁軍教頭，小有功名，且家中有一賢妻，衣食無缺，照理是絕對不會造反作亂的，但卻被逼上梁山，其中施耐庵的寫作手法可說極為細膩。

林沖的出場，起初是為了陪妻子到廟裡上香，因緣際會結識了魯智深。後來，林沖妻子遭高太尉的養子高衙內輕薄，文中說到「當時林沖扳將過來，卻認得是本管高衙內，先自手軟了」，「先自手軟了」這一句並不是說林沖畏懼權勢，而是因為林沖領有高太尉的俸祿，「不怕官，只怕管」——人在屋簷下，不得不低頭，只得強壓下心中的不滿，也才會寫到接下來幾天他都鬱鬱寡歡。而高衙內前腳才走，魯智深就領人前來助陣，由此可見魯智深的俠義作風，而林沖藏在心裡不敢說的，便從魯智深口中說出：「你卻怕他本官太尉，洒家怕他甚鳥？俺若撞見那撮鳥時，且教他吃洒家三百禪杖了去。」林沖與魯智深二人，恰巧是水火的對比。

為什麼說林沖是被「逼」上梁山呢？施耐庵的鋪陳相當有技巧，透過一件接著一件為難林沖的事件，讓他終於忍無可忍，也讓讀者看得血脈賁張，為林沖叫屈。

有人獻計，利用林沖與陸謙的交情，把林沖的妻子騙去與高衙內見面，幸好詭計沒有得逞。林沖怨恨自小一同長大的好友陸謙不顧兄弟之情，轉頭找陸謙算帳，文中描寫陸謙家「鄰舍兩邊都閉了門」，營造出林沖怒氣騰騰的模樣。

高衙內雖躲了一時，卻嚇出病來，愛子心切的高太尉因而對林沖心生不滿，設下陷阱，引林

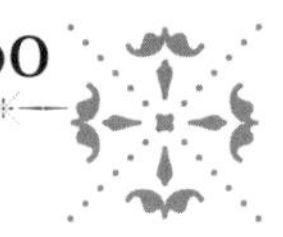

沖誤入白虎堂，欲羅織罪名將他定罪判刑。但這個陷阱其實不怎麼高明，林沖買刀的隔日，高太尉就知道，還派了兩個生面孔來請林沖，真是破綻百出。最後幸虧有孫定求情，林沖改判脊杖、發配滄州。

林沖是一個重情義的人，離去前，擔心誤了妻子，特地寫了休書給她，希望妻子找個好人家改嫁，妻子自然不肯。

在前往滄州的路上，負責押解的董超、薛霸暗中得到指示，要在途中置林沖於死地，兩人對林沖百般虐待，但是林沖都一忍再忍。抵達滄州之後，林沖被發配照管草料場。一日，大雪紛飛，壓垮了草料場的大廳，林沖跑到山神廟暫歇，不料草料場起了大火，而且還是高太尉指使人放的火，想要燒死林沖。對於高太尉一而再、再而三的迫害，林沖到了忍無可忍的地步，終於在這一段全盤爆發而出。

金聖歎評林沖道：「林沖自然是上上人物，寫得只是太狠，看他算得到、熬得住、把得牢、做得徹，使人都怕。這般人在世上，定做得事業來，然琢削元氣也不少。」其實，林沖個性耿介剛強，若非高太尉苦苦相逼、陸謙背信忘義，林沖極有可能繼續忍耐退讓。這幾回的情節環環相扣，巧妙結合了「忍」與「逼」，讓讀者對林沖的遭遇深感同情，並能理解他上梁山的抉擇。

殺人須見血，救人須救徹

第九回〈柴進門招天下客　林沖棒打洪教頭〉

【原汁原味的閱讀】

當下深、沖、超、霸四人在村酒店中坐下，喚酒保買五、七斤肉，打兩角酒來吃，回些麵來打餅。酒保一面整治，把酒來篩。兩個公人1道：「不敢拜問師父在哪個寺裡住持？」智深笑道：「你兩個撮鳥問俺住處做什麼？莫不去教高俅做什麼奈何洒家？別人怕他，俺不怕他。洒家若撞著那廝，教他吃三百禪杖。」兩個公人哪裡敢再開口。吃了些酒肉，收拾了行李，還了酒錢，出離了村店。林沖問道：「師兄，今投哪裡去？」魯智深道：「『殺人須見血，救人須救徹』。洒家放你不下，直送兄弟到滄州2。」兩個公人聽了，暗暗地道：「苦也！卻是壞了我們的勾當，轉去時怎回話？且只得隨順他，一處行路。」

自此途中被魯智深要行便行，要歇便歇，哪裡敢扭他；好便罵，不好便打。兩個公人不敢高聲，只怕和尚發作。行了兩程，討了一輛車子，林沖上車將息3，三個跟著車子行著。兩個公人懷著鬼胎，各自要保性命，只得小心隨順著行。魯智深一路買酒買肉將息林沖，那兩個公人也吃。遇著客店，早歇晚行，都是那兩個公人打火做飯，誰敢不依他？二人暗商量：「我們被這和尚監押定了，明日回去，高太尉必然奈何俺。」薛霸道：「我聽得大相國寺菜園廨宇4裡新來了個僧人，喚做魯

1 公人：指古代在官署執行公務的差役。

2 滄州：位於今河北省滄縣東。

3 將息：調養休息。

4 廨宇：古時屬於官署的房子。

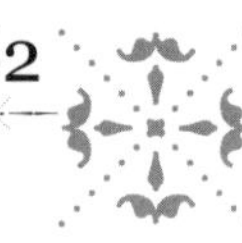

智深，想來必是他。回去實說，俺要在野豬林結果他，被這和尚救了，一路護送到滄州，因此下手不得。捨著還了他十兩金子，著陸謙自去尋這和尚便了。我和你只要躲得身上乾淨。」董超道：「也說的是。」兩個暗商量了不題。

【穿梭時空背景】

在第八、九回的故事中，寫到林沖遭受陷害，被杖責二十，發配滄州，負責押解的公人董超、薛霸，收了高太尉的賄賂，奉命在前往滄州的途中，找個僻靜之處，取林沖的性命。

這一路上，林沖可說是吃盡了苦頭，由於行前遭到杖打，因此舉步維艱，董超、薛霸知道林沖是高太尉的眼中釘，自然不給他好臉色看，還假意幫林沖洗腳，卻是拿滾水燒燙，把他的雙腳全燙得紅腫起泡了。隔天林沖起身頭暈，吃不下，也走不動，薛霸便使棍子催逼動身，董超還偏偏拿出一雙新草鞋給林沖穿，而他的舊草鞋早就不翼而飛了，結果林沖起水泡的腳更是皮開肉綻，鮮血淋漓。

之後三人來到一座名為「野豬林」的林子，薛霸說要稍事休息，林沖靠在一棵大樹下，薛霸與董超走過來，說他們二人也要午睡，不過擔心林沖逃跑，要將他綑綁起來，林沖表示，自己是條好漢，雖然是帶罪之身，但絕不會趁機一走了之。無奈薛、董二人不信，還是拿了枷鎖將林沖的手腳緊緊綁在樹上。薛霸與董超將林沖綁牢之後，便轉過身，拿起水火棍（一半黑一半紅的木棍），告訴林沖，他們奉命要取林沖的性命，林沖一聽，急得淚如雨下，懇請二人念在與他無冤無仇的份上，放他一馬。薛霸不予理會，執起水火棍，就往林沖腦袋劈下，可憐豪傑即將束手就死。

當薛霸的水火棍正要劈下時，松樹後飛出一根鐵禪杖，打掉了水火棍，接著跳出一個胖大和尚，一手拿戒刀、一手拿禪杖，朝著薛霸與董超打來，林沖睜眼一看，救他性命的人，竟是花和尚魯智深。

林沖出聲叫住魯智深，請他不要對薛霸與董超下手，因為他們二人也不過是奉命行事罷了。原來，魯智深早知薛、董二人心懷不軌，暗中跟蹤已久，在野豬林看到林沖有難，趕緊出手相救。魯智深接受林沖的求情，放過薛霸與董超，並命令他們攙扶林沖，薛霸、董超畏懼魯智深，只得乖乖聽命。

四人行走數公里後，來到一間山村酒店，林沖問魯智深接著要上哪裡去？魯智深豪爽地說：「殺人須見血，救人須救徹。」他放心不下林沖，決定護送他平安抵達滄州。因此，接下來的路途，薛、董兩個公人，萬事都得聽從魯智深的吩咐。走了半個多月，距離滄州只剩七十餘里，且沿路都有人家，魯智深估量沒有危險，才放心地與林沖道別。

【品味賞析再延伸】

在《水滸傳》中，關於魯智深的描述相當生動，讓讀者對這個胖大和尚印象深刻，金聖歎就說：「《水滸傳》只是寫人粗鹵處，便有許多寫法。如魯達粗鹵是性急，史進粗鹵是年少任氣，李逵粗鹵是蠻，武松粗鹵是豪傑不受羈靮，阮小七粗鹵是悲憤無說處，焦挺粗鹵是氣質不好。」同樣是粗人，在施耐庵筆下，卻能清楚呈現個人不同的風貌。

魯智深原名魯達，他在《水滸傳》第三回就出場與讀者見面，起初他是經略提轄，所謂「提轄」，在宋代是一州或一府所設置的武官，專職訓練軍隊、捉拿盜賊。在第三回中，魯智深因為聽到惡霸鄭屠戶欺負金氏父女，於是找上鄭屠戶，故意尋他晦氣，誰知打了幾拳，鄭屠戶竟一命嗚呼，魯智深為了躲避官府追緝，急急忙忙離開渭州。在這第一個事件中，就可以略微知道，魯智深是個好打抱不平，但行事過於衝動，缺乏深謀遠慮之人，不過，因為這樣貼近人性的描寫，反而更能引起共鳴。

魯智深在趙員外安排下，到五台山找智真法師，落髮為僧。當了和尚的魯智深並不安分，吃肉喝酒樣樣來，從不遵守出家人的清規。因為，對他而言，出家只是為了避風頭，也就是一時的權宜之計，絕不是要藉此好好修行。在第三到第五回中，施耐庵雖是在說故事，但在魯智深的描

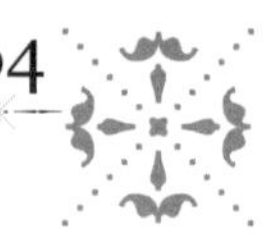

科打諢中，鋪陳出此人的性格，是真誠、是魯莽、是義氣、是衝動。所以金聖歎就說：「魯達自然是上上人物，寫得心地厚實，體格闊大。論粗鹵處，他也有些粗鹵；論精細處，他亦甚是精細。」至於魯智深的精細處，在第三回的拳打鎮關西可以看出端倪，「且說魯達尋思，恐怕店小二趕去攔截他，且向店裡掇條凳子，坐了兩個時辰。約莫金公去的遠了，方才起身，逕投狀元橋來。」以魯智深性急且火爆的脾氣，居然能掇條凳子坐上兩個時辰，實在不容易，由此可證明他也有行事謹細的一面。

第六回中，魯智深與林沖相遇，二人的交誼可以說是英雄惜英雄。林沖妻子被調戲，魯智深立刻帶人要聲援，林沖阻止，魯智深還大剌剌地表示，他才不怕高太尉什麼鳥官，要是給他撞見，鐵定要他吃禪杖。一番話說得是豪放不羈，草莽性格展露無遺。

等到林沖遭受陷害，發配滄州，行經野豬林，薛霸正要痛下毒手，「說時遲，那時快，薛霸的棍恰舉起來，只見松樹背後雷鳴也似一聲，那條鐵禪杖飛將來，把這水火棍一隔，丟去九霄雲外，跳出一個胖大和尚來」，施耐庵的描寫自是精彩萬分，也讓人捏一把冷汗，他不是一開始就說此人是誰，而是層層推進，充滿戲劇性，金聖歎評點曰：「第一段先飛出禪杖，第二段方跳出胖大和尚，第三段再詳其皂布直裰與禪杖戒刀，第四段始知其為智深。」這胖大和尚當然就是魯智深，在林沖最危急時，挺身相救，這樣的豪氣干雲，令人深感佩服。之後，講義氣的魯智深更是表示要送林沖平安到達滄州。

從金聖歎大力讚揚魯智深：「魯達為人處，一片熱血，令人讀之，深愧虛生世上，不曾為人出力。」到明代，李卓吾也說：「施耐庵、羅貫中真神手也。摹寫魯智深處，便是個烈丈夫模樣。」還讚嘆魯智深是個「活佛」。今人石繼航更評論說，在《水滸傳》的眾家好漢中，最能代表梁山精神的人物，非魯智深莫屬了。

吃飯防噎，走路防跌

第十回〈林教頭風雪山神廟　陸虞候[1]火燒草料場〉

【原汁原味的閱讀】

李小二請林沖到裡面坐下，說道：「卻才有個東京來的尷尬人，在我這裡請管營、差撥[2]吃了半日酒。差撥口裡吶[3]出『高太尉』三個字來，小人心下疑惑。又著渾家聽了一個時辰，他卻交頭接耳，說話都不聽得，臨了只見差撥口裡應道：『都在我兩個身上，好歹要結果了他！』那兩個把一包金銀遞與管營、差撥，又吃一回酒，各自散了。不知甚麼樣人，小人心疑，只怕恩人身上有些妨礙。」林沖道：「那人生得什麼模樣？」李小二道：「五短身材[4]，白淨面皮，沒甚髭鬚，約有三十餘歲；那跟的也不長大，紫棠色面皮。」林沖聽了大驚道：「這三十歲的正是陸虞候！那潑賤賊，敢來這裡害我！休要撞著我，只教他骨肉為泥！」李小二道：「只要提防他便了。豈不聞古人言：『吃飯防噎，走路防跌[5]？』」林沖大怒，離了李小二家。先去街上買把解腕尖刀，帶在身上。前街後巷，一地裡去尋。李小二夫妻兩個捏著兩把汗。當晚無事。林沖次日天明起來，洗漱罷，帶了刀，又去滄州城裡城外，小街夾巷，團團尋了一日。牢城營裡，都沒動靜。林沖又來對李小二道：「今日又無事。」小二道：「恩人，只願如此。只是自放仔細便了。」林沖自回天王堂，過了一夜，街上尋了三、五日，不見消耗[6]，林沖也自心下慢了。到第六日，只見管營叫喚林沖到點視廳上，說道：「你來這裡許多時，柴大官人面皮，不曾抬

1 虞候：對下級吏員、侍從的通稱。

2 差撥：官職名，牢城營的小隊長。

3 吶：大聲喊叫。

4 五短身材：個子不高。五短，四肢和身軀都很短小。

5 吃飯防噎，走路防跌：比喻做什麼都要小心謹慎，以防不測。

6 消耗：信息的意思。

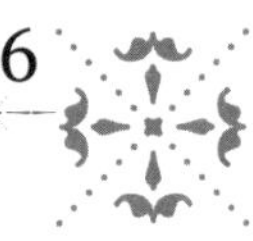

舉的你，此間東門外十五里有座大軍草場，每月但是納草納料的，有些常例錢取覓。原尋一個老軍看管，如今我抬舉你去替那老軍來守天王堂，你在那裡尋幾貫盤纏。你可和差撥便去那裡交割。」林沖應道：「小人便去。」

【穿梭時空背景】

林沖與魯智深分手，之後抵達了滄州，在這裡他遇上多年前曾周濟過的李小二，李小二目前投托在一個酒店中做事，娶了主人的女兒，成了酒店的店主；林沖至此受李小二諸多照顧。

而陸謙受高俅指使，收買了滄州牢城的管營與差撥，要找機會殺了林沖。正巧從東京來了兩個人，進到李小二店內，並叫李小二去請管營、差撥，又說了些什麼「都在我身上，好歹要結果他性命」。之後，李小二向林沖報告：東京來了個人，行蹤詭祕。林沖根據李小二所描述的模樣，推測是陸謙，因此在滄州的大街小巷內找了五天，仍不見陸謙的蹤跡。

在大雪紛飛的嚴冬時節，林沖被管營叫去大軍草料場管事，林沖與老軍交割完後，便到市集上買酒喝，回來一看草廳竟被雪壓倒了，心想：天色已晚，這如何過得一夜？因此又到附近的山神廟住得一宿。沒想到，差撥、陸謙、富安三人先是到草料場縱火，然後也跑到山神廟，三人都說這回林沖必死無疑，高衙內可順了意，這些話正巧被身在廟內的林沖聽到，知道他們放火，是想要燒死自己。林沖大怒，拽開門，使起花槍，毫不留情將三人送上黃泉，還割下三人頭顱，擺在山神廟供桌前。

【品味賞析再延伸】

今人劉烈茂在《坐遊梁山泊》中說「《水滸》作者善於蓄憤」，針對的就是這一回的情節，他認為，林沖在這種情形下殺陸謙，比起在東京或滄州的藝術效果好。怎麼說呢？

林沖的主要仇人是高俅父子，但林沖為了自己的身家及將來，不敢與當權者決裂。而身為林沖好友的陸謙，竟然賣友求榮，這就讓林沖氣憤難當了。他對高衙內的怒氣無法發洩，對陸謙這個只是聽候差遣的虞侯（他並非高衙內的手下，只是高衙內手下富安的朋友），就可以直接算帳了吧！陸謙也自知理虧，躲至太尉府內，避開林沖的追殺。

林沖因入白虎堂而被流放前，將妻子休掉，雖說是這一去「生死存亡未卜」，不願「誤了娘子青春」，但林沖還是有自己的考量：「免得高衙內的陷害。」在押送的一路上，他對押送公人百般忍讓，讓人不禁納悶，身為八十萬禁軍教頭的林沖如何忍得下這口氣？不僅不動手，連回嘴都不曾，當公人要打死他時，也只有苦苦哀求！這時候的林沖應是想著，先熬過去再說，或許還有機會回東京當禁軍教頭。而梁山，此時並不在他的考量之中。

但高衙內、陸謙等人並沒有放過林沖，這一段就是林沖第二次要殺陸謙的過程，然而，林沖「街上尋了三五日」，仍找不著陸謙，因此林沖必須等待下一個機會了。

這一回的最後，林沖發現自己的忍讓不能換得高俅的放手，因此在漫天風雪中、在草料場所映照的熊熊火光中，痛下殺手，一口氣殺了三個人。

此時，林沖真正殺了陸謙，一口氣了結三條人命，讀者卻不覺得殘忍，反而覺得理所當然，彷彿有種出了一口怨氣的快感，這就是前面說的「《水滸》作者善於蓄憤」所產生的效果。

大陸學者吳越在《吳越評水滸》中曾說：林沖殺人後對人討酒喝，是他唯一一次快活飲酒，也是唯一一次從他嘴裡說出「快活」兩字，說明林沖平常太過壓抑，「他那蜷縮得太久的疲憊而沉重的靈魂，終於得到了舒展」，一切解脫後，現出他本來的性格。

通常談起《水滸傳》總會提到「官逼民反」，提到「逼上梁山」也會想到林沖，但吳越則提供了另一個思考的角度，他認為：「實質上他（林沖）卻是一個典型的『逼也不反』的人物」，意即，他其實是個順民，因此也有很多讀者一想到林沖，就會想到「哀其不幸，怒其不爭」。不知看了《水滸傳》的你，是否也同樣「怒其不爭」呢？若是，那麼作者創造林沖的性格是成功的，「蓄憤」的效果也同樣成功。

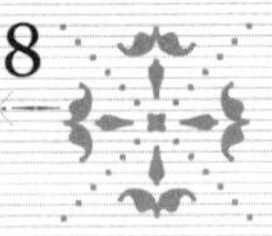

千里投名，萬里投主

第十一回〈朱貴水亭施號箭　林沖雪夜上梁山〉

【原汁原味的閱讀】

當下王倫叫小嘍囉一面安排酒食，整理筵宴，請林沖赴席，衆好漢一同吃酒。將次席終，王倫叫小嘍囉把一個盤子，托出五十兩白銀、兩匹紵絲來。王倫起身說道：「柴大官人舉薦將教頭來敝寨入夥，爭奈小寨糧食缺少，屋宇不整，人力寡薄，恐日後誤了足下，亦不好看。略有些薄禮，望乞笑留，尋個大寨安身歇馬，切勿見怪。」林沖道：「三位頭領容覆：小人『千里投名，萬里投主』，憑託柴大官人面皮，逕投大寨入夥。林沖雖然不才，望賜收錄。當以一死向前，並無諂佞，實為平生之幸，不為銀兩齎發1而來，乞頭領照察。」王倫道：「我這裡是個小去處，如何安著得你？休怪，休怪！」朱貴見了，便諫道：「哥哥在上，莫怪小弟多言。山寨中糧食雖少，近村遠鎮，可以去借。山場水泊木植廣有，便要蓋千間房屋，卻也無妨。這位是柴大官人力舉薦來的人，如何教他別處去？……」杜遷道：「山寨中哪爭他一個！哥哥若不收留，柴大官人知道時見怪，顯的我們忘恩背義。日前多曾虧了他，今日薦個人來，便恁推卻，發付他去！」……王倫道：「兄弟們不知，他在滄州雖是犯了迷天大罪，今日上山，卻不知心腹。倘或來看虛實，如之奈何？」林沖道：「小人一身犯了死罪，因此來投入夥，何故相疑？」王倫道：「既然如此，你若真心入夥，把一個投名狀2來。」林沖便道：「小人頗識幾字，乞紙

1 齎發：指資助或是贈送財物給他人，使他前往做某事。齎，ㄐㄧ。

2 投名狀：指新入夥的強盜，須殺一人，並將人頭交給首領，以表示真誠，此種形式稱為「投名狀」。

筆來便寫。」朱貴笑道：「教頭你錯了。但凡好漢們入夥，須要納投名狀，是教你下山去殺得一個人，將頭獻納，他便無疑心。這個便謂之『投名狀』。」林沖道：「這事也不難。林沖便下山去等，只怕沒人過。」王倫道：「與你三日限。若三日內有投名狀來，便容你入夥；若三日內沒時，只得休怪。」林沖應承了，自回房中宿歇，悶悶不已。

【穿梭時空背景】

林沖殺死陸謙三人後，自知官府必定派人來抓拿，因此在冰天雪地中開始逃亡。林沖發現一間草屋，屋中有數人，林沖借火烘烤被雪沾濕的衣服，接著因肚子餓了，想討些酒肉來吃，但這些莊客不願意將酒肉分給他，林沖聞到香味更是飢腸轆轆，將莊客趕打一番，自己大口吃喝起來。吃到剩下一半，便提起了槍，走出門去，這時林沖已經有些醉意，踉踉蹌蹌，朔風一吹，就醉倒在雪地裡。莊客見林沖醉了，一擁而上，將他縛住，送往一個大莊院。

莊客將林沖吊在門樓下，林沖酒醒後不禁大聲嚷嚷，眾人打算等莊主小旋風柴進回來後再處置他。柴進瞭解了林沖的遭遇後，便告訴他，在山東濟州有一個水鄉，叫做「梁山泊」，三個好漢在那裡扎寨，為首的是「白衣秀士」王倫，第二個叫「摸著天」杜遷，第三個是「雲裡金剛」宋萬，他們聚集數百個小嘍囉，打家劫舍，凡是走投無路之人，都投奔到梁山泊避難。柴進與三位好漢有些交情，決定修書一封，推薦林沖投靠到梁山泊。但為了掩人耳目，柴進假裝要遠行打獵，林沖則混在莊客中，從容出關。

林沖拜別柴進後，獨自行走數十日，此時正值隆冬，「彤雲密布，朔風緊起，又見紛紛揚揚，下著滿天大雪。行不到二十餘里，只見滿地如銀。」林沖踏雪前行，天色漸晚，便在靠湖的一個小店落腳。林沖點了酒肉坐定，詢問酒保此處距離梁山泊尚有多少路程？酒保回答，僅有水

路沒有陸路，不過天色已晚，風雪又大，也沒有船隻可以搭乘了。林沖喝了幾碗酒，想起自己目前的窘境，不禁感傷，向酒保要了筆硯，便在粉白的牆上寫了一首詩抒懷：「仗義是林沖，為人最樸忠。江湖馳譽望，京國顯英雄。身世悲浮梗，功名類轉蓬。他年若得志，威鎮泰山東。」

這時，一名穿著皮襖的漢子上前，一把揪住林沖，其實是想請林沖到後面水亭上說話。這人是王倫手下朱貴，在往梁山泊的要道上，開設這家酒店，以探聽來人虛實。朱貴知道林沖是柴進推薦而來，不敢怠慢，取出鵲畫弓，搭上響箭，不多時，山寨就派出一艘快船來接林沖。

林沖來到梁山泊山寨，見著王倫、杜遷、宋萬，幾人相互寒暄，並問柴進近況，林沖一一回答。不過王倫對林沖頗有些顧忌，深怕林沖強占自己的位置，因此暗中決定刁難他。王倫先是安排酒席宴請林沖，接著拿出銀子、絲綢，故意謙稱山寨糧食不齊、屋宇簡陋、人力不足，恐非林沖可以棲身之處，還是請他另投別處。林沖表示，自己是為了「千里投名，萬里投主」而來，請務必收留。王倫想測試他入寨的誠意，所以，限林沖在三日內取一人頭來，做為「投名狀」，林沖雖應允，心中卻是悶悶不樂。

【品味賞析再延伸】

林沖雪夜上梁山是《水滸傳》的精彩篇章，曾多次搬上舞台。明代劇作家李開先就根據施耐庵的《水滸傳》，創作《寶劍記》，全本共五十二齣，「夜奔」為《寶劍記》中的第三十七齣，描寫林沖夜奔梁山，一路上矛盾複雜的心情。

由於戲劇的渲染，讓林沖這個角色，呈現出忠義凜然的樣貌，甚至塑造出林沖雪夜上梁山，掙扎矛盾的內心戲。不過，若回到《水滸傳》第十一回的文本，施耐庵的筆法其實是相當內斂的，僅用平鋪直敘的語言，說明林沖與柴進分手後，在暮冬雪地中行走，直至一湖邊小店，接著遇到朱貴，在朱貴的引領下來到梁山泊山寨。表面上看似平淡無奇，其實早在前面幾回中，施耐庵已經逐步鋪陳，從林沖的安逸，到忍讓、遭陷、受迫害，直至非得上梁山。讀者的情緒，已隨著情節一路緊繃高昂。

在第十、十一回中，作者不從正面說明林

沖，而是由周遭景物切入，他運用風、雪、火這三件外在事物，描寫在草料場風雪的驟急猛烈，就好比林沖無法平靜、乖舛惡劣的命運，這場雪延續到林沖夜上梁山，仍舊紛紛而下，未曾稍歇；而草料場的熊熊烈火，燃起林沖復仇的怒火，因而不再眷戀與陸謙從小一起長大的情誼，憤而將陸謙等三人殺死。施耐庵藉由自然現象，影射林沖的內心世界，手法極為高妙。讓「夜奔」的張力在林沖身上展露無遺。

現代詩人楊牧曾作《林沖夜奔——聲音的戲劇》一詩劇，一共有四折，其中第一折〈風聲・偶然風、冒混聲〉有：

等那人取路投草料場來
我是風，卷起滄州
一場黃昏雪——只等他
坐下，對著葫蘆沉思
我是風，為他揭起
一張雪的簾幕，迅速地
一張雪的簾幕，迅速地
柔情地，教他思念，感傷
那人兀自向火
我們兀自飛落
我們是滄州今夜最焦灼的
風雪，撲打他微明的
竹葉窗。窺探一員軍犯：
教他感覺寒冷
教他嗜酒，抬頭
看沉思的葫蘆
這樣小小的銅火盆

詩人借用元雜劇的結構，詳細刻畫林沖的心理狀態，間以風聲、雪聲、山神聲、人聲的穿插，彷彿是「苦命的好漢」林沖被逼上梁山的內心獨白。在此作品中，讀者也看到文學古今轉換的獨特手法與高度美感。

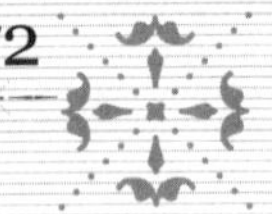

一物不成，兩物現在

第十二回〈梁山泊林沖落草　汴京城楊志賣刀〉

【原汁原味的閱讀】

卻說牛二搶到楊志面前，就手裡把那口寶刀扯將出來，問道：「漢子，你這刀要賣幾錢？」楊志道：「祖上留下寶刀，要賣三千貫。」牛二喝道：「甚麼鳥刀，要賣許多錢！我三十文買一把，也切得肉，切得豆腐。你的鳥刀有甚好處，叫做寶刀！」楊志道：「洒家的須不是[1]店上賣的白鐵刀，這是寶刀。」牛二道：「怎的喚做寶刀？」楊志道：「第一件，砍銅剁鐵，刀口不捲；第二件，吹毛得過；第三件，殺人刀上沒血。」牛二道：「你敢剁銅錢麼？」楊志道：「你便將來剁與你看。」牛二便去州橋下香椒鋪裡討了二十文當三錢[2]，一垛兒將來放在州橋欄干上，叫楊志道：「漢子，你若剁得開時，我還你三千貫！」那時看的人，雖然不敢近前，向遠遠地圍住了望。楊志道：「這個直得甚麼？」把衣袖捲起，拿刀在手，看的較準，只一刀，把銅錢剁做兩半，眾人都喝采。牛二道：「喝甚麼鳥采？你且說第二件是甚麼？」楊志道：「吹毛得過：若把幾根頭髮，望刀口上只一吹，齊齊都斷。」牛二道：「我不信。」自把頭上拔下一把頭髮，遞與楊志：「你且吹我看！」楊志左手接過頭髮，照著刀口上盡氣力一吹，那頭髮都做兩段，紛紛飄下地來，眾人喝采，看的人越多了。牛二又問：「第三件是甚麼？」楊志道：「殺人刀上沒血。」牛二道：「怎地殺人刀上沒血？」楊志道：「把人一刀砍了，並無血

1 須不是：卻不是。

2 二十文當三錢：二十枚。當三錢，宋代制錢之一，流通使用時，一可當三；還有一當五、一當十的。

3 禁城：舊時都城，皇帝宮殿所在地。

4 沒了當：糾纏不清。

5 撩撥：招惹、挑逗。

6 一物不成，兩物現在：交易雖沒成功，但財物仍在。

痕，只是個快。」牛二道：「我不信！你把刀來剁一個人我看。」楊志道：「禁城[3]之中，如何敢殺人？你不信時，取一隻狗來殺與你看。」牛二道：「你說殺人，不曾說殺狗！」楊志道：「你不買便罷，只管纏人做甚麼？」牛二道：「你將來我看。」楊志道：「你只顧沒了當[4]，洒家又不是你撩撥[5]的！」牛二道：「你敢殺我？」楊志道：「和你往日無冤，昔日無仇，一物不成，兩物現在[6]。沒來由殺你做甚麼？」牛二緊揪住楊志說道：「我偏要買你這口刀！」楊志道：「你要買，將錢來！」牛二道：「我沒錢。」楊志道：「你沒錢，揪住洒家怎地？」牛二道：「我要你這口刀！」楊志道：「我不與你！」牛二道：「你好男子，剁我一刀！」

【穿梭時空背景】

楊志奉命到太湖邊搬運花石（文中的「花石綱」便指運送花石前往京師的船隊），為宋徽宗蓋萬壽山，但十個制使去，唯有他不幸在黃河裡遭風打翻了船，失陷了花石綱，無法回京交差，只好逃至他處避難。後來遇赦，又想辦法弄來一擔財物，打算回東京恢復他原本殿前府制使的職務。途中經過梁山泊，剛好遇上林沖要納「投名狀」，於是兩人鬥了幾十回，直到王倫與杜遷等人出現，請他們住手。林沖與王倫等人邀他上山落草，但楊志認為自己不能玷污祖宗名聲，因此拒絕，仍是回到東京。

回到東京後，由於他只有一擔錢物，僅夠買通高俅的手下，等到去見高俅時，已是兩手空空，高俅自然不願買他的帳，把文書一筆批倒，將楊志趕出殿司府。此時，空有一身本事的楊志一文盤纏也無，不得不忍痛出賣心愛的祖傳寶刀。

就在楊志賣刀時，遇上了東京有名的破落戶潑皮牛二無理取鬧、撒野強奪，最後一時怒起，殺死牛二。之後，楊志便到官府自首，承擔罪責，被發配至北京大名府留守司充軍。

【品味賞析再延伸】

「一物不成，兩物現在」，說的是交易不成，財物還在，雙方都無損失。可以看出楊志說這句話時有著息事寧人的想法，希望牛二不要再無理取鬧，讓他能好好做生意。然而，惡霸牛二並不領情，最後反被自己的無理取鬧所害，死在自己的撒潑底下。

《水滸傳》中將楊志說成三代將門之後、楊令公之孫，並非獨厚楊志，要知道這是作者的習慣：只要能和古代帝王將相扯上關係的，都讓他們認祖歸宗，藉此提升身分，證明他們是應天命而生的。其中，最厲害的是柴進，他是後周柴世宗的子孫，家裡還有太祖賜下的丹書鐵券。

因此楊志不願意在梁山泊落草為寇，玷污祖宗的名聲；何況當時楊志還想辦法得到了一擔金珠寶貝，期望靠這一擔本錢恢復原職。要不是後來他又丟失了生辰綱，知道真的走投無路了，才終於上山落草。

此時的他，帶著金珠寶貝回到東京，卻仍無法官復原職，為了活口，只能賣掉祖傳寶刀。這一幕，令人感受到英雄末路的悲涼。

這一段「楊志賣刀」的情節之所以精采，可以從三個角度來看，短短的一段描述中照應了三個部分，小大兼顧，引人入勝。

第一、從破落戶潑皮牛二的形象來看。劉烈茂在《坐遊梁山泊》中談論道：本來牛二只是個過場人物，既然如此，實可以簡單帶過，而作者卻花了相當的筆墨描寫牛二的語言、行動，並勾勒出他刁橫無賴的性格，更襯托出楊志英雄末路的無奈與蒼涼。

牛二是真的想買刀嗎？當然不是，他游手好閒、四處亂逛，看到楊志賣刀便輕蔑地開口發問。急著賣刀、在街頭站了兩個時辰也無人聞問的楊志，雖然覺得牛二的態度不禮貌，也不能不理會他，畢竟他也想藉此引起路人的興趣，於是耐著性子回答牛二的問題，並說出了寶刀的三大優點：「第一件，砍銅剁鐵，刀口不捲；第二件，吹毛得過；第三件，殺人刀上沒血。」這麼一來，牛二就要驗證，這本來也合乎情理，若是只能切肉、切豆腐，又何必花三千貫呢？

然而，牛二的試驗完全符合他的流氓習性：「砍銅剁鐵，刀口不捲」，他不是找塊銅鐵，而向香椒鋪討了二十文當三錢，一方面是「向人討錢」，另一方面銅錢面積小，一疊放在橋邊欄杆上，心中打的主意是當楊志刀剁下時，可能無法對準，也可能砍了上面卻讓下面的銅錢因震動而落水，倘若如此，他便可以說楊志吹牛。接著，「吹毛得過」，既沒有說多少或怎麼吹，如果是整整齊齊的一把，或許還容易，但牛二偏偏從自己頭上拔下一撮頭髮，鬆鬆散散的，很可能未接觸寶刀就散落，或吹一口氣就全亂了，這樣牛二又可以宣稱楊志騙人。最後，「殺人刀上沒血」可讓楊志吃足了苦頭，若真殺人，豈不是在天子腳下公然犯下王法？不殺又無法證明，因此楊志勉為其難地想以一隻狗來替代，畢竟「殺人刀上沒血」是殺活物而刀不沾血的意思，但牛二就是在亂纏亂攪，還堅持：「你說殺人，不曾說殺狗！」就邏輯來看，殺狗的確不能等於殺人，但一般人絕不會這樣思考，因此楊志明白牛二是故意無理取鬧，便低聲下氣地說：「你不買便罷，只管纏人做甚麼？」牛二已知這的確是寶刀，更是死纏不放，「你敢殺我？」、「我偏要買你這口刀！」、「我沒錢。」、「我要你這口刀！」、「你好男子，剁我一刀！」，將潑皮無賴的性格刻畫得入木三分。

第二、在這個過程中，寶刀之奇，砍銅剁鐵、吹毛得過，也寫得生動逼真。

第三、作者的妙筆還點到旁觀眾人的反應，從旁烘托渲染楊志的怨憤。先是牛二的出場：楊志見眾人一哄而散，都跑到河下巷內躲起來，又聽到人說：「快躲了！大蟲來呀！」他還覺得奇怪：光天化日之下、市井之中，怎麼會有大蟲呢？結果是牛二。當牛二討了錢給楊志驗刀時，作者寫觀看的人群，「雖然不敢近前，向遠遠地圍住了望」，楊志一刀把銅錢剁成兩半，「眾人都喝采」；楊志將牛二的頭髮向刀口吹斷時，「眾人喝采，看的人越多了」。最後楊志一怒殺了牛二，高聲叫眾人為證，並陪他一同去見官。從眾人對牛二的避之唯恐不及，到對楊志的喝采，最後「坊隅眾人慌忙攏來，隨同楊志逕奔開封府出首」，多少可見楊志的英雄蓋世；但他的怨憤也同時可見，任你英雄蓋世，在這個奸人當道的時代，又有什麼用呢？

辨曲直而後施行，分輕重方才決斷

第十三回〈急先鋒東郭爭功　青面獸北京鬥武〉

【原汁原味的閱讀】

當日梁中書正在後堂與蔡夫人家宴，慶賞端陽，酒至數杯，食供兩套，只見蔡夫人道：「相公自從出身，今日為一統帥，掌握國家重任，這功名富貴從何而來？」梁中書道：「世傑自幼讀書，頗知經史，人非草木，豈不知泰山[1]之恩，提攜之力，感激不盡！」蔡夫人道：「丈夫既知我父親恩德，如何忘了他生辰？」梁中書道：「下官如何不記得，泰山是六月十五日生辰，已使人將十萬貫收買金珠寶貝，送上京師慶壽。一月之前，幹人[2]都關領去了。現今九分齊備，數日之間，也待打點停當[3]，差人起程。只是一件，在此躊躇。上年收買了許多玩器並金珠寶貝，使人送去，不到半路，盡被賊人劫了，枉費了這一遭財物，至今嚴捕賊人不獲。今年叫誰人去好？」蔡夫人道：「帳前現有許多軍校，你選擇知心腹的人去便了。」梁中書道：「尚有四、五十日，早晚催並禮物完足，那時選擇去人未遲。夫人不必掛心，世傑自有理會。」當日家宴，午牌至二更方散，自此不在話下。

且說山東濟州鄆城縣新到任一個知縣，姓時名文彬，此人為官清正，作事廉明，每懷惻隱之心，常有仁慈之念。爭田奪地，辨曲直而後施行。鬥毆相爭，分輕重方才決斷。閒暇時撫琴會客，忙迫[4]裡飛筆判詞。名為縣之宰官，實乃民之父母。

1 泰山：岳父的別稱。
2 幹人：辦事員、府吏。
3 停當：妥貼、妥當。
4 忙迫：忙碌匆迫，也作「忙逼」、「忙併」。

【穿梭時空背景】

之前提到，楊志因失陷花石綱獲罪，遇赦後返回東京，途經梁山泊時，林沖與王倫等人邀他上山落草，楊志不願意，仍舊下山返回東京。楊志變賣祖上留下的寶刀作盤纏時，遇上破落戶潑皮牛二撒野搶奪，楊志一時發怒，殺死牛二，被發配北京大名府留守司充軍。

北京大名府留守梁中書愛惜楊志是個人才，想通過比武讓他做官，於是命他與大名府的武將比試，果然楊志以嫻熟的槍法與箭法打敗了副牌軍周謹，又與正牌軍索超打了個平手，梁中書大喜，提拔楊、索兩人為官軍提轄使。

一方面，梁中書為岳父蔡京籌辦壽禮生辰綱，準備選人擇期送往東京太師府。另一方面，山東鄆城縣新到任知縣時文彬知道有人在轄區梁山泊聚眾打劫，命巡捕都頭朱仝、雷橫前去巡察。在東溪村靈官廟裡，他們捉到了正在酣睡的黑大漢劉唐。

【品味賞析再延伸】

其實這一回的情節只寫了一件事情：楊志比武，且正如當代學者吳越所說：「這是一場過場戲」，不是那麼重要，只用三兩句話帶過也未嘗不可。但這回過場戲之所以有存在的必要，正是為了後文梁中書要楊志幫他押送生辰綱到東京，因此梁中書並沒有把楊志分發到牢營中，而是有意安排一場比武，讓楊志成為親隨。

只是這場比試引起眾將士的不滿，所以又有了第二場比試，而這次梁中書才真正見識到楊志的本事，最後楊志從「配軍」提升至「提轄」。

「校場比武」的情節外，本回輕描淡寫地提到兩件事：一是梁中書要為蔡京祝壽，找人運送生辰綱；二是新到任知縣時文彬派朱仝、雷橫去巡察，抓住了劉唐。前者是為後文楊志落草鋪敘，後者是要用劉唐引出晁蓋、吳用這幾個人物來。因此，本回還真是名副其實的「過場戲」呢！

然而，作者如此形容知縣時文彬：「為官清正，作事廉明，每懷惻隱之心，常有仁慈之念。爭田奪地，辨曲直而後施行。鬪毆相爭，分輕重方才決斷。閒暇時撫琴會客，忙迫裡飛筆判詞。名為縣之宰官，實乃民之父母。」從短短幾句話

中可以觀察到，人民對於縣官的期望：有清廉、仁民愛物之心，能明辨是非曲直、輕重緩急才施行決斷，是讀書人也是父母官。

通俗小說這麼說，明末清初的王夫之在《讀通鑑論》卷十也表達了類似的看法：「清也、慎也、勤也，而清其本矣。」他認為「清、慎、勤」是好官應該具備的基本德行。但後文還說：「矜其清，則待物也必刻；矜其慎，則察物也必細；矜其勤，則求物也必煩。」這是「見樹不見林」會造成的流弊，因此他主張：「夫君子之清，清以和；君子之慎，慎以簡；君子之勤，勤以敬其事，而無位外之圖。」可見同樣是以「清、慎、勤」自許的好官，也有分為因不識大體而「刻、細、煩」，或具君子之風的「和、簡、敬其事」兩種。

前者正是《老殘遊記》第十六回所評述的：「贓官可恨，人人知之；清官尤可恨，人多不知。蓋贓官自知有病，不敢公然為非；清官則自以為不要錢，何所不可為剛愎自用，小則殺人，大則誤國，吾人親目所見，不知凡幾矣。」清官之所以比貪官可怕，正是因為清官自認清廉、使命感強烈，不容其他想法，剛愎自用，造成的負面效應猶甚於貪官。而《老殘遊記》便描述了兩種不同的清官：玉賢和剛弼，兩人實際是殘忍與剛愎的典型，曹州知府玉賢的「路不拾遺」是建立在對無辜人民的殘酷屠殺上；剛弼則自命不要錢，濫用嚴刑，屈殺好人。因此劉鶚透過巡撫白子壽批評剛弼說：「清廉人原是最令人佩服的，只有一個脾氣不好，他總覺得天下人都是小人，只他一個人是君子。」

從前世人談到清官、好官，總強調清廉，正如王夫之所說「清也、慎也、勤也，而清其本矣。」透過通俗小說，便可發現單單「清」是不夠的，反而常是造成「清官可恨」的根由。相形之下，便凸顯了本回中「爭田奪地，辨曲直而後施行。閒毆相爭，分輕重方才決斷」對一般百姓的重要。

人生一世，草生一秋

第十五回〈吳學究說三阮撞籌[1] 公孫勝應七星聚義〉

【原汁原味的閱讀】

阮小二道：「那夥強人，為頭的是個落第舉子，喚做白衣秀士王倫，第二個叫做摸著天杜遷，第三個叫做雲裡金剛宋萬。以下有個旱地忽律[2]朱貴，現在李家道口開酒店，專一探聽事情，也不打緊。如今新來一個好漢，是東京禁軍教頭，甚麼豹子頭林沖，十分好武藝。這幾個賊男女聚集了五、七百人，打家劫舍，搶擄來往客人。我們有一年多不去那裡打魚，如今泊子裡把住了，絕了我們的衣飯，因此一言難盡。」吳用道：「小生實是不知有這段事，如何官司不來捉他們？」……阮小五道：「他們不怕天，不怕地，不怕官司；論秤分金銀，異樣穿綢錦；成甕吃酒，大塊吃肉，如何不快活！我們弟兄三個空有一身本事，怎地學得他們！」吳用聽了，暗暗地歡喜道：「正好用計了。」阮小七說道：「人生一世，草生一秋[3]，我們只管打魚營生，學得他們過一日也好！」吳用道：「這等人學他做甚麼？他做的勾當，不是笞杖[4]五、七十的罪犯，空自把一身虎威都撇下。倘或被官司拿住了，也是自做的罪。」阮小二道：「如今該管官司沒甚分曉，一片糊塗！千萬犯了迷天[5]大罪的，倒都沒事。我弟兄們不能快活，若是但有肯帶挈[6]我們的，也去了罷！」阮小五道：「我也常常這般思量，我弟兄三個的本事，又不是不如別人。誰是識我們的！」吳用道：「假如便有識你們的，你們便如何肯去！」阮小七道：

1 撞籌：湊數，有「入夥」的意思。籌，是計數的碼子。

2 忽律：鱷魚，一名「忽雷」，轉音為「忽律」。

3 人生一世，草生一秋：感嘆人生短暫，不要虛度了光陰。

4 笞杖：鞭打杖擊。

5 迷天：同彌天、滿天，表示極大。

6 帶挈：帶領。

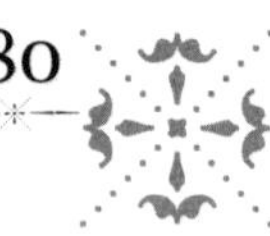

「若是有識我們的，水裡水裡去，火裡火裡去。若能夠見用得一日，便死了開眉展眼。」吳用暗暗喜道：「這三個都有意了，我且慢慢地誘他。」

【穿梭時空背景】

前一回的最後，吳用與晁蓋、劉唐三人祕密策畫，準備劫取生辰綱；這一回的情節主要是，吳用趕到石碣村去勸說阮小二、阮小五、阮小七三兄弟入夥，而公孫勝也為生辰綱的事，來到東溪村找晁蓋商量。

吳用先向晁蓋介紹阮家三兄弟，說他們靠打魚維生，一個叫做立地太歲阮小二，一個叫做短命二郎阮小五，另一個則是活閻羅阮小七，吳用與這三人曾有往來，交情不錯，三人義膽包身、武藝出眾，只要他們肯加入，「大事」一定能成。

於是吳用來到三兄弟處，宣稱自己在一個大財主家當教書先生，因要辦筵席，需要十條十幾斤的金色大鯉魚，所以來找阮氏三兄弟幫忙。大夥重逢，自然又是吃菜又是喝酒的，三兄弟也談到生活的艱難，原來此處的湖泊中並沒有這等大魚，只有梁山泊那裡才捕得到，但因遭人強占，不讓他們打魚，所以簡直快斷了生路，即使找官府也沒用，三兄弟滿肚子的苦水。

吳用聽了，正中下懷，便提到晁蓋這個人仗義疏財。三兄弟表示只是聞名卻不曾相會，吳用還說自己打聽到他有一套「富貴」待取，他們何不去半路攔截呢？三兄弟認為萬萬不可，既然晁蓋是仗義疏財的好男子，他們豈能做出這等讓江湖好漢笑話的事。

吳用一聽，大讚他們的惜客好義，才吐露自己正住在晁蓋的莊上，晁蓋因聽聞三兄弟的大名，所以派他來與三人談談。阮小二說，只要晁蓋有心要「帶挈」他們，他三人一定捨性命相助，否則都遭橫禍，惡病臨身，死於非命！阮小五與阮小七也十分激動地說，自己的滿腔熱血，只願給識貨的人！吳用便把劫取「一套富貴不義之財，大家圖一世快活」的計畫告訴阮家兄弟。

之後，吳用引三人會見了晁蓋。晁蓋、吳用、劉唐，還有阮家三兄弟，在擺了豬羊、紙馬、香花、燈燭的堂前，個個起誓說：「梁中書在北京害民，詐得錢物，卻把去東京與蔡太師慶生辰，此一等正是不義之財。我等六人中但有私意者，天誅地滅，神明鑒察。」

當六人正歡天喜地喝酒慶祝時，卻有一位名為公孫勝的道士來莊上打鬧，他自稱能呼風喚雨，駕霧騰雲，江湖上人稱「入雲龍」。他帶了十萬貫的金珠寶貝前來，想要送給晁蓋，不知他是否願意納受？晁蓋大笑，因為那禮物應該就是「生辰綱」吧！公孫勝引古人言說：「當取不取，過後莫悔。」於是這一夥人便從六人，增加為七人了。

【品味賞析再延伸】

本回單寫吳用到石碣村游說阮氏三兄弟一起劫取生辰綱，文字描述非常有意思，例如對三兄弟特徵勾勒，尤其是「說三阮撞籌」一段，成功刻畫了吳用足智多謀、能言善道的形象。金聖歎就把阮氏三雄的入夥全歸為吳用的功勞，並評論：「加亮說阮，其曲折迎送，人所能也；其漸近即縱之，即縱又另起一頭，復漸漸逼近之，真有如諸葛之於孟獲者，此定非人之所能也。」

吳用巧妙地假托為大財主辦筵席，需要十數尾十幾斤重的金色鯉魚，引出梁山泊被江湖好漢所霸占之事，循循善誘，因勢利導，有步驟地引三阮說出對好漢聚義的看法，藉此試探他們的心意；等到了解他們對聚義的嚮往，也明白他們對貪官污吏的不滿後，最後才提到仗義疏財的晁蓋，但此時還不說真話，故意要他們去攔取晁蓋的一套富貴，直到阮小五表示「使不得」，才真正讓吳用確定他們重義輕利的性格，之後才吐實，邀他們入夥，加入劫生辰綱的行動。

此段文字將吳用心思細密、機智多謀、善於言說的軍師形象描繪得栩栩如生，同時也揭露了阮氏三兄弟社會底層的漁民生活，以及他們的心聲。他們的生活不好過，因為梁山泊的水泊被強人所占，而官兵剿匪時卻搜刮老百姓，讓他們更困苦，迫害尤甚土匪，所以他們嚮往「論秤分金銀，異樣穿綢錦；成甕吃酒，大塊吃肉」的快意生活，也同樣「不怕天，不怕地，不怕官司」，

只要有人「帶挈」、「識我們的」，管他刀山油鍋，「水裡水裡去，火裡火裡去」，若能「見用得一日，便死了開眉展眼」，其言談之豪爽直率，正好與吳用語言的曲折迂迴形成強烈對比。

此外，《水滸傳》的人物都有與其形象相稱的綽號，例如此處的「白衣秀士王倫」，白衣，布衣的代稱；宋代應試秀才，都用白衣。但王倫這個白衣秀才，卻是落第秀才、心胸狹隘小人的寫照。

「摸著天杜遷」，以「摸著天」來比喻他身材的高大。「雲裡金剛宋萬」，金剛，是用來比喻身材魁梧之人，雲裡金剛更能突顯他身高的驚人，正好與「摸著天杜遷」兩人「一千一萬」，相得益彰。

「旱地忽律朱貴」，因鱷魚是傍旱而尋食物的，稱朱貴為「旱地忽律」，形容他在陸地上的威風模樣。

赤日炎炎似火燒，野田禾稻半枯焦。農夫心內如湯煮，公子王孫把扇搖。

第十六回〈楊志押送金銀擔　吳用智取生辰綱〉

【原汁原味的閱讀】

楊志趕來看時，只見松林裡一字兒擺著七輛江州車兒[1]，七個人脫得赤條條的在那裡乘涼，一個鬢邊老大一搭硃砂記，拿著一條朴刀，望楊志跟前來，七個人齊叫一聲：「呵也！」都跳起來。楊志喝道：「你等是甚麼人？」那七人道：「你是甚麼人？」楊志又問道：「你等莫不是歹人？」那七人道：「你顛倒問，我等是小本經紀，哪裡有錢與你？」楊志道：「你等小本經紀人，偏俺有大本錢？」那七人問道：「你端的是什麼人？」楊志道：「你等且說哪裡來的人？」那七人道：「我等弟兄七人是濠州[2]人，販棗子上東京去；路途打從這裡經過，聽得多人說這裡黃泥岡上時常有賊打劫客商。我等一面走，一頭自說道：『我七個只有些棗子，別無甚財賦。只顧過岡子來。』上得岡子，當不過這熱，權且在這林子裡歇一歇，待晚涼了行，只聽得有人上岡子來，我們只怕是歹人，因此使這個兄弟出來看一看。」楊志道：「原來如此，也是一般的客人。卻才見你們窺望[3]，惟恐是歹人，因此趕來看一看。」那七個人道：「客官請幾個棗子了去。」楊志道：「不必！」……沒半碗飯時，只見遠遠地一個漢子挑著一付擔桶，唱上岡子來，唱道：「赤日炎炎似

1 江州車兒：一種手推獨輪車，便於山地運輸。據說它是諸葛亮在川東江州所造。

2 濠州：州名，治所在今安徽鳳陽縣。

3 窺望：暗中觀察。

火燒，野田禾稻半枯焦。農夫心內如湯煮，公子王孫把扇搖。」那漢子口裡唱著，走上岡子來，松林裡頭歇下擔桶，坐地乘涼。衆軍看見了，便問那漢子道：「你桶裡是甚麼東西？」那漢子應道：「是白酒。」

【穿梭時空背景】

這是《水滸傳》有名「智取生辰綱」的橋段。所謂「生辰綱」是指成批運送的生日禮物，有所謂的茶綱、鹽綱等等，而整批運送的貨物單位稱之為「綱」。這段「智取生辰綱」的情節可以分成兩個部分來看，一是晁蓋、吳用等人「智取」的過程，強調這不是靠武力強取硬奪而來的；二是楊志等運送生辰綱的人彼此之間的矛盾，導致吳用之計能夠成功。

北京大名府留守梁中書是當朝太師奸臣蔡京的女婿，每年蔡京生日，他都收買價值十萬貫的金珠寶貝送去，這便是生辰綱。這些金珠寶貝是梁中書搜刮來的民脂民膏，所以公孫勝對晁蓋說：「不義之財，取之何礙。」吳用也認為「取此一套富貴不義之財」，就可以快活一輩子了。在這夥人的眼中，劫取生辰綱是一種正義的行為。

作者將晁蓋等七人商量劫取生辰綱的聚會稱為「七宿光芒動紫微」，晁蓋是老大，吳用第二，公孫勝第三，劉唐第四，阮小二第五，阮小五第六，阮小七第七；又暗合晁蓋夢見北斗七星之事，因此大夥都認為奪取「生辰綱」的「義舉」是順應天象，唾手而取。

梁中書的生辰賀禮必須從北京運到東京（開封），這不是一個短距離的路程。而梁中書去年的生辰綱就慘遭被打劫的下場，讓他今年不得不更加小心，所以決定委託給「青面獸」楊志。楊志知道這不是趟好差事，因此決定和梁中書的十多個廂禁軍，大家打扮成一般送貨的人，一路上也比較可以掩人耳目。雖然梁中書將生辰綱託付給了楊志，但其實還是不能百分之百地信任他，怕的是功夫了得的他監守自盜，因此還派了嬭公謝都管及兩個虞候一起前去。

其實，這趟送禮之路除了距離之外，天氣也是一大問題。蔡太師的生日是農曆六月十五日，出發行路的時間剛好是五月半的盛夏時節，這批禮物又多又重，楊志一行人走走停停，只要遇到林子，眾人便想要歇腳休息。而楊志畢竟是領頭的老江湖，一方面只想盡快抵達目的地，另一方面這休息的林子往往是搶匪出沒的地方，因此楊志對於走走停停的這十幾個人，一路上都沒有好臉色，又罵又打；他們也對楊志的驅使，恨之入骨。就連梁中書另外派的三個：家人孋公謝都管及兩個虞候也對楊志頗為不滿，甚至十幾個軍漢對都管說：要是楊志像都管這麼看待他們，他們也不會怨恨了。這話正好挑起了楊志與梁中書心腹家人的矛盾衝突。

這齣劫取生辰綱的戲碼就在這樣的情況下，在黃泥岡開演了！

楊志與眾軍士及都管在黃泥岡上爭辯的時候，瞥見一個人鬼鬼祟祟地在那兒張望，楊志趕過去一看，見到了一夥七個販棗的人也在休息，便放下心來，讓軍漢們歇一會兒，等天涼了些再走。這時，來了個挑擔子賣白酒的漢子，眾軍漢見了便想要買些來吃，解解暑氣，楊志當然不肯，怕酒中有蒙汗藥，因此又與軍漢們爭辯起來；而販棗的商人們見到有人賣酒，便買了一桶配棗子吃，解熱解渴。吃喝完了，再買另一桶內的一瓢酒，但仍不滿足，硬要再搶一瓢來喝。眾軍漢們見狀都心癢難耐，更想買酒解渴避暑。而楊志見那一夥七個販棗的吃光了一桶、另一桶也喝了一瓢，都沒事，想那酒是好的，也就答應了。

只是賣酒的反倒因為楊志先前懷疑他酒內有蒙汗藥，不樂意賣給軍漢們，還讓販棗的出來替他們打圓場緩頰，眾軍漢們才得以喝到酒，販棗的甚至還送了些棗子給他們配酒。楊志本來不吃，但見眾人吃了都沒事，加上天氣也實在太熱，口內也真是太渴，於是吃了半瓢酒、幾個棗子。等到這桶酒被眾人喝完了，賣酒的漢子便挑起空桶，下山去了。

這販棗的七人則立在樹旁，指指眾軍漢說：倒吧！倒吧！眾軍漢果然應聲倒地，全身虛軟，掙扎不起，只能眼睜睜地看著七人將金珠寶貝裝

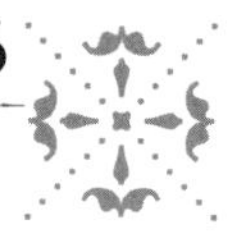

上江州車兒推走了。原來，這七個販棗的人便是晁蓋、吳用、公孫勝、劉唐、阮小二、阮小五、阮小七，挑酒的漢子則是白勝；挑上岡子的酒都是好酒，所以七人吃了一桶又一瓢都沒事，這是要讓人看了相信的，之後吳用才將藥拿了出來放在瓢裡，故意在搶酒來喝時攪入酒中，而賣酒的白勝將酒奪回不讓喝，也只是演戲。這便是吳用的「智取生辰綱」。

【品味賞析再延伸】

要劫「生辰綱」，不外乎天時、地利、人和的搭配。所謂的天時，就是酷熱的天氣，軍漢們在烈日當空的正午時分，挑著重重的行李趕路；所謂的地利，就是長長的山路，經過紫金山、二龍山、桃花山、傘蓋山、黃泥岡、白沙塢、野雲渡、赤松林，而黃泥岡東邊住了個白勝，正好是吳用等人的安身之處；所謂的「人和」，就是楊志一行人之間的矛盾，與吳用出的主意，再加上白勝挑酒上岡時所唱的歌：「赤日炎炎似火燒，野田禾稻半枯焦。農夫心內如湯煮，公子王孫把扇搖。」瓦解了楊志一行人的軍心及意志，讓晁蓋等人趁虛而入。

歌謠的幾句話正好唱進了挑擔前行軍漢們的心坎裡，前兩句點明天氣酷熱難耐，重點還是後兩句：「農夫」暗指這一路上不堪重擔及路途之熱之遠的軍士們，而「公子王孫」則指不需挑擔、只顧揮鞭前行的楊志；呼應了前面軍士們剛要在黃泥岡休息，卻被楊志喝打之時，一個軍漢說的：「我們挑著百十斤的擔子，須不比你空手走的，你端的不把人當人！」因此，當軍漢們買酒被楊志阻止時，便不客氣地說：「沒事又來鳥亂！我們自湊錢買酒吃，干你甚事？也來打人。」

所以，楊志最後讓步，讓軍漢們買酒來吃，雖是晁蓋等人演得好，讓他卸下心防；但也有因軍漢們的異心，以及與軍漢、都管等的矛盾無奈，結果使得這一讓步就誤中了對方的計謀。

火燒到身，各自去掃；蜂蠆入懷，隨即解衣

第十七回〈花和尚單打二龍山　青面獸雙奪寶珠寺〉

【原汁原味的閱讀】

話說楊志當時在黃泥岡上，被取了「生辰綱」去，如何回轉去見得梁中書？欲要就岡子上自尋死路。卻待望黃泥岡下躍身一跳，猛可醒悟，拽住了腳。尋思道：「爹娘生下洒家，堂堂一表，凜凜一軀，自小學成十八般武藝在身，終不成只這般休了。比及今日尋個死處，不如日後等他拿得著時，卻再理會。」回身再看那十四個人時，只是眼睜睜地看著楊志，沒個掙扎得起。楊志指著罵道：「都是你這廝們不聽我言語，因此做將出來，連累了洒家！」樹根頭拿了朴刀，掛了腰刀，周圍看時，別無物件。楊志嘆了口氣，一直下岡子去了。

那十四個人，直到二更，方才得醒，一個個爬將起來，口裡只叫得連珠箭[1]的苦。老都管道：「你們衆人不聽楊提轄的好言語，今日送了我也！」衆人道：「老爺，今日事已做出來了，且通個商量。」老都管道：「你們有甚見識？」衆人道：「是我們不是了。古人有言：『火燒到身，各自去掃；蜂蠆[2]入懷，隨即解衣。』若還楊提轄在這裡，我們都說不過。如今他自去的不知方向，我們回去見梁中書相

1 連珠箭：連續發射的箭，也形容連續不絕的樣子。

2 蠆：ㄔㄞˋ，一種毒蟲，形狀像蠍而尾部較長。

3 蒙汗藥：內服後使人失去知覺的藥。

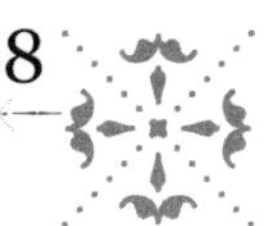

公，何不都推在他身上？只說道：『他一路上，凌辱打罵衆人，逼迫得我們都動不得。他和強人做一路，把蒙汗藥[3]將俺們麻翻了，縛了手腳，將金寶都擄去了。』」

【穿梭時空背景】

吳用等人劫走生辰綱，下了黃泥岡。因為楊志喝的酒少，很快就恢復了過來，他發現自己落入賊匪的圈套，懊惱不已，這下子要如何向梁中書交代，真是「有家難奔，有國難投了」。楊志萬分悔恨，一心只想尋死，就在縱身跳下山岡前，猛然覺悟，緊急回頭，然後獨自一人黯然離去了。

等到那幾個挑擔子的軍漢們一一醒來後，才知道事態嚴重。他們都是梁中書的人，眼下不見楊提轄的人影，想到這一路上所受的逼迫與怨氣，打算回去後乾脆把責任全推到楊志一個人身上，說他是強盜的同路人，劫走了金銀財寶。

而鬱悶落魄的楊志，為了要打起精神，先是在一家酒店吃喝，因為身上沒錢，丟下一句話說回頭再還，轉身便走了。店家與幾個莊客追打而來，雙方鬥了幾回。其中一人見楊志的功夫十分不凡，請他報上姓名之後，急忙拜道：「小人有眼不識泰山。」原來是林沖的徒弟曹正。楊志對他敘述自己的遭遇，又因之前王倫曾苦苦相留，但他不願意落草，沒想到如今會走到這步田地，實在沒臉再去投靠梁山泊。曹正表示附近有個二龍山，山上有座寶珠寺，聚集了四五百人，打家劫舍，楊志何不到那裡入夥，以求安身。

就在前往二龍山的途中，楊志遇上一個胖大和尚在松樹下乘涼，兩人一言不和便出手打了起來，果真是不打不相識，那人就是花和尚魯智深。他們席地坐了一夜，互訴彼此坎坷的遭遇，頗有惺惺相惜之情。之後兩人採納了曹正的計謀，聯手洗蕩二龍山，並且殺了領頭鄧龍，降伏了眾嘍囉。魯智深與楊志就在此落草，做起山寨主。

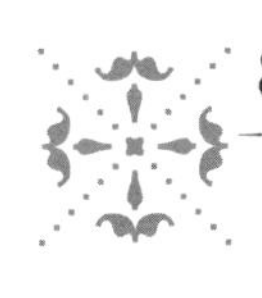

【品味賞析再延伸】

「火燒到身，各自去掃；蜂蠆入懷，隨即解衣」，是說禍害來臨，瞞也瞞不住，只能盡快擺脫。「蠆」是一種類似蠍子的毒蟲，若用來類比於人，表示有些人雖然地位很低，卻會帶來禍害，萬萬不可輕視之。《左傳．僖公二十二年》記載：「君其無謂邾小，蜂蠆有毒，而況國乎？」邾（ㄓㄨ）是春秋時期，位於山東的一個小國；意思是說，不要以為邾這個地方小，像蜂蠆這麼小的蟲都有毒，何況是一個國家呢？後人便用「蜂蠆有毒」來表示微小的東西也能害人。

楚漢相爭之時，韓信在項羽與劉邦之間，具有舉足輕重的地位。當勢弱的劉邦允諾打敗項羽，就讓韓信封王時，強悍的項羽也派人去勸說韓信加入他的陣營。項羽派去的人是蒯通，他勸說韓信：「猛虎之猶豫，不若蜂蠆之致螫；騏驥之蹢躅，不如駑馬之安步；孟賁之狐疑，不如庸夫之必至也；雖有舜禹之智，吟而不言，不如瘖聾之指麾也。」（《史記．淮陰侯列傳》）這是說，猛虎猶豫，不能決斷，就比不上蜂蠆用毒刺去螫；一匹駿馬躊躇徘徊不前進，就比不上劣馬安步當車；勇士孟賁狐疑不定，就不如凡夫俗子的決心實幹，以求達到目的；即使有虞舜、夏禹的智慧，閉上嘴巴不講話，就比不上聾啞人借用手勢來得有用。蒯通認為，韓信無論再怎麼優秀，只要無法施展，就難成大器，因此希望韓信能加入項羽的陣營。最令人佩服的是，蒯通再怎麼勸，韓信深思熟慮之後，還是不忍心背棄劉邦，之後才能成就漢室大業。

《水滸傳》中這位老都管說的話反映了人的心理與行為，遭逢災禍總是先想到自己；身上著了火，各人趕緊滅火，毒蟲跑衣服裡，就要快快脫下衣來，保命要緊啊！

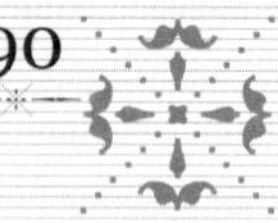

無道之時多有盜

第十八回〈美髯公智穩插翅虎　宋公明私放晁天王〉

【原汁原味的閱讀】

吳用道：「若非此人來報，都打在網裡。這大恩人姓甚名誰？」晁蓋道：「他便是本縣押司『呼保義』宋江的便是。」吳用道：「只聞宋押司大名，小生卻不曾得會。雖是住居咫尺，無緣難得見面。」公孫勝、劉唐都道：「莫不是江湖上傳說的『及時雨』1宋公明？」晁蓋點頭道：「正是此人。他和我心腹相交，結義弟兄。吳先生不曾得會。四海之內，名不虛傳。結義得這個兄弟，也不枉了！」

晁蓋問吳用道：「我們事在危急，卻是怎地解救？」吳學究道：「兄長不須商議，『三十六計，走為上計』。」晁蓋道：「卻才宋押司也教我們走為上計，卻是走哪裡去好？」吳用道：「我已尋思在肚裡了。如今我們收拾五七2擔挑了，一逕都走奔石碣村三阮家裡去。今急遣一人，先與他弟兄說知。」晁蓋道：「三阮是個打魚人家，如何安得我等許多人？」吳用道：「兄長，你好不精細！石碣村那裡一步步近去，便是梁山泊。如今山寨裡好生興旺。官軍捕盜，不敢正眼兒看他。若是趕得緊，我們一發入了夥！」晁蓋道：「這一論極是上策，只恐怕他們不肯收留我們。」吳用道：「我等有的是金銀，送獻些與他，便入夥了。」正是：

無道之時多有盜，英雄進退兩俱難。
只因秀士居山寨，買盜猶然似買官。

1 及時雨：正趕上需要時所下的雨，比喻能救人急難的人。

2 五七：約略計算的數目。

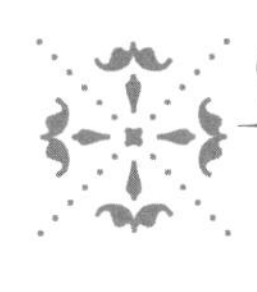

【穿梭時空背景】

晁蓋等一行七人犯下打劫「生辰綱」這等大事，自然是很快便傳遍開來，特別是這批財物是皇親國戚所有，官府受到的破案壓力也是可想而知。例如緝捕觀察何濤奉命辦理此案，每每為了緝捕的線索煩惱，好在自己有個老弟何清，給他一線生機。原來何清前幾日去安樂村，安樂村有個規矩，凡是到店留宿的客人都要留下姓名、來處等等紀錄。當時，何清投宿的店家不識字，拜託何清幫忙登記，卻沒想到登記到了七個賣棗子的客人。有趣的是，何清恰巧認得晁蓋的模樣，但是晁蓋卻用假姓名登記，何清自然覺得奇怪，然後又聽到其中一人叫做「白日鼠」白勝。街頭巷尾早就傳出：「黃泥岡上一夥販棗子的客人，把蒙汗藥麻翻了人，劫了『生辰綱』去。」因此，何清建議何濤，只要抓住白勝，就有機會找到晁蓋。

何濤立刻連夜前往安樂村逮捕白勝，而且還翻出了贓物。白勝被打得皮開肉綻、鮮血迸流後，終於供出晁蓋等人。何濤二話不說，便親自帶人前去鄆城縣，準備循線抓人。湊巧的是，當日鄆城縣值班的押司就是宋江，《水滸傳》給了宋江一個漂亮的出場：丹鳳眼、臥蠶眉、懸珠耳，雙目炯炯有神，脣方口正，天倉飽滿，坐如虎相、走若狼形。宋江是個三十多歲的男子，雖然身型不高，但是他「有養濟萬人之度量，懷掃除四海之心機」。宋江因為面黑身矮，所以外號叫做「黑宋江」；又因為他很孝順、仗義疏財，大家也稱呼他「孝義黑三郎」。宋江喜歡結識江湖好漢，為人是「濟人貧苦，賙人之急，扶人之困」，因此聲名遠播，地方上都稱他是「及時雨」，像天降甘霖般能解救萬物，是《水滸傳》中黑白兩道通吃的人物。

宋江接待何濤後，一聽自己的心腹兄弟晁蓋犯下如此大案，心中很是震驚，當下便決定要救他。宋江飛馬去向晁蓋報訊，建議他們「三十六計，走為上計」，晁蓋深深感佩宋江的義氣，也知道這是大恩難報，立即先與其他六人磋商該往何處去。吳用不愧為「智多星」，就在一片慌亂中，提出一個眾人都覺得上好的計策，就是去投靠梁山泊，所謂「無道之時多有盜」，因為這個山寨的勢力大，連捕盜的官軍都拿他們沒辦法。

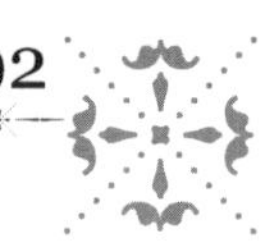

只是，晁蓋等人闖下的可是滔天大禍，得罪的是皇親國戚，梁山泊會願意收留他們嗎？晁蓋對這點很是擔心，倒是智多星吳用認為，「有錢能使鬼推磨」，只要拿出錢來入夥梁山泊，對方一定會收留他們。

【品味賞析再延伸】

「無道之時多有盜」，顧名思義，在天下無道、君主無道的時代，就讓盜賊有了橫行的機會，即使是自視為英雄的人物，在這種無道時代，往往進退兩難，甚至必須與盜賊握手並存，所以才會有「只因秀士居山寨，買盜猶然似買官」的窘境。

大約作於宋元時期的話本《大宋宣和遺事》中記載，晁蓋、宋江等三十六條好漢聚集在太行山地區的梁山泊，也就是現今的山東地區，這個地方在宋代時確實常有盜匪出沒。根據《宋史・蒲宗孟傳》關於「梁山泊素多盜」的記載，宋哲宗元祐元年左右，黃麻胡等人在這裡聚眾搶劫，而擔任鄆州知縣的蒲宗孟，他便禁止當地人乘坐小船出入水泊，以斷絕盜匪日常所需的供應，黃麻胡一夥因而受困，最後不得不解散。

又例如《宋史》多處記載漁民張榮在梁山泊一帶聚集，乘機出擊金兵，但是梁山泊地勢蘆葦叢生、濕地多處，因此很難緝捕，所以梁山泊在宋朝一直是武裝抗金的根據地。《金史》也記載「破賊船萬餘於梁山泊」，足可見梁山泊在當時聲勢之浩大。「無道之時多有盜」，梁山泊的賊匪主要在「盜利」，多半為了個人生存，但一遇到國仇家恨，還是會團結一致的對外，就這點而言，也算是「盜亦有道」吧！

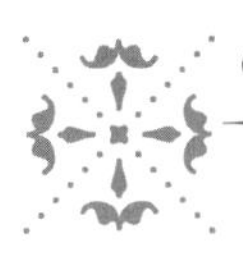

量大福也大，機深禍亦深

第十九回〈林沖水寨大併火　晁蓋梁山小奪泊〉

【原汁原味的閱讀】

林沖拿住王倫罵道：「你是一個村野窮儒，虧了杜遷得到這裡！柴大官人這等資助你，賙給盤纏，與你相交，舉薦我來，尚且許多推卻。今日衆豪傑特來相聚，又要發付他下山去！這梁山泊便是你的！你這嫉賢妒能的賊，不殺了，要你何用！你也無大量大才，也做不得山寨之主！」杜遷、宋萬、朱貴本待要向前來勸，被這幾個緊緊幫著，哪裡敢動。王倫那時也要尋路走，卻被晁蓋、劉唐兩個攔住。王倫見頭勢不好，口裡叫道：「我的心腹都在哪裡？」雖有幾個身邊知心腹的人，本待要來救，見了林沖這般凶猛頭勢，誰敢向前。林沖即時拿住王倫，又罵了一頓，去心窩裡只一刀，肐察地搠[1]倒在亭上。可憐王倫做了多年寨主，今日死在林沖之手，正應古人言：「量大福也大，機深禍亦深。」

1 搠：刺、紮。

【穿梭時空背景】

晁蓋等七人自從搶取了「生辰綱」後，便一路被官府追捕，大家知道這不是長久之計，因此有意投靠梁山泊。然而，計畫趕不上變化，追捕的官兵還是跟上他們，這次他們不打算逃跑，而是要反擊到底。帶頭追捕盜賊的何濤也不是省油的燈，派一群人採取水陸並進的方式，圍剿賊人。只是強龍如何鬥得過地頭蛇呢？先是阮小五

的挑釁，後是阮小七的狡猾，何濤派遣的先發部隊被他們耍得團團轉，一無所獲。

何濤決定親自出馬。他先派了兩條船去探路，每條船上三個人，但兩個時辰過後，沒傳回任何訊息；接著，他再派兩條船，又過了一個時辰，依舊沒有人回來。何濤按捺不住，便帶隊出發。正當太陽下山時，遠遠有個人在岸上拿把鋤頭走著，何濤不疑有他，向那人問路，並把船靠攏過去。等到何濤的人跳上岸，只見那人拿著鋤頭一陣廝打，同時水底下有人鑽出偷襲，就在搖晃、混亂、扭打中，官衙的捕盜首領被生擒活捉。何濤遭到綑綁，他抬眼一望，拿鋤頭的是阮小二，從水底鑽出的是阮小七。

這批劫了「生辰綱」的賊匪打算反擊到底，所以對來追趕的官兵抱著「一網打盡」的決心。他們利用風勢、火勢，來個「火燒連環船」，燒得官兵四下奔逃，可是湖泊地帶哪有什麼路可逃呢？風又緊又猛的，眾位官兵實在無路可去，只能原地打轉。賊匪趁機拿著刀槍、魚鉤，把許多官兵殺死在爛泥中。現在就只剩下何濤，他是賊匪洩憤的對象。阮氏兄弟等人，決定讓何濤活著回去府衙傳話，讓大家知道他們這夥人可不是好惹的。但是，「死罪難免、活罪難逃」，阮小七硬生生割下何濤的一雙耳朵，做為他們逮過何濤的證據。何濤就這麼鮮血淋漓地離開了。

之後，晁蓋、公孫勝和阮家三兄弟等一起前往「旱地忽律」朱貴的酒店，目的是要由朱貴引見梁山泊山寨主王倫。山寨主王倫見到這群犯下強盜凶殺案的人，並未允諾任何事情，只是按照禮數安頓這一行人的吃住。然而，吳用真不愧是智多星，早已看穿王倫不見得會收留他們，此外他也在酒食之間觀察到，梁山泊的第四當家林沖，對王倫不是很服氣，他打算好好利用這兩人之間的矛盾。果真，林沖隔日便獨自前來吳用等人的休憩處，吳用見機不可失，開始搧風點火，挑撥林沖對王倫的不滿情緒。林沖禁不住這樣的挑釁，與王倫火併的意願，就越來越藏不住了。

王倫再度設宴，派人來請晁蓋、吳用等七人，一起到寨後水亭子聚會。果然不出吳用所料，王倫叫人拿出銀子做為晁蓋等人的盤纏，因為梁山泊無法容下這麼多的「真龍」。晁蓋自然不願意伸手拿錢，推拖到底。只見林沖脾氣上

來，要為晁蓋等人抱不平，竟與王倫當面槓上，而吳用等人也在一旁故作姿態，頻頻為來到山寨而破壞王、林兩人的關係感到過意不去，只有盡速離去了。林沖更是氣得拔出一把明晃晃的刀，他們又急忙對林沖叫道：「不要火併！」「頭領不可造次！」並假意勸道：「休為我等壞了大義！」同時也分別攔住了杜遷、宋萬、朱貴等人，讓他們勸說不得。憤怒的林沖破口大罵王倫「無大量大才，做不得山寨之主！」說時遲、那時快，便往王倫心窩刺了一刀，殺死了王倫。

【品味賞析再延伸】

「量大福也大，機深禍亦深」，這句諺語的意思是說，度量大的人，福氣自然也大，會用心機算計的人則容易招致大禍。比喻待人要心存寬厚，不要事事算計自己的利益，自然能夠招來福報，免於禍害。《尚書》中也說：「有忍，其乃有濟；有容，德乃大。」一個人有忍耐的精神，對所做的事情才會有助益；有寬容的胸懷，他的德行才能夠更加廣大。

說到《水滸傳》中的林沖，曾是開封府八十萬禁軍教頭，因為高太尉的兒子意圖強占他妻子，又設計陷害他，解除他的職務，並要殺他滅口，為了自衛他也殺了三個人，無處可逃的殺人犯林沖來到梁山泊，與王倫、杜遷等打響了梁山泊的名號。照理說，林沖與王倫之間的情義非同小可，他為什麼要替晁蓋等七人強出頭，並殺掉王倫呢？

王倫是個不得志的秀才，一位「白衣秀士」如何成為梁山泊的創始元老呢？首先，他設了一個酒店，由朱貴主持，善待過路的江湖好漢，當然也包括行凶作惡的罪犯，這是他廣納各路人才的手腕。因此，林沖在加入梁山泊之前，王倫、杜遷、宋萬等三人，手下早有「七八百個小嘍囉」（第十一回）；而柴進推薦林沖投靠梁山泊，就是因為：「多有做下瀰天大罪的人，都投奔那裡躲災避難，他都收留在彼。」（第十一回）不過事實上，王倫這群人並沒有甚麼本事，而林沖身為八十萬禁軍的教頭，何等的能力，對武藝平平的王倫、杜遷、宋萬、朱貴等「舊派勢力」而言，具有莫大的威脅。當時林沖前來投靠，王倫先是準備錢財要打發他，並說：「小寨糧食缺

少，屋宇不整，人力寡薄，恐日後誤了足下。」（第十一回）後來因其他人好說歹說，林沖才能留下來，然而他一直沒有受到王倫重用。

如今晁蓋等七人帶著金銀財寶來投靠梁山泊，王倫也想用之前對待林沖的方式打發這七人，又以「糧少房稀」為藉口，儼然就是林沖當年的翻版，自然觸及了他的心頭之痛，所以他會批評王倫「嫉賢妒能」、「無大量大才」，不配做山寨之主，而引進新勢力、消除舊勢力就成了他的生存之道，因而出面捍衛七人。

當林沖來拜訪剛上山的七人時，吳用便恭維他，說他理當成為梁山泊的第一把交椅。姑且不論吳用僅根據林沖是柴進推薦的，便得此結論，是否言過其實，至少這話對林沖非常受用，並產生「惺惺相惜」之意。當然，這也是吳用的挑撥伎倆。

王倫建立梁山泊之初，自有他一套方法，梁山泊的勢力才能越來越大，連官府都束手無策；但也因為王倫對人才的算計頗深，終於給自己招來殺機。

【上知天文，下知地理】

山水寨

自宋朝以後，每當遇到社會變亂，或有外敵入侵時，老百姓為了避禍，常會組織自衛的武裝力量，並選擇一個險要之處，如依山勢或水勢，建立生活與防禦的根據地。在平日，山水寨裡可以種田、種菜，成為一個基本的經濟單位；遇到外敵時，就能共同組成游擊隊，進行防禦工事。（可參見黃寬重〈從塢堡到山水寨——地方自衛武力〉）《金史》便記載：「宋人城守不出，分兵攻其山寨水堡，殺獲甚眾。」金人攻打宋人的方法，就是針對山寨水堡，因此大有斬獲。

強賓不壓主

第二十回〈梁山泊義士尊晁蓋　鄆城縣月夜走劉唐〉

【原汁原味的閱讀】

話說林沖殺了王倫，手拿尖刀，指著眾人說道：「我林沖雖係禁軍遭配到此，今日為眾豪傑至此相聚，爭奈王倫心胸狹隘，嫉賢妒能，推故不納，因此火併了這廝，非林沖要圖此位。據著我胸襟膽氣，焉敢拒敵官軍，他日剪除[1]君側元凶首惡？今有晁兄，仗義疏財，智勇足備，方今天下人聞其名，無有不伏。我今日以義氣為重，立他為山寨之主，好麼？」眾人道：「頭領言之極當。」晁蓋道：「不可。自古『強賓不壓主』。晁蓋強殺，只是個遠來新到的人，安敢便來占上？」林沖把手向前，將晁蓋推在交椅[2]上，叫道：「今日事已到頭，請勿推卻。若有不從者，將王倫為例。」再三再四，扶晁蓋坐了。林沖喝叫眾人就於亭前參拜了。一面使小嘍囉去大寨裡擺下筵席，一面叫人抬過了王倫屍首，一面又著人去山前山後喚眾多小頭目，都來大寨裡聚義。

1 剪除：鏟除、消滅。

2 交椅：也就是太師椅。依舊時結義之俗，以年齡、資歷、德望、學識等來排定次序，坐上第一位的，即稱坐第一把交椅。

【穿梭時空背景】

林沖是個聰明人，他並不想要背負「弒君竄位」的惡名，因此向大家推舉晁蓋，說是晁蓋「仗義疏財，智勇足備，方今天下人聞其名，無有不服」。從另一面來看，殺了人的林沖已經無法回到正途上了，他要的是一個可以棲身之所，

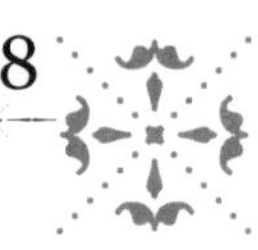

強霸山頭對他自己並沒有好處。而被推舉的晁蓋則是非常了解「強賓不壓主」的道理，自己原本是來投靠的，哪有變成主人的道理？所以再三推卻寨主的位置。

氣勢正旺的林沖不管這麼多，把手向前，要求晁蓋不要拒絕，並將晁蓋推到交椅上。就這樣一來一往，晁蓋方坐定位置，林沖便吆喝眾人前來參拜新寨主，並且吩咐小嘍囉準備慶賀的宴席，並抬走王倫的屍首。眾人一起前往大寨的聚義廳，請「晁天王」坐了正中的第一把交椅，且焚起一爐香來。第一把交椅定位之後，接下來就是第二位，林沖推舉吳用，因為他認為吳用具備「執掌兵權，調用將校」的能力，是山寨中不可或缺的軍師。第三順位林沖則是請公孫勝坐定，因為公孫勝「名聞江湖，善能用兵，有鬼神不測之機，呼風喚雨之法」。這就是林沖所謂的「鼎分三足」、缺一不可，也代表晁蓋、吳用、公孫勝等是梁山泊的新勢力。林沖自己不坐第一，不坐第二，不坐第三，這可讓晁蓋等人無法接受，畢竟今日的新局面還是從林沖手上換得的，因此大家要求林沖務必坐上第四個位置。

晁蓋是很會做人的，接下來的第五、六位，他敬重原有的勢力，邀請杜遷、宋萬坐定。只是杜遷、宋萬失去王倫這個倚靠之後，深知自己的才能不足，也決定做個順水人情，讓劉唐、阮小二、阮小五、阮小七等坐了五、六、七、八順位之後，才分別坐了第九、第十位。而負責山下酒店的朱貴，則是列在第十一位。這下總算是洗牌完成，「梁山泊自此是十一位好漢坐定」，也開啟所謂梁山泊第二任領導者晁蓋的新天下。

【品味賞析再延伸】

「強賓不壓主」，比喻明主客之分，賓客不凌駕於主人之上，搶其風頭。

《三國演義》第十三回敘述，曹操大破呂布於定陶，呂布決定收拾殘局、謀定而後動，擇機再與曹操決戰。戰敗的呂布正打算去投靠袁紹時，袁紹卻決定支持曹操對付呂布，呂布的謀臣陳宮便提議去投靠當時駐守徐州的劉備。劉備久聞呂布的英勇，便率眾出城迎接他，雙方相談甚歡，劉備甚至邀請呂布擔任州牧。呂布自是謙讓，劉備不依，陳宮便說：「『強賓不壓主』，請使君勿疑。」意思是說，呂布是來作客的，不能搶了主人的風采，而擔任徐州的州牧，也請劉備不要懷疑呂布的謙讓。隔日，呂布因為張飛等人容不下他，所以還是離開了。

與呂布相較，晁蓋的際遇大不同。

王倫無心留下晁蓋一夥，所以先是宴客、安宿，敷衍地客套行事，隔天就擺好陣勢，準備送客；劉備則有心要接納呂布，因此呂布一到，便直接送上徐州最高長官的寶座。然而，王倫身邊的林沖希望把晁蓋等人留下，這導致林沖必須使出強制的手段才能達成目的，先決條件自然是晁蓋等人也很想留；而劉備身邊的張飛等人則不打算接納呂布，呂布在當時也算是有名氣的英雄，當然不願意留下來看他人臉色，所以便自動離去。

其實，「強賓」是否真正會壓制到主人，端看主人的胸襟與氣度，倘若能夠容人與用才，也可大幅提升自己的優勢。

【上知天文，下知地理】

清君側

出自《公羊傳》：「此逐君側之惡人。」意指清除君王身旁的奸臣小人。《新唐書．仇士良傳》記載：「如奸臣難制，誓以死清君側。」歷史上第一次著名的「清君側」是西漢初年，御史大夫晁錯向漢景帝上疏，建議削藩，當時諸王為了保住自己的地位，以「誅晁錯、清君側」，結果導致了「七國之亂」。《史記．酷吏列傳》記載：「錯以刻深頗用術輔其資，而七國之亂，發怒於錯，錯卒以被戮。」意思是說，晁錯本身因為用法過於嚴苛，所以諸侯要清君側，避免皇帝接受了晁錯的計策。

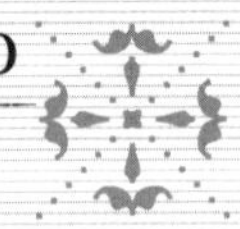

風流茶說合，酒是色媒人

第二十回〈梁山泊義士尊晁蓋　鄆城縣月夜走劉唐〉

【原汁原味的閱讀】

宋江又過幾日，連那婆子，也有若干頭面衣服，端的養的婆惜豐衣足食。

初時宋江夜夜與婆惜一處歇臥，向後漸漸來得慢了。卻是為何？原來宋江是個好漢，只愛學使槍棒，於女色上不十分要緊。這閻婆惜水也似後生，況兼十八九歲，正在妙齡之際，因此宋江不中那婆娘意。一日，宋江不合帶後司貼書張文遠來閻婆惜家吃酒。這張文遠，卻是宋江的同房押司，那廝喚做「小張三」，生得眉清目秀，齒白脣紅。平昔只愛去三瓦兩舍[1]，飄蓬浮蕩，學得一身風流俊俏。更兼品竹調絲[2]，無有不會。這婆惜是個酒色娼妓，一見張三，心裡便喜，倒有意看上他。那張三見這婆惜有意以目送情，等宋江起身淨手，倒把言語來嘲惹張三。常言道：「風不來，樹不動；船不搖，水不渾。」那張三亦是個酒色之徒，這事如何不曉得。因見這婆娘眉來眼去，十分有情，便記在心裡。向後宋江不在時，這張三便去那裡，假意兒只說來尋宋江。那婆娘留住吃茶，言來語去，成了此事。誰想那婆娘自從和那張三兩個搭識上了，打得火塊一般熱。亦且這張三又是個慣弄此事的，豈不聞古人有言：「一不將，二不帶[3]。」只因宋江千不合，萬不合，帶這張三來他家裡吃酒，以此看上了他。自古道：「風流茶說合，酒是色媒人。」正犯著這條款。

1 三瓦兩舍：宋元時城市中的妓院及各種娛樂場所。

2 品竹調絲：吹彈各種管、弦樂器。

3 一不將，二不帶：不可隨意帶人閒遊亂交往。

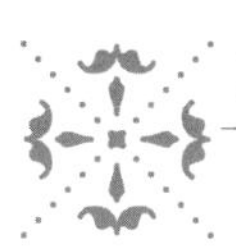

【穿梭時空背景】

梁山泊的內部勢力重新洗牌之後，就要面對第一場挑戰，濟州府差撥軍官要到石碣村湖蕩裡屯住，負責布局對抗官兵的人自然是吳用。濟州府差的帶領者是團練使黃安，他帶了大約一千餘人、幾條船，殺奔至金沙灘。黃安等人接近灘頭時，遠遠就看見有三艘船，船上的人都頭戴絳紅巾，身穿紅羅繡襖，手裡拿著留客住——有倒鉤的槍形武器，可把人拉倒拖回。這三條船帶頭的就是阮小二、阮小五、阮小七，官兵們對阮氏三兄弟一點都不陌生。黃安將官兵的船隊分成兩路，有四五十艘船，開始追趕起來，阮氏兄弟的船卻掉頭就走，讓官兵們放箭追。

所謂「螳螂捕蟬，黃雀在後」，黃安等人只看前面，後頭的船已經被晁蓋等人的包抄戰術所劫下，眾官軍只得棄船逃命，賊匪也牽走所有的馬匹。黃安還來不及反應時，「赤髮鬼」劉唐一把抓住黃安，官軍們亂成一團，有的被殺，有的被活捉。賊匪一行人生擒活捉官兵一二百人，奪取的船全收在山南水寨裡，接下來就是梁山泊的慶功宴了。這可是梁山泊新氣象後的第一場勝利，晁蓋等人高興得自不在話下；與此同時，第二個挑戰出現了，「朱頭領」朱貴探到一行商人會從旱路經過梁山泊。

阮氏兄弟自告奮勇要出這第二趟任務，劉唐也參與接應的工作，晁蓋與吳用、公孫勝、林沖就在山寨飲酒，等待好消息。天亮後，好消息傳來，這次劫得二十餘輛車子的金銀財物，還有四五十匹驢騾頭口。連續兩次的大豐收，山寨中論功行賞，分配財物。「盜亦有道」，晁蓋、吳用不忘宋江、朱貴兩人的協助，決定擇日奉上酬金。

而在官府部分，先是何濤被割下一雙耳朵，後是黃安遭活捉，關在山寨中的監房，濟州府太守面對這樣的慘敗，只能兩手一攤、毫無對策，朝廷中央也在此刻決定撤換舊太守，希望新太守能夠重新招兵買馬，布局整頓，解決梁山泊的賊匪問題。梁山泊的行徑囂張，早已傳到宋江耳裡，他深知晁蓋等人犯下滅九族的大罪，多少憂心不已。

然而，宋江要憂心的不只是兄弟晁蓋的未來，還有即將讓他發愁的一段情緣。宋江是個俠

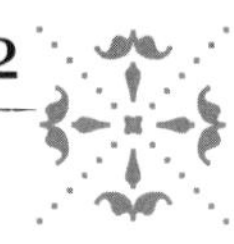

義之人，喜歡濟弱扶貧，因此常有人上門找他幫忙。這次是做媒的王婆，王婆帶著剛死了丈夫的閻婆，來到宋江跟前，希望宋江行行好，捐一具棺材給閻婆。宋江果真夠俠義，除了棺材之外，還給了閻婆家用錢。閻婆把事情辦妥之後，決定要答謝宋江，便把自己的女兒婆惜嫁給宋江。宋江的心思並不在兒女情長上，經作媒的王婆勉強說動了，便在一所樓房中，添置了一些家具，安頓了閻婆母女兩人，也算是「金屋藏嬌」吧！但他究竟不是憐香惜玉的人，這倒給跟旁的張文遠有了機會，所謂「風流茶說合，酒是色媒人」，宋江的娘子便與張文遠好了起來，也種下日後與兩人的決裂。

【品味賞析再延伸】

「風流茶說合，酒是色媒人」，指的就是男歡女愛的情事，「茶」不過是個引子，「酒」也只是媒介，而「風流茶說合」也作「茶為花博士」。此外，古典小說中常見「茶博士」一詞，就是指精通茶藝的人，後泛稱茶館的老闆或夥計為「茶博士」，如唐朝的通俗小說《封氏聞見記》記載：「茶畢，命奴子取錢三十文酬煎茶博士。」

此回中，還有另一句俗諺「風不來，樹不動；船不搖，水不渾」，意思是說，事情的發生都可以找到原因，溯及源頭。風吹，樹自然會動；用槳划船，水自然會被攪渾。因此也可以說：「沒風樹不響，沒水不起浪。」強調凡事必有因。

再回到梁山泊的第二任寨主晁蓋，他當上寨主之後，先分配好「生辰綱」的財物，再連續打了兩場「勝仗」，讓梁山泊的氣象為之一新。但是晁蓋有個弱點，就是缺乏謀略，無法操盤布局，因此每每需要吳用的智慧。之前「智取生辰綱」雖是晁蓋、吳用的計畫；上了梁山泊，王倫熱情款待，讓晁蓋以為有機會留下，還是吳用看穿王倫的算盤；晁蓋登上寨主的第一役，也是驚慌地問吳用該如何迎敵。梁山泊的大小事情，很多都靠吳用調度，晁蓋本身沒有特殊表現。宋江投靠梁山泊之後，大小戰役也由宋江領軍，終於晁蓋忍耐不住，要親自出馬，而由晁蓋領軍的那一役，也注定了他的失敗。

魯班手裡調大斧

第二十一回〈虔婆[1]醉打唐牛兒　宋江怒殺閻婆惜〉

【原汁原味的閱讀】

唐牛兒閃將入來，看著閻婆和宋江、婆惜，唱了三個喏[2]，立在邊頭。宋江尋思道：「這廝來的最好。」把嘴望下一努。唐牛兒是個乖的人，便瞧科[3]，看著宋江便說道：「小人何處不尋過，原來卻在這裡吃酒耍，好吃得安穩！」宋江道：「莫不是縣裡有甚麼要緊事？」唐牛兒道：「押司[4]，你怎地忘了？便是早間那件公事，知縣相公在廳上發作，著四五替公人來下處尋押司，一地裡又沒尋處，相公焦躁做一片。押司便可動身。」宋江道：「恁地要緊！只得去。」便起身要下樓，吃那婆子攔住道：「押司不要使這科分[5]。這唐牛兒捻泛[6]過來，你這精賊也瞞老娘！正是『魯班手裡調大斧』！這早晚知縣自回衙去，和夫人吃酒取樂，有甚麼事務得發作？你這般道兒，只好瞞魍魎[7]，老娘手裡說不過去。」

1 虔婆：指妓院的鴇兒。
2 唱喏：一面作揖，一面出聲致敬。喏，ㄖㄜˇ。
3 瞧科：看得出來。
4 押司：職官名，宋代衙門中辦理文書、獄訟的役吏。
5 科分：手段、花樣的意思。
6 捻泛：暗示。
7 瞞魍魎：指欺騙鬼神。

【穿梭時空背景】

雖然梁山泊十一條好漢把宋江視為大恩人，但是吃公家飯的宋江多少有些惟恐避之不及，因此梁山泊的老五劉唐來送上謝禮，宋江是百般推辭。這麼看來，宋江算是個有擔當、有守的漢子，只是俗語說的好，英雄難過美人關，宋江也不例外。當初宋江伸手幫助窮困潦倒的閻婆，閻婆懷著感激，把自己十八歲的女兒婆惜，送給宋

江做妾。可能是宋江無福消受吧，兩人就是不對盤。閻婆看到自己的女兒被冷落，更是放低姿態，央求宋江回頭，畢竟閻婆打算下半輩子就依靠宋江過活。閻婆發揮她死纏爛打的功夫，無論如何都要宋江跟她回家，扯住宋江的衣袖，說什麼都不願意放手。宋江無法招架，只得跟著閻婆回去。

而閻婆惜呢？她的心早已不在宋江身上，而是心繫宋江身邊的張三郎。因為這個張三郎年紀比宋江輕，也比宋江懂得情趣，兩人趁著宋江不在的時候，打得非常火熱。做母親的閻婆豈有不知情的道理，因此當宋江踏進家門時，對婆惜喊的是：「我兒，你心愛的三郎在這裡。」婆惜聽到之後，立刻飛也似地整裝，跑下樓去，一看是宋江，二話不說又回到樓上。閻婆沒想到女兒會這樣，只好推就宋江到樓上去。

閻婆惜的舉止，宋江怎麼可能裝作沒看見？早就不自在了，只是礙於閻婆的死纏爛打，難以脫身，只得任由閻婆擺布。宋江上了樓，閻婆惜還是愛理不睬，兩人像木頭人，無話可說。閻婆只好陪笑臉，趕忙端出酒菜，左邊也勸酒，右邊也勸酒，卻兩頭都落空。倒是閻婆惜心思一轉，打定主意灌醉宋江，以免宋江纏她。這心思一起，婆惜便開始勸酒，宋江也連飲了三五杯，更覺得進退不得。就在這時，他的救星出現了。

鄆城縣賣糟醃的唐牛兒有事情要找宋江，便來到閻婆的家，他看到宋江手足無措的樣子，也了解他的暗示，兩人一搭一唱，讓宋江找了理由要離開。但是閻婆死纏爛打的功夫一流，三兩下就揭穿唐二哥的把戲，怎樣都不肯放人。

【品味賞析再延伸】

魯班是春秋時期魯國人，原名公輸般，「般」與「班」在古字上通用，因此後人多稱他魯班，是擅長工藝製造，被土木工匠奉為祖師爺的「魯班真人」或「魯班仙師」。魯班有許多鬼斧神工的傳奇故事，「班門弄斧」便用來形容人在行家面前賣弄本事，這個「班」就是指魯班。「魯班手裡調大斧」是一句歇後語，比喻一個人的自不量力，不識高低。然而，魯班的才華也並非打遍天下無敵手，《墨子・公輸》便有一則魯班與墨子較量的故事。

戰國時期，楚惠王想重振楚國的國際地位，因此決定擴軍，攻打宋國。為了準備這場戰役，楚惠王任用公輸般為楚國的大夫，替楚國設計戰爭的工具。「雲梯」就是此時公輸般的作品，它比樓車還要高，彷彿碰得到雲端，所以稱雲梯，適合運用來攻城。魯國的墨子，這位中國歷史上「反戰」的重要代表，他一得知「雲梯」要運用在楚、宋之間的戰爭，便親自前往楚國，找公輸般、楚惠王理論，還當場要求模擬戰事，要證明對方能攻，他就能守。

墨子解下身上的皮帶，圍著當做城牆，再拿幾塊竹簡做為攻城的工具，叫公輸般來較量一下。公輸般採用一種方法攻城，墨子就用一種方法守城；公輸般一共用了九套攻城的方法，墨子也用了九種守城的戰略；當公輸般沒有攻法時，墨子尚有守城的招數未用到。公輸般很不服氣地說：「我還是有辦法對付你，但是我現在不說。」墨子也回答：「我知道你會怎麼對付我，不過我也不說。」

楚惠王被這兩個人搞糊塗了。墨子解釋：「公輸般想把我殺掉，以為殺了我，宋國就沒人幫他們了。但是我來楚國之前，早已派了三百個徒弟守住宋城，他們都學會了我的守城術。即使把我殺了，楚國也占不到便宜。」楚惠王聽了，便放棄攻打宋國。這麼說來，是魯班在墨子面前亂搬弄大斧囉。

【上知天文，下知地理】

魯班尺

中國史上有一部《魯班經》，由明人午榮所彙編，記載中國古代房屋建築營造的樣式，以及裝潢的技術與圖樣。書中提到：「魯班尺乃有曲尺，一尺四寸四分，其尺間有八寸，一寸準曲尺一寸八分；內有財、病、離、義、官、劫、害、吉也。」「魯班尺」就是「文公尺」，慣用在丈量門窗之寬度、櫥櫃之高矮等，是吉、是凶的度量衡工具，有八個吉凶刻度，並以「生、老、病、死、苦」五字為基礎而開展。

棺材出了，討挽歌郎錢

第二十一回〈虔婆醉打唐牛兒　宋江怒殺閻婆惜〉

【原汁原味的閱讀】

閻婆惜道：「第一件，你可從今日便將原典我的文書來還我。再寫一紙，任從我改嫁張三，並不敢再來爭執的文書。」宋江道：「這個依得。」婆惜道：「第二件，我頭上帶的，我身上穿的，家裡使用的，雖都是你辦的，也委一紙文書，不許你日後來討。」宋江道：「這個也依得。」閻婆惜又道：「只怕你第三件依不得。」宋江道：「我已兩件都依你，緣何這件依不得？」婆惜道：「有那梁山泊晁蓋送與你的一百兩金子，快把來與我，我便饒你這一場天字第一號官司，還你這招文袋[1]裡的款狀[2]。」宋江道：「那兩件倒都依得。這一百兩金子，果然送來與我，我不肯受他的，依前教他把了回去。若端的有時，雙手便送與你。」婆惜道：「可知哩！常言道：『公人見錢，如蚊子見血。』他使人送金子與你，你豈有推了轉去的？這話卻似放屁！做公人的，『哪個貓兒不吃腥？』『閻羅王面前，須沒放回的鬼！』你待瞞誰！便把這一百兩金子與我，值得甚麼！你怕是賊贓時，快熔過了與我。」宋江道：「你也須知我是老實的人，不會說謊。你若不信，限我三日，我將家私變賣一百兩金子與你，你還了我招文袋！」婆惜冷笑道：「你這黑三倒乖，把我一似小孩兒般捉弄？我便先還了你招文袋、這封書，歇三日卻問你討金子，正是『棺材出了，討挽歌郎錢。[3]』我這裡一手交錢，一手交貨。你快把來兩相交割。」

1 招文袋：隨身攜帶用來盛放文件或財物的袋子。

2 款狀：記錄案情的文件、書信。

3 棺材出了，討挽歌郎錢：失去時效、太遲之意。依據唐宋的風俗，出殯人家會雇用幾個挽歌郎，一路唱挽歌，以表哀悼。

宋江道：「果然不曾有這金子。」婆惜道：「明朝到公廳上，你也說不曾有這金子？」

【穿梭時空背景】

上一回，唐牛兒到閻婆家找宋江，宋江彷彿看到救星。唐牛兒懂得宋江的意思，便說有公事，要宋江跟他一起離開。誰知閻婆不依，還甩了唐牛兒兩掌，把他趕出去。宋江看著這一幕，打消離開的念頭，決定留下來過夜，也順便看看婆惜對他是否還有情意。然而對婆惜來說，她的心思全在張三郎身上，宋江不理睬她，她也落得輕鬆。問題在於，宋江雖是個英勇的大丈夫，對於女色這一件事情，卻不甚著力，也不知如何引起婆惜的注意。因此宋江與婆惜兩人雖共處一室，卻都像木頭人一般，且各懷鬼胎。到了二更天，婆惜連衣服都不脫，倒頭就睡；宋江則是把解衣刀和招文袋，掛在床邊欄杆上，脫去鞋子後，上床在婆惜腳後睡了。

其實，宋江對於婆惜不理睬她，是氣在心裡，即使躺在床上，仍睡不著。好不容易挨到五更天，宋江爬起來洗過臉，便出門了。這大清早走在路上，遇到賣湯藥的王公來趕早市，他看到宋江宿醉，便舀了一碗醒酒湯給宋江。吃到一半，宋江突然想到，他曾經答應王公要給他一副棺材，伸手拿錢時，才發現自己忘了拿招文袋，裡面還有晁蓋的書信與金子。宋江這才慌慌張張跑回閻婆的住處。

閻婆惜一早起來便發現宋江留下的招文袋和刀子，只覺袋裡有些重，便用手一抖，抖出了金子和書信。閻婆惜看到金子非常高興，也順手打開來讀，得知晁蓋與許多事情，心想原來宋江與梁山泊盜賊往來，這下可給她抓到把柄了，正在盤算時，宋江已急急忙忙跑上樓。宋江發現東西不見了，只得忍氣要求婆惜把東西拿出來還他。

婆惜首先是裝做不知情，跟宋江吵嘴起來，等到宋江脾氣上來，她才承認。由於晁蓋的書信上寫著給宋江一百兩金子，等於是宋江和賊匪私

通的證據，婆惜以此要脅宋江，要宋江答應她三件事情，她便把東西歸還。宋江哪怕是三十件事情，這當下都會答應，婆惜便開出三個條件，並要求一手交錢、一手交貨。兩人發生爭執搶奪，宋江一怒之下，殺了閻婆惜，燒掉晁蓋的書信。

【品味賞析再延伸】

「棺材出了，討挽歌郎錢」的意思是，棺材都要出殯下葬了，還想要有唱挽歌的人前來送行。比喻事情已經成定局，來不及改變了。其中「挽歌郎」這個職業，或稱「挽郎」，是葬禮中牽引靈柩、沿途唱挽歌的人，多半由男性擔任。

由於閻婆惜並非宋江正式婚娶的對象，只能算是宋江的小妾、情人。宋江年過三十，身材不高、皮膚黝黑，而閻婆惜正值青春十八的年華，也有「金屋美人」、「蕊珠仙子」的姿色。兩人的結合已頗勉強，加上張文遠的介入、宋江的刻意疏離，婆惜很快就出軌了。

男女之間如果沒有了愛情，任何一丁點的障礙，都很容易讓彼此變成陌生人，宋江與閻婆惜之間的互視而不見，就是一例。閻婆惜發現宋江的招文袋和金子，想到的不是還給宋江，而是要與張文遠過好日子，應是十足的報復心態，特別是招文袋中有宋江與晁蓋暗中往來的證據，閻婆惜想利用這個把柄擺脫宋江，甚至直接表示要離開他、改嫁張文遠，立刻瓦解了曾有的情分，接著還更現實地討論到錢的問題。

畢竟《水滸傳》是一部男性中心的作品，閻婆惜算是微不足道的角色，無法與宋江抗衡，她敢如此威脅宋江，多少注定了悲慘的命運。

【上知天文，下知地理】

天字第一號

中國古代有三本重要的兒童啟蒙讀物，即《三字經》、《百家姓》、《千字文》。其中《千字文》是南朝梁的周興嗣所編撰，每四字一句，第一句是「天地玄黃」，總共以一千個不同的單字所寫成。所謂的「天字第一號」，乃因為「天」是《千字文》中第一個字，所以是「第一號」。意味著第一號人物或最重要的情事。

人無千日好，花無百日紅

第二十二回〈閻婆大鬧鄆城縣　朱仝義釋宋公明〉

【原汁原味的閱讀】

三人坐定，有十數個近上的莊客1並幾個主管，輪替著把盞，伏侍勸飲。柴進再三勸宋江弟兄寬懷飲幾杯，宋江稱謝不已。酒至半酣，三人各訴胸中朝夕相愛之念。看看天色晚了，點起燈燭。宋江辭道：「酒止。」柴進哪裡肯放，直吃到初更左右。宋江起身去淨手。柴進喚一個莊客，提碗燈籠，引領宋江東廊盡頭處去淨手。便道：「我且躲杯酒。」大寬轉穿出前面廊下來。俄延2走著，卻轉到東廊前面。宋江已有八分酒，腳步趄3了，只顧踏去。那廊下有一個大漢，因害瘧疾，當不住那寒冷，把一鍁4火在那裡向。宋江仰著臉，只顧踏將去，正跐5在火鍁柄上，把那火鍁裡炭火，都掀在那漢臉上。那漢吃了一驚，驚出一身汗來。那漢氣將起來，把宋江劈胸揪住，大喝道：「你是甚麼鳥人？敢來消遣我！」宋江也吃一驚。正分說不得，那個提燈籠的莊客，慌忙叫道：「不得無禮！這位是大官人最相待的客官。」那漢道：「『客官』，『客官』！我初來時，也是『客官』，也曾相待的厚。如今卻聽莊客攛口6，便疏慢了我，正是『人無千日好，花無百日紅』。」卻待要打宋江，那莊客撇了燈籠，便向前來勸。正勸不開，只見兩三碗燈籠飛也似來。柴大官人親趕到說：「我接不著押司，如何卻在這裡鬧？」

1 莊客：鄉間大戶人家所雇用的工役。

2 俄延：拖延、耽擱。

3 趄：ㄑㄧㄝˋ，歪斜、不正。

4 鍁：ㄒㄧㄢ，鏟東西的工具。

5 跐：ㄘˇ，踩踏。

6 攛口：挑撥是非。

【穿梭時空背景】

閻婆死了丈夫，又死了女兒，當然不肯放過宋江，她在街上抓住宋江並大聲吆喝，引起官兵的注意力，但這些人向來與宋江交好，沒有人願意動手抓宋江。恰好不知情的唐牛兒經過，看見閻婆死纏宋江，便助宋江脫身，閻婆反過來抓住唐牛兒，說唐牛兒放縱殺人凶手，要辦他。官兵要抓宋江有難處，但是要抓唐牛兒卻無顧忌，一行人就這麼來到知縣面前。

閻婆控告宋江殺了女兒、唐牛兒放縱凶手。不過知縣與宋江也是一掛，不肯相信宋江是殺人凶手，就把罪往唐牛兒的身上推，將他關進牢房。而閻婆惜的相好張文遠，已從宋江的跟班升為押司，這樁凶殺案恰好在他的手上，便命人搜查現場並且驗屍，結果發現了宋江殺閻婆惜的刀子，知縣只好差人去宋太公的莊上捉拿宋江。

負責捉拿宋江的官兵也都跟他有交情，所以也只是做做樣子。經過兩次的搜索，當然毫無所獲。對知縣、官兵而言，沒有人希望宋江坐牢；對張文遠而言，他受過宋江的照顧，眾人都勸他罷手，他也決定順從大家的意見；至於閻婆，得了朱仝送的財物後，便不再控告宋江；代宋江受罪的唐牛兒則是被發配到五百里外。

宋江是一個有遠慮的人，知道吃公家飯，總有一天會出事，所以不僅把戶籍脫離父母，還在家裡蓋了可藏身的地窖。朱仝知道這個地窖，當他帶頭搜索宋家莊時，便悄悄來到地窖，要宋江盡快逃命去。宋江和家人商議之後，便與同胞兄弟宋清一起啟程前去投靠「現世的孟嘗君」滄州橫海郡柴大官人。柴大官人果然不是小人物，聽到宋江犯下殺人案件，居然敢打包票，不管是殺了朝廷命官的人，還是劫了府庫財物的人，他都敢窩藏，他向宋江保證自己的地方絕對安全。柴大官人便吩咐下人帶宋江兄弟去梳洗，且安排酒菜，邀請幾位莊客一起把酒言歡。

宋江因喝得有些醉意，與一位害病的大漢發生衝突，幸虧眾人勸解才平息。那大漢得知原來是宋江，連忙跪下望乞恕罪，而這大漢就是清河縣的武松。英雄豪傑相聚自是把酒言歡。

【品味賞析再延伸】

「人無千日好，花無百日紅」出自元曲中楊

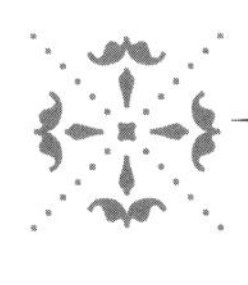

文奎所作《兒女團圓》的一句唱詞：「人無千日好，花無百日紅。早時不算計，過後一場空。」意思是人生時光有限，世間的變化卻無常，不可能事事如意，比喻好景不長，幸福難以持久。

閻婆惜年輕的性命就這樣結束，對宋江而言是一種解脫，也是噩運的開始，更是人生的重大轉折點；對張文遠而言，只有短暫的情分、短暫的思念、短暫對宋江的憤恨。儘管閻婆惜死前仍在為張文遠著想，顯然張文遠並沒有死心塌地要為她報仇。閻婆對於女兒的死，先是堅決要控告宋江到底，主要是因為她手上少了一個可有財源進帳的籌碼，等到朱仝送給她財物之後，她也就放棄控告了。由此可見，閻婆惜之死真是輕如鴻毛啊！

唐牛兒是「宋江怒殺閻婆惜」這場戲中不可或缺的配角。唐牛兒知道閻婆惜背著宋江偷人，他沒有說出去，是不想讓宋江的面子掛不住。宋江殺人後，他看到閻婆與宋江在大路上糾纏，立刻上前幫忙，或多或少是想幫宋江掩飾什麼。唐牛兒自然不是有心要讓宋江脫罪，因為當時他根本不知道宋江殺了人。雖然唐牛兒常常受到宋江的資助，但在這個關鍵時刻，宋江的「救星」就是唐牛兒。唐牛兒被發配出去之後，卻沒有聽到仗義疏財的宋江去營救他，對唐牛兒而言，真可說是「人無千日好，花無百日紅」啊。

【上知天文，下知地理】

客　官

在古裝戲中常可聽見「客官」一詞，是客人的意思。漢朝趙曄所著的《吳越春秋・勾踐入臣外傳》記載：「今事棄諸大夫，客官于吳，委國歸民，以付二三子。」這裡的「客官」是指到別人的國家作官，客居於他國、在朝為官。越王勾踐為了雪恥復國，決定低聲下氣到吳國去侍奉吳王夫差。《易經・需卦》：「有不速之客三人來，敬之終吉。」吳王夫差沒有掌握到這個要件，引狼入室，召來滅國的災禍。

分明指與平川路，卻把忠言當惡言

第二十三回〈橫海郡柴進留賓　景陽岡武松打虎〉

【原汁原味的閱讀】

武松聽了，笑道：「我是清河縣人氏，這條景陽岡上，少也走過了一、二十遭，幾時見說有大蟲1？你休說這般鳥話2來嚇我。便有大蟲，我也不怕！」酒家道：「我是好意救你，你不信時，進來看官司榜文。」武松道：「你鳥做聲3！便真個有虎，老爺也不怕！你留我在家裡歇，莫不半夜三更，要謀我財，害我性命，卻把鳥大蟲唬嚇我。」酒家道：「你看麼！我是一片好心，反做惡意，倒落得你恁地4！你不信我時，請尊便5自行！」正是：

前車倒了千千輛，後車過了亦如然。
分明指與平川路，卻把忠言當惡言。

1 大蟲：老虎。
2 鳥話：罵人胡說八道。
3 鳥做聲：不要再說了。
4 恁地：如此、這樣。
5 尊便：你的決定。完全聽從對方的決定時，可以說：「悉聽尊便。」

【穿梭時空背景】

第二十二回提到宋江殺了閻婆惜，投奔柴進，在那裡遇見了武松。武松是清河縣人氏，因為和人爭鬥，誤以為自己殺了人，於是逃到了柴進的莊上。後來打聽到那個被打傷的人其實沒死，於是打算回家找兄長武大郎。

宋江與武松同住了十幾天，每日喝酒聊天，友情漸深。武松想著兄長，執意要回清河縣，宋江送了他一程。武松走了幾天，來到了陽穀縣。他在城外見到一間酒店，因為時間已近中午，腹

中飢餓，於是就在酒店裡暫歇，點些酒肉來吃。酒家送來酒肉，酒性極烈，武松喝得痛快，沒一會兒工夫，就喝下了三碗酒。武松等了老久，不見酒家再來添酒，不由得有些發火，質問酒家：「為什麼不再拿酒來了？」

酒家說：「我們店裡的酒有個名堂，叫『三碗不過岡』。意思是酒量再好的人，喝了三碗酒，也會醉倒，過不了前面的景陽岡。」

武松自恃酒量過人，哪裡肯聽酒家的勸，直要酒家拿酒來。酒家送了幾次酒，又勸武松：「你實在不能再喝了。你的個子這麼高大，要是醉倒，我們可扶不動你。」武松說：「要你扶的話，就不算好漢！」酒家只是不肯，武松大怒，說：「我又不是不付錢！惹得我發火，就砸了你的店！」酒家不敢惹他，只好再拿酒來。就這樣，武松前前後後喝了足足十八碗酒。

酒足飯飽的武松才走出店門，酒家連忙趕來攔住他。酒家說：「前面的景陽岡來了一隻大老虎。官府如今貼出榜文，規定來往的旅客都要結伴同行。」但不管酒家怎麼說，武松都不肯相信，酒家也莫可奈何。

「前車倒了千千輛，後車過了亦如然。分明指與平川路，卻把忠言當惡言。」意思是先前的車輛已經翻倒了幾千輛，後頭的車輛竟然又在同樣的路上翻倒。這是因為前人明明指的是平坦的道路，後人卻把忠告當成了不好的話。

武松不聽忠言，果然遇上了一頭又飢又渴的大老虎。武松吃了一驚，拿起手中的木棍便打，一時慌亂，誰知木棍卻斷了。危急中，武松按倒了老虎，使出平生的力氣，用鐵錘大小的拳頭往老虎的頭上猛打，一直打到老虎七孔流血，還怕牠反撲，又撿起斷了的木棍，打到手腳酥軟、老虎都變成一個錦皮袋了才停手。

武松打死了老虎，走下山去，路上遇到幾位獵戶，並幫他把死老虎抬下山。陽穀縣令聽到消息，派人把武松迎到縣衙中，賞他一千貫錢。武松不肯收下賞金，全數轉送給獵戶。縣令見武松忠厚仁德，就留他在陽穀縣當步兵都頭。

【品味賞析再延伸】

常言道：「害人之心不可有，防人之心不可無。」社會上人心險惡，有時候，別人的「忠

言」，實際上是「惡言」。

戰國時，魏王送給楚王一位美人，楚王非常寵愛她。楚王的另一名寵妃，名為鄭袖，便百般討好她，經常送給她一些美麗的衣服及珍貴的飾品。楚王見到鄭袖的做法，覺得她是一個沒有妒嫉心的好女人，就更喜歡她了。那位新來的美人，對於鄭袖的善意表現，也覺得很感動。

鄭袖贏得楚王與新來美人的信任後，就找個機會，對美人說出她的「忠言」：「妳確實很漂亮，可惜鼻子不夠好看。我建議妳見到楚王時，最好能遮起鼻子，掩飾自己的缺點。如此一來，楚王一定會更喜歡妳。」鄭袖又跑去跟楚王的左右侍衛說：「楚王覺得你們的動作不夠俐落。以後楚王一下令，你們就要立刻執行。」

美人聽了鄭袖的建議，在見到楚王時，就時常遮住自己的鼻子。這舉動引起楚王的懷疑，便問鄭袖：「新來的美人見到寡人時，為什麼常常遮住鼻子？」鄭袖說：「我不清楚，但曾經聽她說過不喜歡您身上的味道。」楚王非常生氣，跑去質問美人。美人一見到楚王，就又遮住鼻子。楚王生氣地說：「把她的鼻子割掉！」因為鄭袖交代過侍衛不可怠慢，所以他們就用最快的速度割掉美人的鼻子。楚王的話才一出口就後悔，但已經來不及了。他自然也不會再愛一位沒有鼻子的美人。

北宋末年，酒店謀財害命的事時有所聞，《水滸傳》便有母夜叉孫二娘開黑店的情節。所以酒家堅持留下武松時，武松就起了疑心。等他來到景陽岡，見到官府的告示，知道酒家說的其實是「忠言」而非「惡言」，卻為了面子而不肯回頭。所幸他功夫極高，才沒有喪生在老虎嘴裡。世上為了面子而不肯接納忠言的人很多，可是，像武松這樣的打虎英雄又有幾人呢？

【上知天文，下知地理】

一貫錢是多少？

古人把一千個錢幣串在一起，稱為一貫錢或一吊錢。宋代幣制混亂，官方通常以七百七十錢為一貫，但各地不同，有些地區甚至以四百八十錢為一貫。古代形容富有人家「家財萬貫」，可見武松得到的一千貫錢確實為數不少。在《水滸傳》的時代，一兩金子可以換成十三兩銀子，一兩銀子大約可以換成兩到四貫錢。

人無剛骨，安身不牢

第二十四回〈王婆貪賄說風情　鄆哥不忿鬧茶肆〉

【原汁原味的閱讀】

婦人道：「叔叔在哪裡安歇[1]？」武松道：「胡亂權[2]在縣衙裡安歇。」那婦人道：「叔叔，恁地時，卻不便當[3]。」武松道：「獨自一身，容易料理。早晚自有土兵[4]伏侍[5]。」婦人道：「那等人伏侍叔叔，怎地顧管得到。何不搬來一家裡住？早晚要些湯水吃時，奴家親自安排與叔叔吃，不強似這夥腌臢人？叔叔便吃口清湯，也放心得下。」武松道：「深謝嫂嫂。」那婦人道：「莫不別處有嬸嬸，可取來廝會[6]也好。」武松道：「武二並不曾婚娶。」婦人又問道：「叔叔青春[7]多少？」武松道：「虛度二十五歲。」那婦人道：「長奴三歲。叔叔今番從哪裡來？」武松道：「在滄州住了一年有餘，只想哥哥在清河縣住，不想卻搬在這裡。」那婦人道：「一言難盡！自從嫁得你哥哥，吃[8]他忒善了，被人欺負，清河縣裡住不得，搬來這裡。若得叔叔這般雄壯，誰敢道個不字！」武松道：「家兄從來本分，不似武二撒潑[9]。」那婦人笑道：「怎地這般顛倒說？常言道：『人無剛骨，安身不牢[10]。』奴家平生快性，看不得這般『三答不回頭，四答和身轉[11]』的人。」武松道：「家兄卻不到得惹事，要嫂嫂憂心。」

1 安歇：休息。
2 權：暫且、姑且。
3 便當：方便。
4 土兵：地方兵。
5 伏侍：服侍。
6 廝會：碰面。
7 青春：年紀。
8 吃：捱、受。
9 撒潑：無理取鬧。
10 人無剛骨，安身不牢：人如果不夠堅強，就無法立身安穩。
11 和身轉：連身體一起轉過來。

【穿梭時空背景】

前一回提到武松打死老虎，被知縣留下來當個都頭。武松當上都頭沒多久，就在街上遇到一個人。那人不是別人，正是武松的親生哥哥武大郎。

兄弟倆的長相與個性南轅北轍。武松身高八尺，相貌堂堂，一身的肌肉與力氣。武大郎身高不到五尺，相貌醜陋，加上個性懦弱膽小，家鄉的人都叫他「三寸釘谷樹皮」（形容身材五短，皺紋滿臉）。武大郎和武松原本住在清河縣，不過武松喝酒醉、打傷了人，因此離開故鄉，逃到外地。武松走後，武大郎受盡欺侮，後來娶了潘金蓮為妻。

潘金蓮長得頗有姿色，原本在一戶有錢人家當婢女。因為主人看上了她，三不五時騷擾她。潘金蓮不肯屈從，於是告訴了女主人。主人因而懷恨在心，故意把她嫁給了又矮又醜的武大郎。

自從武大郎娶了潘金蓮，就成為縣人取笑的對象。經常有人跑到他門口大喊：「好一塊羊肉，倒落在狗口裡！」武大郎受不了這幫人的閒話，便搬到陽穀縣，沒想到因此遇到了武松。

武大郎與武松重逢，自然邀他回家相聚，也讓潘金蓮見見自己的弟弟。

潘金蓮早聽到消息，說縣裡來了個打虎的英雄，沒想到這號人物就是自己丈夫的弟弟。潘金蓮心想，自己的丈夫長得三分像人，七分像鬼，而他的弟弟居然高大英挺，如果她嫁的是弟弟而不是哥哥，該有多好。想到此處，她有心把武松留在家裡，說不定日後有機會在一起。

潘金蓮支開了武大郎，讓他到外面買些酒菜來招待武松，自己便和武松有一句沒一句地閒聊，順便摸摸武松的底，也藉機批評了武大郎幾句，抱怨他生性懦弱，常受人欺負。

武大郎回來後，潘金蓮又讓武大郎勸武松留下，武松見兩人情意殷切，答應住下。只是這一住，雖是稱了潘金蓮的意，倒叫武松見到他嫂嫂的真面目。

【品味賞析再延伸】

「人無剛骨，安身不牢」雖出自潘金蓮之口，倒也道盡了諸多《水滸傳》英雄的心聲。

以林沖為例。他有一身好本事，做人安分守

己，然而當妻子遭到長官高俅的乾兒子調戲時，竟然只敢怒而不敢言，頂多「一雙眼睜著瞅那高衙內」。

受辱若只有一次，倒還罷了。高衙內執意要得到林沖的妻子，並與林沖的好友陸虞侯合謀，把林沖的妻子騙來，意圖非禮。幸好林沖及時趕到，救出妻子。即使在這個時候，林沖還是不敢找高俅理論，而是把氣出在幫凶陸虞侯身上。陸虞侯一直躲在高俅府中，林沖也拿他沒奈何。

若把武大郎和此時的林沖相比，只怕武大郎的骨頭還硬些。至少武大郎在妻子屢次被人調戲時，還能採取對策，從清河縣搬到陽穀縣，離開是非之地。

武大郎沒有他兄弟武松的本事，但行事並不可笑，卻因模樣可笑而成了他人笑柄。民間流傳許多和武大郎有關的歇後語，如：「武大郎開豆腐店——人軟貨不硬」、「武大郎上牆頭——上不去，下不來」、「武大郎坐天下——沒人敢保」、「武大郎練把式——王八架子」等。然而，武大郎何其無辜！民間傳說，武大郎本是個武藝高強的人，因為沒有好好招待《水滸傳》的作者施耐庵，於是被醜化成妻子與人通姦的窩囊廢。又說，武大郎其實不是不肯招待施耐庵，而是知道施耐庵不肯多要錢，所以偷偷在他的故鄉為他蓋了一棟房子，施耐庵為了補過，便加寫了武松打虎一段情節。這代表另一種同情武大郎的聲音。其實，武大郎並不曾害人，他人又有什麼資格取笑他呢？

【上知天文，下知地理】

武術之鄉——滄州

滄州向來有「武術之鄉」之稱。據史書記載，西元前六六四年，齊桓公為了援救燕國而攻打山戎，戰場就在滄州一帶。由於此地戰爭頻繁，人民為了自保，無論老少，大多學有武術。滄州也是犯軍發配的地方，明朝時，稱為「小梁山」。犯軍叛將把武術傳給當地人，所以滄州的武風鼎盛，曾出現不少武術名人。近代最知名的滄州武術高手是李書文。他擅長八極拳，徒弟霍殿閣是清朝最後一位皇帝溥儀的武術老師，另一名徒弟劉雲樵曾經是總統府侍衛隊的總教練。至今總統府侍衛隊，仍以學習李書文系統的八極拳為主要訓練內容。

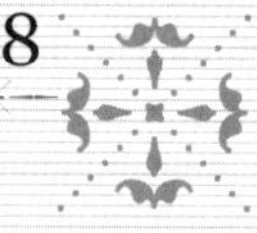

表壯不如裡壯；籬牢犬不入

第二十四回〈王婆貪賄說風情　鄆哥不忿鬧茶肆〉

【原汁原味的閱讀】

武松再篩第二杯酒，對那婦人說道：「嫂嫂是個精細的人，不必用武松多說。我哥哥為人質樸，全靠嫂嫂做主看覷[1]他。常言道：『表壯不如裡壯[2]。』嫂嫂把得家定，我哥哥煩惱做甚麼？豈不聞古人言：『籬牢犬不入。』」那婦人聽了這話，被武松說了這一篇，一點紅從耳朵邊起，紫脹了面皮，指著武大便罵道：「你這個腌臢混沌[3]！有甚麼言語，在外人處說來，欺負老娘！我是一個不戴頭巾男子漢[4]，叮叮噹噹響的婆娘！拳頭上立得人，胳膊上走得馬[5]，人面上行得人[6]，不是那等搠不出的鱉老婆。自從嫁了武大，真個螻蟻也不敢入屋裡來，有甚麼籬笆不牢，犬兒鑽得入來！你胡言亂語，一句句都要下落。丟下磚頭瓦兒，一個個也要著地[7]。」武松笑道：「若得嫂嫂這般做主最好。只要心口相應，卻不要心頭不似口頭。既然如此，武二都記得嫂嫂說的話了，請飲過此杯。」那婦人推開酒盞，一直跑下樓來，走到半胡梯[8]上發話道：「你既是聰明伶俐，卻不道『長嫂為母』！我當初嫁武大時，曾不聽得說有甚麼阿叔，哪裡走得來！『是親不是親，便要做喬家公[9]』。自是老娘晦氣了，鳥撞著許多事！」哭下樓去了。

---

1 看覷：照顧。
2 表壯不如裡壯：比喻丈夫能幹不如妻子賢良來得好。
3 腌臢混沌：罵人糊塗無知的話。
4 不戴頭巾男子漢：有氣概的女子。
5 拳頭……得馬：形容個性剛強，作風正派。
6 人面上行得人：形容見過世面、會交際的人。
7 丟下……著地：比喻說話要有根據。
8 胡梯：樓梯、扶梯。
9 喬家公：假裝的一家之主。

【穿梭時空背景】

潘金蓮看武松生得壯碩，頗為心動，於是千方萬計想把他留在自己家裡。武大郎不知道自己妻子的心思，也幫著勸武松住下來。武松不敢違逆兄長與大嫂，於是就命人把行李搬到武大郎的家裡，和兄嫂一起住。

為了打動武松的心，潘金蓮百般討好。每天一大早就起來燒水讓武松洗臉，又替他舀漱口水，連照顧自己丈夫都沒這麼盡心。又交代他：「從衙門回來後，不要到別處吃飯，早點回來一起吃晚餐。」吃晚飯時，潘金蓮又是雙手奉上茶水，讓武松覺得非常不好意思，他表示要讓嫂嫂侍奉，實在過意不去。如有必要，他可以到縣裡撥一個地方兵來使喚。潘金蓮連忙拒絕說，都是自家人，何必這麼見外呢？何況她也受不了家裡有外人。武松於是作罷。

自從武松住進武大郎家，就幫著他和鄰居打好關係，又是請吃茶果，又是回禮什麼的。對於潘金蓮這個嫂子，武松也沒忘記她的好處，特意去買了一匹彩色緞子給她做衣服。潘金蓮笑著接受了。

日子一天一天地過，武松每日到衙門工作，晚上就回武大郎家休息。儘管潘金蓮用心服侍，又常用言語勾引他。武松只是一味把她當作嫂子看待，全沒看出她的心思。

不知不覺過了一個月，天氣逐漸轉冷。潘金蓮打定主意，非要得到武松不可。好不容易等到武松回來，潘金蓮為他熱了一些酒，兩人彼此敬了幾杯。潘金蓮說：「聽說你在東街養了一個賣唱的，可有此事？」武松連忙否認。潘金蓮捏著武松的肩頭，說：「你只穿這些衣服，不冷嗎？」武松見潘金蓮的手不太安分，心裡有些不高興。潘金蓮沒看出武松的惱怒，又說：「你如果有心的話，就喝下我手裡的這半杯殘酒吧！」武松大怒，搶下潘金蓮的酒杯，丟在地上，痛罵：「嫂嫂！不要這麼不知羞恥！我是個頂天立地的男子漢，絕不會做出那種豬狗不如、悖亂倫常的事！再要這麼不知羞恥的話，我的拳頭可認不得妳這個嫂嫂！」

武松和潘金蓮大吵一架後，就收拾行李，準備離開武大郎的家。武大郎回家後，看到這種情形，苦留武松不住，只得由他去了。

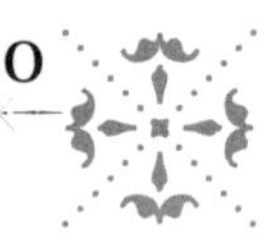

又過了十幾日，武松奉派到遠處出差。臨行前，他來到武大郎的家中辭別。潘金蓮見武松突然來到，又驚又喜，刻意打扮，前來迎接武松。沒想到，武松竟然在辭別的酒席上囑咐武大郎晚出早歸，好好看著潘金蓮。武松對潘金蓮說：「表壯不如裡壯。」意指家裡的事要靠潘金蓮處理。若只是說這樣的話倒也罷了，武松又補了一句：「籬牢犬不入。」暗示潘金蓮不可以胡作非為，把外頭的野男人找來家裡。這一來，可惹惱了潘金蓮，不僅氣得大罵武松，還一連罵了武大郎好幾天。

【品味賞析再延伸】

「戴綠帽」意指妻子不貞或有外遇。前人提到「戴綠帽」，總不免想到武大郎，認為他是窩囊男人的代表。其實，妻子不貞的，豈只武大郎一人，便是貴為天子，也可能遭遇這種事情，例如漢高祖就是。

漢高祖劉邦的原配是呂雉。劉邦起義反秦時，離開故鄉沛縣，交代自己的兄長劉仲及鄉人審食其照顧自己的父親和妻子兒女。審食其原是個辦理喪事的樂師，做事一向細心周到。受託照顧劉邦的親戚時，倒也盡心盡力。

後來，劉邦在彭城之戰中，敗給了項羽。審食其聽到這個消息，連忙護送劉邦的父親及妻子逃走。然而，他們還是被項羽所率領的楚軍追上了，做了俘虜。此後三年，審食其和呂雉在朝不保夕的情形下共處，患難中不禁建立了深厚的感情。

劉邦統一天下後，呂雉為審食其乞討官位。劉邦認為審食其保護家眷確實有功，於是封他為辟陽侯。審食其為報呂雉恩德，和她走得更近了。由於劉邦寵幸戚夫人，不太搭理呂雉。呂雉一方面寂寞，一方面為了報復劉邦，索性把審食其養在宮裡，朝夕淫樂。一些宮女和朝臣雖然知道這件事，但是害怕得罪呂雉，所以都不敢說出來，劉邦就這樣一直被蒙在鼓裡，一點也沒察覺他頭上的皇冠已是綠到發亮了。

劉邦死後，呂雉和審食其更加肆無忌憚。消息傳到漢惠帝的耳中，漢惠帝對自己母親的淫行感到非常憤怒，於是逮捕審食其下獄，要判他死刑。呂雉不敢為自己的戀人求情，幸虧好友朱建

為他設法，讓漢惠帝的男寵替他說情，審食其才保住了一命，直到漢文帝時才被殺。

俗語說：「籬牢犬不入。」照理來說，劉邦貴為天子，有許多人可以幫他看住呂雉，不使她紅杏出牆。然而，事實不然。當初在彭城之戰時，劉邦兵敗逃走，嫌車子走得不夠快，曾三次把親生兒女從車上推下去。後來項羽以劉邦的父親為人質，威脅要把他煮來吃，劉邦竟說：「如果是這樣的話，請分我一杯羹吧！」劉邦對人如此寡情，又怎能指望別人對他付出真心呢？由此可知，「籬牢犬不入」，真正能夠防止妻子情人變心的「籬」，不是限制對方的行為，而是自己的真心啊！

【上知天文，下知地理】

不戴頭巾男子漢

古人不理頭髮，所以要戴上帽子或裹上布帛等，以免頭髮凌亂。頭巾是男子用的，巾幗則是女子用的。因為古代重男輕女，建立事功的多是男子，所以古人稱有擔當、有作為的人為英雄或男子漢。對於花木蘭這類英勇的女子，則稱為巾幗英雄。此處，潘金蓮稱自己為不戴頭巾的男子漢，也有強調自己有擔當的意思。

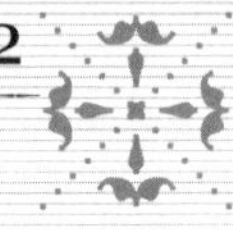

駿馬卻馱癡漢走，美妻常伴拙夫眠

第二十四回〈王婆貪賄說風情　鄆哥不忿鬧茶肆〉

【原汁原味的閱讀】

王婆笑道：「大官人卻才唱得好個大肥喏[1]！」西門慶也笑道：「乾娘，你且來，我問你：間壁這個雌兒[2]，是誰的老小[3]？」王婆道：「他是閻羅大王[4]的妹子，五道將軍[5]的女兒，問他怎地？」西門慶道：「我和你說正話，休要取笑。」王婆道：「大官人怎麼不認得？他老公便是每日在縣前賣熟食的。」西門慶道：「莫非是賣棗糕徐三的老婆？」王婆搖手道：「不是。若是他的，正是一對兒。大官人再猜。」西門慶道：「可是銀擔子李二的老婆？」王婆搖頭道：「不是。若是他的時，也倒是一雙。」西門慶道：「倒敢是花胳膊陸小乙的妻子？」王婆大笑道：「不是。若他的時，也又是好一對兒。大官人再猜一猜。」西門慶道：「乾娘，我其實猜不著。」王婆哈哈笑道：「好教大官人得知了笑一聲。他的蓋老[6]，便是街上賣炊餅的武大郎。」西門慶跌腳[7]笑道：「莫不是人叫他『三寸丁谷樹皮』的武大郎？」王婆道：「正是他。」西門慶聽了，叫起苦來說道：「好塊羊肉，怎地落在狗口裡！」王婆道：「便是這般苦事。自古道：『駿馬卻馱癡漢走，美妻常伴拙夫眠。』月下老偏生要是這般配合！」

1 肥喏：應人呼喚的語辭。
2 雌兒：女子，一種輕薄的說法。
3 老小：家眷。
4 閻羅大王：地獄中的鬼王。
5 五道將軍：傳說是東嶽部下的神將，掌管世人的生死。
6 蓋老：丈夫，有輕薄鄙視的意味。
7 跌腳：跺腳。

【穿梭縮時空背景】

武松告別了兄長，到外地出差。武大郎記得武松臨行前的吩咐，每天只做一半的炊餅出去賣，天沒暗就回家。潘金蓮對著晚出早歸的武大郎，越看越氣，指著他的鼻子罵：「混帳東西，大白天的就把門給關了，守喪似地坐在家裡。別人還以為我們家鬧鬼呢！你堂堂一個男子漢，光是聽著你那兄弟的話，隨他調遣，也不怕人家笑話！」武大郎聽了潘金蓮所說的話，只回道：「我那兄弟說的話就像金子打的，有價值得很。」任憑潘金蓮怎麼罵武大郎，他都不理會，日子久了，潘金蓮也認命了，等到武大郎快回家時，她就去放下簾子，等武大郎回來。

說也湊巧，這一天，潘金蓮正拿著叉子要去收簾子時，一個沒拿穩，叉子掉下樓去，剛好打到一個經過樓下的男人。那個男人不是別人，正是陽穀縣裡一個好色的土財主西門慶。

西門慶以開藥店起家，也擅長武藝。他在家裡排行老大，人稱「西門大郎」，又叫「西門大官人」。這個「西門大郎」和「武大郎」大不相同，他個性奸詐，發財以後，刻意和官府維持良好關係。日子一久，路子熟了，也會做些關說送賄、陷害他人的下流勾當。

西門慶走在路上，被個叉子不偏不倚地打在頭上，正待發作，抬頭一看，見到打他的人是個容貌美麗的婦人，立刻換上笑臉。潘金蓮向西門慶賠禮：「奴家一時失手，可打疼了你？」西門慶笑著說：「沒關係。妳有沒有扭到手呢？」當兩人眉目傳情之際，住在隔壁的王婆看見了，譏諷地說：「打得好！」西門慶和潘金蓮各自客套了幾句。潘金蓮回到屋內，等她的醜丈夫；西門慶則走到街上，動他的歪腦筋。

西門慶在街上走了幾圈，又回到原先的地方，進了王婆的門裡，向她問起剛才那女子是誰的家眷？王婆又是跟他開玩笑，又要他猜謎，最後才公布答案是武大郎，讓西門慶十分訝異。

【品味賞析再延伸】

俗話說：「男人不壞，女人不愛。」壞男人是否比較能夠贏得女性的芳心？答案見仁見智。美國新墨西哥大學的彼得•喬納森做過研究，把自戀、衝動、喜歡追求刺激、愛撒謊、冷酷以及

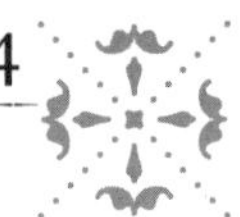

善於玩弄權術等負面的「黑暗性格」列入人格測試表格，同時提出一些關於戀情的問題。有兩百名大學生接受問卷，結果顯示，「黑暗性格」分數越高的男性越容易得到女性的青睞。

美國伊利諾伊州布拉德利大學的戴維・施米特也有類似研究。範圍擴及五十七個國家，人數超過三萬五千人，結果與彼得・喬納森相似，並且發現「男人不壞，女人不愛」的情形，不限於地區、年齡與身分。

施米特認為「男人不壞，女人不愛」的原因在於：「『壞男人』比『好男人』更敢於主動追求女性。」有些學者認為所謂的「壞男人」更適合在生存的競爭中勝出，基於自然界「適者生存」的法則，女性會傾向於選擇「壞男人」。

如此看來，似乎當個「壞男人」比「好男人」更好。其實，關鍵在於社會環境。倘若社會以男性為主體，女性只能被動接受追求的話，那麼，侵略性較高的「壞男人」自然占有優勢。相反的，如果女性勇於採取主動，就能夠選擇較佳的「好男人」，「好男人」反而吃香了。

此外，在黑暗的社會環境中，不行正道的「壞男人」也比較容易得到利益。孔子說：「邦無道，富且貴焉，恥也。」批評的就是這件事。西門慶能夠勾搭上潘金蓮還有一個理由，就是「物以類聚」，潘金蓮會受到西門慶所吸引，實在沒有什麼好奇怪的。至於武松，也是個不受世俗禮教規範的人，在世俗的眼中，也是個「壞男人」，所以潘金蓮喜歡他。而忠厚老實的武大郎，就算個子不矮，相貌不醜，大概也很難吸引潘金蓮這樣的「壞女人」吧？看來月下老人對武大郎、潘金蓮夫婦所開的玩笑，不只是「美醜」，還有「好壞」的搭配！

【上知天文，下知地理】

五道將軍

在傳統的宗教觀念中，人死後會下地獄，接受閻羅王等地獄管理者的審判。但是在下地獄前，還有另外兩道關卡。人死後七七四十九天，會成為「中陰身」。「中陰身」由太山府君及五道將軍加以審理。太山府君負責讓該回魂的「中陰身」回魂，該受業的呈報五道將軍，按其一生所造的諸善惡業分送五道。五道指地獄道、餓鬼道、畜生道、人道及天道，加上阿修羅道，就成為六道。所有眾生在六道之中輪迴轉生，稱為「六道輪迴」。

馬蹄刀木杓裡切菜

第二十四回〈王婆貪賄說風情　鄆哥不忿鬧茶肆〉

【原汁原味的閱讀】

鄆哥把籃兒放下，看著王婆道：「乾娘拜揖。」那婆子問道：「鄆哥，你來這裡做甚麼？」鄆哥道：「要尋大官人，賺三、五十錢，養活老爹。」婆子道：「甚麼大官人？」鄆哥道：「乾娘情知[1]是哪個，便只是他那個。」婆子道：「便是大官人，也有個姓名？」鄆哥道：「便是兩個字的。」婆子道：「甚麼兩個字的？」鄆哥道：「乾娘只是要作耍。我要和西門大官人說句話。」望裡面便走。那婆子一把揪住道：「小猴子，哪裡去？人家屋裡，各有內外。」鄆哥道：「我去房裡便尋出來。」王婆道：「含鳥猢猻，我屋裡哪得甚麼西門大官人！」鄆哥道：「乾娘，不要獨吃自喝！也把些汁水與我呷[2]一呷！我有甚麼不理會得！」婆子便罵道：「你那小猢猻，理會得甚麼！」鄆哥道：「你正是『馬蹄刀木杓裡切菜』[3]，水洩不漏，半點兒也沒得落地。直要我說出來，只怕賣炊餅的哥哥發作。」那婆子吃他這兩句道著他真病，心中大怒，喝道：「含鳥猢猻，也來老娘屋裡放屁辣臊[4]！」鄆哥道：「我是小猢猻，你是馬泊六[5]！」那婆子揪住鄆哥，鑿上兩個栗暴[6]。鄆哥叫道：「做甚麼便打我！」婆子罵道：「賊猢猻，高則聲，大耳刮子[7]打出你去！」鄆哥道：「老咬蟲[8]，沒事得便打我！」這婆子又一頭叉，一頭大栗暴鑿，直打出街上去，雪梨籃兒也丟出去。

1 情知：心裡知道。

2 呷：ㄒㄧㄚˊ，喝。

3 馬蹄刀木杓裡切菜：形容人小氣。馬蹄刀，裱畫用的裁刀。木杓裡切菜，又作瓢裡切菜，有滴水不漏之意。

4 放屁辣臊：胡說八道。

5 馬泊六：撮合不正常男女關係的人。又作「馬八六」、「馬百六」、「馬伯六」等，是宋元之際的口語用法。

6 栗暴：握緊拳頭，用突出的指節敲擊別人的額頭。

7 大耳刮子：巴掌。

8 老咬蟲：罵人的話，指老妖怪。

【穿梭時空背景】

西門慶自見了潘金蓮，一顆心全懸在她身上，一連到王婆家好幾趟，要她幫忙把潘金蓮弄到手。

那王婆本來就是個不安分的人，往往為了小利，撮合不正常的男女關係。旁人形容她「能叫織女害相思，能令嫦娥找配偶」，更何況西門慶、潘金蓮這對男女原本就不知禮法為何物，要撮合他們容易至極。只是王婆見西門慶有錢，於是大賣關子，想狠撈一筆。

對於西門慶的心思，王婆假作不知，只拿些言語敷衍他，把西門慶唬弄得心癢癢的。終於西門慶拿出錢來，央求王婆：「我自從見了潘金蓮的面，就像是三魂七魄被收了去似的。不知道妳有沒有辦法幫幫我？」王婆表示，自己店裡生意不好，要靠額外收入過活，那額外收入就是湊合男女做那檔子事。西門慶承諾，只要王婆能湊合他與潘金蓮，就會送上十兩銀子給她當棺材本。

王婆不慌不忙地說：「偷情這件事，要有五個基本條件：『潘、驢、鄧、小、閒。』『潘』就是你的外表要像潘安一樣俊，『驢』就是你的下面要像驢子一樣大，『鄧』就是你的財產要像鄧通一樣多，『小』就是你的心思要小，『閒』就是你的時間要多。」西門慶自認這五件事，雖不是頂尖，倒也樣樣俱全，就請王婆替他想方設法。於是，由西門慶先買一些上好布匹，再讓王婆出面請潘金蓮到家裡為她縫製衣服。幾天後，使兩人見面，王婆找藉口出門，讓他們兩人獨處，西門慶就可以勾引潘金蓮，把她弄到手了。

潘金蓮在不知不覺中落入王婆與西門慶設下的陷阱。在王婆家中，王婆藉故外出，留下潘金蓮和西門慶這對孤男寡女共處一室。郎本有心，妹也有情，兩人就這麼勾搭上了，鬧得滿城皆知，只有武大郎一人被蒙在鼓裡。

不過，紙終究包不住火，有一個名為鄆哥的賣梨少年，想把一籃梨子賣給西門慶，就到王婆家裡找人，卻被王婆趕了出去。賣梨少年心有不甘，便把潘金蓮和西門慶的事情，告訴了武大郎。

【品味賞析再延伸】

妓院的起源極早，最早見於史籍的是管仲的

設立妓院。據說齊桓公時，管仲為了增加朝廷的收入，而設立了妓院。妓院也用於招待前來齊國的人才，甚至供齊桓公本人享樂。

「拉皮條」一詞原指撮合不正常的男女關係，倒不一定限於替妓女拉客。在歷史上，秦朝宰相呂不韋就做過這類的事情。

呂不韋為了謀取暴利，把愛妾趙姬送給在趙國當人質的秦國公子子楚。趙姬和子楚在一起沒多久，就生下一個小孩，是後來的秦始皇。許多人相信，秦始皇是趙姬和呂不韋的孩子。換言之，呂不韋等於是為自己孩子的母親「拉皮條」。若說這樣還不算真正「拉皮條」的話，呂不韋後來的行為可就是不折不扣的「拉皮條」了。

趙姬雖然送給了子楚，但她仍和呂不韋暗中來往。子楚死後，秦始皇繼位，趙姬成了太后。她與呂不韋的不正常交往，變得更加頻繁。由於呂不韋體力不堪負荷，無法滿足趙姬，所以推薦善於淫樂的嫪毐來代替自己。這次，呂不韋是替秦朝的太后拉皮條。趙姬和嫪毐的姦情後來被秦始皇得知，嫪毐被殺，呂不韋也服毒自盡。

「拉皮條」似乎是件可恥的事，但是也有因為「拉皮條」而享有美名的人，那就是《西廂記》裡的「紅娘」。紅娘是崔鶯鶯的婢女，她撮合自己的主人與書生張君瑞發生婚前性行為，也算是「拉皮條」。不過，由於崔鶯鶯和張君瑞原是郎才女貌的一對璧人，因此世人不但寬容紅娘的行為，反而視她為媒人的代表。看來，世俗的道德標準也會因人而異。

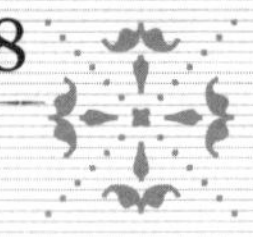

欲求生快活，須下死工夫

第二十五回〈王婆計啜西門慶　淫婦藥鴆武大郎〉

【原汁原味的閱讀】

王婆道：「你們卻要長做夫妻，短做夫妻？」西門慶道：「乾娘，你且說如何是長做夫妻，短做夫妻？」王婆道：「若是短做夫妻，你們只就今日便分散。等武大將息好了起來，與他陪了話[1]，武二歸來，都沒言語。待他再差使出去，卻再來相約。這是短做夫妻。你們若要長做夫妻，每日同一處，不擔驚受怕，我卻有一條妙計，只是難教你。」西門慶道：「乾娘周全了我們則個，只要長做夫妻。」王婆道：「這條計，用著件東西，別人家裡都沒，天生天化[2]，大官人家裡卻有。」西門慶道：「便是要我的眼睛，也剜來與你。卻是甚麼東西？」王婆道：「如今這搗子[3]病得重，趁他狼狽裡，便好下手。大官人家裡取些砒霜來，卻教大娘子自去贖一帖心疼的藥來，把這砒霜下在裡面，矮子結果了。一把火燒得乾乾淨淨的，沒了蹤跡，便是武二回來，待敢怎地？自古道：『嫂叔不通問。』『初嫁從親，再嫁由身。』阿叔如何管得？暗地裡來往半年一載，等待夫孝滿日，大官人娶了家去，這個不是長遠夫妻，諧老[4]同歡？此計如何？」西門慶道：「乾娘此計甚妙。自古道：『欲求生快活，須下死工夫。』罷，罷，罷！一不做，二不休！」王婆道：「可知好哩！這是斬草除根，萌芽不發；若是斬草不除根，春來萌芽再發。官人便去取些砒霜來，我自教娘子下手。事了時，卻要重重謝我。」西門慶道：「這個自然，不消你說。」

1 陪了話：道歉。
2 天生天化：自然形成。
3 搗子：傢伙、小子。
4 諧老：同「偕老」，夫妻共同生活。

【穿梭時空背景】

賣梨的鄆哥把潘金蓮和西門慶偷情的事情告訴了武大郎。武大郎原先不肯相信，後來想到潘金蓮每回從王婆那兒回來時，神色確實有些異常，就打定主意前去捉姦。正所謂「捉姦要捉雙」，不過潘金蓮和西門慶在一起時，王婆總守在門口把風。鄆哥想了個主意，由他先出面絆住王婆，再由武大郎闖入房中捉姦。

商議已定，當晚武大郎裝作無事，可是第二天他只做了極少數的炊餅。潘金蓮沒有察覺武大郎異樣的舉止，一心盼著武大郎出門。好不容易等到武大郎出門了，潘金蓮就急急忙忙趕去王婆開的茶坊，卻沒想到武大郎早有計畫。

武大郎來到街口，見到鄆哥。鄆哥對武大郎說：「等一下我先過去。你只要看到我把籃子丟出門外，你就立刻衝進來。」

鄆哥走進王婆的茶坊，大罵：「老豬狗，妳昨天為什麼打我！」王婆回罵：「小猴子，你又為什麼罵我！」鄆哥說：「我就罵妳這個拉皮條的老狗，怎麼樣？」王婆一氣，衝上前去打鄆哥。鄆哥大叫：「妳打我！」接著把籃子丟出門外，一頭撞向王婆的肚子。王婆被鄆哥一撞，差點跌倒。這時，武大郎衝了進來，王婆想攔住他，卻被鄆哥擋住了。情急之下，王婆大聲喊：「武大郎來了！」

房裡的潘金蓮聽到王婆的喊聲，已來不及逃走，只得死命頂著房門，不讓武大郎進來。而西門慶呢？早已嚇得躲到床底下去了。

潘金蓮頂著房門，嘴裡還沒閒著，意有所指地說：「平日裡，只會說自己的功夫有多好，當要上場時，半點用也沒有。」躲在床底的西門慶聽了，知道她是要自己去打武大郎。他心想武大郎個子矮小，沒有什麼好怕的，就從床底下鑽出來，打開門，朝著武大郎的心窩就是一腳。

武大郎哪裡是西門慶的對手，吃了他的一腳，吐了一口血，向後就倒。西門慶踢了武大郎一腳，就逃得不知去向了。

身受重傷的武大郎被抬回家中。潘金蓮也不來理他，整天濃妝豔抹，大搖大擺地去見西門慶。武大郎說：「我的弟弟武松，個性衝動，功夫又好。妳如果好好照顧我，等他回來，我不會把你們的事告訴他。不然的話，我一告訴他，你

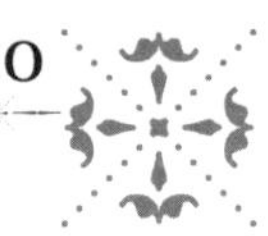

們就倒大楣了。」

聽了武大郎的話，潘金蓮跑去跟王婆、西門慶討論解決辦法。王婆建議，一不做，二不休，只要把武大郎毒死，就不用怕武松知道這件事。西門慶一想，也對，「欲求生快活，須下死工夫」，弄死了武大郎，就可以光明正大地和潘金蓮在一起了。於是西門慶到店裡拿了一包砒霜，交給潘金蓮，準備實行那害人的毒計。

【品味賞析再延伸】

布袋戲有一個知名的反派角色，名為黑白郎君，他最喜歡說：「別人的失敗，就是我的快樂。」這類人把自己的快樂建築在別人的痛苦上，藉此顯示自己比別人優越，西門慶之所以淫人妻女，勾引潘金蓮，或許就是出於這種心態。

在歷史上，除了西門慶以外，還有個金朝的海陵王完顏亮，而且他的惡行遠遠超過西門慶。

完顏亮身為帝王，後宮佳麗不計其數，但是他並不以此為滿足，反而以奪取他人的妻子為樂。美人阿里虎嫁過兩任丈夫，他聽說她的芳名，就召她入宮，還讓她的女兒重節一同侍寢。他又聽說節度使烏帶的妻子唐括定哥長得很美麗，就密令唐括定哥殺死丈夫烏帶，否則要殺光她全家。烏帶死後，唐括定哥受寵沒多久，就被完顏亮冷落在一旁，後來還被處死。唐括定哥的妹妹石哥也是美女，完顏亮不僅姦淫了石哥，還召石哥的丈夫入宮，讓石哥當著他的面用髒話戲謔她的丈夫，他則以此為樂。

淫邪的完顏亮連自己的親人也不肯放過。他發現叔父宗敏的妃子阿懶很漂亮，就殺了叔父，封叔母阿懶為妃。他喜歡自己的外甥女義察，就告訴太后，要把義察召入後宮。太后堅決反對，說：「你是她的舅舅，看著她長大，就如同她的父親，不可以做這種事。」完顏亮不顧太后的反對，把義察占為己有。

完顏亮除了喜歡那些有夫之婦，還喜歡羞辱那些有夫之婦的丈夫。例如他霸占了耶律察八，還故意派耶律察八的丈夫蕭堂古帶為後宮的護衛。耶律察八偷偷送東西給自己的丈夫，就被完顏亮推下高樓，活活摔死。

由於完顏亮過於荒淫無道，所以被廢黜，死後以平民的禮節埋葬。這也算是報應不爽了。

哭有三樣：有淚有聲謂之哭，有淚無聲謂之泣，無淚有聲謂之號

第二十五回〈王婆計啜西門慶　淫婦藥鴆武大郎〉

【原汁原味的閱讀】

那婦人揭起被來，見了武大咬牙切齒，七竅[1]流血，怕將起來，只得跳下床來，敲那壁子。王婆聽得，走過後門頭咳嗽。那婦人便下樓來，開了後門。王婆問道：「了也未[2]？」那婦人道：「了便了了，只是我手腳軟了，安排不得。」王婆道：「有甚麼難處，我幫你便了。」那婆子便把衣袖捲起，舀了一桶湯[3]，把抹布撇在裡面，掇[4]上樓來。捲過了被，先把武大嘴邊唇上都抹了，卻把七竅淤血痕跡拭淨，便把衣裳蓋在屍上。兩個從樓上一步一掇，扛將下來，就樓下將扇舊門停了；與他梳了頭，戴了巾幘，穿了衣裳，取雙鞋襪與他穿了；將片白絹蓋了臉，揀床乾淨被蓋在死屍身上，卻上樓來，收拾得乾淨了。王婆自轉將歸去了。那婆娘卻號號地[5]假哭起養家人[6]來。

看官聽說：原來但凡世上婦人，哭有三樣：有淚有聲謂之哭，有淚無聲謂之泣，無淚有聲謂之號。當下那婦人乾號了半夜。

1 七竅：指眼、耳、鼻、口，四種感官共有七個孔穴，所以稱為七竅。

2 了也未：結束了嗎？

3 湯：熱水。

4 掇：拿。下一個「掇」是搬取的意思。

5 號號地：狀聲詞，形容哭聲。

6 養家人：養家活口的人，指丈夫。

【穿梭時空背景】

潘金蓮下定決心謀害親夫，回到家中，便假意哭了起來。武大郎問：「妳為什麼哭？」潘金蓮說：「我被那人騙了，很是後悔。本想拿藥給你，又怕你懷疑我，這才哭了起來。」武大郎說：「只要醫得好我，我絕不追究。」潘金蓮點了點頭，說：「那麼我立刻去拿藥。」

武大郎沒料到潘金蓮拿的不是治病的良藥，而是要命的毒藥，就這麼被毒死了。潘金蓮確定武大郎已死，就大聲地假哭了起來，但因心裡全無悲戚之感，眼淚怎麼也滴不下來。潘金蓮的哭聲驚動了街坊鄰居，她見眾人來慰問，便搗著臉假哭。大家明知武大郎死得不明不白，但因畏懼西門慶的惡勢力，誰也不敢多問。

仵作何九叔到武大郎家驗屍時，西門慶半路攔住了他，塞給他十兩銀子。這事引起何九叔的懷疑，等到了武大郎家，真相大白。看到武大郎七孔流血的死狀，他就明白西門慶送錢的目的所在。因為怕得罪西門慶，他只得以病死結案。

為避免留下證據，武大郎的屍首很快就火化了。何九叔打聽到火化的時辰，於是跟著一起去，趁機偷拿了兩根武大郎的骨頭當證據，準備等武松回來，給他個交代。

武松回到縣裡，武大郎已死。他十分難過，卻又不免對兄長的猝死起了疑心。在問明處理屍體的細節後，他找到了何九叔。何九叔早就知道武松會來找他，便把武大郎的遺骨和西門慶給的十兩銀子交給武松。武松拿著這兩項證據前去告官，但是官府早就收了西門慶的賄賂，只拿些話來敷衍武松。

當武松第一天到縣衙時，知縣說：「『捉姦見雙，捉賊見贓，殺人見傷。』武大郎的屍首既然已經沒了，這事得從長計議。」

第二天，武松再到縣衙時，知縣又說：「『經目之事，猶恐未真；背後之言，豈能全信？』這事可能是有人挑撥，慢慢再說了。」

到這個時候，武松已經知道知縣不打算受理武大郎的案子，便決定自己去報殺兄之仇。

武松約了附近的鄰居到家中飲酒。席上，他突然說：「『冤各有頭，債各有主。』今天請各位來是做個見證。」他逼著潘金蓮說出了詳情，接著一刀殺了她，割下她的頭。又趕到獅子樓，

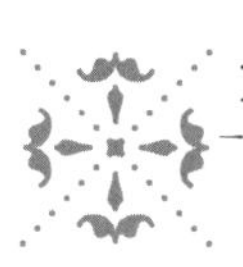

殺了西門慶，也割下了他的頭。

武松拿著兩顆人頭祭奠他的大哥，然後到縣衙自首。因為武松是個仗義的英雄人物，西門慶和潘金蓮又是罪有應得，於是武松只被判了充軍之罪，發配到二千里外的孟州。

【品味賞析再延伸】

有一次，莊子經過一座墳墓，見到墓旁有一位身穿白衣的婦人，她一面哭泣，一面拿著扇子在搧墳。莊子覺得很奇怪，就問她：「墳墓裡是什麼人？」婦人說：「是我的丈夫。」莊子又問：「妳為什麼一面哭泣，一面搧墳呢？」婦人說：「我們夫妻感情深厚，他死了，我怎能不哭呢？可是他臨死前告訴我，我必須等到他墳頭的泥土乾了，才能改嫁。我嫌泥土乾得太慢，所以拿扇子來搧。」莊子聽了，不禁愕然。

回家後，他把這件事告訴妻子。他的妻子說：「那個女人實在不知羞恥。我要是她的話，到死都不會改嫁。」莊子聽了，默不作聲。

過了幾天，莊子突然患上急病，死了。就在妻子痛哭失聲時，突然有人來訪。莊子的妻子開門一看，是一位俊俏的少年，不禁暗暗心動。不過，莊子的妻子和少年很快就落入情網。

莊子的妻子和少年很快就落入情網。不過，那位少年突然病倒了。他不斷喊著：「我的頭好痛！好痛！」莊子的妻子慌張地問：「怎麼辦？怎麼辦？」少年說：「我這病從小就有，只要吃下剛死的人的腦，便能夠獲救。」莊子的妻子聽了，說：「這個簡單。」就拿了一把斧頭，來到莊子的棺木旁。

當莊子的妻子劈開棺木，竟看到莊子坐了起來。原來莊子通曉道術，不但詐死，還幻化為俊俏的少年來測試妻子。見到妻子的做法，莊子嘆了一口氣，說：「世間的情愛不過就是如此。」從此飄然遠去，入山修道了。

愛情不容測試。年輕的莊子畢竟不夠通達，才會有這麼一試。當莊子剛死時，妻子應該不是假哭，只不過後來出現了俊俏少年，才會變心。至於武大郎，可惜他沒有道術，不能死而復生，否則當他聽到妻子虛偽的哭聲，是否會勃然大怒，還是看破一切，學莊子入山修道呢？如果能有莊子的三分智慧，應該就不會勉強維持那互不匹配的婚姻，也不致落到死於非命的下場了。

自古嗔拳輸笑面，從來禮數服奸邪

第二十七回〈母夜叉孟州道賣人肉　武都頭十字坡遇張青〉

【原汁原味的閱讀】

武松就勢抱住那婦人，把兩隻手一拘拘將攏來，當胸前摟住；卻把兩隻腿望那婦人下半截只一挾，壓在婦人身上，那婦人殺豬也似叫將起來。那兩個漢子急待向前，被武松大喝一聲，驚的呆了。那婦人被按壓在地上，只叫道：「好漢饒我！」哪裡敢掙扎，正是：

麻翻打虎人，饅頭要發酵。誰知真英雄，卻會惡取笑。牛肉賣不成，反做殺豬叫！

只見門前一人挑一擔柴，歇在門首，望見武松按倒那婦人在地上，那人大踏步跑將進來叫道：「好漢息怒！且饒恕了，小人自有話說。」武松跳將起來，把左腳踏住婦人，提著雙拳，看那人時，頭帶青紗凹面巾，身穿白布衫，下面腿絣[1]護膝，八搭麻鞋[2]，腰繫著纏袋。生得三拳骨叉臉兒，微有幾根髭髯，年近三十五、六，看著武松，叉手不離方寸[3]，說道：「願聞好漢大名。」武松道：「我行不更名，坐不改姓，都頭武松的便是！」那人道：「莫不是景陽岡打虎的武都頭？」武松回道：「然也。」那人納頭便拜道：「聞名久矣，今日幸得拜識。」武松道：「你莫非是這婦人的丈夫？」那人道：「是小人的渾家。『有眼不識泰山』，不知怎地觸犯了都頭？可看小人薄面，望乞恕罪。」正是：

---

1 絣：ㄅㄥ，綁。

2 八搭麻鞋：麻鞋的一種。有四對耳圈，穿的時候需要用繩子把八個鞋耳相互穿搭。

3 叉手不離方寸：拱手在胸前，表示恭敬的態度。方寸，指「心」。

4 母夜叉：形容醜惡凶悍的女人。夜叉，佛教中一種動作迅捷，會害人的惡鬼。

自古嗔拳輸笑面，從來禮數服奸邪。只因義勇真男子，降伏凶頑母夜叉[4]。

【穿梭時空背景】

武松殺了西門慶、潘金蓮，被發配到孟州。由於武松豪爽仗義，負責押解他的公人對他很是客氣。武松見他們客氣，心想著禮尚往來，只要經過店舖，就會買酒買肉給他們吃。

三人正走著，來到一個名為十字坡的地方。十字坡前有株大樹，旁邊還有一家酒店，門口坐著一個滿臉脂粉的婦人，一見到他們，連聲招呼，說：「客官，休息一下再走吧！小店有好酒、好肉。要點心時，還有好大的饅頭。」武松和兩名公人便走進店中。

饅頭送來時，武松並不急著吃，掰開饅頭，看見裡頭的餡肉，心裡就起了疑。武松問：「你們店裡的饅頭，是人肉還是狗肉做的？」婦人回答：「您愛說笑。在這太平世界裡，哪有什麼人肉饅頭？」武松問起她丈夫，婦人說出外做客去了。她心想，難道這傢伙在調戲她？她不露聲色，表示客人喝了酒，儘管在這裡休息。

武松認為，這婦人不懷好意，正盤算要怎麼對付她，便說：「妳這酒不夠好，有沒有烈一些的。」婦人說：「店裡是有些好酒，這就拿來。」酒端來了，武松故意說：「還有沒有肉，切來給我。」趁婦人轉身時，偷偷把酒全倒在暗處。

婦人假裝到廚房裡，隨即走了出來，拍手說：「倒啊！倒啊！」那兩名公人頓時覺得天旋地轉，隨即倒地，不省人事。武松見了，也假裝被迷昏，倒在地上。

接著，婦人命人把兩名公人扛進去，準備宰殺切肉，自己來搜武松身上有沒有金銀。武松見婦人過來，大喊一聲，把她壓在地上。一個挑著擔子的人走進店裡，連忙上前勸阻，並問起武松的姓名。武松見他態度客氣，也跟著客氣了起來，就這麼認識了菜園子張青和母夜叉孫二娘。

【品味賞析再延伸】

江湖是指三江五湖，而行走江湖的人遊走四

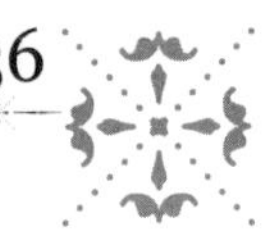

方，拜師求藝，鬥毆逞強，稍一不慎就有喪命之虞，所以行走江湖不只是本事，更要膽大心細。

武松來到十字坡，而能不被孫二娘的蒙汗藥麻翻，靠的是他的小心謹慎。若論本事，花和尚魯智深絕不在武松之下，但因為太過大意，險些命喪孫二娘之手，幸虧被張青所救。

從前的武師把自己的身體比喻成處子，不讓人輕易碰觸。絕不會像近代表演鐵布衫的人，讓人出拳擊打自己以顯示功夫。因為出拳者若是手藏暗器，鐵布衫練得再好，也會受到重創，更何況表演者並不知道對方是不是深懷絕技的高手。

近代武術大師劉雲樵先生曾與一位練過鐵布衫的少林師傅交過手。劉大師接到挑戰書後，先問明對方長相，第二天一大早就到對方常去的茶館等候。沒多久，少林師傅來到茶館裡坐下，等著劉大師前來應戰。劉大師不動聲色，只是靜靜觀察對手。時間一分一秒過去，少林師傅因已久候，開始顯得不耐煩了。這時，劉大師慢慢走到對手面前，突然開口：「你要找我劉某人動手嗎？」少林師傅嚇了一跳，連忙從椅子上跳起來出拳攻擊。劉大師不慌不忙，右手把對方的拳頭帶開，接著連環兩拳，把他打得老遠，然後轉身就走。過了幾天，那人找上門來。一見面就說：「真是慚愧，我被您打倒，卻還弄不清楚您的長相。而且您的勁道好大，連我練過的金鐘罩、鐵布衫都不管用了。」

劉大師能夠打倒高強的對手，功夫自然不在話下。不過他故意先到一步，觀察對手，並讓對手等候，使他心浮氣躁。再加上突然發問，突然出手，打對方一個措手不及。一連串的心理戰術，可以顯現他江湖歷練的豐富。

【上知天文，下知地理】

饅頭

饅頭又稱曼首、蠻首、有曼頭、饅頭、饅首、蠻頭、饅頭餅、蒸餅、蒸饃、饃饃、高庄饅頭、嗆麵饃饃等。一說武大郎賣的炊餅也是指饅頭。傳說三國時，諸葛亮降服南蠻，班師回國時，在瀘水受到阻礙。原本要以人頭祭河神，但諸葛亮覺得太過殘忍，於是用麵粉塑成人頭，裡面塞入牛羊肉，以代替真正的人頭。以後演變成包餡料的一種食物，所包的餡料可以是牛、羊、豬或雞、鴨、魚等。母夜叉孫二娘所賣的饅頭是用人肉混充牛肉，和諸葛亮的慈悲心腸相比，孫二娘的殘忍令人不寒而慄。

文來文對，武來武對

第二十八回〈武松威震安平寨　施恩義奪快活林〉

【原汁原味的閱讀】

武松自到單身房裡，早有十數個一般的囚徒來看武松，說道：「好漢，你新到這裡，包裹裡若有人情的書信，並使用的銀兩，取在手頭，少刻差撥到來，便可送與他。若吃殺威棒[1]時，也打得輕。若沒人情送與他時，端的狼狽！我和你是一般犯罪的人，特地報你知道。豈不聞『兔死狐悲，物傷其類』？我們只怕你初來不省得，通你得知。」武松道：「感謝你們眾位指教我。小人身邊略有些東西。若是他好問我討時，便送些與他；若是硬問我要時，一文也沒！」眾囚徒道：「好漢，休說這話，古人道：『不怕官，只怕管。』『在人矮簷下，怎敢不低頭。』只是小心便好。」說猶未了，只見一個道：「差撥官人來了。」眾人都自散了。

武松解了包裹，坐在單身房裡，只見那個人走將入來，問道：「哪個是新到囚徒？」武松道：「小人便是。」差撥道：「你也是安眉帶眼[2]的人，直須要我開口說？你是景陽岡打虎的好漢，陽穀縣做都頭，只道你曉事，如何這等不達時務！你敢來我這裡，貓兒也不吃你打了！」武松道：「你倒來發話，指望老爺送人情與你？半文也沒。我精拳頭[3]有一雙相送！金銀有些，留了自買酒吃，看你怎地奈何我！沒地裡倒把我發回陽穀縣去不成！」那差撥大怒去了。又有眾囚徒走攏來說道：「好漢，你和他強[4]了，少間[5]苦也！他如今去和管營[6]相公說了，必然害你性

1 殺威棒：古代犯人收監前，先施以杖刑，以使其因恐懼而懾服，稱為「殺威棒」。

2 安眉帶眼：指有頭有臉或有見識的人。

3 精拳頭：好拳頭，意指自己的功夫了得。

4 強：頂撞。

5 少間：等一下。

6 管營：牢營的主管。

命！」武松道：「不怕！隨他怎麼奈何我，文來文對，武來武對！」

【穿梭時空背景】

武松在十字坡認識了張青、孫二娘這對夫妻，相談甚歡。張青說他曾經在店中遇見花和尚魯智深，孫二娘險些把他殺了當人肉饅頭，幸好張青及時救了他。後來魯智深到二龍山落草，和青面獸楊志占地為王，成了一方之霸。談到投機處，張青勸武松：「不如就在此地殺了兩名公人，我和您一起到二龍山落草為寇，不知可好？」武松說：「不可！他們二人一路上待我極好，如果害了他們性命，我於心不忍。」於是張青救醒了兩名公人，又擺了一桌酒席招待。

席間，武松與張青聊起江湖上殺人放火的事情，只嚇得兩名公人不敢做聲，一味下拜求饒。武松說：「難為你們大老遠把我送到這兒，我怎麼會害你們？你們只管安心喝酒。」

張青款待了武松三日，又與武松結拜為兄弟。武松執意要走，張青儘管不捨，只得親送他離去。臨行前，他給了武松十兩銀子。武松不肯收，轉送給兩名公人。

告別了張青，武松一路前往孟州的州衙，隨即便押往安平寨。到了牢裡，囚徒見到武松這麼高大，都圍到他身邊。有人建議，若有賄賂的銀兩或關說的書信，差撥到的時候，要趕快拿給他。武松聽了頗不以為然。差撥來了，對於武松沒送上好處非常不滿意，還破口罵人，武松毫不畏懼，也頂了回去。沒想到之後到了管營面前，管營竟然饒了武松一頓殺威棒。

回到牢裡，其他囚徒詢問武松的狀況，並替他擔心，管營肯定不安好心，說不定今晚就會來取武松的性命。接著，還提到可能採用「盆吊」、「土布袋」等殺人不見傷的可怕做法。果然，沒多久，就有人到牢房裡找武松，武松面不改色，任由安排。

【品味賞析再延伸】

「文來文對，武來武對。」意思是說別人對

他客氣，他就對別人客氣；別人對他無禮，他也對別人無禮。武松有打虎的本事，自然有一身的硬骨頭。不過，這等骨氣可不是武人的專利。

有一回，孟子打算朝見齊王。齊王不知此事，派人告訴孟子說：「我本來應該親自去拜訪你的。但是不巧生病了，不能吹風。明天早上臨朝聽政的時候，你能過來一趟，讓我見見你嗎？」聽了齊王的話，孟子覺得齊王不夠尊重他，回覆說：「我也生了病，不能到朝廷去。」

第二天，孟子打算到齊國大夫東郭氏的家裡弔喪。他學生說：「昨天您說自己有病，不肯到朝廷去。今天卻出門弔喪。這樣是否不太妥當？」孟子說：「昨天有病，今天病好了。有什麼不可以的呢？」孟子出去後，齊王派人來探病。孟子的堂弟孟仲子為了應付來人，所以謊稱：「我堂哥昨天生病了，不能到朝廷去。今天病好了一點，所以出發到朝廷去了。但是我也不知道他是不是到得了。」孟仲子一面說，一面暗中派人去找孟子：「請您不要回來，一定要到朝廷去。」孟子為了不使孟仲子為難，所以就沒回去，但他又不願去見無禮的齊王，所以轉而到齊國另一位大夫景丑氏的家裡。

景丑氏問孟子：「古禮說，君王召見時，就要馬上去晉見。你這麼做，似乎不合古禮吧！」孟子說：「他有爵位，我有仁義，我哪裡會不如他呢？從前齊桓公為了敬重管仲，所以不敢召見他。連管仲都不可隨意召見，更何況是連管仲也不願意做的人呢？」

孟子說：「敬人者，人恆敬之。」相反的，不敬人者，人就可以不敬之。武松如此，孟子也是如此，他們擁有的，不只是本事，還有骨氣。

【上知天文，下知地理】

《水滸傳》中的官職

《水滸傳》中提到許多宋代的官職，如：提轄，一路或一州所置的武官，是「提轄兵甲盜賊公事」的簡稱，主管本區軍隊訓練、督捕盜賊等務；都頭，禁軍中的官職，職位低於指揮使；押司，是主管文書獄訟的小吏；管營，是牢營的主管，差不多等於近代的典獄長；差撥，牢營的小隊長；都監，即「監軍」，路都監掌管本路禁軍的屯戍、訓練和邊防事務，州府都監則掌管本城廂軍的屯駐、訓練、軍器和差役等事務。

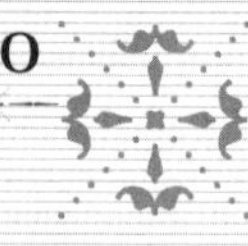

快活林中重快活，惡人自有惡人磨

第三十回〈施恩三入死囚牢　武松大鬧飛雲浦〉

【原汁原味的閱讀】

且說武松邀衆高鄰，直吃得盡醉方休。至晚，衆人散了，武松一覺，直睡到次日辰牌1方醒。卻說施老管營聽得兒子施恩重霸得快活林酒店，自騎了馬，直來店裡，相謝武松，連日在店內飲酒作賀。快活林一境之人，都知武松了得，哪一個不來拜見武松。自此重整店面，開張酒肆2，老管營自回安平寨理事3。施恩使人打聽蔣門神帶了老小，不知去向。這裡只顧自做買賣，且不去理他，就留武松在店裡居住。自此施恩的買賣，比往常加增三五分利息，各店裡並各賭坊、兌坊4，加利倍送閒錢來與施恩。施恩得武松爭了這口氣，把武松似爺娘一般敬重。施恩似此重霸得孟州道快活林，不在話下。正是：

奪人道路人還奪，義氣多時利亦多。快活林中重快活，惡人自有惡人磨。

1辰牌：辰時，上午七點到九點。
2酒肆：酒店。
3理事：處理事情。
4兌坊：小型當舖。

【穿梭時空背景】

牢房裡的囚徒告訴武松，管營有一個害人的法子「盆吊」，就是先餵飽了犯人，再把他綑起來倒吊在牆壁邊，很快就可以弄死犯人。沒多久，管營果真派人來送酒肉給武松。

武松心想，先吃飽喝足再說。武松吃了個杯盤狼藉，那人默默收拾了回去。武松等了半天，不見有人來下手害他。到了晚上，原先那人又送了酒肉來。武松想，吃完這頓飯，大概就會被殺了吧！也罷，要死也要做個飽鬼。那人等武松吃完，收拾乾淨，又離去。過了一會兒，那人帶了另一個人來，一人提著浴桶，另一人提著熱水，嘴裡說：「請武都頭洗澡。」武松納悶，難道是要趁他洗澡時動手嗎？反正他也不怕！洗完澡後，一人拿走浴桶，另一人為武松鋪好床墊，便留下滿肚子疑惑的武松。他怎麼也想不出個所以然，倒頭就睡。

就這樣，每天都有人來服侍武松。武松越想越奇怪，就問侍者，卻也問不出個名堂來。武松心下焦躁，說：「到底是誰叫你來服侍我的？」那人說：「他姓施，名恩，江湖上人稱『金眼彪』。」武松說：「你去請他來見我，不然我絕不吃你們送來的酒食！」

兩人見面後，施恩看著武松就拜，武松連忙答禮，說：「無功不受祿。你到底要我幫你什麼？」施恩便娓娓道來，不遠處有一個市集，名為快活林。他在那裡開了一間酒店。最近來了個身長九尺的狂徒，姓蔣，名忠，人稱蔣門神。那傢伙身材高大，還有一身好本事。施恩打不過他，被奪了酒店，想請武松幫他出口氣。

武松聽了，大笑說：「走！我現在就和你一起去對付蔣門神。打死了他，我替他償命就是！」施恩表示不急，先留下來喝幾杯酒再說。

第二日，施恩見武松酒醉，怕他有閃失，於是又留他住了一晚。到第三日，施恩命人只為武松準備肉食，卻不給他酒喝。武松問明原因，說：「我這個人是喝了一分酒，就有一分本事。若是喝了十分酒，這力氣就不知從何而來。」他要求施恩，出城後見到酒店就請他喝三碗酒，這叫「無三不過望」。

武松走出城外，一連經過十幾處酒店，喝了幾十碗，醉醺醺的來到蔣門神的酒店外。武松進入酒店，一會兒嫌酒不好，一會兒要老闆娘陪酒，鬧得店裡雞飛狗跳。蔣門神得知消息，氣沖沖趕來。他看到武松滿臉酒意，先起了輕視之意，沒料到反而中了武松的招式，被打倒在地。就這麼，武松在酒醉中打倒蔣門神，替施恩奪回了快活林。

【品味賞析再延伸】

《水滸傳》裡的人物雖然被稱為英雄，自誇「替天行道」，其實仔細研究，許多人算不上是行俠仗義，例如開酒店的施恩，儘管他對朋友很講義氣，但是對一般的百姓，可就沒有什麼仁德可言了。

不過，最不能算是英雄的應該是開黑店的孫二娘。不論住店的是善人或惡人，好漢或客商，她一律把他們殺來做人肉饅頭。想到她揮舞屠刀，把人剁成肉餡的過程，就令人髮指。有人形容孫二娘是史上最惡毒的女人，便是基於此點。不過這種說法也不完全恰當，還不如說她是把夯蠢的屠刀，一旦落到真英雄的手中，仍能做出懲奸除惡的大事。後來她到了梁山泊，在宋江的領導下，確實對付了不少貪官污吏。

有人認為史上最惡毒的女人應是漢朝的呂后。她對付情敵戚夫人的方法，就是把她變成「人彘」——斬去兩手兩腳，挖去雙眼，弄聾雙耳，灌以啞藥，扔到廁所裡。她甚至還帶自己的親生兒子漢惠帝去參觀，漢惠帝看了這種殘忍的情形，直說：「這絕對不是人類可以做出來的。」從此嚇得不理政事，而呂后得以獨攬大權。若論心計，呂后其實比孫二娘要可怕得多。

不過，正所謂「惡人自有惡人磨」，西漢末年，國家發生動亂，赤眉軍攻入首都長安，大肆挖掘漢朝王室的墳墓，奪取殉葬的珍寶。當他們挖開了呂后的墳墓，竟發現呂后的屍體還保存得很好。這些叛軍獸性大發，凌辱了呂后的屍體。呂后生前虐殺戚夫人，死後則不得安穩，誰說世上沒有報應這回事呢？

【上知天文，下知地理】

古代的刑訊方法

古時不重視人權，嚴刑逼供如家常便飯，若遇到酷吏，採用的手段更是殘忍，有時審訊未完，犯人已一命嗚呼。有名的如「請君入甕」，即架上大鍋，把犯人放入裡面燒烤，如不招供，就把犯人活活燒死。此外還有很多可怕的方法，例如用滾燙的醋灌入耳中，然後扔在不見天日的地牢裡；把犯人扔到糞堆裡，讓他在惡臭裡腐爛；打斷犯人的肋骨，或拔掉他的指甲；把犯人的頭髮捆起來，吊在半空中。又有一種疲勞審問法，名為「宿囚」，就是不讓犯人睡覺，直到招供為止。

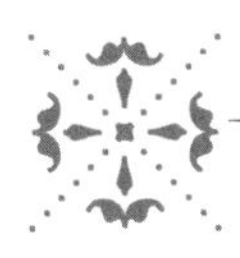

分開八片頂陽骨，傾下半桶冰雪水

第三十一回〈張都監血濺鴛鴦樓　武行者夜走蜈蚣嶺〉

【原汁原味的閱讀】

蔣門神有力，掙得起來。武松左腳早起，翻觔斗踢一腳，按住也割了頭。轉身來，把張都監也割了頭。見桌子上有酒有肉，武松拿起酒鍾子1，一飲而盡。連吃了三、四鍾，便去死屍身上割下一片衣襟來，蘸著血，去白粉壁上，大寫下八字道：「殺人者，打虎武松也！」

把桌子上器皿踏扁了，揣幾件在懷裡。卻待下樓，只聽得樓下夫人聲音叫道：「樓上官人們都醉了，快著兩個上去攙扶！」說猶未了，早有兩個人上樓來。武松卻閃在胡梯邊。看時，卻是兩個自家親隨人，便是前日拿捉武松的。武松在黑處讓他過去，卻攔住去路。兩個入進樓中，見三個屍首橫在血泊裡，驚得面面廝覷，做聲不得，正如「分開八片頂陽骨，傾下半桶冰雪水」2。急待回身，武松隨在背後，手起刀落，早剁翻了一個。那一個便跪下討饒，武松道：「卻饒你不得！」揪住也砍了頭。殺得血濺畫樓，屍橫燈影。武松道：「一不做，二不休，殺了一百個，也只是這一死。」提了刀，下樓來。

1酒鍾子：酒杯。

2分開……冰雪水：形容人過於驚懼，心涼了半截。頂陽骨：頭蓋骨的上部，天靈蓋。

【穿梭時空背景】

武松打倒蔣門神，幫助施恩奪回快活林酒店。施恩心中感激，十分敬重武松，每日與他閒坐說話，討論槍棒拳法。過了一陣子，孟州守禦兵馬都監張蒙方突然派人來找武松。由於張都監是施恩的上司，所以施恩不敢拒絕，只得送武松前去。

張都監見了武松，說：「我聽說你是個英雄無敵的男子漢大丈夫。現在我帳下正缺一個人，不知道你是否願意跟著我做一個親隨？」武松回答：「我是個牢城營裡的囚徒。您既然這麼抬舉我，我怎麼能不用心服侍呢？」從此以後，武松就當了張都監的親隨。張都監對武松極為客氣，不僅是言聽計從，還經常送他東西。

一晃眼到了中秋。張都監在家中鴛鴦樓擺下筵席，叫武松一同喝酒。武松原先不肯，但張都監一再堅持，武松只得坐下。武松喝到七分醉時，害怕失了禮數，於是起身告辭，回到自己的房裡。他才正要脫下衣服睡覺，突然聽到後堂中有人大喊：「捉賊！」武松念著張都監對自己的好處，立刻前去協助捉賊。他奔到後花園，冷不防被一跤絆倒，一群壯漢衝出來綑住了他。武松被送到張都監的面前，高喊冤枉，不料張都監竟從他房裡搜出了張都監栽贓的贓物。武松百口莫辯，被押回牢房。

施恩聽說武松被押回大牢，猜到張都監一定是和蔣門神互相勾結，故意設下陷阱對付武松。施恩為武松想方設法，疏通官府，使武松被輕判了個刺配恩州。

張都監見牢裡害不了武松，又生一計，想要在押送途中刺殺武松。武松和兩名公人上路，走了沒多久，有兩個人提著刀早在前頭等候，見到武松前來，就跟在後頭一起走。武松心下提防，當一行人來到飛雲浦，武松先下手為強，殺了四人。隨即奔回孟州找張都監、蔣門神報仇。

武松趁夜潛入張都監家中。當他來到鴛鴦樓時，張都監正與蔣門神喝酒慶功。蔣門神說：「多謝張都監為我出了這一口惡氣。」武松怒火中燒，搶入樓中，見人就殺。不但割下了張都監和蔣門神的頭，還在牆上寫下「殺人者，打虎武松也」幾個大字。幾個親隨來到樓中，也都死在武松手下。

武松殺光了張都監全家，走小路逃出城外，因為過分疲乏，竟被幾個歹人捉住，送到一處草屋。武松放眼一瞧，灶邊掛著幾條人腿，尋思：「想不到我武松竟喪命於此。」這時，幾個歹人高喊：「大哥！大嫂！快起來！我們抓到了一件好貨。」

沒一會兒工夫，兩個人走進屋裡。來的不是旁人，正是武松先前結識的張青和孫二娘。兩人連忙為武松鬆綁，說：「你怎麼會到這裡呢？」武松把事情的經過說了。張青便把武松留在家中，暫避風頭。

由於武松殺死的是孟州的官員，事態嚴重，官府立刻畫影圖形，四處捉拿武松。張青打聽到事情緊急，生怕武松會落入官府手中，於是和武松商量，讓他打扮成頭陀，上二龍山投奔魯智深。

武松一路前去二龍山，途中還不忘行俠仗義，在蜈蚣嶺殺了個為非作歹的「飛天蜈蚣」王道人。後來，他到酒店喝酒，打傷了孔亮，卻遇見宋江。不過，那已是之後的事了。

【品味賞析再延伸】

「分開八片頂陽骨，傾下半桶冰雪水」，除了在《水滸傳》裡出現，馮夢龍《醒世恆言》一書中，關於「呂洞賓飛劍斬黃龍」的故事也曾提到這兩句話。

故事中說到呂洞賓跟著鍾離權學道。呂洞賓問鍾離權說：「師父成道到現在，經過多少時間了呢？」鍾離權說：「共一千一百年。」呂洞賓又問：「那麼您曾經度化多少人？」鍾離權說：「只有你一個人。」呂洞賓：「為什麼這麼少？如果給我三年的時間，我一定可以度化三千個人。」鍾離權說：「我就給你三年的時間，不用度化三千個人，只要能夠度化一個人，就是你的功德。」呂洞賓說：「那麼我這就出發。」鍾離權說：「且慢！我送你一把劍，交代你三件事。這把劍名為降魔太阿神光寶劍，只要口中念咒，就能飛取人頭。另外，三件事是：一不要找和尚的麻煩，二不要丟失了寶劍，三不要誤了三年的期限。」

呂洞賓下凡以後，遍尋不著有仙骨的人。好不容易找到一個廣積陰德的傅法善，他又信佛不

信道。呂洞賓不服氣，質問傳法善：「佛門有什麼了不起之處？」傳法善說：「不說別的，單說附近黃龍寺裡的慧南禪師。他長於說法，普度眾生，遠遠勝過你們道教中人。」

呂洞賓心中頗感不服氣，於是不顧師父的吩咐，上黃龍寺找慧南禪師辯論。見了慧南禪師，呂洞賓拔出寶劍，說：「你辯得贏我，就斬了我的頭；辯不贏我，就斬了你的頭。」不料呂洞賓竟然辯不過慧南禪師。慧南禪師並未當真斬了呂洞賓，只在他頭上狠狠敲了一記。

呂洞賓回去後，慧南禪師吩咐寺裡的和尚：「今晚三更，他定會飛劍來斬我們的頭。就看我的法術是不是能夠敵得過他了。」

到了第二天，慧南禪師召集眾僧，眾僧見到禪房的地上插著一柄亮晃晃的寶劍，就如「分開八片頂陽骨，傾下半桶冰雪水」一般，心中全涼了半截。原來呂洞賓在夜裡果然念起咒語，飛劍想斬慧南禪師，所幸慧南禪師道高一尺，才沒被殺。

呂洞賓想拿回寶劍，卻被慧南禪師所擒。後來他逃回去找師父，經鍾離權居中斡旋，才取回寶劍。

呂洞賓離去前，慧南禪師點撥了他幾句。呂洞賓心有所悟，從此數百年不下山，終於功德圓滿，修成正果。

【上知天文，下知地理】

古代的通緝令

戰國時，楚平王殺了伍子胥的父親伍奢。為了斬草除根，楚平王命人製作伍子胥的畫像，張貼在全國各地，要捉拿他。伍子胥過不了楚國的關卡，急得一夜白了頭，因此看起來與畫像不同，所以順利逃出楚國，到吳國討來援軍，報了殺父之仇。這是史上明白記載最早的一次通緝。古代為了捉拿逃走的要犯，往往會畫出要犯的相貌，並在圖上寫明要犯的籍貫、年紀、相貌、罪行、懸賞金額，張貼在各地。由於古時人口較少，鄰里間大多熟識，這種通緝方法有顯著的效果。

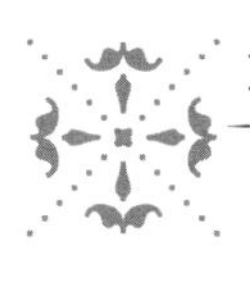

花開不擇貧家第，月照山河到處明

第三十三回〈宋江夜看小鰲山　花榮大鬧清風寨〉

【原汁原味的閱讀】

詩曰：「花開不擇貧家第，月照山河到處明。世間只有人心惡，萬事還須天養人。盲聾瘖瘂[1]家豪富，智慧聰明卻受貧。年月日時該載定，算來由命不由人。」

話說這清風山離青州不遠，只隔得百里來路。這清風寨卻在青州三岔路口，地名清風鎮。因為這三岔路上，通三處惡[2]山，因此特設這清風寨在這清風鎮上。那裡也有三、五千人家，卻離這清風山只有一站多路。當日三位頭領自上山去了。只說宋公明獨自一個，背著些包裹，迤邐[3]來到清風鎮上，便借問花知寨住處。那鎮上人答道：「這清風寨衙門，在鎮市中間。南邊有個小寨，是文官劉知寨住宅；北邊那個小寨，正是武官花知寨住宅。」宋江聽罷，謝了那人，便投北寨來。到得門首，見有幾個把門軍漢。問了姓名，入去通報。只見寨裡走出那個少年的軍官來，拖住宋江便拜。那人生得如何？但見：

齒白唇紅雙眼俊，兩眉入鬢常清，細腰寬膀似猿形。能騎乖劣馬[4]，愛放海東青[5]。百步穿楊神臂健，弓開秋月分明，雕翎箭發迸寒星。人稱小李廣，將種是花榮。

出來的年少將軍不是別人，正是清風寨武知寨小李廣花榮。那花榮怎生打扮？但見：

---

1 瘖瘂：ㄧㄣ　ㄧㄚˇ，不能說話。
2 惡：凶險。
3 迤邐：ㄧˇ　ㄌㄧˇ，曲折行去。
4 乖劣馬：性烈乖戾而難以馴馭的馬。
5 海東青：產於黑龍江下游一帶的一種鵰鷹。將牠馴服後，出獵時可追捕獵物。
6 朴刀：一種寬而較短，可隨身攜帶的刀。
7 涼床：臨時供坐休息的床。

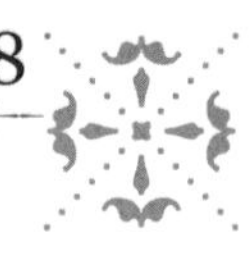

身上戰袍金翠綉，腰間玉帶嵌山犀。滲青巾幘雙環小，文武花靴抹綠低。

花榮見宋江拜罷，喝叫軍漢接了包裹、朴刀[6]、腰刀，扶住宋江，直到正廳上，便請宋江當中涼床[7]上坐了。

【穿梭時空背景】

及時雨宋江殺了閻婆惜後，鄆城縣知縣大人下令緝捕，幸好都將朱仝平常與宋江交情深厚，故意將他放走，宋江才得以脫身。由於宋江為人仗義慷慨，常替人排難解紛，又愛好結識江湖好漢，因此，當他犯下殺人罪脫逃後，就先到滄州郡海投靠小旋風柴進，住了半年，接著白虎山的孔太公派人前來邀請，便又到孔太公莊上住了半年。因為孔太公的兩個兒子孔明、孔亮好習槍棒，宋江不時予以指導，所以兩兄弟就稱宋江為師父。

這時殺了蔣門神的武松，喬裝改扮成行腳僧，一路來到青州，卻在酒店裡喝醉鬧事，與孔太公的兒子打了起來，被抓到莊院裡綁在柳樹上，幸好得到宋江的解救，才化解了雙方的糾紛。不久，宋江與武松離開孔太公的莊院，來到瑞龍鎮後便各自分道揚鑣，武松前往二龍山投靠花和尚魯智深，宋江則往青州清風寨尋訪小李廣花榮。

當宋江行經清風山時，因為天色昏暗，不小心誤觸絆腳繩，一時樹林裡銅鈴聲大作，卻被十幾個小嘍囉押到山寨來，原來清風山裡有三個頭領：錦毛虎燕順、矮腳虎王英、白面郎君鄭天壽，他們占山為王，打家劫舍，不只一日。王矮虎一見小嘍囉綁人上山，立刻下令取人心肝做成醒酒酸辣湯，宋江不禁嘆了口氣：「可惜宋江死在這裡！」燕順大驚，馬上割斷宋江身上的麻索，將自身上披的襖袍脫下裹在宋江身上，又與王英、鄭天壽一起跪拜，直說：「小弟聞蕩綠林江湖多年，早聽說您仗義疏財、濟困扶危的大名，只恨緣分淺薄，不能拜識尊顏。今天能夠相見，實在太高興了。」於是奉宋江為貴賓，盛情

款待。

一日山寨裡搶奪了一名婦女，她是清風寨文官知寨劉高的妻子，宋江以為既是花榮的同僚之妻，理應相救，因此，請三位頭領放她下山回去。

不久，宋江離開清風山，來到清風鎮武官知寨花榮的門前，花榮飛奔來迎，原來是一位年少軍官，長得脣紅齒白，劍眉星目，高大英挺，善騎能射，愛養鵰鷹，大家都稱他「小李廣」，一身武裝打扮，俊逸非凡。花榮喝令士兵接過宋江的包裹、朴刀、腰刀等，自己親自扶著宋江至正廳中坐下，連拜了幾拜，又叫妻子與妹妹來拜見宋江，並安排筵席為宋江洗塵。

當花榮知道宋江救了劉知寨的妻子後，卻皺著眉說：「幹嘛救她呢？那個女人十分不賢良，總是挑撥劉知寨做些不仁義的事情，殘害良民、貪圖賄賂，兄長您救錯人了！」宋江於是勸道：「自古道：『冤仇可解不可結。』他既是你的同僚，雖有過失，你大可隱惡揚善，不要跟他計較了。」花榮說：「您說的是。」然而，宋江畢竟錯了，劉知寨的妻子果然是個恩將仇報的人，誣賴宋江是搶擄她的賊頭，叫丈夫將他捉捕到南寨，讓宋江枉受皮肉之苦。

【品味賞析再延伸】

「花開不擇貧家第，月照山河到處明。」是指萬物自然生長、運行，並不會因人的貧富貴賤而有所不同。《呂氏春秋・去私》中有云：「天無私覆也，地無私載也，日月無私燭也，四時無私行也，行其德而萬物得遂長焉。」意思是說：上天覆蓋萬物無所不包，大地承載萬物無所不容，日月普照萬物無所不及，四時運行無所不至，因為它們沒有偏私，所以使得萬物能夠自然成長。

然而，人似乎天生不平等，有人生來即盲聾瘖瘂或殘疾，有人雖然智慧聰明卻一生貧困。《太平御覽》記載：天地開闢後，尚未有人民，於是女媧捏黃土造人，但因為這個工作實在太繁重了，後來她改甩一根粗大的繩子，先將它甩向泥中，再甩出泥團，這樣就做成了一個人。所以，凡是富貴聰明的人，就是女媧精心捏塑出來的；至於貧賤庸俗的人，就是女媧累了以後，用

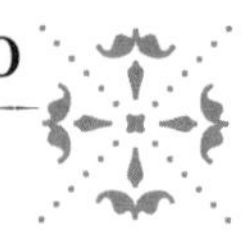

繩子甩出來的。由此可見，古人假借女媧造人的神話，將「人生而不平等」歸咎是「命中註定」，所以才會說：「年月日時該載定，算來由命不由人。」

《水滸傳》裡的英雄，大多是身材壯碩、孔武有力的壯漢，甚至是面惡眼凶、粗鹵殘暴的形象，譬如豹子頭林沖，相貌英武威猛，身高八尺；景陽岡打虎英雄武松，生得威風凜凜、骨強筋健；及時雨宋江雖然身材只有六尺，面黑身矮，卻是「坐定時渾如虎相，走動時有若狼形」；至於花和尚魯智深則是身長八尺、腰闊粗大、鼻直口方，十分凶猛；黑旋風李逵更是力如猛牛、身黑如墨、兩眼朱紅、性如烈火，卻鮮少描繪像小李廣花榮這般俊朗的人物，幾乎可以媲美三國時期的周瑜。

只可惜身處眾多綠林好漢之中，儘管花榮武功高強、身手了得，更有出神入化的槍法、百步穿楊的神箭絕學，譬如打祝家莊時，若不是花榮在關鍵時刻射落對方指揮的紅燈，那麼梁山泊的好漢們肯定會全軍覆沒；又譬如在征方臘時，視梁山為賊寇的神射手龐萬春，唯一在意的就是花榮，點名要他出來比箭。可是花榮為了義氣挺宋江，一再委屈自己，從初上梁山泊排名第五交椅，一再退讓，最後排名第九。後來宋江遭蔡京等人陷害，喝了有毒的御酒而死，花榮知道後傷心欲絕，竟在宋江墓旁的樹上自縊身亡，所以金聖歎評曰：「花榮自然是上上人物，寫得恁地文秀。」

【上知天文，下知地理】

海東青

海東青是一種獵鷹，學名Falco rusticolus，身長約三、四尺，有著銳利的嘴巴和具有攻擊性的爪子，產於黑龍江下游一帶，將牠馴服後，出獵時可追捕獵物，能襲擊天鵝、俯搏雞兔，尤其全身純白的品種非常敏銳。至於海東青的羽毛，也有牠的特殊功用，例如：牠的尾羽可以用來做扇子，兩翅的翎毛可以當做令箭。

契丹人建立大遼國後，每年都向女真人索取貢品，尤其遼國君王天祚帝愛好打獵，每年冬天便逼迫女真族進貢海東青，引起女真族的反抗，最後導致亡國。歷代帝王都十分喜愛海東青，譬如精於繪畫的宋徽宗曾於宣和年間畫有「海東青圖」，清康熙皇帝也曾作詩詠嘆：「羽蟲三百有六十，神俊最屬海東青。」

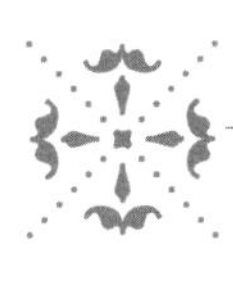

冤讎還報難迴避，機會遭逢莫遠圖

第三十六回〈梁山泊吳用舉戴宗　揭陽嶺宋江逢李俊〉

【原汁原味的閱讀】

那人道：「不瞞大哥說，這幾個月裡好生[1]沒買賣。今日謝天地，捉得三個行貨[2]，又有些東西。」那大漢慌忙問道：「三個甚樣人？」那人道：「兩個公人，和一個罪人。」那漢失驚道：「這囚徒莫不是黑矮肥胖的人？」那人應道：「真個不十分長大，面貌紫棠色。」那大漢連忙問道：「不曾動手麼？」那人答道：「方才拖進作房去，等火家[3]未回，不曾開剝。」那大漢道：「等我認他一認。」當下四個人進山岩邊人肉作房裡，只見剝人凳上挺著宋江和兩個公人，顛倒頭放在地下。那大漢看見宋江，卻又不認得，相[4]他臉上金印，又不分曉。沒可尋思處。猛想起道：「且取公人的包裹來，我看他公文便知。」那人道：「說得是。」便去房裡取過公人的包裹打開，見了一錠大銀，上有若干散碎銀兩。解開文書袋來，看了差批，眾人只叫得：「慚愧！」那大漢便道：「天使令我今日上嶺來，早是不曾動手！爭些兒[5]了我哥哥性命！」正是：

冤讎還報難迴避，機會遭逢莫遠圖。踏破鐵鞋無覓處，得來全不費工夫。

那大漢便叫那人：「快討解藥來，先救起我哥哥。」那人也慌了，連忙調了解藥，便和那大漢去作房裡，先開了枷，扶將起來，把這解藥灌將下去。四個人將宋江扛出前面客位[6]，那大漢扶住著，漸漸醒來。光著眼[7]看了眾人立在面前，又不認得。

1 好生：甚是，多麼，非常。

2 行貨：商品、貨物。行，ㄏㄤˊ。

3 火家：伙計，員工。

4 相：ㄒㄧㄤˋ，看。

5 爭些兒：幾乎，差一點。

6 客位：指接待賓客的處所，也就是客廳。

7 光著眼：圓睜著雙眼。

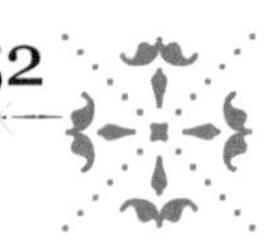

【穿梭時空背景】

清風鎮劉高知寨的妻子誣陷宋江是搶擄她的賊頭，唆使丈夫將他捉到寨裡，嚴刑拷打。花榮連忙寫封信，派人送給劉高，要求釋放宋江，不料劉高不但將信撕個粉粹，還把送信人趕出去。花榮急忙帶領三、五十名士兵救出宋江，宋江認為劉高一定不肯善罷干休，便立即前往清風山躲避。然而詭計多端的劉高，早派人埋伏在路上，將宋江綁回寨裡，並連夜寫了申狀送至青州府。

青州府知府慕容彥達獲報後，命兵馬都監黃信前去察實。黃信抓了宋江，又與劉高設宴誘捕花榮，然後把兩人押送青州府。清風山頭領燕順、王英、鄭天壽得知後，率領三、五百個小嘍囉劫走了宋江、花榮，黃信撤回清風寨，派人飛馬通報慕容知府，劉高則被花榮一刀刺進心臟。

慕容知府命兵馬統制秦明率兵攻打清風寨。秦明使一條狼牙棒，有萬夫不敵之勇，但因性格暴躁，聲若雷霆，所以大家都叫他「霹靂火」。花榮獻計誘抓秦明上山，奪了他的兵馬，並派人偽裝成秦明的模樣，率兵反攻青州城，慕容知府不明究理，將秦明的妻子殺了，秦明不得已只好歸順宋江等人，宋江於是將花榮的妹妹嫁給秦明為妻，秦明則勸降了黃信前來歸順。

宋江等人為了避免慕容知府舉大兵前來征剿清風山，於是決議前去投靠梁山泊。途中，宋江接獲石勇送來宋太公病故身亡的家書，急得撇下眾人回家奔喪，抵達家中才發現宋太公並沒有死。原來宋太公擔心宋江一時受人蠱惑，落草為寇，所以才故意騙他回家。不料，才剛到家，鄆城縣的都頭趙能、趙得已率人圍捕，宋江於是被判脊杖二十，流配江州牢城。

防送公人張千、李萬押送宋江前往江州途中，先在梁山泊被眾位頭領迎接上山，但宋江執意服滿刑期後再回山寨，於是眾位頭領只好送宋江及兩位公人下山。不料來到揭陽嶺，才在嶺腳邊一家酒店喝酒時，被店家李立在酒肉裡下了蒙汗藥迷昏，不但洗劫了財物，還準備將他們做成人肉包子。這時混江龍李俊、出洞蛟童威、翻江蜃童猛三人奔上嶺來，李立上前迎接，才知道李俊等人正在等著迎接宋江，一聽說李立捉了兩個公人及一個罪人後，急忙前去辨識，可惜他們四人都不認識宋江，最後查看公文後，才確認是宋

江，於是四人連忙將宋江與兩個公人救醒，並安排酒食款待。數日後，宋江執意要啟程，便辭別李俊等人，離開了揭陽嶺。

【品味賞析再延伸】

宋朝夏元鼎〈絕句〉一詩云：「崆峒訪道至湘湖，萬卷詩書看轉愚；踏破鐵鞋無覓處，得來全不費工夫。」意思是說：從崆峒一路尋訪正道而來到了湘湖，也曾讀過萬卷詩書，試圖從中尋找答案，反而越看越感到糊塗；沒想到歷盡千辛萬苦，連鐵鞋都磨破了也找不到的答案，最後出現時竟然如此容易，完全不費任何工夫。

混江龍李俊聽聞宋江的名聲，心生景仰，卻苦無緣拜會，得到宋江流配江州消息後，知道他必會經過揭陽嶺，因此，連日在嶺下等待，哪知久候不至，反而在酒店中意外救了宋江。

《金瓶梅》中，描述西門慶的女婿陳敬濟投靠周守備，因招安梁山泊宋江等人有功，所以晉升為參謀。一日來到河下大酒樓，與韓愛姐在樓上歇憩，虞候張勝的小舅子坐地虎劉二卻在樓下喝酒鬧事，還將韓愛姐的母親王六兒踹倒在地，陳敬濟一聽，本想發作卻又害怕鬥不過凶狠的劉二，於是暗中盤算找張勝的碴，想要唆使春梅向丈夫周守備告狀，以便一併教訓劉二與張勝，正是：「冤讎還報當如此，機會遭逢莫遠圖；踏破鐵鞋無覓處，得來全不費工夫。」然而，正當陳敬濟向春梅挑撥時，張勝在窗外聽得一清二楚，於是取了一把解腕鋼刀，走入書院，剛好春梅回房看顧兒子，書房裡只剩陳敬濟一人，張勝上前砍了數刀，可憐的陳敬濟反而先斃命了。

夏元鼎為了悟道而有所感，當他努力追尋答案時，費盡心思，卻苦無結果，最後竟在不經意中頓悟；李俊與陳敬濟卻是為了個人恩仇而費盡思量，意外得到了好壞不同的結果。

【上知天文，下知地理】

人肉作房

魯迅在《狂人日記》裡說：「不是荒年，怎麼會吃人？」古代若遇天災或戰亂，造成嚴重的饑荒，社會上往往會發生吃人的慘劇。戲曲、小說便反映殘酷現實而有描寫吃人的情節。《水滸傳》裡出現了「專業的」人肉作房，教人不寒而慄，如菜園子張青與母夜叉孫二娘經營的酒店裡，就有一間人肉作房，牆壁上繃著幾張人皮，樑上吊著五、七條人腿，還有一張剝人凳；催命判官李立在揭陽嶺的酒店裡也設置了人肉作房，賣人肉包子。

才離黑煞凶神難，又遇喪門白虎災

第三十七回〈沒遮攔追趕及時雨　船火兒大鬧潯陽江〉

【原汁原味的閱讀】

兩個公人都道：「說的是，事不宜遲，及早快走。」宋江道：「我們休從大路出去，掇1開屋後一堵壁子出去罷。」兩個公人挑了包裹，宋江自提了行枷2，便從房裡挖開屋後一堵壁子，三個人便趁星月之下，望林木深處小路上只顧走。正是慌不擇路，走了一個更次，望見前面滿目蘆花，一派大江，滔滔浪滾，正來到潯陽江邊。有詩為證：

撞入天羅地網來，宋江時蹇3實堪哀。
才離黑煞凶神難，又遇喪門4白虎5災。

只聽得背後喊叫，火把亂明，吹風胡哨6趕將來。宋江只叫得苦道：「上蒼救一救則個7！」三人躲在蘆葦叢中，望後面時，那火把漸近。三人心裡越慌，腳高步低，在蘆葦裡撞。前面一看，不到天盡頭，早到地盡處。定目一觀，看見大江攔截，側邊又是一條闊港。宋江仰天嘆道：「早知如此的苦，權且在梁山泊也罷。誰想直斷送在這裡！」宋江正在危急之際，只見蘆葦叢中悄悄地忽然搖出一隻船來。宋江見了，便叫：「艄公，且把船來救我們三個，俺與你幾兩銀子。」那艄公在船上問道：「你三個是甚麼人，卻走在這裡來？」宋江道：「背後有強人打劫我們，一味地撞在這裡。你快把船來渡我們，我多與你些銀兩。」那艄公聽得多與銀兩，

1 掇：ㄉㄨㄛˊ，搬移。
2 行枷：古代套在犯人脖子上的一種刑具。
3 蹇：ㄐㄧㄢˇ，困厄。
4 喪門：相傳為值歲的凶神，主死喪哭泣之事，也稱喪門神。
5 白虎：星相家所謂的凶神，與不同的主星相遇，會產生不同的災難，如打鬥、官訟、破財、喪病等。
6 胡哨：撮口作聲，又作「唿哨」。
7 則個：句末語氣詞，同「著」、「者」，用以加重語氣，元、明戲曲小說中常見，也作

把船便放攏來。三個連忙跳上船去，一個公人便把包裹丟下艙裡，一個公人便將水火棍抻[8]開了船。

【穿梭時空背景】

宋江與兩名差役來到揭陽鎮上，看見市集中有一名大漢在耍槍棒賣膏藥，宋江忍不住喝采。當大漢向眾人要求賞錢時，卻無人肯給，宋江便叫差役取出五兩銀子賞他。這時群眾中鑽出一名男子，睜眼喝道：「那傢伙不知從哪裡學來的三腳貓功夫，竟敢來本鎮耍威風！我已經叫大夥別理他了，你這人竟不知好歹，還拿錢賞他，分明是故意找碴！」於是提起雙拳，劈臉打來，宋江輕巧閃過，耍槍棒的大漢也撲上前來，三兩下就將這人踢倒在地，他好不容易才爬了起來，向南逃去。

耍槍棒的大漢是河南洛陽人氏，人稱病大蟲薛永，祖父原是帳前軍官，因為得罪同僚，從此不得升用，子孫們只得靠著耍槍棒賣藥度日。宋江與他一見如故，邀他前往酒店飲酒，不料連走數家，都沒人敢賣酒肉給他們，原來方才的男子是揭陽鎮上的惡霸，早已派人吩咐店家不准跟他們做生意。為了避免有人來鬧事，兩人的飲酒一事只得作罷，於是薛永向宋江道別，自己返回客店結清房錢離開。

宋江與差役來到市鎮盡頭，欲往小客店投宿，依然遭到拒絕。眼見天色昏暗，三人心裡開始發慌。走在路上，忽見隔林深處透著燈光，原來是一座大莊院，便上前敲門借宿，莊主讓家僕帶他們去客房安歇。不料，莊主的小兒子帶了幾個人回來，只見他手裡拿著刀，背上還有棍棒，竟然就是白天在鎮上與宋江發生衝突的那名男子。宋江一驚，心中大嘆，怎會這麼不巧，剛好投宿在他家？就算莊主不說，家僕也該透露一聲吧！看來只有走為上策。

差役也認為事不宜遲，三人連忙從後院逃出，大約一個時辰後，來到潯陽江邊。宋江的運氣實在糟透了，才脫離黑煞凶神的危難，偏偏又

「則箇」。

8 抻：ㄔㄣ，用棒端拄撐、推開。

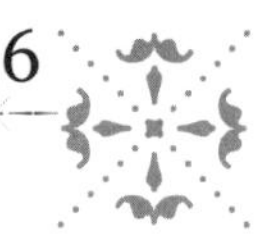

遇上喪門白虎星的災厄。眼前只見一片蘆花，滔滔大江，背後傳來追趕的喊叫聲，火把亂晃映照著，宋江暗中祈求老天爺救命！

正當危急之際，蘆葦叢中忽然搖出一艘船來。宋江請求船夫搭救，承諾會多給些銀兩。船夫便載著三人遠離江岸，岸邊的人向船夫大喝，要他將船搖回來，船夫不應，只是冷笑；不管怎麼威脅利誘，船夫只是搖櫓盪向江心。

宋江萬分感謝船夫救命的大恩大德，正慶幸「好人相逢，惡人遠離」，就此脫離災難，耳邊傳來了船夫的歌聲：「老爺生長在江邊，不怕官司不怕天。昨夜華光來趁我，臨行奪下一金磚。」宋江一聽，腳都酥軟了。

沒想到船夫存心不良，他露出猙獰的真面目，問三人要吃板刀麵還是餛飩——想被快刀一刀一個剁下水，還是脫了衣裳赤條條地跳江自盡？無論他們如何哀求，獻上所有的金銀財帛，都無法阻止船夫拿出明晃晃的大刀，步步逼近。宋江不禁叫苦道：「真是『福無雙至，禍不單行』呀！」

【品味賞析再延伸】

宋江幾度助人，卻都為自己招來了不少麻煩事，譬如宋江擔任鄆城縣衙的押司時，雖然身為官府裡的執法吏員，只因愛好結交江湖漢，喜歡為人排難解紛，所以通風報信放走了劫奪生辰綱的晁蓋等人，不料晁蓋等人竟殺了官兵，落草梁山泊為寇，讓宋江十分震驚，而自己也蒙上了「勾結叛賊」罪名的隱憂。

又如宋江資助閻婆十兩銀子與一具棺材來埋

【上知天文，下知地理】

福無雙至，禍不單行

民間傳說晉代名書法家王羲之，有一年移居浙江紹興，正逢春節，按照傳統習俗，大門上要貼副對聯，於是他乘興揮毫寫下：「春雨春風春色，新年新景新家」，十分富有新春氣象，再加上他的書法聞名遐邇，才貼不久，就被人撕下偷走。王羲之只好再寫一副：「鶯啼北里千山綠，燕語南鄰萬戶歡」，不料仍然不翼而飛。眼見除夕將至，王羲之也不生氣，再度大筆一揮，寫下：「福無雙至　禍不單行」。然後貼到門上，眾人看到這樣不吉利的春聯，嘖嘖稱怪，不過沒人再來偷取。等到大年初一，天才剛亮，王羲之備妥文房四寶，走到門前，親手將春聯續上：「今朝至，昨夜行」。眾人看那春聯是：「福無雙至今朝至，禍不單行昨夜行」，原本不吉利的春聯，轉眼變得喜氣洋洋，王羲之的詼諧妙趣令人讚嘆。

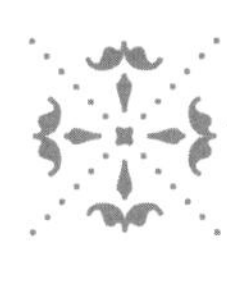

葬閻公，閻婆為了答謝他而將女兒閻婆惜送與他為妾，不料閻婆惜與宋江感情不睦，另與人私通，一日意外得到晁蓋送給宋江的信件後，便以此要脅宋江，宋江一時氣憤之下殺了閻婆惜，從此走上逃亡之路。

再如來到清風山後，宋江無意間救了陷落山寨賊人之手的劉高妻子，不料劉高妻子竟恩將仇報，一再唆使丈夫派人圍捕宋江，令宋江不得已只好率眾欲投靠梁山泊，幸好宋太公的家書及時趕到，宋江才決定到官府自首，了結殺閻婆惜的官司。

最後在流放江州的途中，路過揭陽鎮，只因出錢打賞了跑江湖賣藝的薛永，就被鎮上的惡霸追殺，一逃再逃，竟然逃進惡霸的家中，實在是多災多難，所以作者才會形容宋江是：「才離黑煞凶神難，又遇喪門白虎災。」

《警世通言》裡有一則關於鈍秀才的故事。鈍秀才馬任本是宦家子弟，從小聰明飽學，當地富豪黃勝還將妹妹黃六媖許配給他，哪知馬任的時運不濟，先是連續三次科考都未能高中；繼而父親馬萬群又遭太監王振陷害，強逼繳還萬兩贓銀，一氣之下而重病身亡；馬任從此窮困潦倒，所要投靠的人不是升遷或轉任，便是死了或犯了罪，總之投靠無人。

好不容易有個運糧的趙指揮願意聘請他，哪知黃河口決堤，趙指揮所統領的糧船頓時三分四散，不知去向。有位老翁可憐他，正想資助他三兩銀子時，那銀子竟不知何時被人偷走了。後來

【上知天文，下知地理】

白虎星

在中國星象學中，白虎星是主管殺伐的西方星宿神，凡是遇上白虎星的人，必會遭遇不幸與磨難。民間傳說中，唐朝大將軍薛仁貴是白虎星下凡，十五歲前沒開口說過一句話，直到父親五十歲生日時突然說出：「福如東海，壽比南山。」過了幾天，雙親便暴斃。薛仁貴的一生多災多難，差點射死自己的兒子薛丁山。《淮南子・兵略》中云：「所謂天數者，左青龍，右白虎，前朱雀，後玄武。」即是根據天文特徵排成的最佳兵戰陣勢，後來傳統的建築界也多秉持此原則，如南京城裡有龍蟠路、虎踞路、玄武湖、朱雀門，便與此相符。另外，一般廟宇的前殿大多開放三門，中間的大門是神明專用，平常關閉，只有在迎神的時候才會打開。而大門的左、右兩邊分別是龍門及虎門，即「左青龍右白虎」，是一般民眾的出入口，為取吉利，應由龍門進入寺內，從虎門出來，表示「進龍口，出虎口」，有納吉送凶之意。

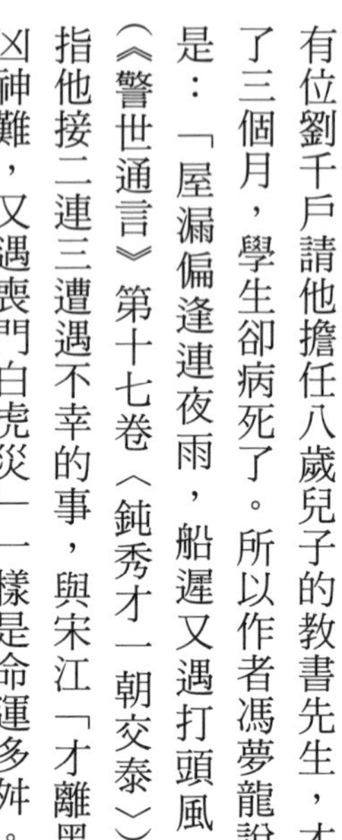

有位劉千戶請他擔任八歲兒子的教書先生，才教了三個月，學生卻病死了。所以作者馮夢龍說他是：「屋漏偏逢連夜雨，船遲又遇打頭風。」（《警世通言》第十七卷〈鈍秀才一朝交泰〉）意指他接二連三遭遇不幸的事，與宋江「才離黑煞凶神難，又遇喪門白虎災」一樣是命運多舛。

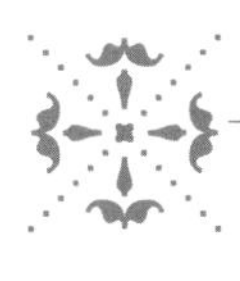

世情看冷暖，人面逐高低

第三十七回〈沒遮攔追趕及時雨　船火兒大鬧潯陽江〉

【原汁原味的閱讀】

宋江又自央浼1人情，差撥到單身房裡，送了十兩銀子與他，管營處又自加倍送十兩並人事。營裡管事的人，並使喚的軍健人等，都送些銀兩與他們買茶吃。因此無一個不歡喜宋江。少刻引到點視廳2前，除了行枷，參見管營，為得了賄賂，在廳上說道：「這個新配到犯人宋江聽著：先朝太祖武德皇帝聖旨事例，但凡新入流配的人，須先吃一百殺威棒。左右與我捉去背起來！」宋江告道：「小人於路感冒風寒時症，至今未曾痊可。」管營道：「這漢端的似有病的，不見他面黃肌瘦，有些病症？且與他權寄下這頓棒。此人既是縣吏出身，著3他本營抄事房4做個抄事。」就時立了文案，便教發去抄事。宋江謝了，去單身房取了行李，到抄事房安頓了。眾囚徒見宋江有面目5，都買酒來與他慶賀。次日，宋江備置酒食，與眾人回禮。不時間，又請差撥、牌頭6遞杯，管營處常常送禮物與他。宋江身邊有的是金銀財帛，自落的結識他們。住了半月之間，滿營裡沒一個不歡喜他。自古道：「世情看冷暖，人面逐高低7。」

宋江一日與差撥在抄事房吃酒，那差撥說與宋江道：「賢兄，我前日和你說的那個節級8常例人情，如何多日不使人送去與他？今已一旬之上了。他明日下來時，須不好看。」宋江道：「這個不妨。那人要錢，不與他；若是差撥哥哥但要

---

1 浼：ㄇㄟˇ，請求，央求。
2 點視廳：牢獄中查點、驗核、提審犯人的廳堂。
3 著：派遣。
4 抄事房：府衙中專門登記存放公案文書的辦事機構。
5 面目：面子。
6 牌頭：舊時公差、軍士身上都掛著腰牌，尊稱為「牌頭」。
7 世情看冷暖，人面逐高低：喻指世態炎涼，趨炎附勢。
8 節級：唐、宋時的軍吏。

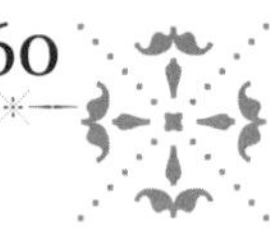

時，只顧問宋江取不妨。那節級要時，一文也沒！等他下來，宋江自有話說。」

【穿梭時空背景】

宋江與兩個差役為了躲避揭陽鎮的惡霸，逃奔到潯陽江邊，又誤上了賊船，正被逼著脫光衣服跳江之際，忽然一艘快船飛也似地駛來，只見混江龍李俊站立船頭上，出洞蛟童威與翻江蜃童猛分別在船艄上搖櫓，李俊喝道：「船裡貨物，見者有份。」原來打劫宋江的船夫是李俊的結義兄弟，綽號船火兒的張橫，當他知道所打劫的人正是及時雨宋江時，立刻拜倒說道：「我那爺，您為什麼不說出您的大名呢？也省得我犯錯，差一點兒就傷了您。」張橫有一個弟弟張順在江州做賣魚的生意，擁有一身好武藝，又擅長潛水，人稱浪裡白跳，由於張橫想託宋江送信給他，可是卻不識字，眾人只好回到村中央人寫信。走不到半里路，卻見岸邊火把依舊明亮，張橫說：「穆家兄弟兩個還沒回去呢。」李俊說：「叫他們來拜見宋大哥。」原來揭陽鎮的惡霸是穆家小兒子穆春，人稱小遮攔。穆春打不過病大蟲薛永逃走後，回家與哥哥沒遮攔穆弘商議報仇，於是率眾追趕，當他們知道所追趕的人是宋江時，連忙丟下朴刀，向宋江拜倒道歉，於是邀請眾人回到穆家莊，設宴款待。過了數日，宋江堅持離開，於是眾人只好為宋江餞行，並送給兩個差役許多銀兩。

差役把宋江送到了江州府，還對宋江千酬萬謝，儘管兩人一路吃了不少驚恐，卻賺得許多銀兩。之後，宋江在牢城營裡處處做人情，從差役、獄方，到管事、使喚的軍健等人，都送了銀兩，不僅有單人房，還建立了「好人緣」。當牢獄主管提審他時，要依照先朝太祖武德皇帝聖旨，凡是新到的流配犯人，都得杖責一百。宋江表示自己途中受到風寒，牢獄主管也因受了賄賂，免了他的殺威棒，命他到文書單位做個抄事。其他囚犯則買酒與他慶賀，宋江也回禮，又不時請差役、軍士們喝酒。不到半個月，牢營裡沒有人不喜歡他。正是：人情勢利，攀貴而疏

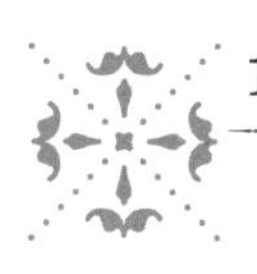

貧，都以身分的高低貴賤，來決定是冷漠或熱情相待。

一日，有位差役對宋江說：「賢兄，我前幾天對你說的那個節級的常例人情，這麼多天了，怎麼不見你派人送給他呢？等到他來了，恐怕會找你麻煩。」宋江卻不予理會。沒想到，節級果然發怒，派人把宋江叫去。

【品味賞析再延伸】

《儒林外史》第五十五回敘述，有個人名叫蓋寬，年輕時家裡有錢，開著當舖，又有田地，可是他卻嫌棄有錢的親戚們俗氣，整日做詩、看書、畫畫，漸漸地將家產敗光，只好帶著兒女開茶館維生。那年十月，鄰居老爹見他還穿著夏布衣裳，便問：「以前你也幫助過不少人，如今他們卻都不來找你。你怎麼不去跟富裕的親戚們借點本錢做生意呢？」蓋寬說：「老爹，『世情看冷暖，人面逐高低。』當初我有錢時，和這些親戚們走在一起，還搭配得上；如今我這模樣，到他們家去，就算他們不嫌棄我，我自己也覺得討厭。至於你說受過我恩惠的人，那都是窮人，哪裡還有錢還我？如今一定是到有錢人家裡去了，怎麼肯到我這裡來呢？我如果去找他們，白受了他們的氣，又有什麼意思呢？」茶館的利潤有限，一壺茶只能賺一個錢，每天最多賣五、六十壺茶，每日除去全家伙食的開銷，所剩無幾了。然而，儘管蓋寬十分窮困，也將家當變賣殆盡，仍保留許多古書不肯變賣，閒暇時他便看書、畫畫自娛。不久，有人出了八兩銀子的束脩，請蓋

【上知天文，下知地理】

殺威棒

《水滸傳》中多次提到：「先朝太祖武德皇帝聖旨事例，但凡新入流配的人，須先吃一百殺威棒。」起初明太祖朱元璋認為「荊能去風」，打不傷人，所以用荊條責打，但不久就改為竹板，按照法律規定，竹板應該先去掉竹節、刨光，長五尺，大頭寬二寸，小頭寬一寸五分，總重量不得超過二斤，不過後來卻多不再去除竹節及刨光。利瑪竇曾在《中國札記》中形容殺威棒的執行方式：「受刑人的臉朝下趴在地上，用一根大約厚一英寸、寬四英寸、長一碼，中間劈開來的堅韌竹板打裸著的大腿和屁股。行刑人雙手掄起板子猛打，通常是責十板，最多以三十板為限，但是一般第一板下去就皮開肉綻，再打下去就血肉橫飛，結果是常常把犯人打死。」

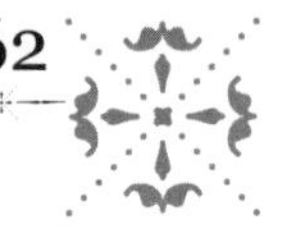

寬到家裡教書，他才結束茶館的生意。

世間的冷暖待遇，往往隨著人的身分、地位、財富而有所不同。蓋寬早就看清世態炎涼，即使身處困境也不怨嘆，真可說是通達世故。而宋江亦是深諳「世情看冷暖，人面逐高低」的道理。《水滸傳》裡一再提及牢獄中的常例人情，事實上就是指種種陋規，譬如法律上規定犯人家屬不能入監探視，所以當家屬前來探視時，便須付出「探監錢」、「送飯錢」來收買獄卒；又如犯人若想在獄中少受杖棍等折磨的話，就須送出「杖錢」、「開枷錢」等；此外，犯人在牢獄中的待遇，也會因有無送上「飯錢」、「酒錢」等而有所差異。宋江曾經擔任押司一職，自然對牢獄這個比起一般人情世故更加現實、殘酷的特殊場所，瞭若指掌，他又怎能不尋求自保之道呢？

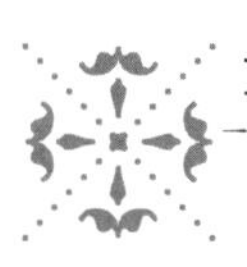

人情，人情，在人情願

第三十八回〈及時雨會神行太保　黑旋風鬥浪裡白跳〉

【原汁原味的閱讀】

宋江別了差撥，出抄事房來，到點視廳上看時，見那節級掇條凳子坐在廳前，高聲喝道：「哪個是新配到囚徒？」牌頭指著宋江道：「這個便是。」那節級便罵道：「你這矮黑殺才[1]！倚仗誰的勢要，不送常例錢來與我？」宋江道：「『人情，人情，在人情願。』你如何逼取人財？好小哉相！」兩邊看的人聽了，倒捏兩把汗。那人大怒，喝罵：「賊配軍，安敢如此無禮！顛倒說我小哉！那兜馱的，與我背起來，且打這廝[2]一百訊棍[3]。」兩邊營裡眾人都是和宋江好的，見說要打他，一哄都走了，只剩得那節級和宋江。那人見眾人都散了，肚裡越怒，拿起訊棍，便奔來打宋江。宋江說道：「節級，你要打我，我得何罪？」那人大喝道：「你這賊配軍，是我手裡行貨！輕咳嗽便是罪過！」宋江道：「你便尋我過失，也不到得該死。」那人怒道：「你說不該死，我要結果你也不難，只似打殺一個蒼蠅！」宋江冷笑道：「我因不送得常例錢便該死時，結識梁山泊吳學究的，卻該怎的？」那人聽了這話，慌忙丟了手中訊棍，便問道：「你說甚麼？」宋江又答道：「自說那結識軍師吳學究的，你問我怎的？」那人慌了手腳，拖住宋江問道：「你正是誰？哪裡得這話來？」宋江笑道：「小可[4]便是山東鄆城縣宋江。」那人聽了大驚，連忙作揖說道：「原來兄長正是及時雨宋公明。」

1 殺才：詛咒人的話，猶言「該死的東西」。

2 廝：對男子的賤稱，相當於現代稱人「傢伙」或「小子」。

3 訊棍：審訊時對犯人施刑、逼供的棍子，也稱「刑杖」。

4 小可：自稱的謙詞。

【穿梭時空背景】

宋江來到江州，唯獨沒有巴結兩院押牢節級院長戴宗，而被叫到點視廳上。只見節級戴宗坐在廳前，高聲喝罵，宋江也還以顏色，表示：「人情，人情，在人情願。」身為節級怎能逼取人家的財物？戴宗大怒，要人打他一百大棍。由於大夥平日友好，一聽要打宋江，全都散去，戴宗便自己跑去要打宋江。宋江反駁說，他只因為沒有送常例錢就該死，那麼有人結識梁山泊的吳用，又該當何罪？戴宗一聽大慌，問了清楚才知，原來眼前這位是及時雨宋江！

為表景仰之意，戴宗邀請宋江到城中酒店敘懷，才知宋江途中曾被梁山泊眾位頭領迎接上山，軍師吳用託他帶信給戴宗。為了能與戴宗會面，宋江故意不送出那五兩銀子，果然戴宗自動找上他了。

戴宗有一項驚人的道術本領，在送書飛報緊急軍情時，只要將兩張印有神像的甲馬紙錢綁在兩腿上，然後做起「神行法」，一日就能行五百里；若是綁了四張印有神像的甲馬紙錢，便能日行八百里，所以大家都稱他是神行太保戴宗。

戴宗與宋江正談得相契，卻聽見酒樓下一陣喧鬧，原來是戴宗身邊的一個小牢子李逵。他又叫李鐵牛，因打死人，逃出家鄉，雖然得到赦免，卻流落到江州，不曾回鄉。由於李逵全身黝黑，能使兩把板斧、會拳棍，加上酒性不好、愛打抱不平，個性威猛如旋風砲，又稱黑旋風。宋江與李逵一見如故，稱讚他是一名忠直的漢子，處處維護他。

【品味賞析再延伸】

中國人講究人情世故，雖然重視的是人與人之間的情份，但也要兩廂情願才不會顯得生硬、難堪。《水滸傳》中的「常例人情」，其實是獄方強向犯人索取的不義之財，並非犯人心甘情願的付出，所以作者才會藉宋江之口，不屑地指出：「人情，人情，在人情願。」然而，此話出自宋江之口，卻顯得突兀至極，因為宋江原是一名押司，深知獄中的常例人情才是獄卒的主要收入來源，他斷然不會不理會這樣的人情世故，況且自從他到官府自首後，先是父親宋太公賄賂了獄方上下，包括押送宋江的兩位衙役；途中，宋江仍不時買酒肉巴結他們，到目的地後又送了不少財物；在江州牢城營裡，宋江更是漫撒金錢，上至主管，下至獄卒，無不皆大歡喜，宋江也成為最受歡迎的人犯。可是，宋江偏偏不去賄賂兩院押牢節級院長戴宗，這分明不是宋江的為人，可見宋江另有所圖，且經過精密的盤算。

原來宋江堅辭梁山泊眾人時，吳學究曾託他送一封信給好友戴宗，當時戴宗是江州兩院押牢節級，而宋江是遭流放的殺人犯，兩人身分懸殊，如何能夠結識？倘若宋江仍循例送錢，就算戴宗收到，不過視宋江為一般囚犯，沒有理由與他相見；如果宋江託人將信轉交，難保消息不會走漏，那麼「勾結梁山泊強賊」的罪名，便會為兩人招來災禍，因此，宋江才會想到利用獄中重視「常例人情」的陋規，讓戴宗主動來找他。果然，戴宗找上宋江的麻煩，幸好宋江已有萬全準備，才化解一場皮肉之苦。

【上知天文，下知地理】

神行法

《水滸傳》裡的戴宗因會使「神行法」而有「神行太保」的外號。施法前，他一定先換上腿絣、護膝、八答麻鞋，再穿上杏黃衫，然後取出兩張或四張甲馬紙錢，分別拴在兩腿上，口裡念起神行法咒語，便能日行五百或八百里，且中途不許吃葷，一日行到晚之後，還須解下甲馬紙錢，用數陌金紙燒送了。

相較戴宗的神行法，唐人袁郊在〈紅線傳〉裡所描述的紅線似乎更技高一籌。紅線為了報恩，在夜裡一更出發前，先梳一個南方少數民族婦女常梳的髮髻，用一支金鳳釵扣住，再換上紫色繡花的短襖和黑絲的輕便鞋，胸前佩藏著刻有龍紋的匕首，於額頭寫上太乙神名，然後神行七百里，往返兩座城池，三更即覆命，為主人薛嵩盜取敵人田承嗣的床頭金盒，因而消弭了雙方一觸即發的戰事。

然而，比起戴宗或紅線的神行法，《水滸傳》裡公孫勝的師父羅真人，更有能教人片刻瞬移兩地的高超本領，只見他取出手帕，鋪在石上，叫人雙腳站在上面，把袖一拂，喝聲道：「起！」那手帕即化做一片雲，騰空而起，再一聲：「去！」只聽得耳邊風雨之聲，那人便到達彼地。

一佛出世，二佛涅槃

第三十九回〈潯陽樓宋江吟反詩　梁山泊戴宗傳假信〉

【原汁原味的閱讀】

戴宗領了鈞旨，只叫得苦。再將帶了眾人下牢城營裡來，對宋江道：「仁兄，事不諧矣！兄長只得去走一遭。」便把一個大竹籮，扛了宋江，直擡到江州府裡，當廳歇下。知府道：「拿過這廝來！」眾做公的[1]把宋江押於階下。宋江哪裡肯跪，睜著眼，見了蔡九知府道：「你是甚麼鳥人，敢來問我！我是玉皇大帝的女婿，丈人教我引十萬天兵，殺你江州人，閻羅大王做先鋒，五道將軍做合後，有一顆金印，重八百餘斤。你也快躲了我。不時，教你們都死。」蔡九知府看了，沒做理會處。黃文炳又對知府道：「且喚本營差撥並牌頭來問，這人來時有風[2]，近日卻才風？若是來時風，便是真症候；若是近日才風，必是詐風。」知府道：「言之極當。」便差人喚到管營、差撥，問他兩個時，哪裡敢隱瞞，只得直說道：「這人來時不見有風病，敢只是近日舉發此症。」知府聽了，大怒。喚過牢子獄卒，把宋江捆翻，一連打上五十下，打得宋江一佛出世，二佛涅槃[3]，皮開肉綻，鮮血淋漓。戴宗看了，只叫得苦，又沒做道理救他處。宋江初時也胡言亂語，次後吃拷打不過，只得招道：「自不合[4]一時酒後，誤寫反詩，別無主意。」蔡九知府即取了招狀，將一面二十五斤死囚枷枷了，推放大牢裡收禁。宋江吃打得兩腿走不動，當廳釘了，直押處死囚牢裡來。

1 做公的：指公差、衙役捕快等人。

2 風：即「瘋」。

3 一佛出世，二佛涅槃：或「二佛升天」。出世是生，涅槃為死，意指「死去活來」的意思。

4 不合：不該。

【穿梭時空背景】

宋江、戴宗與李逵三人在酒館飲酒。宋江忽然想喝魚辣湯醒酒，但店家沒有新鮮的活魚，李逵便去向船家討，不料一言不合，與眾船家扭打了起來。李逵翻船落水，被人抓住後，按在水裡直到兩眼發白。宋江忙叫人去救。

原來抓住李逵的正是綽號浪裡白跳的張順，他哥哥張橫託宋江寄一封家書給他，於是雙方化解了誤會，張順便選了四尾大金色活鯉魚送給宋江。宋江因見魚鮮，貪吃了許多，夜裡竟絞腸刮肚地痛了起來，一連瀉腹二十幾次，營裡眾人照顧他，休息了幾日才沒事。

一天，宋江獨自離開牢營，來到潯陽樓上喝酒，一時喝醉傷感，就在潯陽樓的壁上寫下一首〈西江月〉詞：「自幼曾攻經史，長成亦有權謀。恰如猛虎臥荒丘，潛伏爪牙忍受。不幸刺文雙頰，那堪配在江州。他年若得報冤仇，血染潯陽江口。」又提了一首詩：「心在山東身在吳，飄蓬江海謾嗟吁。他時若逐凌雲志，敢笑黃巢不丈夫！」接著大書五個字：「鄆城宋江作。」然後踉蹌回到營裡，倒頭便睡。

誰知江州對岸，無為軍城裡有位通判黃文炳，是個阿諛諂佞之徒，他看見宋江在潯陽樓壁上的題字後，就向江州府蔡九知府誣告宋江寫反詩。之前，蔡九知府接獲京城蔡太師的家書，因太史院司天監奏道：「臣夜觀星象，見北斗星照臨吳、楚一帶，想必將有趁勢作亂的人，應該立刻詳加調查，予以剷除。」民間又有謠言：「耗國因家木，刀兵點水工。縱橫三十六，播亂在山東。」黃文炳便趁機慫恿蔡九知府，說：「『家木』二字，即指『家』頭加『木』字，分明是個『宋』字；『點水工』則是水邊加個『工』字，正是『江』字，可見將要耗費國家錢糧、興兵作亂的人就是宋江。所謂『縱橫三十六』，也許是指六六之年，或者指有六六之數，而宋江正是山東鄆城縣人，又應驗了『播亂在山東』一句。宋江在詩中說自己是『心在山東身在吳』，又說將來定要『血染潯陽江口』，可見他的謀叛之心與司天監所奏的亂象預兆相符，既然如此，不如就先將他拘捕到案。」

戴宗知道此事，暗中做起神行法，前去通知宋江，教他先假裝發瘋，然後再與眾人來到抄事

房，只見宋江披頭散髮，倒在尿屎坑裡打滾，口裡胡言亂語，眾人不敢拘捕，只好回覆知府。不料黃文炳卻以為有詐，定要叫人將宋江抓來。戴宗只好用一個大竹籮，將宋江扛至江州府。宋江依舊裝瘋賣傻，但黃文炳想知道，宋江是來的時候就發瘋，還是最近才發瘋？如果是後者，那就是裝瘋了。他還找差役來問，差役只得吐實。知府命獄卒打宋江五十大板，將他打得死去活來，最後宋江招供。蔡九知府即取了招狀，以一面二十五斤死囚枷將宋江枷鎖了，押進大牢收禁。

【品味賞析再延伸】

近人煮雲法師在《南海普陀山傳奇異聞錄》中，記載了一則故事。清乾隆皇帝私自下江南，漫遊名山聖地時，有一天來到南海普陀山，見一群和尚不事生產，還將化緣得來的錢拿來賭，不禁大為震怒。他心想：「常聽母后說，普陀山的和尚是有道德、有威儀的，哪知還有這樣一批壞和尚？」於是打算回宮奏明母后，然後派兵殺了和尚，並毀滅普陀山。然而太后卻勸乾隆皇帝：「你不能因為看見幾個不具僧相的和尚，就想把名山毀滅，須知佛功德是不可量啊！你不看僧面也看佛面啊！」乾隆皇帝只得作罷。

乾隆皇帝第二次下江南時，又來到普陀山，遇到一群和尚圍著他吵吵鬧鬧地要化緣，得了錢又吵吵鬧鬧地喝酒抽菸，還誇口說：「我們是海外家風，羅漢境界，沒人管得了。」乾隆皇帝氣得七竅生煙。回到宮中，太后見他臉色不佳，問明原由，便又勸說：「不要為這一點小事，動瞋心、起殺念。他們說自己是羅漢境界，恐怕就是羅漢變化，有心來試探你，你千萬別因此而造殺罪呀！須知佛功德是不可量啊！你不看僧面也看佛面啊！」

等到乾隆皇帝第三次下江南來到普陀山時，已是領著兵船駐在海上，準備隨時清剿不守清規的壞和尚。沒想到這群和尚變本加厲地在大殿外面賭起錢來，同時還有男女雜聚在一起，乾隆皇帝見他們死到臨頭還不自覺，於是思量著：「待朕將他們的錢全贏了，看他們還賭不賭？」不料，乾隆皇帝卻一連數把都輸了，最後的孤注一擲又被和尚贏走，一氣之下，還將帽子取下押上，卻也輸了；再把身上披的龍袍脫下押上，又

被做莊的女人贏走，還問他：「再有什麼值錢的東西可以拿出來賭嗎？」乾隆皇帝氣得「一佛出世，二佛涅槃」，於是下令將大殿四周門窗守住，命御林軍捉拿賭錢的和尚。不料，軍隊進入大殿捉人時，卻連一個人影也看不見，只見乾隆皇帝的帽子戴在一尊莊嚴菩薩的頭上，龍袍披在觀世音菩薩的身上。乾隆皇帝這才明白原來一切都是菩薩變化示現的，從此再也不敢輕視僧人了。

「一佛出世，二佛涅槃」比喻死去活來，又作「一佛出世，二佛升天」。宋江雖然身陷囹圄，卻因為肯花錢賄賂縣府裡的衙役，所以一直沒有受到折磨。不像武松，因張都監為了替蔣門神報仇，而栽贓嫁禍給他，害他被逮捕入獄，之後連開口分辯的機會都沒有，知府就將一束問事刑具擺放在他面前，喝令獄卒「加力打！」至於宋江，先前雖未受到皮肉之苦，但是當黃文炳刻意誣陷，又拆穿宋江假裝發瘋的詭計後，蔡九知府一怒之下，一連打了五十大板，打得皮開肉綻、鮮血淋漓，無法行走了。

【上知天文，下知地理】

二十五斤死囚枷

根據郭建所著《衙門開幕》，枷是一種用木板拼成的長方形戒具，中間挖有一個箍住脖子的圓孔。因刑罰不同，枷的重量也有所不同。一般木枷只套脖子不套手，但徒刑、流刑及死刑的囚犯必須加戴「杻」，這個木板約一尺六寸長、六寸寬、一寸厚，有兩個可以套住手的圓孔。此外，重刑犯還要在脖子上加套一條一丈長的鐵索。死刑犯定罪後，須改戴長枷，上面寫著囚犯的姓名、罪名、死刑種類及判決日期。

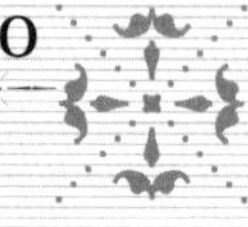

長休飯，嗓內難吞；永別酒，口中怎咽！

第四十回〈梁山泊好漢劫法場　白龍廟英雄小聚義〉

【原汁原味的閱讀】

直待第六日早晨，先差人去十字路口，打掃了法場。飯後點起土兵和刀仗劊子，約有五百餘人，都在大牢門前伺候。巳牌時候1，獄官稟了知府，親自來做監斬官。黃孔目只得把犯由牌2呈堂，當廳判了兩個斬字，便將片蘆席貼起來。江州府衆多節級、牢子雖然和戴宗、宋江過得好，卻沒做道理救得他，衆人只替他兩個叫苦。當時打扮已了，就大牢裡把宋江、戴宗兩個㩟扎起。又將膠水刷了頭髮，綰3個鵝梨角兒4，各插上一朵紅綾子紙花。驅至青面聖者5神案前，各與一碗長休飯、永別酒6。吃罷，辭了神案，漏轉身來，搭上利子7。六、七十個獄卒早把宋江在前，戴宗在後，推擁出牢門前來。宋江和戴宗兩個面面廝覷，各做聲不得。宋江只把腳來跌，戴宗低了頭只嘆氣。江州府看的人，真乃壓肩疊背，何止一、二千人。但見：

愁雲荏苒，怨氣氛氳。頭上日色無光，四下悲風亂吼。纓槍8對

1 巳牌時候：即巳時，上午九點到十一點。

2 犯由牌：處決犯人時，書寫罪狀的木牌，有時也省作「犯由」。

3 綰：繫，盤結。

4 鵝梨角兒：頭髮綰成下邊像梨身、頂端像梨柄的髻。鵝梨，河北產的一種梨。

5 青面聖者：指漢相蕭何像。舊時獄牢中有祀蕭何的蕭王堂，內有青面神，據說是蕭王判案。

6 長休飯、永別酒：死囚臨刑前的最後一餐，與行刑前喝的酒。

7 利子：指在五花大綁的死囚背上，插上的牌子。其式為「正犯○○」。

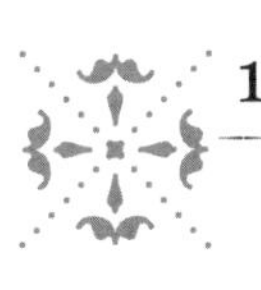

對，數聲鼓響喪三魂；棍棒森森，幾下鑼鳴催七魄。犯由牌高貼，人言此去幾時回；白紙花雙搖，都道這番難再活。長休飯，嗓內難吞；永別酒，口中怎咽！猙獰劊子仗鋼刀，醜惡押牢持法器9。皂纛10旗下，幾多魍魎跟隨；十字街頭，無限強魂等候。監斬官忙施號令，仵作子準備扛屍。

劊子叫起「惡殺都來」11，將宋江和戴宗前推後擁，押到市曹十字路口，團團槍棒圍住。把宋江面南背北，將戴宗面北背南，兩個納坐下，只等午時三刻，監斬官到來開刀。

8 纓槍：長柄的一端是尖銳的金屬槍頭，槍頭和柄連接處裝飾著纓帶。也稱「扎槍」。

9 法器：和尚、道士齋醮祭祀時所用的引磬、木魚等器物。

10 皂纛：黑繒製成的大旗。皂：通「皁」，黑色。

11 惡殺都來：舊時劊子行刑，有呼叫「惡殺都來」的習慣，以威嚇眾人。殺，即煞；惡殺，即凶神惡鬼。

【穿梭時空背景】

梁山泊眾人為了解救宋江，吳用找人模仿筆跡，偽造一封蔡京回給兒子蔡九的信，信上說：「教把犯人宋江切不可施行，便須密切差的當人員解赴東京，問了詳細，定行處決示眾，斷絕童謠。」而正當戴宗使了神行法火速往蔡九知府那裡送信時，吳用在梁山泊上才驚覺，剛剛讓戴宗拿去的信上有個錯處——明明是父親寫信給兒子，信封上卻蓋了「翰林蔡京」的諱字圖書，這個錯處將使戴宗及宋江喪命。因此，吳用及晁蓋打算派眾多好漢一起出發，連夜趕往江州救人。

戴宗回到江州見蔡九知府，並奉上蔡京的回信，不料被黃通判識破，蔡九命戴宗前來詢問，發現戴宗果然不曾去到東京、見到父親，當下便將戴宗押進牢裡。第二日，蔡九知府便請黃孔目來，要速將兩人問成招狀、立了文案、押去市曹斬首。不過，這個黃孔目與戴宗頗好，雖無法救他，卻也設法為他們拖延了五天，這五天便為梁山泊英雄的救人行動爭取了足夠的時間。

第六天一到，依時間順序詳細描寫斬首犯人前的準備工作：早晨，先派人打掃法場，早飯後點土兵、刀仗劊子；獄官稟請監斬後，黃孔目呈

上犯由牌，判了「斬」字。次寫宋江、戴宗各將膠水刷頭髮，綰做鵝梨角兒，又各插朵紅綾紙花，吃了「長休飯」、「永別酒」，便被六、七十個獄卒推擁出來。接著，押到十字路口，槍棒團團圍住，背對背坐在地上，等著監斬官來。

而後，作者按方位順序來寫法場上的人物活動（其實也是化裝來到法場眾好漢的活動）：東邊一群弄蛇的乞丐，西邊一夥使槍棒賣藥的，南邊有一夥挑擔的腳夫，北邊則有一夥客商，分別闖到法場四邊，強行擠進。後來，有人報時，監斬官下令開斬，一個虎形黑大漢（李逵）脫得赤條條，兩隻手握著兩把板斧，先砍死了行刑的劊子，再往蔡九知府砍去。然後，四下一起動手：東邊的拿出尖刀、西邊的使槍棒、南邊的掄起扁擔、北邊的客商背起了宋江、戴宗，又取出弓箭、標槍。

李逵為了搭救宋江，把自己的生死置於度外，拚了命地掄起大斧砍人，晁蓋叫背著宋江、戴宗的人跟著李逵走，眾頭領也隨後跟著李逵一起殺出城來。離城五、七里後，眼前盡是大江，李逵帶著他們進入江邊的白龍神廟。由於江水阻隔，阮家三兄弟便涉水到對岸，要奪幾艘船過來載眾人；不料才赴水不遠，便見到江面有三艘棹船，船上各有十數人，手裡都拿著兵器，眾人心中大感不妙。這時，宋江發現領頭的是張順，原來張順也準備殺入江州，劫牢救宋江。大家總算放下了心，當下大喜。

此時，有小嘍囉通報道：江州城派遣軍馬追趕過來了，晁蓋號令眾人殺盡江州軍馬後，再回梁山泊。

【品味賞析再延伸】

水滸故事的戲曲中，這一回是演出頻率最高的劇目之一。這個故事的開始是宋江流放江州時，在潯陽樓上題下一首「反詩」，江州知府蔡九將他緝拿下獄；而聰明的軍師吳用居然在假造蔡京寫給兒子的家書上犯了不該犯的錯誤，真是聰明一世、糊塗一時。正因如此，原本可以輕鬆解決的事情，演變為一場熱鬧非凡的「全武行」。

根據吳越〈真假梁山泊——梁山泊的地理背景〉一文，宋代由於黃河泛濫，在今天山東梁山周圍的確有一個方圓好幾百里的「水鄉澤國」，且經常有盜賊出沒。直到明末，水泊才逐漸乾涸。但是宋代宣和年間在海州投降的「淮南盜宋江」，很可能只是一幫流寇，根本沒有什麼「根據地」。這些人盤據的巢穴也不在梁山泊，應是民間藝人無意間把他們從淮南搬到山東去的。

從山東的梁山泊到位於江南西路的江州，五天的時間足夠讓眾英雄們趕到嗎？吳越認為很困難。但施耐庵仍然做了如此安排，而且由於蔡九知府想盡快將宋江、戴宗斬首，所以作者特別安插了一個「黃孔目」，把兩人的刑期硬是往後延了五天，為梁山泊好漢爭取救人的時間。可見，施耐庵盡力要使情節合理，倘若只需一、兩天，好漢們便趕到了江州，戴宗的「神行法」也就不稀奇了——人人都是神行太保了。

而作者的種種安排都是為了成就這一場熱鬧的江州劫法場。

【上知天文，下知地理】

為何稱作神行太保？

戴宗綽號神行太保。根據盛巽昌《水滸黑白綽號譚》所說，這綽號是由「神行」與「太保」兩詞複合而成。「神行」是種道家仙術，把甲馬拴在腿上，做起「神行法」，一日能行數百里。「太保」，宋代南方俚語，稱巫者為太保；戴宗時常扮廟祝、巫人，因此得名。

試看螳螂黃雀，勸君得意休誇

第四十三回〈假李逵剪逕劫單人　黑旋風沂嶺殺四虎〉

【原汁原味的閱讀】

數中卻有李鬼的老婆，逃在前村爹娘的家裡，隨著眾人也來看虎，卻認得李逵的模樣，慌忙來家對爹娘說道：「這個殺虎的黑大漢，便是殺我老公，燒了我屋的。他正是梁山泊黑旋風李逵。」爹娘聽得，連忙來報知里正[1]。里正聽了道：「他既是黑旋風時，正是嶺後百丈村打死了人的李逵，逃走在江州，又做出事來，行移到本縣原籍追捉。如今官司出三千貫賞錢拿他，他卻走在這裡！」暗地使人去請得曹太公到來商議。曹太公推道更衣[2]，急急的到里正家裡。正說這個殺虎的壯士，便是嶺後百丈村裡的黑旋風李逵，現今官司著落拿他。曹太公道：「你們要打聽得仔細。倘不是時，倒惹得不好；若真個是時，卻不妨。要拿他時也容易，只怕不是他時卻難。」里正道：「見有李鬼的老婆認得他。曾來李鬼家做飯吃，殺了李鬼。」曹太公道：「既是如此，我們且只顧置酒請他，卻問他：『今番殺了大蟲，還是要去縣請功，只是要村裡討賞？』若還他不肯去縣裡請功時，便是黑旋風了，著人輪換把盞，灌得醉了，縛在這裡，卻去報知本縣，差都頭來取去，萬無一失。」有詩為證：常言芥[3]投針孔，窄路每遇冤家。李鬼鬼魂不散，旋風風色非佳。打虎功思縣賞，殺人身被官拿。試看螳螂黃雀[4]，勸君得意休誇。眾人道：「說的是。」里正與眾人商量定了。

1 里正：即里長，古時的鄉官。各代制度不同，唐時百戶為一里，每里設里正一人；宋淳化年間，令諸縣以第一等戶為里正。

2 更衣：此處指大、小便。

3 芥：比喻極微細的東西。

4 螳螂黃雀：比喻只見眼前利益，卻不顧身後禍患。

【穿梭時空背景】

梁山泊好漢劫了法場，救了宋江後，又迢迢前去濟州，將宋太公與宋江的弟弟宋清接到山上與宋江團聚。宋江對父親的孝義，感動了公孫勝，於是也回去薊州省視母親。這時黑旋風李逵卻放聲大哭了起來：「干鳥氣麼！這個也去接爹來，那個也去探望娘，偏我鐵牛是從土坑裡鑽出來的！」晁蓋問他想怎麼樣呢？李逵回答：「我也要回鄉接我娘來這裡享福。」晁蓋同意，並派幾個兄弟隨他去接。宋江卻擔心他個性火爆，路上恐怕會與人起衝突，不如等風聲平靜了再出門。李逵執意要去，宋江表示，除非他能答應：不喝酒、不帶那兩把板斧，並且行事低調。李逵允諾，便動身了，但宋江仍不放心，又命同鄉的朱貴隨後跟去。

李逵來到沂水縣西門外，隨著眾人圍看捉拿梁山泊賊人的榜文，朱貴急忙將他拉到酒店內的靜室坐下，還說：「你好大膽！那榜上明明寫著重金懸賞捉拿你，你還敢站在那裡看？」第二天天未亮時，朱貴吩咐李逵不要走小路，李逵卻置之不理。

李逵來到樹林邊，突然冒出一名自稱黑旋風的大漢，攔路搶劫，李逵將他摺倒在地，喝道：「我正是江湖上的好漢黑旋風李逵。你認得我嗎？」那人趕緊求饒：「小人其實是李鬼。如果您殺了我，恐怕家中九十歲的老母就會餓死。」李逵聽了，便拿出銀子送他。沒想到李鬼是騙他的，李逵得知真相後，一刀殺了他，李鬼的妻子則慌忙逃走。

李逵回家揹了娘，來到沂嶺上，為了找水給娘喝，將娘放在一塊大青石上，不料卻被老虎吃掉。李逵大怒，找到虎窩，先戳死洞裡的兩隻小老虎，然後用力把刀刺進母老虎的肚子裡，母老虎痛得跌落山崖。這時洞門外跳出一隻吊睛白額虎，大吼一聲，李逵不慌不忙，一刀刺進老虎的下巴，轉眼斃命。村裡眾人知道嶺上死了四隻老虎，便將老虎扛到大戶人家曹太公的莊上，曹太公命人安排酒菜款待打虎壯士。

李鬼的老婆逃到爹娘家中，也隨眾人來看老虎，一眼認出了李逵，急忙向里長報告。里長暗中請來曹太公商量對策，曹太公建議，如果他真是殺人凶手，便將他灌醉綁起來，再通報知府來

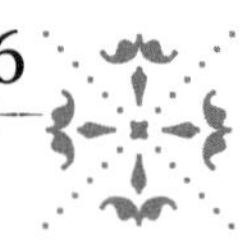

捉人。俗話說芥投針孔，窄路每遇冤家；試看螳螂捕蟬黃雀後，勸君得意時休要誇口。

朱貴聽說李逵被人捉到知縣府，連忙與弟弟朱富設法將他救出，並勸降了沂水縣的衙役青眼虎李雲，於是一行四人齊至梁山泊。

【品味賞析再延伸】

《水滸傳》中李逵魯直的形象深入人心，從一出場就先聲奪人，尚未見到本人，便已聽到他與人喧鬧的聲音，繼而出現一個黑凜凜的大漢。這個橋段與《紅樓夢》裡王熙鳳「人未到，笑語先至」的出場，頗有異曲同功之妙。而李逵自己明明也是個黑凜凜的大漢，但當他見到宋江時，劈頭便問：「這黑漢子是誰？」不禁讓戴宗又氣又好笑地罵道：「這傢伙真是粗鹵！」

李逵的粗鹵還不僅如此，瞧他向宋江借了錢去賭博又輸了錢，硬是強搶小張乙的銀子；一聽宋江想吃活魚，不由分說就跳上船去討，叫戴宗攔都攔不住，果然與人一言不合就打了起來，還被張順抓浸入水中，直到兩眼翻白。其中，最經典的莫過於看見宋江、公孫勝紛紛或接爹到梁山泊享福，或回鄉探望母親，李逵立刻放聲大哭，執意要回鄉帶母親到梁山泊來。當他夜裡揹著失明的母親上沂嶺，不料他一疏忽，母親竟給老虎吃了。李逵大怒，尋到虎窩，瞬間就殺死大、小四隻老虎，手段異常蠻橫，難怪金聖歎要說：「李逵麤（ㄘㄨ）鹵是蠻。」

然而李逵是因為他的粗鹵直率，才讓母親死於非命，並不是因為愚笨，否則他就不會在與哥哥李達起了衝突後，懂得留下一錠五十兩的銀子，阻止哥哥帶人追來；也不會在曹太公問他姓名的時候，知道要偽稱：「我姓張，無名，只喚做張大膽。」所以金聖歎才會讚許：「李逵是上上人物，寫得真是一片天真爛漫到底。」像李逵這樣天然渾成的人物，肚子裡怎會藏詭計呢？自然也不會提防他人「螳螂捕蟬黃雀後」的暗算了。

《警世通言》裡有個孝義的俠盜尹宗，為了搭救被自家茶舖解雇的店小二陶鐵僧夥同盜匪苗忠等人強擄走的萬秀娘，一路揹著她，要護送她回家。路上為了躲雨而來到一處莊舍，卻見一人提著朴刀、醉醺醺地走來，當尹宗聽到萬秀娘說那人是苗忠後，立刻持刀追砍苗忠，苗忠不明究理，慌忙閃躲，於是跳進一堵牆內，尹宗只顧拚命追趕，沒想到同夥的焦吉早持刀躲在牆後，可以說：「螳螂正是遭黃雀，豈解隄防挾彈人？」尹宗於是死在兩人的刀下，萬秀娘再度被劫走。（第三十七卷〈萬秀娘仇報山亭兒〉）

李逵與尹宗兩人，同樣有著「瞻前不顧後」的憨直性格，李逵是因為個性粗鹵少根筋，結果一片孝心的他反而害了母親一命；尹宗則是急於打抱不平，只顧著追趕搶匪苗忠，卻忘了防備潛伏的危機，而讓自己死於非命。

【上知天文，下知地理】

螳螂黃雀

最早出現於《莊子・山木》。一天莊周來到雕陵的栗園遊玩，看見樹上飛來一隻鵲鳥，正想用彈弓射牠時，發現樹叢中有一隻蟬，在陰涼的樹蔭下忘了要隱藏身軀，旁邊一隻躲在樹葉暗處的螳螂，高舉前腳想要搏殺蟬，不料鵲鳥正準備將牠吃掉，這時鵲鳥一點都沒發現樹下有人想拿彈弓射牠。莊周便說：「世間萬物都只想到眼前的利益，卻忘了背後隱藏的禍害啊！」於是拋下彈弓，轉身離開；不料管理栗園的人看到了，以為他要偷栗子，就追在後面責問他。後人用來比喻只貪圖眼前的利益，卻不顧身後的禍患。

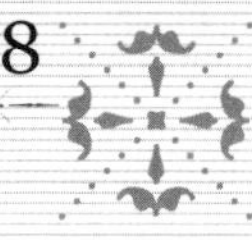

旁觀能辨非和是，相助安知疏與親

第四十四回〈錦豹子小徑逢戴宗　病關索長街遇石秀〉

【原汁原味的閱讀】

張保不應，便叫眾人向前一哄，先把花紅1緞子都搶了去。楊雄叫道：「這廝們無禮！」卻待向前打那搶物事的人，被張保劈胸帶住，背後又是兩個來拖住了手，那幾個都動起手來，小牢子們各自迴避了。楊雄被張保並兩個軍漢逼住了，施展不得，只得忍氣，解拆不開。正鬧中間，只見一條大漢挑著一擔柴來，看見眾人逼住楊雄，動彈不得。那大漢看了，路見不平，便放下柴擔，分開眾人，前來勸道：「你們因甚打這節級？」那張保睜起眼來喝道：「你這打脊2、餓不死、凍不殺的乞丐，敢來多管！」那大漢大怒，焦躁起來，將張保劈頭只一提，一交攧翻在地。那幾個幫閒的3見了，卻待要來動手，早被那大漢一拳一個，都打得東倒西歪。楊雄方才脫得身，把出本事來施展動，一對拳頭穿梭相似，那幾個破落戶都打翻在地。張保見不是頭4，爬將起來，一直走了。楊雄忿怒，大踏步趕將去。張保跟著搶包袱的走，楊雄在後面追著，趕轉小巷去了。那大漢兀自5不歇手，在路口尋人廝打。戴宗、楊林看了，暗暗地喝采道：「端的是好漢，此乃『路見不平，拔刀相助』，真壯士也！」正是：匣裡龍泉6爭欲出，只因世有不平人。旁觀能辨非和是，相助安知疏與親。

當時戴宗、楊林便向前邀住勸道：「好漢看我二人薄面，且罷休了。」兩個把

1 花紅：舊俗遇喜慶皆插金花、披紅綢，名為花紅；喜慶時賞給僕役的財物也叫花紅。後來凡是犒賞及獎金便稱花紅。

2 打脊：一種重於杖臀的杖打脊背之刑。此處為罵人語，如「該打的東西」等。

3 幫閒的：受官僚富豪豢養，幫著紈袴子弟尋歡作樂的人。

4 不是頭：情勢不佳。

5 兀自：還是，尚且。

6 龍泉：寶劍名。

他扶勸到一個巷內。楊林替他挑了柴擔，戴宗挽住那漢手，邀入酒店裡來。

【穿梭時空背景】

公孫勝回薊州探視母親卻遲遲未回梁山泊，宋江命戴宗去打探消息。途中，戴宗結識了錦豹子楊林、火眼狻猊鄧飛、玉幡竿孟康、鐵面孔目裴宣四人，便邀他們齊入夥梁山泊。於是，楊林協助戴宗去尋找公孫勝，而鄧飛、孟康與裴宣則各回寨中收拾財物人馬，動身前去投靠梁山泊。

戴宗與楊林來到薊州城，找了幾日卻無所獲。一天，兩人走在大街上，忽見兩名獄卒，一個揹了許多禮物，一個捧著許多綢緞，後面跟著一位押獄劊子手。那人叫楊雄，是薊州府的兩院押獄，兼充市曹行刑的劊子手，因面貌微黃，大家都叫他「病關索」。楊雄剛在市曹裡行完刑回來，眾人給他掛紅賀喜。突然從旁邊小路衝出七、八個軍士，為首是綽號叫做「踢殺羊」的張保，他上前向楊雄開口借錢，楊雄不肯，張保卻說：「你今日騙得百姓許多財物，怎麼不能借我一些錢？」楊雄反駁：「怎說我是騙人的？你根本是故意找麻煩。」張保便叫眾人上前困住楊雄，並搶奪財物，楊雄一時之間竟無法脫困。這時，一名挑柴的大漢路過，想要勸解眾人，張保對他瞪眼大罵，大漢被激怒，一出手就把張保這群人打得東倒西歪。楊雄也脫了身，立刻加入戰局。張保見苗頭不對，趕緊跟著搶走包袱的人一起溜走，楊雄在後面追著，轉進小巷中。

戴宗、楊林在一旁目睹這一幕，對於好漢的俠義之舉，暗中喝采！劍鞘裡的龍泉寶劍想要出鞘，只因世間有不平；辨明是非對錯的旁觀者出手相助，哪管是親近或疏遠的人呢？

戴宗、楊林趕忙上前，邀好漢一起喝一杯。原來那人是石秀，從小學會槍棒武藝，因熱心助人，大家都叫他「拚命三郎」，跟隨叔父販賣羊馬而離鄉在外，叔父去世後，因為沒了本錢，回不了家鄉，流落薊州賣柴維生。戴宗與楊林便勸他投靠梁山泊。就在這時候，楊雄領著一群衙役來到酒店找石秀，戴宗與楊林見到衙役便慌忙離

開。楊雄感謝石秀剛才出手相救，想要與他結拜為兄弟。石秀聽了非常高興，並說：「請問你貴庚？」楊雄說：「我今年二十九歲。」石秀說：「小弟今年二十八歲。大哥，請受小弟一拜。」石秀拜了四拜，楊雄叫酒保安排酒菜，兩人於是暢快痛飲。

【品味賞析再延伸】

有一次，有人問唐人元行沖關於禮學注解版本的優劣，元行沖詳加說明後，對方便說：「當局稱迷，傍觀見審，累朝銓定，故是周詳，何所為疑，不為申列？」元行沖回答：「是何言歟？談豈容易！」（《舊唐書・元行沖》）元行沖博學多聞，對於各家評注戴聖所編的《禮記》自有一套見解，所以客人讚美他是「當局稱迷，傍觀見審」，但元行沖謙沖自重，不敢自專。後人則用「當局者迷，旁觀者清」來比喻局外的旁觀者觀察事情，往往比當事人還要透徹。

《紅樓夢》第五十五回敘述，賈府因王熙鳳病倒後，無人理家主事，賈政的妻子王夫人遂命探春、李紈與薛寶釵共同管理。有一次平兒見探春為了趙姨娘來鬧事而生氣，便笑臉寬慰探春說：「俗語說：『旁觀者清。』這幾年姑娘冷眼看著，或有該添該減的去處，二奶奶沒行到，姑娘竟一添減，頭一件於太太的事有益，第二件也不枉姑娘待我們奶奶的情義了。」探春聽了這話，氣都消了，果然與李紈、薛寶釵商議了幾件興利除弊的事。探春雖然是賈政的姨太太趙姨娘所生，卻是一位識大體、寬厚且知書達禮，又有遠大懷抱的女子，尤其做事爽利、精明幹練不遜於王熙鳳。當王夫人命人抄家婢的不法情事時，她大義凜然的氣魄，震懾眾人，只可惜是庶出的身分，最後遠嫁他方。

平兒知道探春聰明、有才智，並讚美她「旁觀者清」；但在《水滸傳》中，好打抱不平的石秀拔刀相助楊雄時，一則因楊雄並不認識他，二則由於楊雄的個性優柔寡斷、愛聽婦人言，所以作者在評論兩人相遇時，已預設伏筆地說：「旁觀能辨非和是，相助安知疏與親。」其實是指戴宗與楊林較楊雄更能辨識石秀為人的義氣，至於楊雄反而對幫助他的石秀存有疑心，所以後來才會聽信妻子潘巧雲的挑撥，想要將他趕走。

莫信直中直，須防仁不仁

第四十五回〈楊雄醉罵潘巧雲　石秀智殺裴如海〉

【原汁原味的閱讀】

那婦人便下樓來見和尚，石秀卻背叉著手，隨後跟出來，布簾裡張看。只見那婦人出到外面，那和尚便起身向前來，合掌深深的打個問訊1。那婦人便道：「甚麼道理，教師兄壞鈔2！」和尚道：「賢妹，些少薄禮微物，不足掛齒。」那婦人道：「師兄何故這般說？出家人的物事，怎地消受得？」和尚道：「敝寺新造水陸堂3，也要來請賢妹隨喜4，只恐節級見怪。」那婦人道：「家下拙夫卻不恁地計較。老母死時，也曾許下血盆願心5，早晚也要到上剎相煩還了。」和尚道：「這是自家的事，如何恁地說？但是分付如海的事，小僧便去辦來。」那婦人道：「師兄，多與我娘念幾卷經便好。」只見裡面丫鬟捧茶出來，那婦人拿起一盞茶來，把帕子去茶鍾6口邊抹一抹，雙手遞與和尚。那和尚一頭接茶，兩隻眼涎瞪瞪7的只顧看那婦人身上，這婦人也嘻嘻的笑著看這和尚。人道色膽如天，卻不防石秀在布簾裡張見。石秀自肚裡暗忖道：「『莫信直中直，須防仁不仁8。』我幾番見那婆娘常常的只顧對我說些風話，我只以親嫂嫂一般相待，原來這婆娘倒不是個良人。莫教撞在石秀手裡，敢替楊雄做個出場9，也不見的。」石秀此時已有三分在意了，

1 問訊：出家人向人合掌行禮，又稱「合十」。
2 壞鈔：破費，花錢。
3 水陸堂：做水陸道場的佛堂。佛教僧徒設齋禮拜三界諸佛，念經四十九天，超度水、陸上一切鬼魂，稱為「水陸道場」或「水陸齋」。
4 隨喜：指參與布施、捐款。
5 血盆願心：向神佛許諾念誦《血盆經》的心願。《血盆經》，佛教經名，又稱《女人血盆經》，全名為《目蓮正教血盆經》。
6 茶鍾：茶碗。
7 涎瞪瞪：嘻皮笑臉地看。
8 莫信直中直，須防仁不

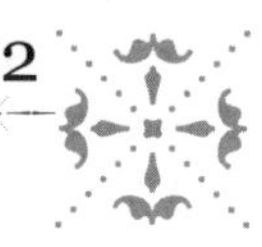

便揭起布簾，走將出來。那賊禿放下茶盞，便道：「大郎請坐。」這婦人便插口道：「這個叔叔，便是拙夫新認義的兄弟。」

仁：不能只信任對方表面上的正直，要提防他人會下毒手。

9 出場：出面干涉，做個了斷。

【穿梭時空背景】

楊雄與石秀結拜為兄弟後，將他帶回家與妻子潘巧雲及丈人潘公相見。潘巧雲長得十分美貌，原先嫁給薊州王押司，因王押司兩年前死了，才又嫁給楊雄。而潘公原本是個屠戶，因女兒先後嫁給衙吏，也就不再宰殺牲口，他一聽石秀也是屠戶之子，便與他商議開設屠宰作坊。於是兩人在楊雄家後門的一間空房擺設起來，又牽了十數頭肥豬，選個吉日，便開張肉舖。

這一晚楊雄到縣府值班，吩咐石秀看管家裡。不久來了一個年輕的和尚，長得十分俊秀，只見新剃的光頭上抹了麝香松子油，一身僧袍滿是檀香味，穿著深青色的絲質僧鞋，兩個眼睛卻是賊溜溜的。和尚先向石秀打個問訊，隨後跟著一位道人，挑著兩個盒子走進來。

這時潘巧雲從樓上下來，問是誰送禮物來？石秀回答：「一個和尚，叫潘公做乾爺的。」巧雲笑道：「那是師兄裴如海，因他的師父是家裡的門徒，所以結拜我的父親做乾爺，大我兩歲，法名叫海公。」巧雲見了和尚，石秀便離開，且在布簾後面觀察兩人，聽他們討論禮物，還有廟裡新建的佛堂與法會等事。石秀發現和尚一直瞪著兩眼看巧雲，巧雲也滿臉笑意，便起了疑心，他打算為楊雄好好盯住這位嫂子，便揭起布簾走出來。巧雲向和尚介紹石秀就是楊雄新結拜的兄弟。和尚裴如海見了石秀，交談之後覺得心虛，便匆匆告辭離開。

【品味賞析再延伸】

《水滸傳》裡描述石秀的出場，其實是頗有魯智深、李逵等大老粗的態勢。當張保一夥人強搶楊雄的財物時，他上前排解，一怒之下揮拳打跑了張保等人，之後還停不了手，在路口拚命找人打架。乍看之下，「拚命三郎」石秀似乎也是個行事魯莽、凡事拚狠勁的猛漢，不過事實上並非全然如此，他也有心思極為細膩、敏感的一面。

當他與楊雄的丈人潘公合開屠宰作坊時，一次石秀外出買豬，三天後回來，卻見店鋪關著門，所有的工具都收了起來，立刻疑心楊雄家人對他有意見，於是自動收拾了行李，備妥帳目清冊，就向潘公辭行。其實，潘公只是為了替女兒的前夫王押司做追薦法會，才關店門的。正因為石秀心細如髮，平日見到楊雄的妻子潘巧雲對他說些撩撥的言語時，便留意到潘巧雲愛風騷的性格；又見和尚裴如海與潘巧雲兩人眉來眼去地說笑，更多留了一份心思，所以作者寫道：「石秀是個精細的人。」金聖歎也說：「石秀尖利。」可見石秀外形威猛，心思巧密，一如他的名字，所以才懂得「莫信直中直，須防仁不仁」的世情道理。

《初刻拍案驚奇》卷十六敘述一則故事，明朝杭州府北門外有個扈老爹，因為妻子早逝，娶了一位婦人為繼室。扈老爹原以為那婦人因兒子不孝，孤苦無依，加上看似勤懇又賢良，便輕易將她娶到手。萬萬沒想到那婦人卻是暗藏禍心，其實是個人口販子，故意設下圈套來拐騙扈老爹的兩名媳婦。這名婦人取信扈老爹一家後，某日假藉孫子娶親的名義，將扈老爹全家邀至兒子家中，然後又以需女眷前去迎親為藉口，將兩名媳婦帶走。等到扈老爹察覺有異時，那婦人早已人去樓空，正是：「莫信直中直，須防仁不仁！貪看天上月，失卻世間珍。」扈老爹不懂得提防貌似忠誠卻心存不良的人，而讓自己失去了家人！

不禿不毒，不毒不禿；轉禿轉毒，轉毒轉禿

第四十五回〈楊雄醉罵潘巧雲　石秀智殺裴如海〉

【原汁原味的閱讀】

看官聽說：原來但凡世上的人，惟有和尚色情最緊。為何說這句話？且如俗人出家人，都是一般父精母血所生，緣何1見得和尚家色情最緊？這上三卷書中所說潘、驢、鄧、小、閒，惟有和尚家第一閒。一日三餐，吃了檀越2施主3的好齋好供，住了那高堂大殿僧房，又無俗事所煩，房裡好床好鋪睡著，沒得尋思，只是想著此一件事。假如譬喻說一個財主家，雖然十相俱足4，一日有多少閒事惱心，夜間又被錢物掛念，到三更、二更才睡，縱有嬌妻美妾，同床共枕，哪得情趣。又有那一等小百姓們，一日價辛辛苦苦掙扎，早晨巴不到晚，起的是五更，睡的是半夜。到晚來，未上床，先去摸一摸米甕看，到底沒顆米，明日又無錢，總然妻子有些顏色，也無些甚麼意興。因此上輸與這和尚們一心閒靜，專一理會這等勾當。那時古人評論到此去處，說這和尚們真個利害，因此蘇東坡學士道：「不禿不毒，不毒不禿；轉禿轉毒，轉毒轉禿。」和尚們還有四句言語，道是：一個字便是僧，兩個字是和尚，三個字鬼樂官，四字色中餓鬼。

1 緣何：因何，為何。

2 檀越：佛家語，即寺院僧侶對施主的尊稱。

3 施主：佛家語，指對佛、法、僧三寶行布施的信眾。梵語為「陀那鉢底」，「陀那」是施，「鉢底」是主。

4 十相俱足：形容十分完備，十全十美。

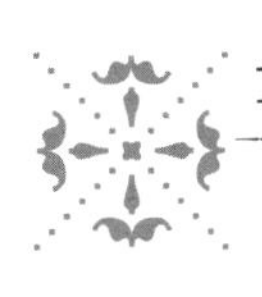

【穿梭時空背景】

和尚裴如海接過楊雄的妻子潘巧雲遞來的茶鍾，卻只顧盯著潘巧雲身上瞧，而潘巧雲也笑嘻嘻地看著裴如海，石秀於是揭開布簾走出來。在潘巧雲介紹後，裴如海虛情假意地問：「請問你是哪裡人？高姓大名？」石秀大聲地說：「我姓石名秀，金陵人，只因好管閒事，打抱不平，所以大家叫我『拚命三郎』。我是個粗鹵人，禮數不周到的地方，師父別見怪。」裴如海趕緊慌忙地說：「不敢，小僧先告辭了。」潘巧雲送走和尚，石秀卻在門前低著頭，只顧想心事。

沒多久，行腳僧先來點蠟燭燒香，過了一會兒，裴如海帶著一群和尚來了，開始打動鼓鈸，歌詠讚揚。只見裴如海和一個與他一樣年紀輕的和尚做軌範師，「播動鈴杵，發牒請佛，獻齋讚供，諸大護法監壇主盟」，舉行「追薦亡夫王押司早生天界」的法事。潘巧雲穿著素服，來到法壇上，拿著手爐，拈香禮佛。裴如海手搖鈴杵，口中念著真言，越來越起勁。這一群和尚看到潘巧雲的模樣，都七顛八倒了起來，只見他們狂念佛號、拿錯香盒，亂成一團，不自覺地手舞足蹈，頓時迷失了佛性禪心，拴不住心猿意馬。石秀在一旁看到這些和尚不成體統的模樣，暗自冷笑著心想：「像這樣有什麼功德！正所謂作福還不如避罪。」

【品味賞析再延伸】

「不禿不毒，不毒不禿；轉禿轉毒，轉毒轉禿。」原是蘇東坡與好友佛印禪師之間的玩笑話。

佛印禪師本名謝端卿，與蘇東坡才學相當，結為莫逆之交。佛印禪師出家前，有一次宋神宗將到大相國寺設齋祈雨，命蘇東坡擔任禮官，謝端卿對蘇東坡說：「小弟想請你引領入寺，一睹御駕，不知可否？」蘇東坡回答：「只要你願意扮做侍者的模樣，在齋壇上執禮就行了。」謝端卿果然扮成侍者，隨蘇東坡入大相國寺。

不久，宋神宗駕到，拈香禮畢，登上御座，謝端卿為了近睹聖顏，充作捧茶盤的侍者。當他來到御座膝前，見神宗天威儼然，不由得慌忙退步。謝端卿因生得方面大耳，秀目龍眉，身材魁偉，與其他侍者不同，神宗便問：「這人是誰？

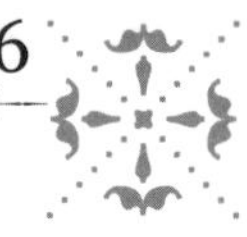

在寺幾年了？」謝端卿答道：「臣是謝端卿，新來寺中出家。」神宗見他應答如流，又通曉經典，於是賜法名了元，號佛印，當場剃度為僧，謝端卿不得已，只能叩頭謝恩。

佛印禪師雖是出於無奈，才剃度為僧，但因天生慧根，又精通佛理，便把功名富貴漸漸拋下，專心修行。

但蘇東坡深感過意不去，且心想：「都是我連累他剃度為僧，如今他雖然戒律精嚴，只怕是體面上的矜持，心裡不可能不浮動的。」於是常在言語之間挑逗，誰知佛印禪師全然不為所動。

有一次，蘇東坡又問佛印禪師：「如果你還肯還俗做官的話，我一定會極力推薦你。」佛印不肯，蘇東坡便故意嘲笑說：「不禿不毒，不毒不禿；轉禿轉毒，轉毒轉禿。」後來又找一位善彈能唱的琴娘，對她說：「如果今晚妳能夠跟那和尚同床共寢，明天就賞妳三千貫；不然，就要打妳二十竹板。」沒想到佛印禪師一夜呼呼大睡，無動於衷，琴娘急得都哭了起來。

佛印禪師知道原由後，便做了一首詩：「傳與巫山窈窕女，休將魂夢惱襄王。禪心已作枯泥絮，不逐東風上下狂。」教琴娘交給蘇東坡，蘇東坡這才大嘆：「善哉，真禪僧也。」

醉是醒時言

第四十五回〈楊雄醉罵潘巧雲　石秀智殺裴如海〉

【原汁原味的閱讀】

楊雄看了那婦人，一時驀上心來，自古道：「醉是醒時言。」指著那婦人罵道：「你這賤人！賊妮子！好歹是我結果了你！」那婦人吃了一驚，不敢回話，且伏侍楊雄睡了。……楊雄就踏床[1]上扯起那婦人在床上，務要問他為何煩惱。那婦人一頭哭，一面口裡說道：「我爹娘當初把我嫁王押司，只指望一竹竿打到底，誰想半路相拋！今日嫁得你十分豪傑，卻又是好漢，誰想你不與我做主！」楊雄道：「又作怪！誰敢欺負你，我不做主？」那婦人道：「我本待不說，卻又怕你著他道兒，欲待說來，又怕你忍氣。」楊雄聽了，便道：「你且說怎麼地來。」那婦人道：「我說與你，你不要氣苦。自從你認義了這個石秀家來，初時也好，向後[2]看看放出刺來。見你不歸時，時常看了我說道：『哥哥今日又不來，嫂嫂自睡也好冷落。』我只不睬他，不是一日了。這個且休說。昨日早晨，我在廚房洗脖項，這廝從後走出來，看見沒人，從背後伸隻手來摸我胸前道：『嫂嫂，你有孕也無？』被我打脫了手。本待要聲張起來，又怕鄰舍得知笑話，裝你的望子[3]。巴得你歸來，卻又濫泥也似醉了，又不敢說。我恨不得吃了他，你兀自來問石秀兄弟怎的！」正是：淫婦從來多巧言，丈夫耳軟易為昏。自今石秀前門出，好放闍黎[4]進後門。

楊雄聽了，心中火起，便罵道：「『畫龍畫虎難畫骨，知人知面不知心。』這廝

1 踏床：椅前擱腳的小几，也稱「腳凳」、「腳踏」。

2 向後：後來。

3 裝你的望子：讓你出醜，即「裝幌子」。「幌子」原是酒家門前掛的旗幟，用來招攬顧客；「裝幌子」有叫人看見、出醜的意思。

4 闍黎：佛教上指能糾正弟子行為，並教授弟子法式，為其模範的人。為梵語的音譯，意為軌範師，或譯作「阿遮利那」，簡稱為「闍黎」。

5 沒巴鼻：沒來由，無緣無故。

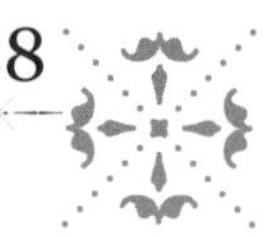

倒來我面前又說海闍黎許多事，說得個沒巴鼻[5]。眼見得那廝慌了，便先來說破，使個見識。」

【穿梭時空背景】

和尚裴如海做完王押司的超度法會後，潘巧雲藉口到報恩寺還願，與裴如海暗中勾搭。兩人約定趁著楊雄值夜班，黃昏時將香桌搬到後門外，以燒夜香做暗號。裴如海則找人假裝是五更報曉的行腳僧，若見到香桌，便通報裴如海前來與潘巧雲幽會。次日一早五更時再敲著木魚，高聲念佛，掩護裴如海出來。一個多月裡，裴如海便偷偷來了十幾次。

有一天五更時分，石秀睡不著，聽見敲木魚聲，又有行腳僧高聲叫道：「普度眾生，救苦救難，諸佛菩薩！」石秀心想：「這裡明明是一條死巷，怎會有行腳僧連日來這裡敲木魚叫佛號呢？」於是在門縫裡偷看，只見一個人戴著頭巾從黑影裡閃出來，隨著行腳僧離開，然後丫鬟迎兒便關上了門。

第二天石秀趕著去找楊雄，並來到酒樓喝酒。三杯下肚，楊雄見石秀只是低頭不語，忍不住開口問，是否家裡的人說了什麼話冒犯到他？石秀說：「並沒有說什麼。承蒙大哥把我當做親骨肉對待，其實我有話，只是不知道該不該說？」楊雄認為他太見外了，有話但說無妨。石秀便將潘巧雲與裴如海的姦情一五一十告訴了他。楊雄聽了大怒，石秀請他先息怒，今晚還不要對潘巧雲提這件事，明天只說還要值夜班，等到三更後再回來，裴如海一定會從後門溜走，到時石秀出手逮住他，聽候楊雄發落。

楊雄同意這計策，石秀再三叮嚀他今晚暫時不要說什麼話。兩人又喝了幾杯，正要離開時，有幾個軍官叫住楊雄，要他去知府大人的花園耍棒。知府看了楊雄耍棒，非常高興，賞他十大碗酒，之後眾人又請楊雄喝酒。到了夜晚，楊雄喝得酩酊大醉，被人扶回家。他見到妻子，一時怒上心頭，破口大罵幾句後便睡了。五更時分，楊雄酒意退去醒來，潘巧雲趕緊拿水給他喝。楊雄問她：「我喝醉的時候，沒說什麼吧？」潘巧雲說：「你的酒性好，喝醉了就睡。」楊雄提起好久沒和石秀一起喝一杯了，要妻子改天準備一下，請他來喝酒。潘巧雲卻不回答，竟掩著面哭了起來。

楊雄要她把話說清楚。潘巧雲一邊哭，一邊說石秀常趁楊雄值夜班的時候，對她說些不禮貌的話，甚至還毛手毛腳，她已經隱忍許久，怎麼可能準備酒菜請他來喝酒！楊雄聽了大怒，認為之前石秀說的一番話，是為了掩飾自己醜行的詭計，便打算趕他出去。

【品味賞析再延伸】

關於「酒後吐真言」，《世說新語》中有兩則故事。晉惠帝是晉武帝的次子，因為長子很早去世，所以改立次子為皇太子。晉惠帝昏庸無能，當他還是太子時，許多朝臣都極力反對他繼承王位。晉武帝為了測試太子決斷政事的能力，特意命他處理一件事務，結果大臣張泓替太子草擬裁決的內容，再叫太子謄抄一遍，呈給武帝。武帝以為是太子所做，便對太子十分信任，堅持要將王位傳給他。

有一次，武帝在洛陽宣陽門內的陵雲臺上閒坐，大臣衛瓘隨侍在側，也想稍微表達勸阻讓太子繼位的意見，於是就好像喝醉了一般，跪在武帝面前，用手撫摸著王位，說：「這個寶座真是可惜了呀！」武帝雖然瞭解他的用意，卻不以為然地笑著說：「你喝醉了嗎？」（《世說新語・規箴》）

而晉朝的周顗與周嵩兩兄弟，周顗年少有成，頗負盛名，周嵩個性耿直粗率。有一次，周嵩喝醉了酒，生氣地瞪著哥哥周顗，並對他說：「你的才能不如我，卻僥倖得到好名聲！」還拿起點燃的蠟燭丟向他。周顗沒有計較，而是笑著說：「弟弟，你所採用的火攻，不過是拙劣的計策。」（《世說新語・雅量》）周嵩長期委屈在哥哥周顗的才名之下，只能藉酒發作，一消心中的悶氣而已。

藉由酒精的麻醉，往往能釋放出原本被壓抑在潛意識中的情感、欲望、語言等，至於是真醉或假醉，有時反而不重要了。

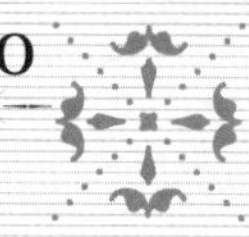

枕邊言易聽，背後眼難開

第四十五回〈楊雄醉罵潘巧雲　石秀智殺裴如海〉

【原汁原味的閱讀】

石秀天明正將1了肉出來門前開店，只見肉案並櫃子都拆翻了。石秀是個乖覺的人，如何不省得，笑道：「是了。因楊雄醉後出言，走透了消息，倒吃這婆娘使個見識，攛2定是反說我無禮。他教丈夫收了肉店，我若便和他分辯，教楊雄出醜。我且退一步了，卻別作計較。」石秀便去作坊裡收拾了包裹。楊雄怕他羞恥，也自去了。石秀提了包裹，跨了解腕尖刀3，來辭潘公道：「小人在宅上打攪了許多時，今日哥哥既是收了鋪面，小人告回，賬目已自明明白白，並無分文來去。如有毫釐昧心，天誅地滅。」潘公被女婿分付了，也不敢留他。有詩為證：枕邊言易聽，背後眼難開。直道驅將4去，奸邪漏進來。

石秀相辭了，卻只在近巷內尋個客店安歇，賃了一間房住下。石秀卻自尋思道：「楊雄與我結義，我若不明白得此事，枉送了他的性命。他雖一時聽信了這婦人說，心中怪我，我也分別不得，務要與他明白了此一事。我如今且去探聽他幾時當牢上宿，起個四更，便見分曉。」在店裡住了兩日，卻去楊雄門前探聽。當晚只見小牢子取了鋪蓋出去，石秀道：「今晚必然當牢，我且做些工夫看便了。」當晚回店裡，睡到四更起來，跨了這口防身解腕尖刀，悄悄地開了店門，逕踅5到楊雄後門頭巷內，伏在黑影裡張時，卻好交五更時候，只見那個頭陀6挾著木魚，來巷

1 將：拿。

2 攛：ㄘㄨㄢˋ，教唆。

3 解腕尖刀：日常隨身攜帶的小佩刀、匕首，也作「解手刀」。

4 將：語詞，無義，同「了」。

5 踅：ㄒㄩㄝˊ，往來盤旋。折轉。

6 頭陀：指修習十二種苦行的比丘，為梵語的音譯。有脩治、搖振、棄除的意思。習俗上又將行腳乞食的出家人稱為「頭陀」。

□探頭探腦。

【穿梭時空背景】

楊雄相信妻子潘巧雲誣諂石秀的謊言，打算將石秀趕出門去。天亮後，石秀看見肉櫃與屠肉桌都被拆掉，當下便明白了，收拾好東西，釐清了帳目便離去。

石秀先住在附近的客店，心想一定要讓楊雄明白事情的真相。兩天後，他去探聽消息，然後回到客店，睡到四更起來，拿了解腕尖刀，躲在楊雄家後門巷內等候。五更時分，只見那個行腳僧挾著木魚，來到巷口探頭探腦。石秀溜到行腳僧背後，一隻手捉住他，另一隻手拿刀放在他的脖子上，行腳僧嚇得全招了，石秀問：「裴如海在哪裡？」行腳僧說：「還在她家睡覺，等我敲木魚後，他就會出來。」石秀將他殺了，並換上他的衣服，拿著木魚敲了起來。不久，迎兒開了門，裴如海便從後門閃了出來，走到巷口，石秀將他絆倒，翻壓在地，喝道：「不要叫，不然就殺了你。只等我扒光你的衣服。」裴如海知道是石秀，哪裡敢掙扎出聲？石秀將裴如海扒得赤身裸體，然後拔出刀來戳了三、四刀，裴如海便一命嗚呼了。石秀則悄悄地溜回客店睡覺。

不久，賣糕粥的王公路過，被絆了一跤，發現兩具屍首，高聲大叫了起來，鄰舍趕緊協助他到薊州府告官，於是滿城轟動。潘巧雲嚇呆了，卻不敢聲張，只在暗中叫苦。楊雄聽說了以後，心裡明白了七、八分，連忙找到石秀，並對他說：「是我一時胡塗，酒後失言，反而被那婆娘騙了。」石秀把僧人及裴如海的衣物拿給楊雄看，楊雄怒道：「今晚我就殺了那女人，出這口惡氣！」

【品味賞析再延伸】

金聖歎曾評：「《水滸傳》方法，都從《史記》出來，卻有許多勝似《史記》處，若《史記》妙處，《水滸》已是件件有。」他將《水滸傳》媲美《史記》，甚至更勝於《史記》，尤其在描摹

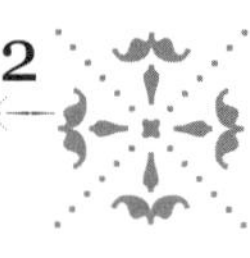

許多場景時，顯現出作者施耐庵驚人的才華。尤其，「潘金蓮偷漢一篇，奇絕了，後面卻又有潘巧雲偷漢一篇，一發奇絕。景陽岡打虎一篇，奇絕了，後面又有沂水縣殺虎一篇，一發奇絕。真正其才如海。」武松在景陽岡赤手空拳，仗著一身酒膽殺了一隻大虎，已是震驚四座，後來李逵孤身憤殺四虎，更是慘烈異常，令人怵目驚心。不但如此，兩處打虎的情景又能分別帶出武松和李逵迥異的性格，所以才令金聖歎大讚「奇絕」。

然而除了打虎之外，還有偷漢的橋段，在《水滸傳》裡也轟轟烈烈地出現兩場，即潘金蓮與潘巧雲。乍看之下，兩場偷漢的情節都是有夫之婦外遇後，奸夫淫婦同死於非命的下場，然而卻也有著「悲喜」不同的情調。

潘金蓮原是大戶人家的婢女，因為主人對她有意，她不肯依從，於是向主人妻子告發，主人惱羞成怒，一氣之下故意將她嫁給身材五短的賣餅武大郎。潘金蓮婚後的抑鬱，可想而知了，當初她連主人都不肯依從，又怎肯心甘情願地跟隨武大郎呢？撩撥武松不成，是導致潘金蓮悲劇的近因，由於武松一心維護哥哥武大郎，不肯正視他們夫妻之間的差異，甚至還要武大郎緊緊看牢潘金蓮，日日早歸坐鎮家中，以致於潘金蓮心生叛逆。一日姦情被武大識破，武大又被西門慶一腳踢中心窩後，因為害怕武松事後尋仇，潘金蓮便一心一意希望武大死去，所以當王婆獻上毒殺武大郎的計策後，潘金蓮也只好狠心照辦了。

至於潘巧雲則不然，她先是嫁給一名王押司，後又嫁給兩院押獄兼充行刑劊子手的楊雄，同是官吏，且都是豪傑般的好漢，不像潘金蓮的際遇，況且楊雄對潘巧雲言聽計從，十分疼愛，兩人感情並不差。但潘巧雲卻趁著楊雄不在家的空檔，與和尚裴如海暗中偷情，是可忍孰不可忍！偏偏楊雄耳根子軟，愛聽枕邊言，等到真相大白時，楊雄怒將潘巧雲赤裸裸地綁在樹上，先是一刀割了她的舌頭，再戳進心窩，取出她的心肝五臟，手段十分慘烈。就古時的民情風俗而言，也凸顯了罪有應得、報應不爽的一面。

無怪乎，對《水滸傳》情有獨鍾的金聖歎會說：「偷漢、打虎，都是極難題目，真是沒有下筆處，他偏不怕，定要寫出兩篇。」

凡是先難後易，免得後患

第四十六回〈病關索大鬧翠屏山　拚命三火燒祝家店〉

【原汁原味的閱讀】

楊雄道：「兄弟，你且來，和你商量一個長便。如今一個奸夫、一個淫婦，都已殺了，只是我和你投哪裡去安身？」石秀道：「兄弟已尋思下了，自有個所在，請哥哥便行，不可耽遲。」楊雄道：「卻是哪裡去？」石秀道：「哥哥殺了人，兄弟又殺人，不去投梁山泊入夥，卻投哪裡去？」楊雄道：「且住。我和你又不曾認得他那裡一個人，如何便肯收錄我們？」石秀道：「哥哥差矣。如今天下江湖上皆聞山東及時雨宋公明招賢納士，結識天下好漢，誰不知道？放著我和你一身好武藝，愁甚不收留！」楊雄道：「凡事先難後易，免得後患，我卻不合是公人，只恐他疑心，不肯安著我們。」石秀笑道：「他不是押司出身？我教哥哥一發放心。前者哥哥認義兄弟那一日，先在酒店裡和我吃酒的那兩個人，一個是梁山泊神行太保戴宗，一個是錦豹子楊林。他與兄弟十兩一錠銀子，尚兀自在包裡，因此可去投托他。」楊雄道：「既有這條門路，我去收拾了些盤纏便走。」石秀道：「哥哥，你也這般搭纏[1]。倘或入城事發拿住，如何脫身？放著包裹裡現有若干釵釧首飾，兄弟又有些銀兩，再有三、五個人，也夠用了，何須又去取討。惹起是非來，如何解救？這事少時便發，不可遲滯，我們只好望山後走。」石秀便背上包裹，拿了桿棒。

1 搭纏：攪擾不清。

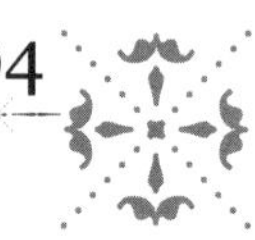

【穿梭時空背景】

當石秀把僧人及裴如海的衣物拿給楊雄看時，楊雄忿恨地說非殺了潘巧雲不可，石秀連忙勸阻，畢竟他是個公差，豈可殺人？不如將潘巧雲約到翠屏山，大家當面對質，釐清事實真相，然後再寫一紙休書給她。

第二天，楊雄便依石秀的建議，要妻子潘巧雲與丫頭迎兒隨他到東門外的嶽廟裡燒香還願。來到薊州東門外二十里的翠屏山時，楊雄將潘巧雲與迎兒帶往一處古墓，只見石秀坐在上面。潘巧雲很驚訝，楊雄便問，她說之前石秀多次調戲她，到底是怎麼一回事？潘巧雲支吾不肯回答，石秀便取出裴如海及僧人的衣服，丟在地上，潘巧雲見了，羞愧得無言以對。

楊雄轉過身來逼問迎兒，迎兒膽怯，立刻全盤托出。楊雄對妻子怒喝：「丫頭都招了，妳還不趕快承認？」潘巧雲苦苦求饒，希望楊雄看在夫妻的情面，原諒她這次！石秀問她為什麼要編出那樣的謊言，潘巧雲說，因楊雄喝醉了罵她，罵得蹊蹺，所以她猜可能是石秀看出了破綻，剛好楊雄說要請他喝酒，就故意騙他。楊雄指著潘巧雲怒罵：「妳破壞我們兄弟的情義，難保日後不會害了我，倒不如我現在先下手為強。」便將潘巧雲及迎兒都殺了。

現在，楊雄與石秀都殺了人，兩人商量未來大計，最後決定投靠梁山泊。正要離開時，遇見了綽號鼓上蚤的時遷，於是三人相偕上梁山泊。途經獨龍山，他們來到祝家店歇息，因店家沒有提供肉食，所以時遷偷了店家的報曉雞，三人將牠吃了，還打倒店家，因此祝家莊派出一、兩百人來追趕，楊雄、石秀逃得快，但時遷卻被捉了。

【品味賞析再延伸】

相較於石秀的精細與尖利，楊雄就顯得十分無謀與莽撞。楊雄擁有一身好武藝，但因面色微黃，細眉深濃，所以人稱「病關索」，然而這個「病」字，事實上也暗示著他性格上的缺陷，譬如當張保向楊雄勒索金錢時，楊雄讓兩名小牢子捧著許多財物，卻慳吝得分毫不肯給，張保不屑地罵他是向百姓詐騙，上前就要強搶，楊雄奮力抵抗，包袱被搶走了，楊雄仍拚命地追趕，連向搭救他的石秀道聲謝都沒有，可見他的為人十分重視財物，自然也不會是慷慨大器的人。

又譬如當石秀將潘巧雲與和尚裴如海的姦情告訴楊雄時，楊雄說：「這賊人怎敢如此？」除了潘巧雲外，楊雄更在意的似乎是讓他枉戴綠帽的裴如海，因此，等到夜裡，楊雄見潘巧雲對他的服侍十分妥貼、充滿柔情時，雖然一時說出要殺了她的氣話，卻也很快就接受潘巧雲的說辭，反而相信石秀是惡人先告狀，並將石秀逐出家門，由此可見，楊雄貪愛美色，意志力薄弱，且輕信枕邊言，非大丈夫本色。

再則又如石秀與楊雄先後殺了姦夫、淫婦，兩人思量投靠安身的去處時，石秀以梁山泊的名聲響亮，且又有人引介，便提出「入夥梁山泊」的建議，而楊雄卻顧慮，自己的官吏身分，恐怕會讓對方起疑，他卻忘了梁山泊上的宋江本來也是一名押司，同樣出身官吏，還是石秀提醒了他。由此可知，楊雄慮事狹隘，十分多疑，不容易與人推心置腹，尤其他雖然與石秀結義，卻未必完全信任他，從他動輒就懷疑石秀，甚至將他趕走等事可看出端倪，所以金聖歎才不客氣地批評道：「石秀便是中上人物，楊雄竟是中下人物。」

【上知天文，下知地理】

桿　棒

十八般兵器中包括「棍棒」一類。棒長約五尺，以強韌的白蠟木所製成，棒身兩端粗細不一，棒的種類有鉤棒、抓子棒、狼牙棒、杵棒、桿棒、大棒、夾鏈棒等。有些棒則用金屬製成，重量較重，如《西遊記》裡的天兵神器「如意金箍棒」，由一塊神珍鐵鑄成，是孫悟空得意的兵器。另外，金庸《神雕俠侶》裡描寫郭靖獨自力戰蒙古一流高手金輪法王、瀟湘子、尼摩星、尹克西四人時，瀟湘子拿著一根精鋼鑄成的桿棒，棒上纏繞著白索，棒頭拖著一條麻繩，好像孝子所執的哭喪棒。郭靖見桿棒怪異，知必有特異處。原來瀟湘子將毒砂藏於哭喪棒中，裝有機關，臨陣對敵時，只要手指一按，毒砂便激噴而出。郭靖則以神龍擺尾的招數，破解他們的攻勢。

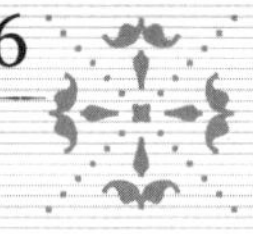

軟弱安身之本，剛強惹禍之胎

第四十七回〈撲天鵰雙修生死書　宋公明一打祝家莊〉

【原汁原味的閱讀】

且說宋江並眾頭領逕奔祝家莊來，於路無話。早來到獨龍山前，尚有一里多路。前軍下了寨柵[1]。宋江在中軍帳裡坐下，便和花榮商議道：「我聽得說祝家莊裡路徑甚雜，未可進兵，且先使兩個入去探聽路途曲折，知得順逆路程，卻才進去，與他敵對。」李逵便道：「哥哥，兄弟閒了多時，不曾殺得一人，我便先去走一遭。」宋江道：「兄弟，你去不得。若是破陣衝敵，用著你先去。這是做細作[2]的勾當，用你不著。」李逵笑道：「量這個鳥莊，何須哥哥費力。只兄弟自帶三、二百個孩兒殺將去，把這個鳥莊上人都砍了，何須要人先去打聽。」宋江喝道：「你這廝休胡說！且一壁廂[3]去，叫你便來。」李逵走開去了，自說道：「打死幾個蒼蠅，也何須大驚小怪！」宋江便喚石秀來說道：「兄弟曾到彼處，可和楊林走一遭。」石秀便道：「如今哥哥許多人馬到這裡，他莊上如何不提備？我們扮做甚麼人入去好？」楊林便道：「我自打扮了解魔[4]的法師去。身邊藏了短刀，手裡擎著法環[5]，於路搖將入去。你只聽我法環響，不要離了我前後。」石秀道：「我在薊州原曾賣柴，我只是挑一擔柴進去賣便了。身邊藏了暗器，有些緩急，匾擔也用得著。」楊林道：「好，好！我和你計較了，今夜打點，五更起來便行。」正是只為一雞小忿，致令眾虎相爭，所以古人有篇西江月道得好：

1 寨柵：指四周有柵欄的寨子。
2 細作：間諜。
3 一壁廂：一方面。
4 解魔：利用畫符、念咒等法術為人驅鬼或袪邪。魔，ㄧㄢˇ，被鬼迷住或中了妖邪。
5 法環：道士所持的鐵製串鈴。

軟弱安身之本，剛強惹禍之胎。無爭無競是賢才，虧我些兒何礙！鈍斧錘磚易碎，快刀劈水難開。但看髮白齒牙衰，惟有舌根不壞。

【穿梭時空背景】

時遷被祝家莊的莊客抓走了以後，僥倖脫逃的楊雄、石秀向東奔逃，直到天明，才在一座村落酒店歇息，兩人正要喝酒時，一名闊臉方腮、眼明耳大、相貌醜陋而體形粗壯的大漢走進店裡，那人一見楊雄，便拜倒喊著「恩人」。這人正是鬼臉兒杜興，因曾犯下殺人罪，被囚禁在薊州府衙，楊雄見他一身好武藝，於是設法救了他。杜興聽了楊雄的遭遇後，立刻表明有辦法可以救出時遷。

原來獨龍岡前有三座山岡，列著三個村坊，中間是祝家莊，西邊是扈家莊，東邊是李家莊，這三個村坊為了防止梁山泊的盜賊入侵，曾立下生死誓願，約定互相救應。其中祝家莊最豪傑，莊主祝朝奉有三個兒子，人稱「祝氏三傑」：老大祝龍、次子祝虎、三子祝彪，與扈家莊莊主扈太公的女兒扈三娘訂了婚。那扈三娘武功十分高強，綽號「一丈青」，使用兩把日月雙刀。另有教頭欒廷玉，人稱「鐵棒」，有萬夫不敵之勇。杜興的主人是李家莊的莊主李應，能使一條渾鐵點鋼槍，背藏飛刀五把，能百步抓人，神出鬼沒，人稱「撲天鵰」。

杜興把楊雄、石秀帶回李家莊，李應連續兩次命人帶信到祝家莊討人，卻都遭受祝氏三傑無禮的拒絕，李應氣得率人前往祝家莊，與祝彪一言不合打了起來，負傷而回。楊雄與石秀只好轉往梁山泊求援。

晁蓋仔細詢問兩人，楊雄、石秀把自身武藝以及意欲入夥的心意說明了，眾人十分高興，讓位而坐。等到楊雄提到時遷被祝家莊的人抓了的事，晁蓋卻大怒，喝令殺了楊雄與石秀，宋江慌忙問明緣故，晁蓋說：「咱們梁山泊好漢，向來以忠義為主，施仁德於民，各個兄弟都有豪傑的作為，幾曾折了銳氣？這兩個傢伙竟敢用梁山泊

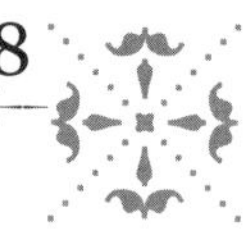

好漢的名義去偷雞吃，連累我們受辱，如今就先斬了他們，用他們的首級號令起兵，再去洗蕩祝家莊。」宋江與眾頭領力勸之後，晁蓋才打消了殺楊雄及石秀的念頭，並命宋江前去攻打祝家莊。

宋江與眾頭領奔往祝家莊，在獨龍山前下了寨柵。宋江與花榮商議派人先行探路，魯莽的李逵直嚷著要打頭陣，且不用探路，宋江將他喝退，另喚石秀與楊林前去探路。楊林扮成解魔的法師，石秀則挑著一擔柴，身上藏了暗器，兩人喬裝改扮後分別前往祝家莊。

石秀來到一個村落，見幾處酒店、肉店門前都插了刀槍，每人身上又穿著黃背心，寫個大「祝」字，便上前向一位老人詢問原由。那老人複姓鍾離，他見石秀是個到此地做買賣的外鄉人，於是好心勸他趕緊離開。石秀趁機請老人指點出莊的路徑，老人告訴他，只要看見白楊樹便可轉彎，如此即可安全離開祝家莊。這時，卻聽到一陣吵鬧聲，只見楊林被七、八十個軍人背綁著，石秀暗中叫苦，卻不得聲張。

【品味賞析再延伸】

晁蓋素來十分霸氣，他原是鄆城縣東溪村的富戶，最愛刺槍使棒。當時東溪村對岸有個西溪村，由於西溪村常常鬧鬼，有一天某個僧人經過，便教村民用青石鑿個寶塔，鎮住溪邊，此後西溪村的鬼全被趕過東溪村來。晁蓋知道了以後，忿而渡溪奪過青石寶塔，改放在東溪村，從此晁蓋獨霸一方，人稱托塔天王。後來劉唐獻上劫奪北京大名府梁中書送給丈人蔡太師慶賀生辰十萬珠寶等物的計畫時，晁蓋第一個反應便是：「壯哉！」於是與吳用、公孫勝等人強搶了生辰綱，最後還坐上梁山泊的第一把交椅，成為首領。因此，當他聽到時遷、楊雄、石秀竟為了偷吃報曉雞而被祝家莊的人所捉，如此偷雞摸狗的行徑，還被誤認為是梁山泊的強盜時，不禁大發雷霆，不但要將前來投靠的楊雄、石秀給殺了，還打算起兵血洗祝家莊，不肯輕易輸了銳氣。晁蓋的霸王氣勢，由此可見一斑。

然而，相較於晁蓋的霸氣，宋江多了幾分攏絡人心、知人善任的領袖特質。晁蓋與宋江同樣仗義疏財，喜歡結識天下好漢，凡是來投奔他們的人，不論好壞，沒有不接納的：若要離去時，又送銀兩資助。唯一不同的是，宋江是一名押司，精通刀筆，深諳吏道，頗有謀略；而晁蓋雖為保正，卻是個不讀書史的人，常須依賴吳用獻計而行。當時遷因偷雞而使梁山泊名聲受辱時，晁蓋只想殺了肇事者，並報復祝家莊；宋江卻一方面將過錯全推到祝家莊的人身上，極力替楊雄、石秀求情；另一方面挺身而出，親率軍隊攻打祝家莊，並宣誓：「若不洗蕩得那個村坊，誓不還山。」表面上是替晁蓋出征，實際上也為自己增添幾分豪氣，最後又安撫楊雄、石秀二人，說因是山寨號令，不得不如此，可見宋江面面俱到的處事風格，格外深得人心。

此外，楊林與石秀奉命前往祝家莊探路，兩人刻意喬裝改扮了一番，然而楊林卻是一昧地橫衝直撞，惹人猜疑，一見人來捉他，即揮刀砍傷四、五人，而被當成賊捉了起來；石秀則仔細觀察四周的環境，發現村落中的酒店、肉店門前都插著刀槍，往來的人都穿著黃背心，上頭寫個大「祝」字，心知有異，特意找個老人詢問，假裝是外地人的好奇心，引得老人善意指點，果然得到了路徑的祕密，由此再次證明了石秀的精細。所以宋江選擇了石秀前去探路，而非楊雄，亦可看出宋江十分懂得知人善任。

填平水泊擒晁蓋，踏破梁山捉宋江

第四十八回〈一丈青單捉王矮虎　宋公明兩打祝家莊〉

【原汁原味的閱讀】

宋江勒馬看那祝家莊時，果然雄壯。有篇詩讚，便見祝家莊氣象：

獨龍山前獨龍岡，獨龍岡上祝家莊。
繞岡一帶長流水，周遭環匝1皆垂楊。
墻內森森羅劍戟，門前密密排刀槍。
對敵盡皆雄壯士，當鋒都是少年郎。
祝龍出陣真難敵，祝虎交鋒莫可當。
更有祝彪多武藝，咤叱喑嗚2比霸王3。
朝奉祝公謀略廣，金銀羅綺有千箱。

白旗一對門前立，上面明書字兩行：

「填平水泊擒晁蓋，踏破梁山捉宋江。」

當下宋江在馬上，看了祝家莊那兩面旗，心中大怒，設誓道：「我若打不得祝家莊，永不回梁山泊。」衆頭領看了，一齊都怒起來。宋江聽得後面人馬都到了，留下第二撥頭領攻打前門，宋江自引了前部人馬，轉過獨龍岡後面來看祝家莊時，後面都是銅墻鐵壁，把得嚴整。正看之時，只見直西一彪軍馬，吶著喊，從後殺來。宋江留下馬麟、鄧飛，把住祝家莊後門，自帶了歐鵬、王矮虎，分一半人馬，

1 匝：ㄗㄚ，圍繞。
2 喑嗚：懷有怒氣。喑，ㄧㄣ。
3 霸王：即楚霸王項羽。
4 鬃：馬或豬等獸頸上特有的長毛。
5 掄：手與臂旋動。

前來迎接。山坡下來軍約有二、三十騎馬軍，當中簇擁著一員女將。怎生結束，但見：蟬鬢金釵雙壓，鳳鞋寶鐙斜踏。連環鎧甲襯紅紗，繡帶柳腰端跨。霜刀把雄兵亂砍，玉纖將猛將生拿。天然美貌海棠花，一丈青當先出馬。

那來軍正是扈家莊女將一丈青扈三娘，一騎青鬃[3]馬上，掄[4]兩口日月雙刀，引著三、五百莊客，前來祝家莊策應。宋江道：「剛說扈家莊有這個女將，好生了得，想來正是此人，誰敢與他迎敵？」說猶未了，只見這王矮虎是個好色之徒，聽得說是個女將，指望一合便捉得過來。當時喊了一聲，驟馬向前，挺手中鎗，便出迎敵。

【穿梭時空背景】

楊林和石秀奉命前去祝家莊探路，楊林因莽撞誤闖而被當成奸細逮住，石秀幸得鍾離老人的指點，獲知進入祝家莊的路徑。然而宋江卻等不及石秀回來，只聽歐鵬報說祝家莊裡抓到一名奸細，就忿而命李逵、楊雄做先鋒，李俊引軍做合後，穆弘居左、黃信在右，他與花榮、歐鵬等中軍頭領，一路擂鼓鳴鑼、搖旗吶喊，殺奔祝家莊。

哪知祝家莊上不見人馬，毫無動靜，宋江猛然心驚，想起九天玄女娘娘傳受的三卷天書裡所告誡：「臨敵休急暴。」於是急忙教三軍撤退，不料，突然聽見祝家莊裡一個號炮，獨龍岡上點起千百把的火把，弩箭如雨點般地射來，果然中了埋伏。宋軍正在慌忙之際，石秀趕來，告訴宋江暗傳將令：「只要看到白楊樹便轉，即可出莊。」然而不論宋軍如何轉向，追兵卻不斷增多，原來祝家軍以紅燭燈為號令，於是花榮縱馬向前，一箭射向對方的紅燭燈，瞬間四下伏兵慌亂了手腳，宋江趁機殺出村口，與眾人會合，才知鎮三山黃信被祝家莊的人捉去。

宋江率領眾人前往李家莊拜會李應，李應卻

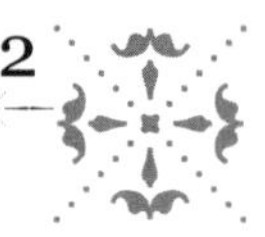

婉拒不肯見面。李逵粗暴地直嚷著要帶人去打李家莊，宋江喝阻後，令眾位頭領再去攻打祝家莊，卻不讓李逵打頭陣。宋軍打著一面大紅帥字旗，由宋江親自做先鋒，引著四位頭領，率領一百五十騎馬軍、一千步軍，直殺奔祝家莊。宋江勒馬觀看祝家莊，果然氣象雄偉，只見門前豎立一對白旗，上面寫了兩行字：「填平水泊擒晁蓋，踏破梁山捉宋江。」宋江大怒，發誓一定要打下祝家莊。沒多久西方殺來一隊軍馬，其中有一員女將，英姿非凡，正是一丈青扈三娘。好色之徒王矮虎自願上前迎戰，然而他的槍法不濟，又想對扈三娘調情，扈三娘忿而劈下雙刀，活捉了王矮虎。

歐鵬見狀，連忙挺槍來救；祝龍則親自率領三百多人，欲捉宋江，馬麟急忙使雙刀迎戰；鄧飛舞起一條鐵鏈，不敢離宋江左右；此時秦明也趕來救應，迎戰祝龍；馬麟趁機欲奪王矮虎，一丈青連忙撇下歐鵬，來戰馬麟。欒廷玉帶了鐵錘殺出，歐鵬上前交戰，卻被欒廷玉一飛錘打中，跌下馬去，宋江急喚人救回歐鵬，鄧飛則舞著鐵鏈，直奔欒廷玉；祝龍不敵秦明，拍馬便走，欒廷玉則撇了鄧飛，來戰秦明，卻故意賣個破綻，落荒而逃，秦明舞棍趕去，卻被連人帶馬絆翻，鄧飛上前欲救，也被活捉了過去。兩軍一陣混戰，宋江想要聚攏眾頭領，且戰且走，此時一丈青飛馬趕來，正措手不及時，豹子頭林沖在馬上喝住，一丈青飛刀縱馬，直奔林沖，林沖以丈八蛇矛逼住了兩口雙刀，然後輕舒猿臂，一把就將一丈青拽了過來。宋江命人將她送回梁山泊，交由宋太公收管，並認做義女，等到宋江回寨之後，便將她許配給王矮虎為妻。

【品味賞析再延伸】

在男人世界的《水滸傳》裡，對女人可說是十分不友善，且完全否定了女性的特質，凡有女性若不是弱者，便是禍水；如不是殺氣騰騰的人肉女販，就是粗豪率性的男人婆。所以出現了弱不禁風的歌女宋玉蓮，只被李逵輕輕一點即昏倒在地；更有美貌如花卻不守婦道的閻婆惜、潘金蓮、潘巧雲等；或是專門唆使惹禍的蛇蠍美人，如劉高的老婆等；另有橫眉殺氣、眼露凶光的母夜叉孫二娘；也有潑辣勇猛如女旋風的母大蟲顧

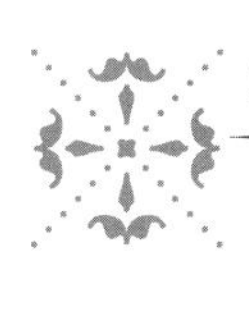

大嫂，卻鮮少予以女性正面的肯定，彷彿對女性有著極深的成見與不滿。

梁山泊好漢自詡為忠義之士，鋤強扶弱、救助婦孺，也是義所當為的事業，然而，其中有不少好漢是為了救助婦女而被逼上梁山，譬如林沖，或是因為婦女犯了罪才逃奔梁山，譬如宋江。宋江愛耍槍棒，不戀女色，即使閻婆送上了如花似玉、正值妙齡的女兒閻婆惜，卻因不懂得風流調情，無法得到閻婆惜的歡心，以致閻婆惜暗中與張文遠偷情，一心只想離開，而拿著招文袋脅迫宋江，宋江忿而將她殺死，從此逃亡江湖，最後上了梁山泊落草為寇。因此，宋江對美貌的女子必然是深惡痛絕，否則他不會將「天然美貌海棠花」的一丈青扈三娘嫁給身材五短的好色之徒王矮虎。

扈三娘是《水滸傳》中難得的女性豪傑，不但美麗脫俗，且武功高強，能使兩口日月雙刀，兩三下就把王矮虎提離雕鞍，活捉了去，又連連挫敗歐鵬、馬麟，甚至敢飛馬追殺宋江，可見其氣魄更勝男兒幾分。最後要不是精通武藝且謀略過人的林沖，故意露出破綻誘敵，扈三娘也不會失手被擒。

然而宋江不將扈三娘許配給身高八尺、英武威猛，愛妻護妻卻又喪妻的豹子頭林沖，卻將她嫁給身材五短、貌醜粗鹵、貪財好色且武功低劣的矮腳虎王英，未免令人扼腕再三。或者從男性的角度看來，王矮虎好色而容易惹禍上身，甚至會連累梁山泊的兄弟們，將扈三娘嫁給他，不但能滿足且又能管住他，應是理想的安排；可是從女性的角度看來，王矮虎不論品貌、武藝都不如扈三娘，宋江做出這樣蠻橫的安排，頗有挾帶私怨之嫌，彷彿也是作者對女性的一種「貶抑」或「懲罰」。

此外，宋江不將戰中所俘虜的扈三娘交由首領晁蓋處置，而是派人連夜送上梁山泊，交由父親宋太公收管，等到回寨後，親自做主讓王矮虎與扈三娘結為夫婦，晁蓋等人反而稱頌宋江真乃有德有義之士。由此可見，名義上晁蓋雖是梁山泊的首領，但實質上宋江才是真正的領袖，所以祝家莊門前的白旗上，才會有「填平水泊擒晁蓋，踏破梁山捉宋江」兩行字，挑明了目標不僅是晁蓋，還有宋江。

盜可盜，非常盜；強可強，真能強

第五十回〈吳學究雙掌連環計　宋公明三打祝家莊〉

【原汁原味的閱讀】

宋江與吳用商議道，要把這祝家莊村坊洗蕩了。石秀稟說起：「這鍾離老人仁德之人，指路之力，救濟大忠，也有此等善心良民在內，亦不可屈壞了這等好人。」宋江聽罷，叫石秀去尋那老人來。石秀去不多時，引著那個鍾離老人來到莊上，拜見宋江、吳學究。宋江取一包金帛賞與老人，永為鄉民：「不是你這個老人面上有恩，把你這個村坊，盡數洗蕩了，不留一家。因為你一家為善，以此饒了你這一境村坊人民。」那鍾離老人只是下拜。宋江又道：「我連日在此攪擾你們百姓，今日打破祝家莊，與你村中除害，所有各家賜糧米一石，以表人心。」就著鍾離老人為頭給散。一面把祝家莊多餘糧米，盡數裝載上車。金銀財賦，犒賞三軍眾將。其餘牛羊騾馬等物，將去山中支用。打破祝家莊，得糧五十萬石。宋江大喜。大小頭領，將軍馬收拾起身，又得若干新到頭領：孫立、孫新、解珍、解寶、鄒淵、鄒潤、樂和、顧大嫂，並救出七個好漢。孫立等將自己馬也捎帶了自己的財賦，同老小樂大娘子，跟隨了大隊軍馬上山。當有村坊鄉民，扶老挈幼，香花燈燭，於路拜謝。宋江等眾將一齊上馬，將軍兵分作三隊擺開，前隊鞭敲金鐙[1]，後軍齊唱凱歌，正是：

盜可盜，非常盜；強可強，真能強[2]。只因滅惡除凶，聊作打家劫舍。地方

1 鐙：ㄉㄥˋ，馬鞍兩旁，腳所踏的地方。

2 盜可盜，非常盜；強可強，真能強：意指梁山泊的好漢不是一般的強盜，而是有情有義、除暴濟民，且本領高強的英雄。

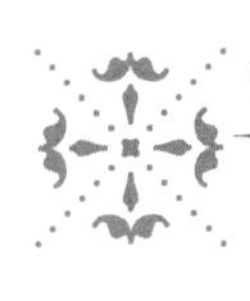

恨土豪欺壓，鄉村喜義士濟施。衆虎有情，為救偷雞釣狗。獨龍無助，難留飛虎撲雕。謹具上萬資糧，填平水泊。更賠許多人畜，踏破梁山。

【穿梭時空背景】

宋江大舉進攻祝家莊，不料連連失利，先命楊林、石秀探路，楊林卻失陷；繼而發動攻勢，黃信遭擒；再次聚兵攻打，又被一丈青捉了王矮虎、欒廷玉錘傷了歐鵬、絆馬索拖翻捉了秦明及鄧飛；唯有林沖活捉一丈青回營。宋江於是覺得氣悶難當，獨坐帳中，一夜未眠。

次日，軍師吳用率領阮小二、阮小五、阮小七、呂方、郭盛及五百軍馬到來，吳用得知軍情後，卻笑著說：「這個祝家莊，旦夕可破。」宋江聽了，十分驚喜，只見吳用使出連環計，先派孫立、孫新、解珍、解寶、欒和、鄒淵、鄒潤、顧大嫂及樂大娘子等人潛入祝家莊中做為內應，再假裝敗陣，讓孫立捉走石秀，取信祝家莊的人。等到宋江再度率兵攻來時，祝龍、祝虎、祝彪及欒廷玉分別從前、後門殺出，孫立等人卻在莊內裡應外合，孫立先在門樓上插上自己帶來的旗號，其餘眾人則打開囚車，放出楊林等人，又連連殺了守衛的莊兵、家眷，祝朝奉見勢不對，正欲投井時，被石秀一刀割下首級；祝龍則被黑旋風李逵一斧劈下腦袋落地；呂方與郭盛兩戟齊舉，將祝虎連人帶馬搠翻在地，剁成肉泥；欒廷玉也在亂軍中被殺了；祝彪獲報後，投奔扈家莊，卻被扈成捉住，綁了欲送給宋江請罪，不料李逵不分青紅皂白，一股腦兒將祝彪及扈家莊的老小全殺了。

宋軍攻破祝家莊後，打算要洗蕩祝家莊時，石秀挺身為鍾離老人求情。宋江不僅賞給老人金帛，並且饒了村坊的人民，還賜各家糧米一石，村坊鄉民沿路拜謝。多餘的糧米與金銀財物犒賞眾將後，全部載回梁山泊。宋江與大隊人馬齊唱凱旋歌。

另一方面，吳用派人假扮鄆州知府等官吏，謊稱祝家莊的人告發李應勾結梁山泊強盜，便將

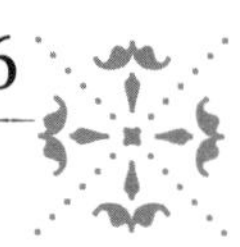

李應、杜興押離李家莊，半途中卻教宋江等人救了李應、杜興，送上梁山泊。不久，李應的妻眷也到了梁山泊，李應才知道自己的莊園已經被燒成廢墟，不得已只好歸順梁山泊。

【品味賞析再延伸】

梁山泊的首領晁蓋聽說時遷、楊雄、石秀為了偷吃報曉雞而被祝家莊的人誤認為是梁山泊的強盜而極力追殺時，不禁大發雷霆，立刻就要起兵洗屠祝家莊。乍看之下，似乎與他所標榜的「梁山泊好漢以忠義為主」的精神不符合，反而像是亂世中的盜寇互相角力，或是黑道人物挾私怨報仇罷了。

然而，其實不然。時遷等人雖然不該偷吃報曉雞，但是他們畢竟是外來客，一時誤吃了，卻也願意拿錢賠償，豈知店家卻說就算賠十兩銀子也不行，執意要對方還雞，因而雙方起了口角，店家卻盛氣凌人地說：「我店裡不比別處客店，把你捉到莊上，當做梁山泊的賊寇押送官府去。」果然就捉了時遷，準備押送官府，可見祝家莊分明是惡意栽贓，連所轄的小小店家都能如此仗勢欺人，可想而知祝家三子根本是地方上的惡霸，且在祝家莊的四周路徑盤結曲折，暗藏玄機，又埋伏著竹簽、鐵蒺藜等暗器，不知情的外鄉人常常因此被抓。表面上是為抵禦梁山泊的盜賊，而與李家莊、扈家莊結下生死誓願，若有危難相互救應，但事實上只是為了要擴充自己的勢力。所以當李應前來祝家莊討人時，一言不合，也蠻橫地要將李應當成梁山泊的賊人捉了，導致李應負傷而回。因此，當梁山泊好漢攻破祝家莊，賜各家糧米一石後，村坊鄉民才會扶老攜幼，沿路拜謝。正所謂：「地方恨土豪欺壓，鄉村喜義士濟施。」

亂世之中，「替天行道」的義舉常是許多故事的主題。《二刻拍案驚奇》便有一則關於俠盜神偷「嬾龍」的故事。嬾龍從小學會飛簷走壁，又生得身材小巧，膽大心細，所到之處，莫不手到偷成。一旦得手後，他就在牆上畫一枝梅花，所以大家又叫他做「一枝梅」。嬾龍雖然是個小偷，卻從不偷取善良及貧窮的人家，只盜取慳吝財主、無義富人的財物，且仗義疏財，將偷來的東西，隨手就散給貧苦人，他說：「我沒有父母妻子兒女可養，借這些世間多餘的財物，姑且拿來救助窮人。正所謂：損有餘，補不足，天道當然。非關吾的好義也。」

鄰境無錫縣知縣貪婪異常，積聚許多不義之財。一日，嬾龍趁夜潛入官舍，偷走一個小匣子，裡面約有二百多兩的金子。過了兩、三天後，知縣才察覺小匣子遺失了，只見旁邊還畫著一枝梅，於是下令十日內務必逮捕神偷嬾龍歸案。無錫縣的兩名捕頭到蘇州逮捕嬾龍，嬾龍卻對捕頭們說：「請兩位多等一天，等我送個信給知縣大人後，他自然就會收了牌票，不會緝捕我了。更何況金子現在也不在我身上，而是在兩位的家裡呢！」兩名捕頭聽了，大驚失色，心想：「萬一金子真的贓在我們的家裡，那豈不是糟糕了？」嬾龍隨即拿出二兩金子送給捕頭，捕頭只好暫且答應他。等到回到家中，果然各自找到一包金子。

這天夜裡，嬾龍又到無錫縣知縣大人的官府中，偷偷剪下熟睡中知縣大人姨太太的頭髮，放入官印箱裡，並在壁上畫了一枝梅。第二天一早，知縣大人見了目瞪口呆，心想：「只剪了頭髮，是暗示也可以割得了頭；將頭髮放在印箱，是暗示也能盜走官印。」於是連忙取回牌票，撤了逮捕嬾龍的命令。這時，兩名捕頭才放下心中大石，知道神偷嬾龍果真不失信於人。有詩為證：誰道偷無道？神偷事每奇；更看多慷慨，不是俗偷兒。（《二刻拍案驚奇》卷三十九〈神偷寄興一枝梅　俠盜慣行三昧戲〉）

又如日據時代，台灣因受日本政府管轄，身為台灣人，每每遭受不公不義的對待，這時曾經出現一名義賊廖添丁，常常劫富濟貧，並暗中加入抗日行動，成為日本警察追捕的對象。表面上廖添丁做了許多違法犯紀的事情，事實上是以行動來抗議統治者無情的壓榨。

【上知天文，下知地理】

盜可盜，非常盜；強可強，真能強

此句法仿用《老子》第一章中的「道可道，非常道；名可名，非常名」。先秦思想家老子的中心思想圍繞在一個「道」字，他認為道是非常奧妙的，非言語所能描述，道既是宇宙的根本，也是創生天地萬物的源頭。

頭醋不釃徹底薄

第五十一回〈插翅虎枷打白秀英　美髯公誤失小衙內〉

【原汁原味的閱讀】

那白秀英唱到務頭1，這白玉喬按喝道：「雖無買馬博金藝2，要動聰明鑑事人。看官喝采道是去過了，我兒且回一回3。下來便是襯交鼓兒的院本。」白秀英拿起盤子，指著道：「財門上起，利地上住，吉地上過，旺地上行。手到面前，休教空過。」白玉喬道：「我兒且走一遭，看官都待賞你。」白秀英托著盤子，先到雷橫面前。雷橫便去身邊袋裡摸時，不想並無一文。雷橫道：「今日忘了，不曾帶得些出來，明日一發賞你。」白秀英笑道：「頭醋不釃徹底薄4。官人坐當其位，可出個標首5。」雷橫通紅了面皮道：「我一時不曾帶得出來，非是我捨不得。」白秀英道：「官人既是來聽唱，如何不記得帶錢出來？」雷橫道：「我賞你三、五兩銀子，也不打緊。卻恨今日忘記帶來。」白秀英道：「官人今日見一文也無，提甚三、五兩銀子，正是教俺『望梅止渴，畫餅充飢』。」

1 務頭：唱腔和故事情節發展到最精采的地方。

2 買馬博金藝：指彈唱技藝。

3 回一回：停一停的意思。

4 頭醋不釃徹底薄：如果第一罐醋的液汁不濃，同一批醋將全部不好。比喻開端失利，全功盡棄。釃：ㄕ，液汁濃烈，味道重厚。

5 標首：指最先出的賞錢。標：賞錢。

【穿梭時空背景】

梁山諸將在攻下祝家莊後，宋江主張扈家莊的一丈青與王矮虎王英結為夫婦（扈家莊先前已投降），寨內雙喜臨門，設筵慶賀。此時，插翅虎雷橫恰好路過，也被請入寨裡同樂。

雷橫是鄆城縣的巡捕都頭，當時他正在執行

公務，經過路口，小嘍囉向他討買路錢，雷橫於是報上姓名。隨後朱貴派人上山通知眾領頭，晁蓋、宋江等人立即歡喜下山來迎接他。閒聊敘舊之間，晁蓋問起朱仝消息，宋江也藉機勸說雷橫入夥，不過雷橫以「老母年高」為理由推辭，沒多久，便下山返家。

幾日後，有個店小二推薦雷橫去看新到的戲班。據說是從東京來的，色藝雙絕，叫做白秀英。雷橫恰巧有空，便同去看了。出場的是對父女，父親白玉喬僅在開場時說了幾句話，便下場去了，說唱的主要是女兒白秀英。唱完了戲，滿園子都是喝采聲。白秀英接著收起小費來。她知道雷橫是當官的，便先到他面前。不料雷橫卻沒帶錢出門，但白秀英不相信有出來聽戲卻沒帶錢的。她笑盈盈地說出俚語「頭醋不釅徹底薄」，意指「若沒有好的開始，接下去只會更糟而已」，就是要雷橫拿出小費。

但雷橫真的沒帶錢，這情況惱怒了白玉喬父女。兩人語中帶刺，狠狠地酸了雷橫幾句。雷橫氣不過，一把揪住白玉喬，打得他滿地找牙。眾人紛紛來勸，最後不歡而散。事情還沒結束。當時白秀英和新任知縣有染，知縣拗不過這「枕邊靈」，任由她動用公權力，抓了雷橫，當廳責打。雷橫就此入獄。收押後，又飽受屈辱，白秀英甚至欺負前來送飯的雷母，孝順的雷橫怒火難消，竟用手上的枷板咚的一下，把白秀英敲死了。人命關天，之後雷橫只能帶著老母，大步踏上梁山。

【品味賞析再延伸】

插翅虎雷橫第一次出場，當時和搭檔朱仝正在執勤。兩人見劉唐模樣可疑，便用繩索綁縛了，準備送入官府。三人恰在托塔天王晁保正處停留，截取生辰綱的計畫便從此蘊釀。從雷橫感念晁蓋為人公義而放了自稱是晁蓋外甥的劉唐，到平白接受劉唐搦戰卻不計較，已隱約刻劃出雷橫「忠義」的形象。後來宋江失手殺閻婆惜，朝廷命雷橫與朱仝緝捕宋江歸案，二人一搭一唱，又保宋江一家人得以暫免牢獄之災。

而五十一回，雷橫再度出現——在《水滸傳》裡，通常一位不凡男子的忽然現身，便是他噩運的開始。等到雷橫奔上梁山，才算是與世俗的正

式切割，他的噩運也暫時告一段落。果然出場不久，雷橫便無端鬧出事來，儘管是他人有錯在先，但這社會並不講情理，而是講勢利的，且雷橫確實做出世俗法紀所不容的事，既然如此，只能往梁山上去了。

同樣的情況，也發生在雷橫的好搭檔朱仝身上。首次對朱仝有較多的著墨，是他與雷橫義釋宋江之時。但當時的主角是宋江，那是第二十二回。後來朱仝再出現，又是五十回的事了。當時雷橫入獄，擔任牢節級（即獄卒）的正是朱仝。朱仝發現雷橫下獄，便決心要救他。後來雷橫在牢裡六十日期滿，要被押解至濟州，恰好又是朱仝送解的。兩人獨自到了偏僻處，朱仝便放了雷橫，並吩咐說：「賢弟自回。快去家裡取了老母，星夜去別處逃難，這裡我自替你喫官司。」這下便換朱仝受難了。他被告私放人犯，受了二十脊杖，刺配滄州去了。

到了滄州，朱仝與當地管營、牢節級等上下皆相處得宜，後來又因機緣識得滄州知府，既頗得信任，又討小衙內喜歡（水滸中凡提及官員之子，皆稱衙內，如高衙內即高俅義子。此處因知府之子年紀尚小，所以如此稱），生活尚稱愉快。不料在元宵時節，朱仝帶小衙內出遊賞花燈，巧遇雷橫、吳用等人，他們力勸朱仝入夥，而小衙內還被李逵擄走砍成二半。朱仝無端背負殺人罪名，只得被迫同上梁山了。

【上知天文，下知地理】

院　本

金元時雜劇的腳本。因金時倡優所住的地方稱為「行院」，所以稱其所演的劇為「院本」。宋代則有宋雜劇，事實上院本和雜劇實同名異。此外，宋金時期還有諸宮調，是聯合幾個調性不同的隻曲或套曲而成的大型套曲，來進行說唱演出，著名的有《金廂記諸宮調》。

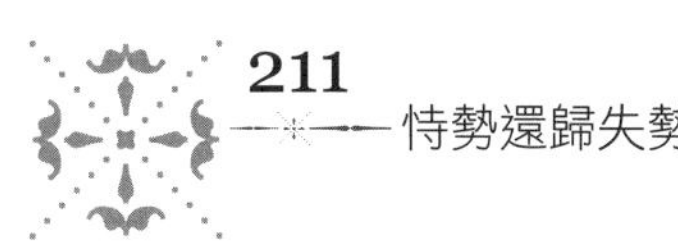

恃勢還歸失勢

第五十四回〈入雲龍鬥法破高廉　黑旋風探穴救柴進〉

【原汁原味的閱讀】

高廉急奪路走時，部下軍馬折其大半。奔走脫得垓心[1]時，望見城上已都是梁山泊旗號。舉眼再看，無一處是救應軍馬，只得引著些敗卒殘兵，投山僻小路而走。行不到十里之外，山背後撞出一彪[2]人馬，當先擁出病尉遲孫立，攔住去路，厲聲高叫：「我等你多時，好好下馬受縛！」高廉引軍便回，背後早有一彪人馬，截住去路，當先馬上卻是美髯公朱仝。兩頭夾攻將來，四面截了去路，高廉便棄了坐下馬便走上山。四下裡部軍一齊趕上山去，高廉慌忙口中念念有詞，喝聲道：「起！」駕一片黑雲，冉冉騰空，直上山頂。只見山坡邊轉出公孫勝來，見了，便把劍在馬上望空作用，口中也念念有詞，喝聲道：「疾！」將劍望上一指，只見高廉從雲中倒撞下來。側首搶過插翅虎雷橫，一朴刀把高廉揮做兩段。可憐五馬諸侯貴，化做南柯夢裡人。有詩為證：

上臨之以天鑒，下察之以地祇[3]。明有王法相繼，暗有鬼神相隨。
行凶畢竟逢凶，恃勢還歸失勢。勸君自警平生，可嘆可驚可畏。

1 垓心：指戰場、圍困之中。
2 一彪：一群。
3 地祇：地神。

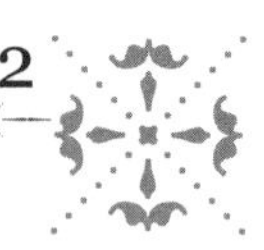

【穿梭時空背景】

這次梁山好漢遇上了空前的困難。他們槓上高太尉的堂兄弟高廉，要救的是位高權重、仗義疏財，並且最不可能有難的柴進。

事情是這樣的。當李逵因避朱仝怒氣，暫住柴進莊上時，一天，有個人急急忙忙來送信。原來是柴進住在高唐州的叔叔柴皇城，被當地知府高廉的小舅殷天錫強占了花園，叔叔氣不過，悶出病來，便差人送信告訴柴進。柴進和李逵於是連夜趕往高唐州。遺憾的是，兩人剛到，卻只見了柴皇城的最後一面。眾人難過之際，殷天錫已率人馬前來，強逼柴氏一家人在三天內搬離住處。李逵壓抑不住火爆的脾氣，一口氣就把殷天錫拉下馬來，打死在地。

這下子鬧出了人命——又是高廉的姻親。愛妻的高廉一氣之下，不管柴進有什麼承祖蔭的「誓書鐵券」，即刻用刑，將柴進屈打成招。這時李逵早依柴進的吩咐，先回梁山泊去討救兵了。

柴大官人被抓，多次蒙柴進恩惠的義士們豈可坐視不管，馬上出兵迎戰高廉。高廉深諳妖法，頃刻間變出數千名黃衣士兵和毒蟲猛獸，梁山泊因此折損了好幾千支兵馬，義士們一籌莫展，將希望寄託在隱居深山修道的公孫勝身上。

為把握時間，這次領命的是能施「神行法」的戴宗，李逵則陪同打算將功贖罪。終於在歷經幾番波折，二次請求公孫勝的師父羅真人後，得以與公孫勝一同下山。下山前，羅真人還傳授公孫勝更勝高廉一籌的「五雷天心正法」（一種方士法術，能呼風喚雨），以替天行道。

倚賴公孫勝的法術，再配合宋江和吳用的調兵遣將，把高廉逼得走投無路，終於遭雷橫一刀揮成兩段。高廉惡劣的行徑，便由證詩中的「恃勢還歸失勢」一語道破。至於柴進本人，儘管高廉下令要對他施刑，但因專門監守他的節級見他畢竟是個好男子，不忍心下手，後來甚至謊稱「柴進已死」，為避免被人發現，他將柴進推入枯井中隱藏。後來還是災難的引發者李逵，坐在籮裡，並教人綁著長繩索，慢慢放入井底，而救出了奄奄一息的柴進。

【品味賞析再延伸】

元雜劇中有部頗負盛名的歷史劇——紀君祥

的《趙氏孤兒》，故事發生在春秋時代。

當時晉國靈公暴虐凶殘，沒事便在台上用彈丸射人，只是為了看人閃避彈丸慌張驚恐的神情；又曾因廚師烹煮熊掌不夠熟爛，便把廚師殺了，再命一婦人將屍體拖出去丟棄。這一幕讓忠厚的宰相趙盾撞見，立刻面諫，靈公竟懷恨在心，多次找刺客謀害趙盾，所幸皆未成功。趙盾知道在晉國難以容身，只好開始逃亡。就在他離開晉國前，趙盾的族弟將軍趙穿，因無法忍受靈公的無道而將他殺害，改立襄公弟弟成公繼位，並迎回趙盾。

後來趙盾過世，但樹大招風，趙家仍未擺脫噩運。成公過世後，景公繼位。掌管刑獄的屠岸賈想藉機作亂，卻顧忌趙家的勢力。於是仗恃權位，重提舊事，認為趙家弒先王，理當討伐。就在景公不知情的情況下，對趙家發難。

趙家被趕盡殺絕。趙盾兒子趙朔的妻子莊姬（即成公姊姊）正懷有身孕，在逃回皇宮後不久，生下了兒子，取名趙武。屠岸賈害怕孩子長大後會找他報仇，命將士到宮裡搜。莊姬情急之下，把嬰兒藏進裙子裡，並默默禱告：「若嬰兒哭鬧，這是天要亡趙氏；若不哭，那趙氏便有後了。」後來竟無哭聲，將士無功而返。

之後，莊姬請韓厥偷偷將孩子送出宮，交給趙朔的好友程嬰。程嬰深感將嬰孩留在身邊不安全，於是忍痛把親生骨肉交給好友公孫杵臼，然後密告公孫私藏趙孤，並在眾人面前親手殺死公孫杵臼，又眼睜睜看著親骨肉被活活摔死。

從此，真正的趙武得以順利長大成人。十五年後的某天，在景公與韓厥的一次君臣對話中，景公才知道當時錯殺了趙氏一家，趙武也由程嬰解開了身世之謎，一切真相大白。不久後，屠岸賈遭滅族，景公也恢復趙家的田邑，而程嬰自覺責任已了，又感念好友公孫杵臼的犧牲，不久後就自殺了。

這故事最早記載於《左傳》和《史記・趙世家》，雖然正史故事不如戲劇那般富戲劇性：讓程嬰殺子，或讓不知情的屠岸賈做了趙武的義父。但惡人從恃勢至失勢的過程和大快人心的圓滿結局卻是不變的。或許這正是此劇歷久不衰的最大原因。

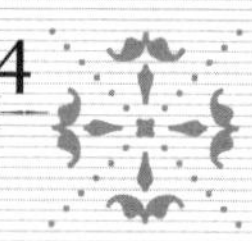

飛蛾投火身傾喪，怒鱉吞鉤命必傷

第五十八回〈三山聚義打青州　眾虎同心歸水泊〉

【原汁原味的閱讀】

卻說魯智深奔到華州城裡，路旁借問州衙在哪裡，人指道：「只過州橋，投東便是。」魯智深卻好來到浮橋上，只見人都道：「和尚且躲一躲，太守相公過來。」魯智深道：「俺正要尋他，卻正好撞在洒家手裡！那廝多敢是當死！」賀太守頭踏[1]一對對擺將過來，看見太守那乘轎子，卻是暖轎[2]，轎窗兩邊，各有十個虞候簇擁著，人人手執鞭槍、鐵鏈，守護兩下。魯智深看了尋思道：「不好打那撮鳥，若打不著，倒吃他笑。」賀太守卻在轎窗眼裡，看見了魯智深欲進不進。過了渭橋，到府中下了轎，便叫兩個虞候分付道：「你與我去請橋上那個胖大和尚到府裡赴齋。」虞候領了言語，來到橋上，對魯智深說道：「太守相公請你赴齋。」魯智深想道：「這廝合當死在洒家手裡！俺卻才正要打他，只怕打不著，讓他過去了。俺要尋他，他卻來請洒家。」魯智深便隨了虞候，逕到府裡。太守已自分付下了，一見魯智深進到廳前，太守叫放了禪杖，去了戒刀，請後堂赴齋。魯智深初時不肯，眾人說道：「你是出家人，好不曉事，府堂深處，如何許你帶刀、杖入去？」魯智深想：「只俺兩個拳頭，也打碎了那廝腦袋！」廊下放了禪杖、戒刀，跟虞候入來。賀太守正在後堂坐定，把手一招，喝聲：「捉下這禿賊！」兩邊壁衣內，走出三、四十個做公的來，橫拖倒拽，捉了魯智深。你便是哪吒太子，怎逃地網天羅？

1 頭踏：隨從儀仗，也作「頭搭」、「頭答」。
2 暖轎：四周有帷幔的轎子。

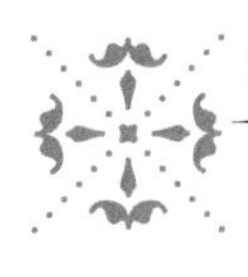

火首金剛，難脫龍潭虎窟！正是：飛蛾投火身傾喪，怒鱉吞鉤命必傷。所以，後一回才有吳用設計活捉賀太守，救出魯智深、史進之事。

【穿梭時空背景】

當高俅得知弟弟高廉被殺，奏請朝廷調兵征討，並保舉呼延灼為兵馬指揮使，征剿梁山。吳用便派時遷前往東京偷盜金槍班教師徐寧的祖傳寶貝——雁翎甲，並引誘徐寧上山，徐寧上山後教授鉤鐮槍，大破呼延灼的連環馬。呼延灼兵敗之後，投靠青州慕容知府，而慕容知府也想借重他的能力，將地方上的強盜消滅乾淨，於是令呼延灼征剿桃花山、二龍山、白虎山等山寨。

因此，為了聯合抵抗官軍，在二龍山的魯智深、楊志、武松便與其他三山好漢，央請宋江出兵，合力攻打青州。宋江帶兵下山，用陷馬坑捉住呼延灼，而呼延灼又在吳用之計與宋江的勸說下，歸順了梁山；此後，呼延灼運用計策打開了青州城門，殺了慕容知府及其全家。另外，魯智深為了邀史進等少華山好漢上梁山，隻身前往華州搭救因行刺太守而被捕入獄的史進，沒想到自己反而被賀太守捉住。

【品味賞析再延伸】

「飛蛾投火身傾喪，怒鱉吞鉤命必傷」，勸人不可意氣用事，惹出不必要的事端。這句話用極形象化的語言來形容，飛蛾撲火是自投羅網，不會有什麼好下場；怒鱉吞鉤也是不理智的行為，怒火矇蔽了雙眼，讓人失去判斷力，後果將不堪設想。

這句話用在形容本回的魯智深身上非常恰當，他想救史進，隻身一人前往；見到賀太守莫名其妙地派人相邀，仗著自己一身功夫便隨人進入太守府中，還交出禪杖與戒刀，赤手空拳。果然，人家不費吹灰之力，就來個甕中捉鱉。

不過，也不只魯智深魯莽，這一回還有個呼延灼也一樣「飛蛾投火」、「怒鱉吞鉤」。他聽見探子來報，城外有人在山坡上窺探城內，便帶了

很少的從人，想去抓拿宋江。他完全忘了自己是青州城的主帥，不是應該先派人去探探虛實嗎？或者，至少也該多帶些人馬前往。

《吳越評水滸》一書討論，這一回之所以要讓魯智深在華州被捉，其實是為了後一回宋江的兵發華州，而這部分又是經過金聖歎託名古本而改的，金聖歎寫道：「俗本寫魯智深救史進一段，鄙惡至不可讀，每私怪耐庵，胡為亦有如是敗筆；及得古本，始服原文之妙如此。……」因此這個橋段的鋪陳，主要是為了讓宋江領七千人馬從梁山泊出發，殺到華山腳下。然而，光想到這段路程的長途跋涉，就讓人覺得魯智深莽撞行事的代價也未免太大了！

大陸學者吳越會這麼說，也不是沒有道理的，且看第三回至第八回魯智深的出場，雖然寫了「五鬧」：一鬧渭州城，拳打鎮關西；二鬧五臺山，醉酒毀金剛；三鬧桃花村，痛擊小霸王；四鬧瓦官寺，殺了惡道士；五鬧野豬林，刀下救林沖；同時也生動描繪出魯智深除暴安良、仗義行俠的性格。單單從他「拳打鎮關西」的經過來看，就知道他並不魯莽，反而善於思考、謀畫布局；再看他初上五臺山時，按下怒火，冷靜面對當時的情勢，為了逃避官府的捉拿，而讓那襲象徵失去自由的袈裟成了他最好的保護罩。

因此，魯智深真如此魯莽嗎？真會如「飛蛾投火」或「怒鱉吞鉤」一般意氣用事嗎？從前面的表現來看，實在很難令人信服，但這一回作者的確讓他像個沒大腦的莽夫，橫衝直撞地走入賀太守的陷阱中。這多少讓人懷疑，如此安排真是為了後一回宋江的兵發華州鋪路，而魯智深多少也為了成全宋江而犧牲掉性格形象的完整性。

蛇無頭而不行，鳥無翅而不飛

第六十回〈公孫勝芒碭山降魔　晁天王曾頭市中箭〉

【原汁原味的閱讀】

晁蓋帶同諸將上馬，領兵離了法華寺，跟著和尚。行不到五里多路，黑影處不見了兩個僧人，前軍不敢行動。看四邊路雜難行，又不見有人家。軍士卻慌起來，報與晁蓋知道。呼延灼便叫急回歸路。走不到百十步，只見四下裡金鼓齊鳴，喊聲震地，一望都是火把。晁蓋眾將引軍奪路而走。才轉得兩個彎，撞出一彪軍馬，當頭亂箭射將來，不期一箭，正中晁蓋臉上，倒撞下馬來。卻得呼延灼、燕順兩騎馬，死併將去。背後劉唐、白勝，救得晁蓋上馬，殺出村中來……。

眾頭領且來看晁蓋時，那枝箭正射在面頰上；急拔得箭出，血暈[1]倒了。看那箭時，上有「史文恭」字。林沖叫取金槍藥敷貼上，原來卻是一枝藥箭。晁蓋中了箭毒，已自言語不得。林沖叫扶上車子，便差三阮、杜遷、宋萬先送回山寨。其餘十五個頭領，在寨中商議：「今番晁天王哥哥下山來，不想遭這一場，正應了風折認旗[2]之兆。我等只可收兵回去。這曾頭市急切不能取得。」呼延灼道：「須等宋公明哥哥將令來，方可回軍。」有詩為證：

威鎮邊陲不可當，梁山寨主是天王。最憐率爾圖曾市，遽使英雄一命亡。

當日頭領悶悶不已，軍亦無戀戰之心，人人都有還山之意。當晚二更時分，天色微明，十五個頭領，都在寨中納悶，正是：蛇無頭而不行，鳥無翅而不飛。嗟

1 血暈：指病人由於見到血液而產生的暈厥現象。

2 認旗：指軍隊中用來區別所屬的旗號，旗上有主將的官號或是姓字。

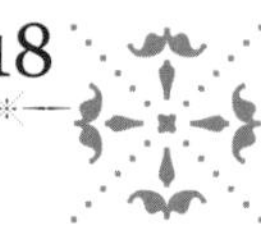

咨嗟惜，進退無措。

【穿梭時空背景】

卻說公孫勝在芒碭山做法降了混世魔王諸人，宋江一夥人正班師返回山寨。途中卻遇到有人攔路，這個攔路人是個盜馬賊，外號叫金毛犬段景住。段景住是涿州人氏，平日都在北邊地面盜馬，原本偷了一匹大金國王子的坐騎，叫照夜玉獅子的千里馬，想要獻給宋江，做為進身之路。沒想到卻在淩州地區，被曾頭市的曾家五虎的人搶走。隨後宋江派人前往曾頭市查看。更傳出曾家五虎的人揚言要和梁山泊作對。

曾家的人杜撰幾句言語，教街上小孩都唱道：「搖動鐵鐶鈴，神鬼盡皆驚。鐵車並鐵鎖，上下有尖釘。掃蕩梁山清水泊，勦除晁蓋上東京！生擒及時雨，活捉智多星！曾家生五虎，天下盡聞名。」

幾句話惹惱了晁天王，他硬是要親自點將領兵討伐。在出發前，突然來了一陣狂風，將晁蓋新製的認軍旗吹斷，吳學究諫道：「此乃不祥之兆，兄長改日出軍。」晁天王仍執意前行，雖然眾人力勸，仍攔不住。

戰了幾天，並不順利。後來，晁蓋誤信了曾家派來誘敵的兩個和尚，假意要為晁蓋領路去偷襲曾家的營寨，卻讓晁蓋眾人一步步陷入埋伏。晁蓋臉頰中了史文恭的暗箭，落下馬來。

事發後，眾頭領憂心煩悶，大家都想打道回府。當晚傳下軍令，頭領引軍回山寨，再另想對策。上山後，眾人趕來看視晁天王時，他已是水米不能入口，渾身虛腫。宋江等人守在床前啼哭，並親手敷貼藥餌，灌下湯散。夜至三更，晁蓋身體沉重，轉頭看著宋江，囑咐道：「賢弟保重。若哪個捉得射死我的，便叫他做梁山泊主。」說完，便瞑目而死。宋江見晁蓋死了，如喪考妣一般，哭得發昏。幾位頭領扶宋江出來主事，吳用、公孫勝也勸他，生死有命，不要太過憂傷，並請他理會大事。宋江哭罷，便教人以香湯沐浴了屍首，裝殮衣服巾幘，停在聚義廳上。

眾人舉哀祭祀，一面合造內棺外槨，選了吉時，建起靈幃。中間設個神主，上寫道：「梁山始祖天王晁公神主。」山寨中頭領，自宋公明以下，都帶重孝。小頭目與小嘍囉，也帶孝頭巾。把那枝誓箭，就供養在靈前。此外，還重新安排了梁山泊的座次。寨內揚起長旛，請附近寺院僧上山做功德，追薦晁天王。

【品味賞析再延伸】

「蛇無頭而不行，鳥無翅而不飛」，比喻群眾失去首領，便不能有所行動。梁山好漢屢次出征，江州劫法場、三打祝家莊、打青州，雖然不是每次都勢如破竹，偶然也有些頓挫失利，但到底終能化險為夷，完全沒料想到這次晁天王親自領軍攻打曾頭市，屢屢不順，還中箭落馬。梁山泊的第一把交椅受了重傷，非同小可，一時之間群龍無首，驚得眾人手足無措、進退失據，連連敗退入山寨。

明代小說評點家金聖歎的《第五才子書施耐庵水滸傳》，在關於這一回的評論中，洋洋灑灑條列十大證據，認定晁蓋並非死於史文恭之箭，而是死於宋江之手。認為宋江欲謀晁蓋之位已久，每次晁蓋欲下山建功，宋江便會說：「哥哥是山寨之主，未可輕動。」一次又一次，漸漸架空了晁蓋的權力。獨獨這一回，宋江卻默然不語。此次晁蓋獨排眾議，親自下山，結果中箭身亡。這一切是偶然，還是另有隱情呢？點評家從各種蛛絲馬跡中勾勒出不同的觀點。

不論如何，晁蓋在這裡提前退場，具有過渡的性質，雖然未列一百零八將之中，但不可否認，他有奠定梁山泊基業的功勞。自林沖火併了王倫，推晁蓋為尊之後，各方豪傑前來聚義，讓梁山泊的事業好生興旺。

晁蓋有個托塔天王的美稱，顯示他的力氣不小，雖然平常喜歡「刺槍使棒」，武功卻不見得有多高強，至少在小說中並沒有展現，但是他講義氣，愛結識天下好漢，智多星吳用便曾說：「兄長性直，只是一勇。」義氣十足，勇敢果決，可以劫奪生辰綱，毅然解散家業上梁山，只是單單憑這一勇，要帶領梁山泊這越發蓬勃的事業，未免顯得謀略不足，或許作者安排晁天王的下台一鞠躬，讓他提早交棒，也是形勢所趨。

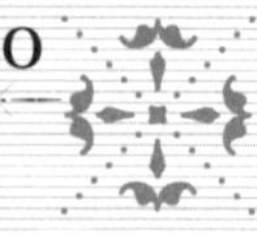

既出大言，必有廣學

第六十一回〈吳用智賺玉麒麟　張順夜鬧金沙渡〉

【原汁原味的閱讀】

且說吳用、李逵兩個，搖搖擺擺，卻好來到城門下。守門的約有四、五十軍士，簇捧著一個把門的官人在那裡坐定。吳用向前施禮，軍士問道：「秀才哪裡來？」吳用答道：「小生姓張，名用。這個道童姓李。江湖上賣卦營生。今來大郡，與人講命。」身邊取出假文引[1]，教軍士看了。眾人道：「這個道童的鳥眼，恰像賊一般看人！」李逵聽得，正待要發作。吳用慌忙把頭來搖，李逵便低了頭。吳用向前與把門軍士陪話道：「小生一言難盡！這個道童，又聾又啞，只有一分蠻氣力，卻是家生的孩兒[2]，沒奈何帶他出來。這廝不省人事，望乞恕罪。」辭了便行。李逵跟在背後，腳高步低，望市心裡來。吳用手中搖著鈴杵，口裡念四句口號道：

「甘羅發早子牙遲[3]，彭祖顏回壽不齊[4]，范丹貧窮石崇富[5]，八字生來各有時。」

吳用又道：「乃時也，運也，命也。知生，知死，知貴，知賤。若要問前程，先賜銀一兩。」說罷，又搖鈴杵。北京城內小兒，約有五、六十個，跟著看了笑。卻好轉到盧員外解庫[6]門首，自歌自笑，去了復又回來，小兒們哄動。盧員外正在解庫廳前坐地，看著那一班主管收解，只聽得街上喧哄。喚當值的問道：「如何街

---

1 文引：即證明文件。

2 家生的孩兒：指賣身奴僕的兒女，仍然留在主人家當奴僕的。

3 甘羅發早子牙遲：甘羅十二歲時，因功被秦封為上卿，而說「發早」；輔佐周武王伐紂的姜子牙，八十歲才際遇周文王，拜為丞相，而說「發遲」。發：發跡。

4 彭祖顏回壽不齊：傳說彭祖從夏代活至商末，有八百多歲；孔子得意門生顏回，死時二十九歲。

5 范丹貧窮石崇

上熱鬧？」當值的報覆：「員外，端的好笑！街上一個別處來的算命先生，在街上賣卦，要銀一兩算一命，誰人捨的！後頭一個跟的道童，且是生的滲瀨7，走又走的沒樣範8。小的們跟定了笑。」盧俊義道：「既出大言9，必有廣學。當值的，與我請他來。」當值的慌忙去叫道：「先生，員外有請。」吳用道：「是何人請我？」當值的道：「盧員外相請。」吳用便與道童跟著轉來，揭起簾子，入到廳前，教李逵只在鵝項椅10上坐定等候。

富：東漢人范丹博通五經，終生不仕，生活非常貧困；西晉大官僚石崇，任荊州刺史時，因縱兵搶奪客商財物，成為大富豪。

6 解庫：當舖。

7 滲瀨：恐怖、醜陋。

8 樣範：樣式、模範。

9 大言：誇大或狂妄的言論。

10 鵝項椅：一種長靠背椅名。

【穿梭時空背景】

一日，宋江聚集眾頭領商議，想興兵攻打曾頭市，替晁蓋報仇。軍師吳用進諫，一般老百姓在居喪期間，家裡都不輕易有變動，何不等到居喪百日之後再舉兵？

在這段期間，宋江與一個自北京「龍華寺」前來做法事的僧人，談論起北京城下有位大員盧俊義，綽號「玉麒麟」，是河北三絕，一身好武藝，棍棒天下無雙。梁山泊寨中若得此人，便不怕官軍緝捕了！於是軍師吳用便獻上一計，要憑著自己的三寸不爛之舌，將他召上山來，黑旋風李逵自告奮勇跟隨。

於是，吳用打扮成鐵口直斷的算命先生，身邊帶著一名又黑又壯、面目凶惡的隨從，但因扮做小道童，梳個雙髻，模樣有些怪異。來到北京城後，吳用刻意打出「講命談天，卦金一兩」的

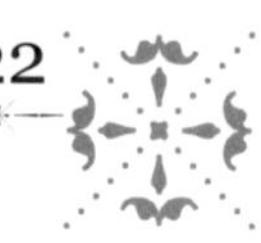

高價，引人注意。偏偏盧俊義是個喜好獵奇的人，認為「既出大言，必有廣學」，就像現代人的想法「便宜沒好貨，好貨不便宜」。於是，盧俊義將吳用請進家門，為自己算上一命。這一算，便將河北這一絕給送上了通往梁山泊的大轎。

算命時，吳用一開口便大叫：「怪哉。」又說：「員外這命，目下不出百日之內，必有血光之災。家私不能保守，死於刀劍之下。」吳用見盧俊義語帶遲疑，便急取原銀付還，裝勢要走，臨走之際，又來一記回馬槍，嘆了口氣說：「天下原來都要人阿諛諂佞！罷，罷！分明指與平川路，卻把忠言當惡言。小生告退。」大凡算命先生不論應不應驗，總是出外求財的，而眼前這位算命先生竟然不要已落袋的一兩白銀。這一招反退為進的伎倆，唬得盧俊義不得不信。然而當盧俊義有點動搖時，吳用又下一道狠招，說：「員外貴造，一向都行好運。但今年時犯歲君，正交惡限。目今百日之內，屍首異處。此乃生來分定，不可逃也。」盧俊義從吳用口中聽到關於自己未來的災難，一句比一句更嚴重，忍不住急切地問：「可以迴避否？」吳用說：「除非去東南方巽地上，一千里之外，方可免此大難。雖有些驚恐，卻不傷大體。」

吳用離去前，告訴盧俊義命中的四句卦歌，並且寫在壁上：「蘆花叢裡一扁舟，俊傑俄從此地遊。義士若能知此理，反躬逃難可無憂。」就這樣，智多星巧扮的算命先生句句定了盧俊義的命，招招布下天羅地網，讓北京的玉麒麟一步步自陷羅網而不知。

【品味賞析再延伸】

「既出大言，必有廣學。」意思是既然能誇下海口，想必有真才實學。

盧俊義是過慣太平生活的大員外，繼承世代家傳的基業，生來富貴衣食無虞，未經歷風雨，自然不會了解江湖爾虞我詐的騙術。而這位算命先生，句句說中太平員外所擔心的事——深怕一生富貴毀於一旦。

如果算命先生的言語太誇張，或者盧俊義的江湖歷練夠豐富，算命先生所言就可能被視為「大放厥詞」、「妖言惑眾」一類。由此可知，語言的表達，在於說話者與聽話者之間，是否可以達成「溝通」的效果。

《三國演義》第五回，曹操推舉袁紹當盟主，率十七路軍諸侯討伐董卓，當時董卓的陣營，有個將領華雄，勇猛善戰，接連斬了盟軍好幾個將領。盟主袁紹也束手無策，召集大家商討對策。這時，華雄又來寨前搦戰，眾人都閉口無語。袁紹嘆道：「只可惜帳下的顏良、文醜未至，得一人在此何懼華雄！」階上突然有人大呼而出：「小將願往斬華雄，獻於帳下。」這人就是劉玄德之弟關羽。袁術因他只是劉備的馬弓手，而看他不起，還說：「汝欺吾眾諸侯無大將耶？量一弓手，安敢亂言！與我打出。」曹操見此人儀表不凡，便說：「此人既出大言，必有廣學（勇略），試教出馬，如其不勝，責之未遲。」

同樣一件事，袁術因關羽的職掌卑微，看不起他，斥其「亂言」；曹操則有識人之明，相信關羽必有「廣學」，才敢如此誇口。

人怕落蕩，鐵怕落爐

第六十一回〈吳用智賺玉麒麟　張順夜鬧金沙渡〉

1 人怕落蕩：蕩，是草野水泊，為盜賊聚集的地方。指人一旦踏入了某種環境，往往會不由自主，被環境所屈服、同化。

2 妻孥：指妻子與兒女。

【原汁原味的閱讀】

當下李逵手拿雙斧，厲聲高叫：「盧員外，認得啞道童麼？」盧俊義猛省，喝道：「我時常有心要來拿你這夥強盜，今日特地到此，快教宋江那廝下山投拜！倘或執迷，我片時間教你人人皆死，個個不留！」李逵呵呵大笑道：「員外，你今日中了俺的軍師妙計，快來坐把交椅！」盧俊義大怒，拿著手中朴刀，來鬥李逵。李逵掄起雙斧來迎。兩個鬥不到三合，李逵托地跳出圈子外來，轉過身，望林子裡便走。盧俊義挺著朴刀，隨後趕去，李逵在林木叢中東閃西躲。引得盧俊義性發，破一步，搶入林來，李逵飛奔亂松叢中去了。盧俊義趕過林子這邊，一個人也不見了。卻待回身，只聽得松林旁邊轉出一夥人來，一個人高聲大叫：「員外不要走，認的俺麼？」盧俊義看時，卻是一個胖大和尚，身穿皂直裰，倒提鐵禪杖。盧俊義喝道：「你是哪裡來的和尚？」魯智深大笑道：「洒家是花和尚魯智深，今奉軍師將令，著俺來迎接員外上山。」盧俊義焦躁，大罵：「禿驢敢如此無禮！」拈手中寶刀，直取那和尚。魯智深掄起鐵禪杖來迎。兩個鬥不到三合，魯智深撥開朴刀，回身便走。盧俊義趕將去。正趕之間，嘍囉裡走出行者武松，掄兩口戒刀，直奔將來。盧俊義不趕和尚，來鬥武松。又不到三合，武松拔步便走。盧俊義哈哈大笑：「我不趕你！你這廝們何足道哉！」說猶未了，只見山坡下一個人在那裡叫道：「盧員外，你如何省得！豈不聞『人怕落蕩[1]，鐵怕落爐』？哥哥定下的計策，你待走哪裡去？」盧俊義喝道：「你這廝是誰？」那人笑道：「小可便是赤髮鬼劉唐。」盧俊義罵道：「草賊休走！」挺手中朴刀，直取劉唐。方才鬥得三合，刺斜裡一個人大叫道：「好漢沒遮攔穆弘在此！」當時劉唐、穆弘，兩個兩條朴刀，雙鬥盧俊義。正鬥之間，不到三合，只聽的背後腳步響。盧俊義喝聲：「著！」劉唐、穆弘跳退數步。盧俊義便轉身鬥背後的好漢，卻是撲天鵰李應。三個頭領，丁字腳圍定。盧俊義全然不慌，越鬥越健。正好步鬥，只聽得山頂上一聲鑼響，三個頭領各自賣個破綻，一齊拔步去了。盧俊義又鬥得一身臭汗，不去趕他。再回林子邊，來尋車仗人伴時，十輛車子、人伴頭口，都不見了。口裡只管叫苦。有詩為證：

避災因作泰山遊，暗裡機謀不自由。家產妻孥[2]俱撇下，來吞水滸釣魚鉤。

【穿梭時空背景】

話說盧俊義自從算卦之後，心亂如麻，坐立不安，便找眾主管來商議事務。盧俊義開口便提起他讓人算命的事，而且必須去東南方一千里外躲避，才能免血光之災。李固、燕青及盧夫人賈氏等苦勸，「勿信算命先生胡言亂語」、「敢是梁山泊歹人，假裝做陰陽人來煽惑」、「出外一里，不如屋裡」、「勿去龍潭虎穴做買賣！在家內清心寡慾，自然無事」，盧俊義卻只是一意孤行。

盧俊義卻要大家別亂說，什麼梁山泊那夥賊人，他根本不把他們放在眼裡，硬是要去給他們點顏色瞧瞧，並將自己學成的武藝，顯揚於天下，也算個男子漢大丈夫！

盧員外自信滿滿，他不讓身懷武藝的燕青跟隨，一定要膽小怕事的文職主管李固當跟班。李固只好去安排車輛，找了十個腳夫，把行李裝上車，行貨拴縛妥當，當晚就出城了。

行走數日，來到梁山泊周邊的客店宿食，盧俊義又叫人在車上插幾面旗，上頭有幾個字，寫道：「慷慨北京盧俊義，遠馱貨物離鄉地。一心只要捉強人，那時方表男兒志。」

李固等人看了，心中暗自叫苦。大家又是一番勸諫，無奈盧員外完全聽不進去，仗著自己的棍棒功夫，妄想著捉拿水滸好漢。

連店小二都開口請求他低調一些，不要連累了他們，因為梁山泊的人可不是好惹的。盧俊義卻開口罵人，指責店家和那些賊人原來都是一夥的！李固忍不住跪下苦勸，盧俊義喝道：「你懂什麼！我學得一身好本事，今日就要在此大顯身手！我車子上準備了些熟麻索。等到賊人撞在我手裡，一朴刀砍翻一個，你們就幫我把他們綁在車上。丟了貨物也無所謂，捉人要緊。然後把賊首送往京師，請功受賞，完成我平生大願。你們誰敢說聲不，我就先宰了他！」李固和眾人聽了，莫不哭哭啼啼，只能聽從。一行人就這樣奔往梁山泊的路上來。

李固等人見到山路崎嶇，是走一步，怕一步，而盧俊義只顧著一路往前衝。之後來到一座大樹林，有千百株合抱不交的大樹。車杖走到林子邊時，只聽得一聲胡哨響，嚇得李固等人沒躲處。盧俊義命人把車仗押在一邊。車伕都躲在車子底下不敢出來。盧俊義大吼說：「等我打倒賊人，你們要給我好好綁縛！」話還沒說完，林子邊走出四五百個小嘍囉，後面接著響起鑼聲，又有四五百小嘍囉截斷了後路。然後林子裡傳來一聲炮響，便跳出了一群綠林好漢。

【品味賞析再延伸】

「人怕落蕩，鐵怕落爐。」意指即使是堅硬的鐵塊，也怕落到洪爐裡，一落到洪爐裡，很快就會融化掉；而人最怕落到荒野中，一旦落到荒野中，很快就會做起強梁的行為。說明環境對人有很大的影響。

孟子幼時父親就過世了，由母親撫養。孟子家住在城外的郊區，旁邊有塊墓地，經常有人舉辦喪葬的儀式，久而久之，孟子也學起送葬隊伍啼哭的樣子。孟母對於孟子這樣子玩耍很生氣，認為不利於讀書，於是搬到城裡去。到了城裡，旁邊剛好有個市集，殺豬聲和叫賣聲不斷，孟子

和鄰居的小孩學起買賣的遊戲。孟母覺得這個地方也很難專心讀書，便再次搬遷到學宮對面居住。在正月初一這一天，官員進入學宮的文廟，行禮跪拜，揖讓進退，孟子見了，一一記住。孟母想：「這才是孩子居住的地方。」就在這裡定居下來。

長大之後的孟子，成為儒家的大學者。有一次他和告子爭論「人性善惡」的問題。孟子主張人性本善，而告子認為人性沒有善與不善的分別，就好比是樹幹，如果硬要將樹幹變成茶杯的形狀，它也會成為那樣。又說：「就好比是急流的水一樣，引向東方則往東流，引向西方則往西流。所以，人性無所謂的善與不善，正好比流水沒有分東西一樣。」歷史上，關於人性本善本惡的問題一直爭辯不休，然而，環境對一個人行為的影響力已是不容置疑。

在瑞典首都斯德哥爾摩曾發生一起搶案，搶匪劫持了人質。人質在被挾持的數十天當中，與搶匪單獨相處，漸漸對搶匪產生了同情和認同感，之後甚至還自願為搶匪掙脫刑責，心理學家稱這種情形為「斯德哥爾摩症候群」。

【上知天文，下知地理】

交椅

坐具，因交椅下身椅足呈交叉狀，故稱之。漢以前的家具屬低面家具，沒有坐具，人們席地而坐，只有案几而無桌子。到漢代，北方游牧民族的「胡床」傳入（此「床」有坐具之意，與眠床的「床」不同）。大約唐以後，才把有後背與扶手的坐具稱為椅子。宋元時，出現帶靠背的交椅，分為直背與圈背兩大類。直後背交椅又稱「折疊椅」，而明代的交椅是圈背交椅的延續發展。

因為交椅可以折疊，方便搬運，在古代它的用途包括野外郊遊、圍獵、行軍作戰，後來逐漸演變為廳堂家具，且是上得了場面的坐具。章回小說中提到英雄好漢論資排輩坐第幾把交椅，便是源於此。交椅進入廳堂時，其交叉折疊的椅足便失去了原本野外使用的功能，於是改為常規椅子的四條直足。

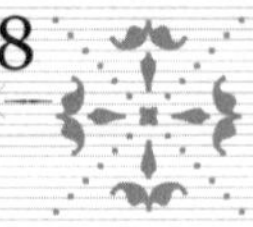

磚兒何厚，瓦兒何薄

第六十二回〈放冷箭燕青救主　劫法場石秀跳樓〉

【原汁原味的閱讀】

且說吳用回到忠義堂上，再入酒席，用巧言說誘盧俊義，筵會直到二更方散。次日，山寨裡再排筵會慶賀，盧俊義說道：「感承衆頭領好意相留，只是小可度日如年，今日告辭。」宋江道：「小可不才，幸識員外，來日宋江梯己[1]聊備小酌，對面論心一會，勿請推卻。」又過了一日。明日宋江請，後日吳用請，大後日公孫勝請。話休絮繁，三十餘個上廳頭領，每日輪一個做筵席。光陰荏苒，日月如梭，早過一月有餘。盧俊義尋思，又要告別。宋江道：「非是不留員外，爭奈急急要回。來日忠義堂上，安排薄酒送行。」

次日，宋江又梯己送路，只見衆頭領都道：「俺哥哥敬員外十分，俺等衆人當敬員外十二分！偏我哥哥筵席便吃，『磚兒何厚，瓦兒何薄！』」李逵在內大叫道：「我捨著一條性命，直往北京請得你來，卻不吃我弟兄們筵席，我和你眉尾相結[2]，性命相撲！」吳學究大笑道：「不曾見這般請客的！甚是粗鹵！員外休怪，見他衆人薄意[3]，再住幾時。」不覺又過了四、五日，盧俊義堅意要行。只見神機軍師朱武，將引一班頭領，直到忠義堂上開話道：「我等雖是以次弟兄，也曾與哥哥出氣力，偏我們酒中藏著毒藥？盧員外若是見怪，不肯吃我們的，我自不妨，只怕小兄弟們做出事來，悔之晚矣！」吳用起身便道：「你們都不要煩惱，我與你央

1 梯己：私下、親自。
2 眉尾相結：形容緊跟著不放。
3 薄意：謙稱自己的情意、情面。
4 泠泠：ㄌㄥˊ，清涼。

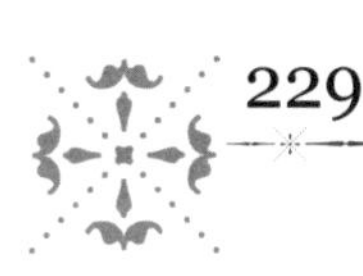

及員外，再住幾時，有何不可。常言道：『將酒勸人，終無惡意。』」盧俊義抑眾人不過，只得又住了幾日——前後卻好三、五十日。自離北京，是五月的話，不覺在梁山泊早過了兩個多月。但見金風淅淅，玉露泠泠[4]，又早是中秋節近。盧俊義思想歸期，對宋江訴說。宋江見盧俊義思歸苦切，便道：「這個容易，來日金沙灘送別。」盧俊義大喜。

【穿梭時空背景】

盧員外「明知山有虎，偏向虎山行」，然而當局者迷，他未能看透這一切其實都是智多星吳用預先設下的珍瓏棋局。就這樣，他完全依照別人寫好的劇本，一步步走向梁山的忠義堂。

所謂「沒有三兩三，豈敢上梁山」，盧員外自恃「天下棍棒無對」，卻不知要面對的是千軍萬馬的梁山好漢，即便是「猛虎也難抵猴群，雙手難抵四拳」。

一來到梁山泊的大路，便遭李逵、魯智深、武松、劉唐、穆弘、李應等諸人輪番上陣的車輪戰，只是，這些還只是誘兵、飯前的開胃菜而已，他們虛晃一招，鬥個兩三回合，便不見蹤影，一轉眼，自家的李固與一干人車仗都不見了。這下子盧俊義開始有點慌了。一會又是朱仝、雷橫引出宋江、吳用、公孫勝一行六七十人。盧俊義覺得局面有點失控，便忙著逃命，往山僻小徑走去，來到鴨嘴灘頭，放眼一望，滿目蘆花，茫茫煙水；傾耳一聽，盡是漁人唱著山歌，言下之意都是要他快快投降。盧俊義不禁仰天長嘆：「是我不聽好人言，今日果有悽惶事。」最後，終究因不識水性而落水就擒。

盧員外被張順等人從水中救起，送到梁山泊的忠義堂，吳用說明了賣卦賺員外上山的原由後，宋江便請他坐上第一把交椅，一同替天行道。想這盧員外本是北京城內一等一的清白良民，又是累世地主，多的是金銀萬貫，良田萬頃，何必來窮山竣嶺、荒山野外落草，即便是第

一把交椅，充其量也不過是個土匪頭。宋江雖誠意相邀，恭請上座，盧俊義完全不允，並嚴正拒絕，說道：「生為大宋人，死為大宋鬼，寧死實難聽從。」但是，盧俊義這些心思哪裡逃得過智多星吳用的算盤。吳用表示，既然他不願入夥，不妨在寨中小住幾日，再送他回家。於是就打發李固等人先回去，並且暗地告訴李固，盧員外已與他們商議好了，將坐第二把交椅，上山前他早在家中壁上預先寫下四句反詩，每句開頭正包藏著「盧俊義反」四字。接著眾多頭領，輪番設宴邀飲，三十個上廳頭領，每日輪一個做筵席。

一日，盧俊義與眾人告別，宋江又為盧俊義餞行，只見眾頭領都指責盧員外厚此薄彼，只肯吃宋江的餞別筵席，不肯吃他們的！盧俊義有苦難言，為了早早離開這個是非地，只得再應付車輪戰的送行酒宴。拖延戰術奏效，一轉眼盧俊義在梁山泊已有兩個月了。

【品味賞析再延伸】

「磚兒何厚，瓦兒何薄」，意指對人有親疏、厚薄、偏好不平等的待遇，即厚此薄彼的意思。閩南俗語中「對人有大小目（眼）」，便是類似說法。梁山泊的諸頭領故意質疑盧俊義對待大家的態度不一，藉由這番言語，讓盧俊義不得不接受每位頭領的邀約，以達成軍師吳用的拖延戰術。

明朝有一首男女對答的情歌，題名〈挂支兒〉：

（女）送情人，直送到無錫路，叫一聲燒窯人我的哥。一般窯，怎燒出兩般樣貨。磚兒這等厚，瓦兒這等薄。厚的就是他人也，薄的就是我。

（男）勸君家，休把那燒窯的氣。磚兒厚，瓦兒薄，總是一樣泥。瓦兒反比磚兒貴，磚兒在地下踹，瓦兒頭頂著你；腳踹的是他人也，頭頂的還是你。……

（女）據你說，燒窯人，教我怎麼不氣。磚兒厚，瓦兒薄，既是一樣泥，把他做磚我做瓦，未為無意。便道頭頂著我，到與你擋風雨，那腳踹的吃甚麼虧。頭頂是虛空也，腳踹是著實的。

（男）再勸伊，休把燒窯的氣。磚做厚，瓦做薄，誰不道是一樣泥。……我雖和你薄相處情長也，他厚殺也趕不上你。據我說，你與燒窯的不必心焦躁。磚兒厚，瓦兒薄，都是你兩個自招，厚待薄待我原無他道。那磚兒自塊塊方正平實得好，那瓦兒一片片反覆又蹊蹺。難道教我厚那蹺蹊的人兒也，把穩實的來薄了。

（女）聽說罷，燒窯人愈加要氣。磚兒瓦兒總都是泥，做好做惡也難容恕。把磚兒做平實了，把瓦兒做蹺蹊，你既做出個平實蹺蹊也，厚薄只得由著你。

（燒窯人）燒窯人聽多時，向前施禮。笑你個忒多心，也忒多疑。厚薄偏正我原無意，但磚體兒不得不平正，那瓦體兒又不得不蹺蹊。若曉道不得不平正蹺蹊也，又何必怨厚他薄著你。

歌詞是描述女子送別情郎時，向情郎抱怨，為何對別人好，卻對她就像是瓦那樣的薄情。情郎回答說瓦比較貴，瓦是蓋在屋頂，是頂著頭的，磚卻是踹在腳下的。女子又反駁說瓦在屋頂為你擋風雨，卻是虛空，磚踹在腳下，卻是實的。女子與情郎一來一往打情罵俏，反復的詰問與答辯，藉著磚瓦的厚薄比喻彼此的對待關係。

燒窯的人在旁邊聽二人對答，最後出面講公道話，說這個磚，根據它的用處，一定要做成厚且方，而瓦也是依據它的用處，一定要做成薄且彎，如果知道這個道理，又何必埋怨磚厚而瓦薄呢？

【上知天文，下知地理】

法　場

法場是古代處死犯人的地方。古時為了殺一儆百，常選在人多的市集，因為刑人於市，並將屍體棄置街頭示眾，所以又稱「棄市」。隨著朝代不同，法場的地點也不同。以北京城為例，元朝是在柴市口，因為柴是民生必需品，人群聚集，便於官府告示行刑，據說文天祥是第一個在這裡處刑的。到了清朝，法定刑場則是改在菜市口。

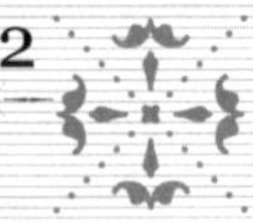

下民易虐，上蒼難欺

第六十二回〈放冷箭燕青救主　劫法場石秀跳樓〉

【原汁原味的閱讀】

蔡福起身，出離牢門來，只見司前墻下轉過一個人來，手裡提個飯罐，面帶憂容。蔡福認得是「浪子」燕青。蔡福問道：「燕小乙哥，你做甚麼？」燕青跪在地下，擎著兩行眼淚，告道：「節級哥哥，可憐見小人的主人盧員外吃屈官司，又無送飯的錢財！小人城外叫化得這半罐子飯，權與主人充飢。節級哥哥，怎地做個方便。」說罷，淚如雨下，拜倒在地。蔡福道：「我知此事，你自去送飯，把與他吃。」燕青拜謝了，自進牢裡去送飯。

蔡福轉過州橋來，只見一個茶博士，叫住唱喏道：「節級，有個客人在小人茶房內樓上，專等節級說話。」蔡福來到樓上看時，卻是主管李固。各施禮罷，蔡福道：「主管有何見教？」李固道：「奸不廝瞞，俏不廝欺，小人的事，都在節級肚裡。今夜晚間，只要光前絕後[1]。無甚孝順，五十兩蒜條金在此，送與節級。廳上官吏，小人自去打點。」蔡福笑道：「你不見正廳戒石上，刻著『下民易虐，上蒼難欺』。你那瞞心昧己勾當，怕我不知！你又占了他家私[2]，謀了他老婆，如今把五十兩金子與我，結果了他性命。日後提刑官下馬[3]，我吃不得這等官司。」李固道：「只是節級嫌少，小人再添五十兩。」蔡福道：「李固，你割貓兒尾，拌貓兒飯[4]！北京有名恁地一個盧員外，只值得這一百兩金子？你若要我倒地他，不是我

1 光前絕後：此處意指乾淨俐落地把人暗殺掉。

2 家私：家產、家財。

3 提刑官下馬：指宋初時，各地的提點刑獄公事官，由朝廷派資望高的侍從官前往，一年一換。

4 割貓兒尾，拌貓兒飯：意指拿這人的錢用在這人身上。

詐你，只把五百兩金子與我。」李固便道：「金子有在這裡，便都送與節級，只要今夜晚些成事。」蔡福收了金子，藏在身邊，起身道：「明日早來扛屍。」李固拜謝，歡喜去了。

【穿梭時空背景】

盧俊義終於下了梁山泊，先是在北京城外遇到燕青，衣衫襤褸，十分落魄。燕青告訴他家裡發生變故。李固返回後，對盧俊義的妻子說他歸順了梁山泊宋江，坐上第二把交椅，且立刻去官府報案。這兩人甚至做了夫妻，還嫌棄燕青不順從，把他趕出門。燕青勸盧俊義暫且先回梁山泊，另做商議；如果貿然回家，必中圈套。盧俊義硬是不相信，還一腳踢倒燕青。

這李固原是東京人，前來北京投奔親友，最後落得凍倒在盧員外門前。盧俊義救了他一命，看他十分勤勞謹慎，能寫能算，便教他管理家中事務。五年之內，還抬舉他做了都管。

如今，盧俊義回到家中，大小主管見到他都大吃一驚。李固慌忙前來迎接，請到堂上，納頭便拜。盧俊義劈頭問道：「燕青在哪裡？」李固只是遲疑。妻子賈氏從屏風後哭著出來，盧俊義也問她燕小乙的下落，賈氏虛應一番，引發了盧俊義的懷疑。沒多久，聽到前門後門喊聲四起，兩三百個衙門的差人闖了進來。盧俊義嚇了一跳，瞬間就被綁住了，還一步一棍，一直打到留守司來。原來李固一面安頓盧員外，一面派人去衙門通風報信，一班公人便前來捉拿盧俊義。

梁中書坐在公廳中，當面審問盧俊義，並讓他與賈氏、李固對質。賈氏說：「不是我們要害你，只怕你連累我。一人造反，九族全誅。」李固也說：「主人不必叫屈，是真難滅，是假易除。早早招了，免致吃苦。」

因為李固早已賄賂了都使，所以左右公人，不由分說，把盧俊義打得皮開肉綻，鮮血迸流，且立刻送入大牢監禁。

這裡兩院押獄兼充行刑劊子的是個兄弟檔，

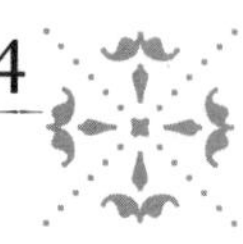

叫蔡福、蔡慶。李固拿了錢財想要疏通他們。蔡福笑著說：「下民易虐，上蒼難欺。」其實是趁機獅子大開口，向李固大撈一筆。

一部《水滸傳》，官府監獄皆是判生判死的地方，有錢則生無錢則死，戒石所刻的警語，僅僅只是充當花瓶而已。

【品味賞析再延伸】

「下民易虐，上蒼難欺」是五代十國後蜀君主孟昶，在廣政四年所製定官箴中的一句話。北宋太宗時，特別頒行全國各州縣的官署，並勒摹黃庭堅的書法。全文共有四句，銘曰：「爾俸爾祿，民膏民脂，下民易虐，上蒼難欺。」用來警示當時為官的人要清廉正直。意思是：你們當官的俸祿，都是人民辛辛苦苦換來的血汗錢，殘害下層的百姓雖然容易，須知老天爺是難以蒙蔽的。

在古代官場，賄賂官員似乎是家常便飯，也是小說中常見的情節。有句話說「有錢能使鬼推磨」，也說「買通關節」。就像本回中，李固要害主人盧俊義，便對官府上下、大小官吏、牢房、獄卒等，一一使錢打點。

在清朝康熙年間，有位官吏叫張伯行，對於假饋贈之名，而行賄賂之實的行為深惡痛絕。他為官清正廉潔，從不收受下屬與百姓的禮品，因此贏得當地百姓的愛戴，有「止飲江南一杯水」之譽。因為為官太清廉，受到同僚的排擠，推舉清官時，上司竟無人推薦他。後來，康熙皇帝南巡時，駐蹕江寧，讚揚張伯行是「江南第一清官」，即升拔為福建巡撫，後轉任江蘇巡撫。他在任職巡撫期間，發布一份安民告示《禁止饋送檄》：「一絲一粒，我之名節，一釐一毫，民之脂膏。寬一分，民受賜不止一分，取一分，我為人不值一文。」

民國初年，軍閥馮玉祥來到一個縣衙巡視，看到門楣上有「爾俸爾祿，民膏民脂」幾個字，曾對跟隨負責的人說，這個門楣太陳舊了，應該改為：「一文錢都是老百姓的血汗。」

情知語是鉤和線，從頭釣出是非來

第六十七回〈宋江賞馬步三軍　關勝降水火二將〉

【原汁原味的閱讀】

說猶未了，凌州陣內，早飛出五百火兵，身穿絳衣，手執火器，前後擁出有五十輛火車，車上都滿裝蘆葦引火之物。軍人背上，各拴鐵葫蘆一個，內藏硫黃、焰硝、五色煙藥，一齊點著，飛搶出來。人近人倒，馬過馬傷。關勝軍兵四散奔走，退四十餘里扎住。魏定國收轉軍馬回城，看見本州烘烘火起，烈烈煙生。原來卻是黑旋風李逵與同焦挺、鮑旭，帶領枯樹山人馬，都去凌州背後，打破北門，殺入城中，放起火來，劫擄倉庫錢糧。魏定國知了，不敢入城，慌速回軍，被關勝隨後趕上追殺，首尾不能相顧。凌州已失，魏定國只得退走，奔中陵縣屯駐。關勝引軍把縣四下圍住，便令諸將調兵攻打。魏定國閉門不出。

單廷珪便對關勝、林沖等眾位說道：「此人是一勇之夫，攻擊得緊，他寧死，必不辱。事寬即完[1]，急難成效。小弟願往縣中，不避刀斧，用好言招撫此人，束手來降，免動干戈。」關勝見說，大喜，隨即叫單廷珪單人匹馬到縣。小校報知，魏定國出來相見了。單廷珪用好言說道：「如今朝廷不明，天下大亂，天子昏昧，奸臣弄權，我等歸順宋公明，且居水泊。久後奸臣退位，那時去邪歸正，未為晚矣。」魏定國聽罷，沉吟半晌，說道：「若是要我歸順，須是關勝親自來請，我便投降。他若是不來，我寧死不辱！」單廷珪即便上馬回來，報與關勝。關勝見說，

1 事寬即完：即事緩則圓的意思。

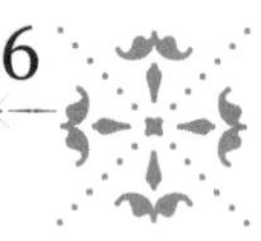

便道：「大丈夫做事，何故疑惑？」便與單廷珪匹馬單刀而去。林沖諫道：「兄長，人心難忖，三思而行。」關勝道：「好漢做事無妨。」直到縣衙。魏定國接著大喜，願拜投降。……

且說關勝等軍馬回到金沙灘邊，水軍頭領棹船接濟軍馬，陸續過渡，只見一個人氣急敗壞跑將來。衆人看時，卻是「金毛犬」段景住。林沖便問道：「你和楊林、石勇，去北地裡買馬，如何這等慌速跑來？」段景住言無數句，話不一席，有分教：宋江調撥軍兵，來打這個去處，重報舊仇，再雪前恨。正是：情知語是鉤和線，從頭釣出是非來。畢竟段景住說出甚言語來？

【穿梭時空背景】

話說梁山泊眾人為了救盧俊義大破北京大名府，梁中書倉皇出城逃難。等到探得梁山泊諸人退去，李成、聞達才敢引領殘兵入城，收拾殘局，清點損失。梁中書並寫表申奏朝廷。

天子知道這件事，大為驚訝，並詢問大臣意見。此時諫議大夫趙鼎提出，如果朝廷派人征討，勞民傷財，不如赦罪招安，命做良臣。沒想到這個主張忤逆了主戰派的太師蔡京，蔡太師的女婿梁中書才剛吃了梁山好漢的大虧，正想出一口氣。聽了趙鼎主和的言語，大怒地喝斥道：「你身為諫議大夫，反而減損了朝廷綱紀，這樣的罪刑應當是死罪。」天子為趙鼎緩頰道：「就將他逐出朝廷，沒有宣召不得入朝。」當天，趙鼎就被革職，罷為庶人，這樣一來，朝廷沒人敢再提出主和的意見。

另外，蔡京推舉凌州二將，單廷珪與魏定國二人前去掃清梁山水泊。單廷珪善用水浸兵法，人稱聖水將軍；魏定國熟精火攻兵法，上陣專能用火器取人，因此稱為神火將軍。

在宋江水滸寨內，探子也得到這兩人即將前來征討的消息，正在商議如何應敵。蒲東郡大刀

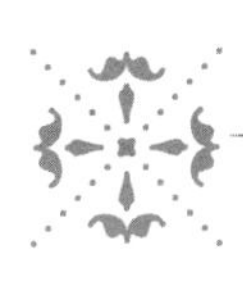

關勝自願前往凌州迎敵。宋江很高興，便叫宣贊、郝思文二將隨同，領五千軍馬前去。關勝與水火二將對陣，第一次雖然宣贊、郝思文被擒捉，但第二次時關勝拖起刀背拍得單廷珪落馬歸降，而魏定國卻是看關勝的面子歸降。大刀關勝並沒有費太大氣力便降伏了水火二將。

之後，眾人回到金沙灘邊，並對林沖等說，只見金毛犬段景住氣急敗壞地跑來，他與楊林、石勇前往北地買馬，挑選到健壯會跑有筋力的駿馬，買了兩百多匹；後來竟遭遇一夥強匪，領頭的是「險道神」郁保四，兩百多人把馬匹全數奪走，送到曾頭市去了。段景住連夜逃來，報告這件事。

回到山寨後，眾人聚集到忠義堂上，見了宋江。關勝先引單廷珪、魏定國，與大小頭領相見。李逵把下山攻破凌州的過程，報告了一遍。宋江看到梁山泊又添了幾位好漢，正高興著，一聽到段景住敘述奪馬一事，大怒道：「前者奪我馬匹，今又如此無禮。晁天王的冤仇未曾報得，旦夕不樂，如果不去報此仇，惹人恥笑。」

【品味賞析再延伸】

《尚書》中有：「唯口，出好興戎。」意思是：說話說得好便可以化干戈為玉帛，反之會導致戰爭。因此，自古以來對於「說話」這件事，看得很慎重。《詩經・小雅・青蠅》：「讒人罔極，交亂四國。」也是說：毀謗、中傷他人的小人，會造成國家之間的動亂。所以，孔子厭惡「利口之覆邦家者」（《論語・陽貨》）。此外，《論語・衛靈公》也有：「巧言亂德，小不忍，則亂大謀。」《孔子家語》又說：「君子以行言，小人以舌言。」聖人對於把話說得很動聽，事情講得天花亂墜的人評價實在是不高。其實，只要說話之前多加思考，並且看時間、看場合謹慎發言。所謂「時然後言，人不厭其言。」（《論語・憲問》）該說的時候說，不該說的時候不說，就不會引起他人的厭惡。如果話說得好，還能讓人獲益良多。所謂「與君一席話，勝讀十年書」和「良言一句三春暖」，都是對「說話」的正面評價。

在《水滸傳》第六十回中，金毛犬段景住因名馬照夜玉獅子被奪，而上梁山來哭訴，引得天

王晁蓋大動肝火，領兵出征，最後賠上自己的性命。這一回，又是因他所買的馬匹被搶，再次前來訴說奪馬一事，引得宋江大怒。

《水滸傳》作者藉由金毛犬段景注的一番言語，串起了前後段故事的情節。明代的小說評點家金聖歎便在六十七回的評論中，再次點明宋江其實有意弒晁蓋，在這一回中金聖歎反覆曲折地著墨於宋江不為晁蓋報仇之罪。

其中一項證據便是：段景住提到，郁保四劫奪馬匹，送往曾頭市去。這個「曾頭市」三字，不就是宋江應該要「刻肉刻骨，書石書樹，日夜號呼，淚盡出血」不能忘的嗎？可是自從停喪暫時攝位以來，不曾聽誰提起過，然而吳用之所以不再提起，林沖之所以不好提起，而廳上廳下眾人之所以不敢提起與不知道要提起，現在卻無端冒出個段景住陡然提起，正是因為宋江來不及掩段景住之口的緣故。

證據二：段景住說奪馬之事，宋江聽了大怒。這個小小的曾頭不自量力，第一次奪馬還不夠，竟然敢再奪一次。一般人都會有氣，更何況是梁山泊的英雄好漢？宋江雖然憤怒，卻一直沒有復仇的具體行動，怎不啟人疑竇？

證據三：晁蓋有遺令，誰能活捉史文恭，便可登上梁山泊主的寶座。畢竟宋江自己也可能志在於此，並且正暫居此位，就算他一直都沒有為天王報仇，又有誰能責怪他呢？否則他早就調撥諸將，完成此事了，是其他將領沒有能力，還是他們不該坐上第一把交椅呢？

評點家金聖歎列舉好幾個理由，來說明宋江其實有意弒晁蓋，以占據第一把交椅，至於評點家是否說得有理，就由各位看倌自行評判了。

【上知天文，下知地理】

火　兵

中國古代的火器，在北宋時靖康年間，在金兵攻打汴京時宋人便曾經使用，造成攻城的金兵重大的死傷。這種以紙管製成的爆炸火器，上節裝火藥，下節裝石灰，點著引線之後，發射至空中，降下來時，紙裂而石灰四散，傷害敵人，又稱為霹靂砲。

早知暗裡施奸計，錯用黃金買笑歌

第六十九回〈東平府誤陷九紋龍　宋公明義釋雙槍將〉

【原汁原味的閱讀】

李瑞蘭引去樓上坐了，遂問史進道：「一向如何不見你頭影[1]？聽的你在梁山泊做了大王，官司出榜捉你，這兩日街上亂哄哄地說，宋江要來打城借糧，你如何卻到這裡？」史進道：「我實不瞞你說，我如今在梁山泊做了頭領，不曾有功，如今哥哥要來打城借糧，我把你家備細說了。如今我特地來做細作，有一包金銀，相送與你，切不可走漏了消息。明日事完，一發帶你一家上山快活。」李瑞蘭葫蘆提[2]應承，收了金銀，且安排些酒肉相待，卻來和大娘商量道：「他往常做客時，是個好人，在我家出入不妨。如今他做了歹人，倘或事發，不是耍處！」大伯說道：「梁山泊宋江這夥好漢，不是好惹的。但打城池，無有不破。若還出了言語，他們有日打破城子入來，和我們不干罷。」虔婆便罵道：「老蠢物！你省得甚麼人事？自古道：蜂刺入懷，解衣去趕。天下通例：自首者即免本罪。你快去東平府裡首告，拿了他去，省得日後負累不好。」李公道：「他把許多金銀與我家，不與他擔些干係[3]，買我們做甚麼？」虔婆罵道：「老畜生！你這般說，卻似放屁！我這行院[4]人家，坑陷了千千萬萬的人，豈爭他一個！你若不去首告，我親自去衙前叫屈，和你也說在裡面。」李公道：「你不要性發，且教女兒款住[5]他，休得打草驚蛇，吃他走了。待我去報與做公的，先來拿了，卻去首告。」且說史進見這李瑞蘭

1 頭影：人影兒。
2 葫蘆提：宋元時口語，即糊塗。
3 干係：責任、關係。
4 行院：此指妓院。
5 款住：留住。

上樓來，覺得面色紅白不定。史進便問道：「你家莫不有甚事，這般失驚打怪？」李瑞蘭道：「卻才上胡梯，踏了個空，爭些兒跌了一交，因此心慌撩亂。」史進雖是英勇，又吃他瞞過了，更不猜疑。有詩為證：

可嘆青樓伎倆多，粉頭畢竟護虔婆。早知暗裡施奸計，錯用黃金買笑歌。

【穿梭時空背景】

梁山泊好漢宋江一夥人攻打曾頭市為晁蓋報仇雪恨，新坐第二把交椅的玉麒麟盧俊義活捉了曾家的教師史文恭，晁蓋有遺言：「若哪個捉得射死我的，便教他做梁山泊主。」在祭獻晁天王結束，宋江正要將主位讓與盧員外，卻引起眾人不服。於是又定下一條約定，由宋江與盧員外拈鬮決定去打東平府和東昌府，看誰先破城，便為梁山泊主。宋江拈著東平府，盧俊義拈著東昌府，各自調撥人馬下山。

一日，宋江領兵到東平府，原本打著先禮後兵的主意，派郁保四和王定六兩個人前去下戰書，沒想到卻給東平府的太守程萬里打了回來，還差點被雙槍將董平斬了頭。宋江怒氣填胸，揚言要吞州郡。

這時九紋龍史進自告奮勇，願意潛入東平城內當奸細。他表示那裡有個昔日交往過的娼妓李瑞蘭，可以花點金銀，潛入城裡，暫借她家裡安歇。再約定時日，由宋江攻城，等到董平出來迎戰，史進便去更鼓樓上放火，裡應外合，大事可成。

史進雖然武功高強，講義氣，重感情，但是他對世道人心的體會不深，在東平府城就因太過信任娼妓，而被虔婆給出賣了。正如軍師吳用所說：「常言道：娼妓之家，諱者扯丐漏走五個字。得便熟閑，迎新送舊，陷了多少才人。更兼水性無定，總有恩情，也難出虔婆之手。」

史進入城後，直接來找李瑞蘭，並將宋江要打城借糧的計畫全盤托出。李瑞蘭聽了，找了虔婆商量，暗中叫李大伯去衙門告發。

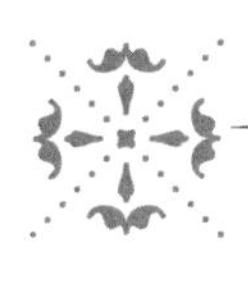

就當史進與李瑞蘭相敘久別間闊之情，窗外吶喊聲四起，數十個衙門的差人，奔上樓來。儘管史進十八般武藝精熟，槍法了得，也措手不及，眾人把史進像抱獅子一般，綁下樓來，送到東平府裡。由於史進不肯開口說話，程太守喝道：「給我用力打！」還對他噴冷水，兩腿各打一百大棍。無論如何拷打，史進就是不招，於是便被送進死囚牢中。

【品味賞析再延伸】

青樓中的女子，平日見慣了前來尋歡的王公子弟、富商浪子，對於金錢買笑、迎新送舊視為尋常事。像唐傳奇〈李娃傳〉中的李娃對待滎陽公子那樣的情深義重，引領他奮發向上取得科舉功名的例子，實屬史冊上少數的特例。

歡場中的女子，正如智多星吳用所說的，多半「水性無定」，像水一樣順勢流動，沒有定性，也沒有準則。所以，一旦「蜂刺入懷，解衣去趕」，遇到禍事來臨，自然想趕緊擺脫，道義放兩旁，利益擺中間。這是瓦子裡的生存法則，況且「火燒到身，各自去掃」也是一般市井小民的直覺反應，只有真正的「志士仁人」才會重視「捨生取義」。

俗話說：「夫妻本是同林鳥，大限來時各自飛。」即便是「百年修得共枕眠」的同命夫妻，遇到無情的災難也不免自求多福了。要怪只能怪九紋龍史進頭腦太簡單，沒有認清歡場女子的本質，以為多用些金銀錢財就可以收買，還一廂情願妄想帶李瑞蘭一家子上山快活。並非每個人都像史進一樣，他自己倒是義氣十足，在少華山時寧願燒了自己偌大的莊院，毀了自家產業，也不願出賣朱武、楊春，將他們交給官府（第二回）。不過，這一次九紋龍史進的真情義氣與往日恩情，只換來虛與委蛇的間闊之情，以及隨之而來的一百大棍和冷冰冰的死囚牢獄。

最後東平城破，史進獲救，他領了一干人去找李瑞蘭，把虔婆一家大小全送上西天，發洩了先前陷在死囚牢中的怨氣，「梨花帶雨玉生香」的李瑞蘭也終究香消玉殞。

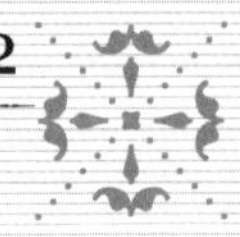

大廈將傾，非一木可支

第六十九回〈東平府誤陷九紋龍　宋公明義釋雙槍將〉

【原汁原味的閱讀】

原來董平心靈機巧，三教九流[1]，無所不通，品竹調弦[2]，無有不會，山東、河北皆號他為「風流雙槍將」。宋江在陣前看了董平這表人品，一見便喜。又見他箭壺中插一面小旗，上寫一聯道：「英雄雙槍將，風流萬戶侯。」宋江遣韓滔出馬迎敵。韓滔手執鐵搠，直取董平，董平那對鐵槍，神出鬼沒，人不可當。宋江再叫「金槍手」徐寧，仗鉤鐮槍前去替回韓滔。徐寧飛馬便出，接住董平廝殺。兩個在戰場上鬥到五十餘合，不分勝敗。交戰良久，宋江恐怕徐寧有失，便叫鳴金收軍。徐寧勒馬回來，董平手舉雙槍，直追殺入陣來。宋江鞭梢一展，四下軍兵，一齊圍住。宋江勒馬上高阜處看望，只見董平圍在陣內。他若投東，宋江便把號旗望東指，軍馬向東來圍他；他若投西，號旗便往西指，軍馬便向西來圍他。董平在陣中橫衝直撞，兩枝槍直殺到申牌已後，衝開條路，殺出去了。宋江不趕。董平因見交戰不勝，當晚收軍回城去了。……

這裡宋江連夜攻打得緊，太守催請出戰。董平大怒，披掛上馬，帶領三軍，出城交戰。宋江親在陣前門旗下喝道：「量你這個寡將[3]，怎敢當吾？豈不聞古人曾有言：『大廈將傾，非一木可支。』你看我手下雄兵十萬，猛將千員，替天行道，濟困扶危，早來就降，免汝一死！」董平大怒，回道：「文面[4]小吏，該死狂

1 三教九流：泛指古代中國的宗教與各種學術流派，是古代中國對人的地位和職業名稱劃分的等級。

2 品竹調弦：吹奏管弦，指精通各種樂器。

3 寡將：指勢單力薄且沒有後援的將領。

4 文面：臉上刺青，通「紋面」。

徒，怎敢亂言！」說罷，手舉雙槍，直奔宋江。左有林沖，右有花榮，兩將齊出，各使軍器，來戰董平。約鬥數合，兩將便走。宋江軍馬佯敗，四散而奔。董平要逞功勞，拍馬趕來。宋江等卻好退到壽春縣界，宋江前面走，董平後面追。離城有十數里，前至一個村鎮，兩邊都是草屋，中間一條驛路。董平不知是計，只顧縱馬趕來。宋江因見董平了得，隔夜已使王矮虎、一丈青、張青、孫二娘四個，帶一百餘人，先在草屋兩邊埋伏。卻拴數條絆馬索在路上，又用薄土遮蓋，只等來時，鳴鑼為號，絆馬索齊起，準備捉這董平。

【穿梭時空背景】

軍師吳用得知史進潛入東平府內當奸細之後，知道此舉必會失敗，於是連夜來到宋江的營寨中獻上一計，派遣顧大嫂扮做貧婆前去接應。這顧大嫂混入城裡之後，打聽到史進果然如軍師吳用所預料的，已身陷牢獄之中。顧大嫂佯稱要替昔日的主人送飯，引起獄卒的同情憐憫而得以進入大牢。由於牢中人多，無法詳細說明宋江的攻城策略，顧大嫂只透露：「月盡夜打城，叫你牢中自掙扎。」史進卻只聽到了「月盡夜」三個字。

那時正是三月，是大盡（農曆的大月）。到了二十九日，史進問牢中的小節級，沒想到小節級記錯日期，回說：「今朝是月盡夜。」史進當夜便利用機會掙脫枷梢，拔開牢門，只等外面救應，還打死了幾個迎面而來的公人，又放走了牢中五、六十個罪人。程太守與都監董平得知訊息，知道城中必定有內應，於是程太守圍住牢門，董平前去攻打宋江。史進在牢中不敢輕出，外面的人又不敢進去，顧大嫂只有乾著急。

都監董平，點起兵馬，並殺奔宋江寨來，伏路小軍向宋江報告軍情。宋江認為必是顧大嫂在城中吃虧了。對方既然殺來，他就準備迎敵。宋江在陣前看見董平這表人品，十分欣賞，有意想

賺他入營。第一次對峙時，先後派百勝將軍韓滔、手持鉤鐮槍的徐寧來與雙槍將董平對陣，結果都是不分勝負，只不過宋江人馬眾多，占了點便宜，董平只好收兵退入城中。

宋江連夜緊攻，將董平逼出城來交戰。宋江詐敗，四散而奔，並暗地教人在縣界小村鎮的路上，設置絆馬索，然後引誘董平到陷阱前，就在一聲鑼響下，絆馬索齊起，將馬絆倒，活捉了董平。

董平被俘之後，宋江一貫以禮相待，好言相勸，再加上這個兵馬都監董平與太守程萬里有些私怨，董平降了宋江之後，又去騙開城門，引梁山泊大隊人馬進城，自己卻跑到太守私衙，殺了程萬里一家人，奪了他的女兒。

由於董平的歸順，宋江很快取得東平府的錢糧，並依照攻城之前的約定，正式坐上梁山泊的第一把交椅。

【品味賞析再延伸】

戰國時代的《慎子・知忠》提到：「廊廟之材，蓋非一木之枝也；粹白之裘，蓋非一狐之皮也。」意思是說，建造廊廟那樣龐大建築物所用的材料，不會只是由一棵樹的木頭所提供；純白的皮衣，不會只是用一隻狐狸的皮所製成。這段話說明合作的重要性，與本回的名句意思相近，但用法有些區別。

在六十九回中，梁山泊眾人在東平府攻城時，宋江看見雙槍俠董平，風流倜儻，英姿煥發，非常賞識。於是對他實施心戰喊話，說：「大廈將傾，非一木可支。」意思是說，整個局勢就像危樓一樣即將崩塌，不是你一個人的力量可以支撐的。當然這只是一種勸降的心理戰術。董平喜歡東平府太守程萬里的女兒，屢次求婚不得要領，卻趁著東平府外患交迫之際，逼著程太守表態應許婚事，這樣的舉動實在是趁人之危的小人行徑。最後，他身為東平城的守將，卻在被俘虜之後投降獻城，充其量只能算是「壓倒駱駝的最後一根稻草」，實在稱不上是支撐廊廟的棟梁之材啊！

清光緒二十一年，甲午戰爭清朝敗戰，總理大臣李鴻章代表清廷簽訂馬關條約，其中有一條是將臺灣割讓給日本。消息傳到臺灣，人民群情激憤。在日本派兵接管臺灣之際，民眾紛紛組織義勇軍，反抗日本的接收。

當時，一介儒生丘逢甲憤然召集臺灣鄉紳咬指血書，聯合電奏清朝政府抗爭，表明「萬民誓不服倭」，先後上疏四次、血書五次以示憤慨和決心，要求廢約抗戰、保衛國土。但清朝政府認為臺灣抗日會危及北京，因而緊急召守軍早日撤回，並派員專程南下交割臺灣。

臺灣民眾只能孤軍抵抗日軍的接收，後來抗日失敗。丘逢甲西渡內陸，臨行前寫了一首離臺詩，云：「宰相有權能割地，孤臣無力可回天。」詩句中充滿一種「獨木難支」的無奈感嘆！

【上知天文，下知地理】

文面小吏

宋江原本是鄆城縣的押司，因殺了閻婆惜而被判刺配江州牢城，所以受了黥刑，臉上刺有金印，因而董平罵他是「文面小吏」。關於黥刑的起源，據《宋刑統》記載，當時的犯人，必先受杖責，然後在臉上加刺標記，並送往邊遠地區服勞役或充軍役，當時稱為刺配。通常依犯人的罪狀不同，刺的位置與字樣的排列或形狀也有所區別。凡是盜竊罪，要刺在耳朵後面；徙罪和流罪要刺在面頰上或額角，所刺的字排列成方塊；若為杖罪，所刺的字排列為圓形。

至人無過任評論，其次納諫以為恩

第七十三回〈黑旋風喬捉鬼　梁山泊雙獻頭〉

【原汁原味的閱讀】

李逵道：「我閒常把你做好漢，你原來卻是畜生！你做得這等好事！」宋江喝道：「你且聽我說！我和三、二千軍馬回來，兩匹馬落路[1]時，須瞞不得衆人。若還搶得一個婦人，必然只在寨裡！你卻去我房裡搜看。」李逵道：「哥哥，你說甚麼鳥閒話！山寨裡都是你手下的人，護你的多，哪裡不藏過了！我當初敬你是個不貪色慾的好漢，你原來是酒色之徒。殺了閻婆惜，便是小樣[2]；去東京養李師師，便是大樣。你不要賴，早早把女兒送還老劉，倒有個商量。你若不把女兒還他時，我早做早殺了你，晚做晚殺了你。」宋江道：「你且不要鬧嚷，那劉太公不死，莊客都在，俺們同去面對。若還對翻了，就那裡舒著脖子，受你板斧。如若對不翻，你這廝沒上下，當得何罪？」李逵道：「我若還拿你不著，便輸這顆頭與你！」宋江道：「最好，你衆兄弟都是證見。」便叫「鐵面孔目」裴宣寫了賭賽軍令狀[3]二紙，兩個各書了字，宋江的把與李逵收了，李逵的把與宋江收了。

李逵又道：「這後生[4]不是別人，只是柴進。」柴進道：「我便同去。」李逵道：「不怕你不來。若到那裡對翻了之時，不怕你柴大官人，是米大官人，也吃我幾斧！」柴進道：「這個不妨，你先去那裡等。我們前去時，又怕有蹺蹊。」李逵道：「正是。」便喚了燕青：「俺兩個依前先去，他若不來，便是心虛，回來罷休

1 落路：沿路而行。
2 小樣：小事件、小作為。
3 軍令狀：在軍中具結保證，如果有違背，願依照軍令處罪的文件。
4 後生：年輕人、晚輩。
5 性緊：即性急，個性急躁。

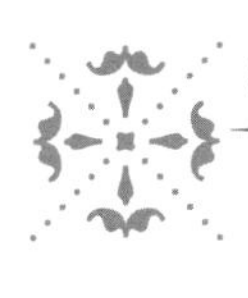

不得。」正是：至人無過任評論，其次納諫以為恩。最下自差偏自是，令人敢怒不敢言。

……

燕青道：「李大哥，怎地好？」李逵道：「只是我性緊[5]上，錯做了事。既然輸了這顆頭，我自一刀割將下來，你把去獻與哥哥便了。」燕青道：「你沒來由尋死做甚麼？我教你一個法則，喚做『負荊請罪』。」李逵道：「怎地是負荊？」燕青道：「自把衣服脫了，將麻繩綁縛了，脊梁上背著一把荊杖，拜伏在忠義堂前，告道：『由哥哥打多少。』他自然不忍下手。這個喚做負荊請罪。」李逵道：「好卻好，只是有些惶恐，不如割了頭去乾淨。」燕青道：「山寨裡都是你兄弟，何人笑你？」李逵沒奈何，只得同燕青回寨來，負荊請罪。

【穿梭時空背景】

宋江不顧軍師吳用的勸諫，堅持要上東京看花燈。柴進和史進等分四路人馬隨同前往，李逵也執意要跟，最後拗不過他，並由燕青看著他，一同隨行，眾人各作裝扮潛入東京。一行人來到東京城裡，看看酒肆茶坊，往來行人，戶戶喧嚷，慶賞元宵。閒談間偶然問起京師名妓李師師，當朝道君皇帝與李師師打得正熱。宋江便有意想藉李師師的路子直通道君皇帝，於是來到李師師家中。然而李逵是個粗鹵人，哪裡知道宋江的心思。李逵看見宋江、柴進與那美婦人喝酒，卻教他和戴宗負責看門，心裡便有氣，睜圓怪眼，連頭上毛髮都快倒豎起來了。他一肚子怒火無處發洩，見人就打，於是鬧了起來，把香桌椅凳，全都打得粉碎，甚至跑去放火。李師師家燒了起來，鄰人忙著救火，一時之間，驚動巡城官府。宋江諸人擔心闖了禁門，脫身不得，趕著出城，只留燕青與李逵。這李逵還想拿斧頭去劈

門，燕青將他絆倒，並拖了起來，對他說：「哥哥已自去了，獨自一個瘋甚麼。」燕青便帶著李逵一路出了城。

在回梁山泊途中，李逵與燕青來到劉太公莊上借宿。只聽得太公、太婆兩口一夜啼哭，惹得二人整夜睡不著，天一亮便去問個清楚。劉太公說：「兩日前有位自稱是梁山泊宋江和一個年紀小的後生，騎著兩匹馬，來莊上；老兒聽得說是替天行道的人，因此叫這十八歲的女兒出來把酒；吃到半夜，兩個把女兒奪了去。」李逵聽了這話，便信以為真。燕青說宋江絕對不是那種人，一定是有人假冒他姓名，在外面胡做非為。李逵可不這麼想，他親眼看到宋江在東京時，纏著李師師不肯放，所以肯定就是他。不論燕青怎麼解釋，李逵決定要替劉太公做主，立即返回山寨找宋江質問。

在梁山寨中，宋江見到李逵、燕青，便問他們是否迷了路，怎麼這麼晚才回來？怒目橫眉的李逵完全不回應，隨即拔出大斧，先砍倒了杏黃旗，將「替天行道」四個字扯得粉碎。眾人都大吃一驚，李逵拿著斧頭，就搶上堂來，直奔宋江。關勝、林沖、董平等人慌忙攔住他，並奪下大斧。宋江大怒喝道，又是怎麼一回事？宋江要李逵說個清楚，對他到底有什麼不滿？李逵氣成一團，哪裡說得明白。燕青道出事情緣由之後，眾人便前往劉太公家對質，問個仔細，還宋江一個清白。

【品味賞析再延伸】

西周的厲王暴虐無道，人民經常指責他的過失，為了杜絕百姓詆毀朝政，厲王派人在各個路口，監視人民的談話，只要有人批評時政，便逮捕並處死。後來，行人在路上相遇時，只敢交換一下目光，以表達不滿，即所謂的「道路以目」。然而，厲王竟然很滿意這項措施，還對他的大臣召公說，這樣一來終於沒有反對的聲音了。召公說：「防民之口甚於防川。」當河道被阻塞，一旦潰堤，會帶來很大的災害，堵住老百姓的嘴巴，也是一樣的。幾年之後，人民受不了厲王的暴政，便群起反抗，將厲王給流放了。

歷史上納諫如流的君主，唐太宗李世民應是模範。唐太宗說：「以銅為鏡，可以正衣冠；以史為鏡，可以知興替，以人為鏡，可以明得失。」所以，他面對諫臣魏徵的進諫，就算心裡不高興，也不敢反駁，甚至到了害怕碰見魏徵的地步。有一次，唐太宗正在後花園賞玩鳥，聽說魏徵要來朝見，怕被說是耽於玩樂，不務政事，趕緊將鳥兒藏到袖口裡面。等到魏徵報告完畢離去之後，那隻鳥已經悶死了。可以說，有敢於進諫不怕死的諫臣，還必須有寬容大量、虛心納諫的君主，才能相得益彰。

李逵的性格正如他的綽號黑旋風一樣，倏然而起倏然而滅，來去無蹤，率性而為，令人難以捉摸。因此，做事總是欠思考，經常是先打後商量，或只打不商量，一切訴諸於旋風般的暴烈手段。當他一聽到擄走劉太公女兒的匪徒是宋江，一時之間，宋江在他心中的正義形象轟然瓦解，這位他最信服、最崇拜的人，即使「（宋江）哥哥殺我也不怨，剮我也不恨。我夢裡也不敢罵他！」「除了他，天也不怕」（七十一回），甘願做宋江的卒車前兵。可是，一旦他認為宋江做出違反道義的事，這黑旋風卻要「早做早殺了你，晚做晚殺了你。」

終於真相大白，原來是個誤會。李逵儘管粗鹵莽撞，卻是敢作敢當，絕不虛偽做作。所以他會對燕青說：「既然輸了這顆頭，我自一刀割將下來，你把去獻與哥哥便了。」甚至認為「砍頭」比「負荊請罪」容易多了。最後，他將功贖罪，一馬當先，拿下了冒稱宋江招搖撞騙的惡漢的首級，並且解救了劉太公的女兒，真不愧是響叮噹的綠林好漢。

【上知天文，下知地理】

負荊請罪

戰國時代，趙國武將廉頗嫉妒相國藺相如受到重用，處處找相國的麻煩，並說他的壞話。當時趙國正面臨秦國的威脅，情勢日益艱困，藺相如因而相忍為國，不與廉頗計較，反而處處退讓。後來，廉頗知道藺相如一直退讓的原因，覺得很慚愧，便赤裸上半身，背負著荊棘，親自到相國府向藺相如謝罪。

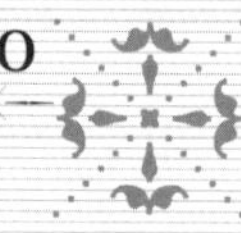

事從順逆，人有賢愚

第七十五回〈活閻羅倒船偷御酒　黑旋風扯詔罵欽差〉

【原汁原味的閱讀】

當日宋江請太尉上轎，開讀詔書，四、五次才請得上轎。牽過兩匹馬來，與張幹辦1、李虞候騎。這兩個男女，不知身己2多大，裝煞臭么3，宋江央及得上馬行了，令衆人大吹大擂，迎上三關來。宋江等一百餘個頭領，都跟在後面，直迎至忠義堂前，一齊下馬，請太尉上堂，正面放著御酒、詔匣，陳太尉、張幹辦、李虞候立在左邊，蕭讓、裴宣立在右邊。宋江叫點衆頭領時，一百七人，於內單只不見了李逵。此時是四月間天氣，都穿夾羅戰襖，跪在堂上，拱聽開讀。陳太尉於詔書匣內取出詔書，度與蕭讓。裴宣贊禮，衆將拜罷，蕭讓展開詔書，高聲讀道：

制曰：文能安邦，武能定國。五帝凭禮樂而有疆封，三皇用殺伐而定天下。事從順逆，人有賢愚。朕承祖宗之大業，開日月之光輝，普天率土4，罔不臣伏。近為爾宋江等嘯聚山林，劫擄郡邑，本欲用彰天討5，誠恐勞我生民。今差太尉陳宗善前來招安，詔書到日，即將應有錢糧、軍器、馬匹、船隻，目下6納官，拆毀巢穴，率領赴京，原免本罪。倘或仍昧良心，違戾詔制，天兵一至，齠齔7不留。故茲詔示，想宜知悉。

宣和三年孟夏四月　日詔示

蕭讓卻才讀罷，宋江已下皆有怒色。只見黑旋風李逵從梁上跳將下來，就蕭讓

1 幹辦：職官名。宋朝時，凡大都督府、制置、留守、經略……等司，設置有幹辦官，以聽候差遣，辦理事情。

2 身己：自身。

3 臭么：罵人故意作態。

4 普天率土：整個天下，四海之內。率，循、自。

5 用彰天討：用，以；彰，明；天討，古人認為帝王受命於天，所以天子親處罪犯或親自征伐，稱天討。

6 目下：現在、當下。

7 齠齔：原指幼兒

手裡奪過詔書，扯的粉碎，便來揪住陳太尉，拽拳便打。此時宋江、盧俊義皆橫身抱住，那裡肯放他下手。恰才解拆得開，李虞候喝道：「這廝是甚麼人，敢如此大膽！」李逵正沒尋人打處，劈頭揪住李虞候便打，喝道：「寫來的詔書，是誰說的話？」

【穿梭時空背景】

泰安州的州備將前事往上申奏東京，在進奏院中，又收得從各處州縣申奏的公文，皆為宋江等反亂、騷擾地方一事。此時道君皇帝有一個月不曾臨朝視事，當日早朝，道君皇帝從各班職司表奏得知宋江作亂一事，感到十分驚訝。天子云：「上元夜此寇鬧了京國，現在又往各處騷擾，何況那裡附近州郡？朕已累次差遣樞密院進兵，至今不見回奏。」一旁的御史大夫崔靖便奏曰：「臣聞梁山泊上立一面大旗，上書『替天行道』四字，此是曜（炫耀、誇耀）民之術。民心既服，不可加兵。即日遼兵犯境，各處軍馬遮掩不及，若要起兵征伐，深為不便。以臣愚意，此等山間亡命之徒，皆犯官刑，無路可避，遂乃嘯聚山林，恣為不道。若降一封丹詔，光祿寺頒給御酒珍饈，差一員大臣，直到梁山泊，好言撫諭，招安來降，假此以敵遼兵，公私兩便。伏乞陛下聖鑒。」天子云：「卿言甚當，正合朕意。」於是差遣殿前太尉陳宗善為使者，帶著丹詔御酒，前去招安梁山泊眾人。當天陳太尉領了詔敕，便回家收拾去了。

蔡太師和高太尉也各派張幹辨和李虞候等自己府上的人，跟隨陳太尉前去梁山泊招安，表面上是協助辦事，實際上是暗中監視和伺機壞事。

朝廷想招安一事傳到梁山泊，宋江自然是最高興的。他在未上梁山前便曾勸告武松說：「他日去邊上，一刀一槍，博得個封妻蔭子，久後青史好留名。」這些話正是反映了他的心志。當宋江取代晁蓋成為梁山泊主，並且將聚義廳改為忠義廳時，便隱隱地定下了「招安」的路線，在接

換牙。此處指小孩。

待徐寧、盧俊義等眾好漢上山時，他也一再地宣示「專待朝廷招安」的政策。

但是對於這次的招安，軍師吳用並不看好，依他之見，這番招安必然不會成功；縱使招了安，朝廷也會視他們如草芥一般輕。他認為，應該要引得大軍來到，並教他們嚐到苦頭，殺得他人亡馬倒，連作夢也會害怕，等到那時來接受招安，才能彰顯梁山泊的氣度。

吳用的盤算，自然是最切合實際，只有先累積一些籌碼，才能讓朝廷知道梁山泊可不是一般的水洼小賊，草草招安便能了事的。

曾在朝廷當官的關勝最了解官僚文化，他預言了後續的發展，並說：「詔書上必然寫著唬嚇的言語，來驚我們。」除了宋江之外，其他的梁山頭領並不看好這次的招安行動。

後來，事情的演變正如濟州太守張叔夜所言：「恐怕勞而無功。」

【品味賞析再延伸】

《水滸傳》有好幾種版本，明代的評點家金聖歎認為「招安」一事不可行，而把七十一回以後的內容全部刪掉。他認為「招安」只是強盜變通的手段，進可以光榮地自贖，退而可以免於一死。這種作法，實在是有失朝廷的尊嚴、國家的法度，因而大刀一砍，將後半部「招安」的情節全刪了，成為七十回的版本。

「事從順逆，人有賢愚」，就是典型招安的語言，用白話來講便是：「聰明一點！識相的話，就趕快投降吧！」但是，畢竟語氣太過強硬，也難怪這些身經百戰，立下無數軍功，殺人更是如家常便飯的梁山泊眾人，在聽完宣讀詔書之後，個個臉有怒色。黑旋風李逵更是氣得一把將詔書扯個粉粹。

大凡招降納叛，都要恩威並用、軟硬兼施，就像管理學中「鞭子和蘿蔔」的理論一樣。在駕馭驢子時，除了要用鞭子抽打威嚇之外，還要適時地給予蘿蔔的甜頭加以引誘，才能促使驢子往前邁進，否則驢子一發起脾氣來，即便是用鞭子打得驢屁股皮開肉綻，恐怕牠也是倔強地一動也不動。

說到底，就是看誰占了優勢，擁有較多權力的一方，便可以用強勢的語言威逼弱者。和「事從順逆，人有賢愚」意思相近，但語氣更為強硬的便是「順天者昌，逆天者亡」。在《三國志通俗演義·孔明祁山破曹真》便有：「豈不聞古人云：『順天者昌，逆天者亡。』今我大魏帶甲百萬，良將三千，量腐草之螢光，怎及天心之皓月？」

如果受招降的人不服氣，而要拚個你死我活，鬥到最後自然是「強者為王，敗者為寇」，也難怪黑旋風李逵會怒氣沖沖地對張幹辨說：「你的皇帝姓宋，我的哥哥也姓宋，你做得皇帝，偏我哥哥做不得皇帝！」

【上知天文，下知地理】

詔書

自從秦始皇統一天下後，改令為詔。當時的詔書是寫在竹簡木牘上。東漢獻帝密詔董承等人討伐曹操的詔書，則用帛素書寫，並縫在衣帶裡面，所以稱「衣帶詔」。雖然在東漢末年，蔡倫就已經發明了紙，但當時的詔書仍是寫在簡牘上。紙詔書要到西晉時代，才真正通行。西晉時曾用青紙詔書。後趙的石季龍曾用五色紙做詔書。宋祁的《宋景文筆記》記載，宋朝時黃紙已成為皇帝詔令專用的紙，百姓則避不敢用。

因為，宋朝的詔書是書寫在紙上，所以黑旋風李逵才能一把扯個粉粹。

井蛙小見豈知天

第八十回〈張順鑿漏海鰍船　宋江三敗高太尉〉

【原汁原味的閱讀】

且說高太尉在濟州，和聞參謀商議，比及添撥得軍馬到來，先使人去近處山林，砍伐木植大樹。附近州縣，拘刷[1]造船匠人。就濟州城外，搭起船場，打造戰船。一面出榜，招募敢勇水手軍士。濟州城中客店內，歇著一個客人，姓葉名春，原是泗州人氏，善會造船。因來山東，路經梁山泊過，被他那裡小夥頭目，劫了本錢，流落在濟州，不能夠回鄉。聽得高太尉要伐木造船，征進梁山泊，以圖取勝，將紙畫成船樣，來見高太尉。拜罷，稟道：「前者恩相以船征進，為何不能取勝？蓋因船隻皆是各處拘刷將來的，使風搖櫓，俱不得法。更兼船小底尖，難以用武。葉春今獻一計，若要收伏此寇，必須先造大船數百隻。最大者名為大海鰍船[2]。兩邊置二十四部水車，船中可容數百人，每車用十二個人踏動，外用竹笆遮護，可避箭矢。船面上豎立弩[3]樓，另造剗車擺布放於上。如要進發，垛[4]樓上一聲梆子響，二十四部水車，一齊用力踏動，其船如飛，他將何等船隻可以攔當！若是遇著亂軍，船面上伏弩齊發，他將何物可以遮護！其第二等船，名為小海鰍船。兩邊只用十二部水車，船中可容百十人，前面後尾，都釘長釘，兩邊亦立弩樓，仍設遮洋笆片[5]。這船卻行梁山泊小港，當住這廝私路伏兵。若依此計，梁山之寇，指日唾手可平。」高太尉聽說，看了圖樣，心中大喜。便叫取酒食衣服，賞了葉春，就著做

1 拘刷：徵用，扣留。

2 海鰍船：戰船名，其狀如鯨魚之背。

3 弩：用機械力量發射的硬弓。

4 垛：建築物突出的部分。

5 遮洋笆片：設置在戰船兩邊的竹笆、木板之類的障蔽物。

6 笞：ㄔ，用鞭或竹板打。

監造戰船都作頭。連日曉夜催併，砍伐木植，限日定時，要到濟州交納。各路府州縣，均派合用造船物料。如若違限二日，笞[6]四十，每一日加一等。若違限五日外者，定依軍令處斬。各處逼迫守令催督，百姓亡者數多，眾民嗟怨。有詩為證：

井蛙小見豈知天，可慨高俅聽譎言。
畢竟鰍船難取勝，傷財勞眾枉徒然。

【穿梭時空背景】

朝廷派太尉陳宗善來招安宋江等人，但詔書寫得十分自大，讓梁山泊眾好漢怒極，而所謂朝廷的御酒，也被阮小七等水手喝了精光，其實只是村醪白酒，讓大家更是氣憤難當。來宣讀詔書的蕭讓眼見好漢們的魯莽，回去稟報天子，說梁山泊扯詔毀謗，天子大怒，派遣童貫領兵收伏梁山泊英雄。

宋江與童貫兩次對陣，都取得勝利，但不知童貫回京奏了皇帝，又會如何，所以派戴宗、劉唐一同前往東京，探得虛實再回報山寨。童貫回京後，稟報太尉高俅、太師蔡京，卻隱瞞不報皇帝，只說：天氣暑熱，軍士水土不服，再保太尉高俅領兵前去征討。高太尉在京師延遲了二十多日才出發，宋江等人早已做好萬全準備。果然，高太尉的軍士一到，便被梁山泊英雄打得七損八傷，尤其水軍折損了大半，戰船沒一艘倖存，只好再差人四處征收船隻。

高太尉請到聞煥章擔任軍前參謀，以對抗梁山泊的軍師吳用，並拘得一千五百餘艘大小船隻，操練完畢便準備進攻梁山泊水寨。

而梁山泊這邊，吳用分派水軍頭領們安置火炮、乾草等物，還設下虛營假人。高太尉人馬經水路進入梁山泊，被誘到蘆葦叢中、柳陰與藕花深處去，梁山泊首領點著火把，公孫勝作法祭風，傾刻間官船一起燃燒，識水的軍士們莫不跳水逃命。高太尉在岸邊見到從水裡爬上岸的是自家軍校，一問才知船隻全燒盡了，連忙掉頭。吳

用接連派出索超、林冲、楊志、朱仝等人，使出追趕之計——只在背後趕殺，不去前面攔截。高太尉逃回濟州城，吳用早已安排石秀、楊雄在城外埋伏五百步軍，放了三、五把火，把高太尉嚇得魂不附體。

有一位名叫王瑾的老吏對高太尉說：詔書上有個巧妙之處，可以大作文章——「除宋江、盧俊義等大小人眾，所犯過惡，並與赦免」讀成「除宋江，盧俊義等大小人眾，所犯過惡，並與赦免」，等到殺了宋江後，梁山泊眾人也就不足懼了。高太尉一聽，十分高興，雖然從京師請得的參謀聞煥章認為不可如此，但也聽其言。為此，高太尉使詐術，以朝廷招安降詔，引誘梁山泊大小頭領下山行禮接旨。不過，軍師吳用安排了東、西各一千步軍與馬軍埋伏，預防高俅的設計。

當宋江等人齊聚濟州城前，卻聽到詔書說：「除宋江，盧俊義等大小人眾，所犯過惡，並與赦免。」梁山泊英雄們大怒，花榮首先發難，一箭射中讀詔書的使臣，然後城下好漢們一起發箭，高太尉急忙回避。城中官軍追趕宋江等人，沒想到後面東西各有軍兵，而宋江等人也回身殺來，形成三面夾攻之勢，朝廷兵馬死傷眾多。之後高太尉一面等候援兵，一面砍樹造船，此時來了個宣稱擅長造船的葉春，自告奮勇要為高太尉監造大船。過了數十日，高太尉不顧深冬時節，撥軍遣將，出兵攻打梁山泊。

宋江、吳用早已安排妥當，宋江與盧俊義各從水陸等待官軍、船隻到來，這次還活捉了高太尉回寨。之後，高俅答應宋江，帶著蕭讓、樂和一起回京，引見天子，保奏招安宋江等眾。

【品味賞析再延伸】

這個叫葉春的人，自告奮勇要幫助高太尉造船，嘴上說得頭頭是道，至於是否能夠成功，並未立刻對讀者言明，而說：「有詩為證：『井蛙小見豈知天，可慨高俅聽譎言。畢竟鰍船難取勝，傷財勞眾枉徒然。』」由此可知，雖然之前介紹葉春「善會造船」，但若與梁山泊水軍相比，不過是井底之蛙，高俅誤信他所說的，只是勞民傷財，最後所造之船仍「難取勝」。

這裡將葉春比作「井底之蛙」，其典故出自

《莊子．秋水》：「井鼃不可以語於海者，拘於虛也。」鼃，即蛙；虛，同墟。又說：一天，埳井之蛙對東海之鱉誇起自己在井中的快樂生活：「吾樂與！出跳梁乎井幹之上，入休乎缺甃之崖，赴水則接腋持頤，蹶泥則沒足滅跗，還虷蟹與科斗，莫吾能若也。」（我多快樂呀！高興了，就在井欄邊跳一陣；累了，就回到井壁的磚洞裡休息一會兒；在水裡我只露出頭和嘴巴；跳到泥裡，讓泥蓋沒腳背，埋住四足，可以打滾。那些跟頭蟲、螃蟹、蝌蚪什麼的，哪一個能比得上我呢！）

於是，請東海之鱉到家中作客。沒想到，這個井太小，根本無法容納訪客，東海之鱉只好在井邊和埳井之蛙聊天。東海之鱉告訴埳井之蛙自己所居住的東海有多大：「夫千里之遠，不足以舉其大；千仞之高，不足以極其深。」無論氾濫多久或大旱多久，都不能使東海增減一分一毫。埳井之蛙聽了之後，感到十分驚訝，也茫然若失。

埳井之蛙生活的世界僅限於水井，眼界所及只有虷蟹與蝌蚪，見識淺薄，不知天高地厚，卻又自以為是，在東海之鱉的眼中自然顯得可笑又可憐。如同《水滸傳》本回中出場的葉春，在家鄉泗州算是善會造船的人，於是向高太尉毛遂自薦，沒想到梁山泊水軍更是厲害，真是印證了「井蛙小見豈知天」。

當代語文教育家林武憲有一首童詩〈井裡的小青蛙〉便這麼寫的：

「一口古井裡，／住著一隻小青蛙，／除了睡覺吃東西，／只會呱呱呱。／小青蛙吃飽了，／就拍著肚子說大話／「哎呀！我的媽！／這個小地方就是我的家。／天只有井口大，地只有水一窪。／再不久，我長大，／這世界會連我的肚子都裝不下。」

童詩裡的小青蛙，雖然知道自己的家很小，但仍不知天高地厚，所以才會說出「這世界連我的肚子都裝不下」的「大話」。樸質、自然、純真的語言風格，想必大人讀了莞爾，小朋友也能從會心一笑中，明白「井底之蛙」的局限。

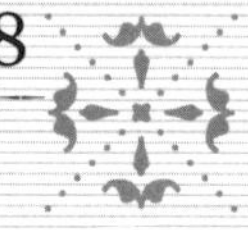

護國謀成欺呂望，順天功就賽張良

第八十四回〈宋公明兵打薊州城　盧俊義大戰玉田縣〉

【原汁原味的閱讀】

卻說御弟大王耶律得重與洞仙侍郎，將帶老小，奔回幽州，直至燕京，來見大遼狼主。且說遼國狼主，升坐金殿，聚集文武兩班臣僚，朝參已畢。有閤門大使1奏道：「薊州御弟大王，回至門下。」狼主聞奏，忙教宣召，宣至殿下。那耶律得重與洞仙侍郎，俯伏御階之下，放聲大哭。狼主道：「俺的愛弟，且休煩惱，有甚事務，當以盡情奏知寡人。」那耶律得重奏道：「宋朝童子皇帝，差調宋江領兵前來征討，軍馬勢大，難以抵敵。送了臣的兩個孩兒，殺了檀州四員大將。宋軍席捲而來，又失陷了薊州，特來殿前請死！」大遼國狼主聽了，傳聖旨道：「卿且起來，俺的這裡好生商議。」狼主道：「引兵的那蠻子，是甚人？這等嘍囉2！」班部中右丞相太師褚堅，出班奏道：「臣聞宋江這夥，原是梁山泊水滸寨草寇，卻不肯殺害良民，專一替天行道，只殺濫官污吏、詐害百姓的人。後來童貫、高俅，引兵前去收捕，被宋江只五陣，殺的片甲不回。他這夥好漢，剿捕他不得。童子皇帝遣使三番降詔去招安，他後來都投降了。只把宋江封為先鋒使，又不曾實授官職，其餘都是白身人3。今日差將他來，便和俺們廝殺。他道有一百八人，應天上星宿。這夥人好生了得，狼主休要小覷了他！」狼主道：「你這等話說時，恁地怎生是好？」班部叢中轉出一員官，乃是歐陽侍郎，襴袍4拂地，象簡5當胸，奏道：

1閤門大使：宋朝時，設置東、西上閤門使、副使等官職，負責取稟旨命，贊導三公群臣藩國朝見，並糾彈失儀等事。遼官襲用此名。閤，與「閣」通。
2嘍囉：此處是狡猾、凶狠的意思。
3白身人：沒有功名或官職的平民。
4襴袍：上衣與下裳相連的袍服。
5象簡：象牙製成的手板。
6丹書：即丹書鐵券，亦稱誓書鐵券。古代帝王賜給功臣世代保持優遇及免罪的特權證

「狼主萬歲！臣雖不才，願獻小計，可退宋兵。」狼主大喜道：「你既有好的見識，當下便說。」歐陽侍郎言無數句，話不一席，有分教：宋江名標青史，事載丹書6。正是護國謀成欺呂望，順天功就賽張良。

【穿梭時空背景】

雖說高太尉嘴上答應要帶蕭讓、樂和一起回京師，聽候招安，但軍師吳用認為，高俅是轉面忘恩之人，他此次出征，折損眾多軍馬、費了許多錢糧，回京師後，必定推病不出，將蕭讓、樂和軟禁在府中。因此，宋江一方面派戴宗、燕青到京師，想辦法讓皇帝聽說招安之事，令高太尉無從隱瞞；另一方面讓高太尉留下的人質參謀聞煥章寫信給太尉宿元喜，希望宿太尉能中奏天子，成就招安之事。

燕青到了京師，再次找上李師師，請她在皇上枕邊說勸。當燕青拜得李師師為姐、李媽媽為乾娘後，聽說皇帝要來，便央求李師師讓他面見天子，於是皇帝才知奸臣閉塞賢路。之後，燕青與戴宗往宿太尉處送聞參謀書信，當晚又去高太尉家後院外，放入繩索，拉得蕭讓、樂和出來。

由於皇帝已經得知童貫、高俅招安原委，早朝時痛斥這些不才貪佞之臣，並派太尉宿元景前去招撫宋江一班人。宋江等人處理好梁山泊諸事，便入京聽候聖旨。皇帝見到了宋江等一百八人，心中大悅，認為他們果然是真英雄，本欲加官職，但樞密院官認為不可。由於樞密使童貫、太尉高俅、楊戩、太師蔡京瞞住天子遼國郎主侵占山西、河北一帶邊界，又劫擄山東等地之事，宿太尉趁此機會奏明皇帝，並建議讓宋江等人去收伏遼賊。皇帝雖然責罵童貫等官是誤國之輩，但並未降下什麼處罰，只教宿太尉去宋江軍前開讀聖旨。

宋江等人聽了十分高興，梁山泊眾人也想藉此為國出力，於是水陸並行，殺至由遼國洞仙侍郎領手下四員猛將把守的檀州。洞仙侍郎派上將阿里奇出戰，但阿里奇不敵而死；郎主又派皇姪

件，券用鐵製成，用朱砂書字或刻字以嵌黃金。

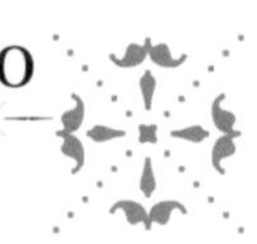

耶律國珍、耶律國寶領軍前來救應檀州，但兩個皇姪一個被捉、一個被殺，軍馬也大半遭殲滅。宋江軍馬又往檀州城叫罵，引洞仙侍郎出城應戰，後來不僅奪下城門，還殺入城中，洞仙侍郎只能棄城北走。

宋江等人收復檀州的消息傳進皇帝耳裡，龍顏大喜，派趙安撫來檀州賞賜，並監軍、鎮守檀州。接著，宋江等人兵分兩路打向薊州，奪取大遼糧庫、錢庫。御弟大王聽說後，便命人先守住平峪一路軍馬，自己拿下玉田一路軍馬，再前後兩處夾攻平峪。盧俊義率軍在玉田擺下鯤化為鵬陣，大敗遼軍，並與宋江合兵，攻打薊州。大遼御弟大王的薊州守軍大敗，嚇得他緊閉城門，趕緊奏知郎主，並向霸州、幽州討救兵。然而，宋江一面準備攻城，一面派石秀、時遷潛入薊州城，在城內五處放火，御弟大王與洞仙侍郎嚇得帶著軍馬老小開北門逃走，直至燕京，向大遼郎主哭訴宋江等人的厲害。於是，歐陽侍郎獻計，意圖說服宋江等人投降大遼。

【品味賞析再延伸】

這句「護國謀成欺呂望，順天功就賽張良」，說的是向大遼狼主提供計策的歐陽侍郎，倘若他的妙計成功，能夠讓大遼收服天上星宿下凡的宋江一夥，他的功勞就可媲美輔佐周朝滅商紂的姜太公與輔佐劉邦建立漢朝的張良。

這裡提到兩個有名的歷史人物，一是呂望，也就是姜太公、姜子牙。他本姓姜，先祖在虞夏時輔佐大禹治水有功，封在呂，後人便以其封地為氏。他名尚，字子牙，又稱「姜尚」、「呂尚」、「姜子牙」。稱為呂望，是因為周文王曾對姜子牙說：「自吾先君太公曰：『當有聖人適周，周以興。』子真是邪？吾太公望子久矣。」因此，後人尊稱姜尚為「姜太公」、「太公望」，也稱之為「呂望」。

周文王得到姜子牙的輔佐後，在諸侯中聲譽更高；周文王去世，周武王登基，以太公為師（尊稱他為「尚父」），周公旦為輔，並在太公的輔佐下盟會諸侯，於牧野大敗紂王，商朝滅亡。

姜太公輔佐周武王滅商，《詩經・大雅・大明》中，提到此事：「牧野洋洋，檀車煌煌，駟騵彭彭。維師尚父，時維鷹揚。涼彼武王，肆伐大商。會朝清明。」因為有功，又為了討伐東夷，姜太公被分封在齊地（即山東），也就是春秋時期的齊國的始祖，諡號為齊太公。

「護國謀成欺呂望，順天功就賽張良」，句中第二個有名的歷史人物便是張良，也就是留侯。張良，字子房，韓國貴族之後，祖父與父親相繼為韓昭侯、宣惠王、襄哀王、釐王和悼惠王的宰相，出身於「五世相韓」的功勳世家。

秦滅韓之後，張良變賣家財，尋求刺客，在博浪沙與刺客共同狙殺秦始皇，但並未成功，逃往下邳藏匿。據說在此遇到了黃石老人（圯上老人），得老人傳授《太公兵法》。

有一句俗諺：「你有張良計，我有過牆梯。」「張良計」被當成手中王牌、法寶的代稱，可見張良的足智多謀。例如鴻門宴上，項莊舞劍，意在沛公，張良藉故離開席位，找到劉邦的衛士樊噲來相助，救了劉邦一命。張良藏匿於下邳時曾照顧過項伯，因此當劉邦被封為巴王時，張良懇請項伯向項羽求情，因而改封漢中王（亦稱漢王）。當劉邦受困於滎陽時，張良以計策挑撥項羽與范增之間的互信，導致范增求去，項羽從此失去最佳的謀臣。劉邦先入關中咸陽時，張良勸他莫貪戀富貴，屯軍灞上。楚漢之戰中，力主劉邦聯合彭越、英布等人，勸劉邦重用韓信，主張追擊項羽，莫放虎歸山，這一切確保了劉邦在楚漢之爭中的勝利。等到項羽敗至垓下，項伯等重臣已知不可為，連夜投奔漢營，張良迎接項伯等人。諸此種種，都是張良為劉邦建立漢朝所立下的功勞，因此《史記．高祖本紀》中記載，劉邦談及張良時說：「夫運籌帷幄之中，決勝千里之外，吾不如子房。」這是多麼高的讚譽啊！

漢朝建立後，張良因功封為留侯，天下大定，稱病不出，學導引辟穀之法，死後葬在龍首原，諡為文成侯。張良的後代有東漢學者張超、蜀漢的張飛等。

張良、蕭何、韓信被稱為「漢初三傑」，張良居首，堪稱謀士的楷模，後世尊稱為謀聖。

《水滸傳》此處講到歐陽侍郎向大遼狼主獻計，以周朝及漢朝的開國功臣呂望、張良的典故，誇耀歐陽侍郎之計若成功，便可如呂望一樣「護國謀成」，或如張良一般「順天功就」。

如鬼如蜮的，都是峨冠博帶；忠良正直的，盡被牢籠陷害

第九十回〈五臺山宋江參禪　雙林鎮燕青遇故〉

【原汁原味的閱讀】

貫忠攜著燕青，同到靠東向西的草廬內。推開後窗，卻臨著一溪清水，兩人就倚著窗檻坐地。貫忠道：「敝廬窄陋，兄長休要笑話！」燕青答道：「山明水秀，令小弟應接不暇，實是難得。」貫忠又問些征遼的事。多樣時，童子點上燈來，閉了窗格，掇張桌子，鋪下五、六碟菜蔬，又搬出一盤雞、一盤魚，及家中藏下的兩樣山果，旋了一壺熱酒。貫忠篩了一杯，遞與燕青道：「特地邀兄到此，村醪[1]野菜，豈堪待客？」燕青稱謝道：「相擾卻是不當。」數杯酒後，窗外月光如畫。燕青推窗看時，又是一般清致：雲輕風靜，月白溪清，水影山光，相映一室。燕青誇獎不已道：「昔日在大名府，與兄長最為莫逆。自從兄長應武舉後，便不得相見。卻尋這個好去處，何等幽雅！像劣弟恁地東征西逐，怎得一日清閒？」貫忠笑道：「宋公明及各位將軍，英雄蓋世，上應罡星，今又威服強虜。像許某蝸伏荒山，哪裡有分毫及得兄等。俺又有幾分兒不合時宜處，每每見奸黨專權，蒙蔽朝廷，因此無志進取，游蕩江河，到幾個去處，俺也頗頗[2]留心。」說罷大笑，洗盞更酌。燕青

1 醪：ㄌㄠˊ，混含有渣滓的濁酒。

2 頗頗：約略、尚且。

3 峨冠博帶：戴著高帽子，繫著寬闊的衣帶，為舊時士大夫的服飾，也作「高冠博帶」。

4 鳥盡，良弓藏：飛鳥射盡之後，就收起弓箭不用；比喻天下平定之後便遺棄功臣。語出《史記・越王句踐世家》：「蜚（飛）鳥盡，良弓藏；狡兔死，走狗烹。」

取白金二十兩，送與貫忠道：「些須薄禮，少盡鄙忱。」貫忠堅辭不受。燕青又勸貫忠道：「兄長恁般才略，同小弟到京師覷方便，討個出身。」貫忠歎口氣說道：「今奸邪當道，妒賢嫉能，『如鬼如蜮的，都是峨冠博帶[3]；忠良正直的，盡被牢籠陷害。』小弟的念頭久灰。兄長到功成名就之日，也宜尋個退步。自古道：『鵰鳥盡，良弓藏[4]。』」燕青點頭嗟歎。兩個說至半夜，方才歇息。

【穿梭時空背景】

宋江知道遼主招降後，便聽從軍師吳用將計就計之策，受他招安，再取霸州。過了數月，宋江準備出兵，便故意對大遼歐陽侍郎說，有一半的人不願歸順，希望先借一座城子，好讓宋江等歸順之人迴避。歐陽侍郎也未多想，就帶宋江等軍馬進入霸州城，並放軍師吳用與武松、魯智深隨後入關。武松、魯智深一入關內，便奪了關口，宋江等人裡應外合，得了霸州。郎主得知大怒，採用賀統軍計謀，打算引宋江軍進入幽州只有一條入路的青石峪，並派兵馬守在外面，好讓他們餓死在裡頭。

宋江、盧俊義等人率兵馬取幽州，郎主派出兩支兵馬誘敵，並有賀統軍會行妖法，能使陰雲閉合，黑霧遮天，白晝如夜，不分東西南北。宋江多虧有公孫勝出手拯救，而盧俊義等十三人與五千餘的軍馬則陷在青石峪中。宋江派解珍、解寶扮成獵戶，四處打探消息，然後派遣軍馬殺開峪口，又讓公孫勝對付遼軍中會妖法的賀統軍，救出盧俊義等人。吳用認為應趁此機會，一舉取下幽州，於是宋江又帶領兵馬大敗賀統軍，攻入幽州城內。遼主與大臣擔心燕京難保，要兀顏統軍興師討伐宋江等人。

宋江這邊擺下九宮八卦陣，等遼兵前來挑戰，兀顏統軍之子兀顏延壽依次擺下太乙三才陣、河洛四象陣、循環八卦陣、藏頭八卦陣等要宋江猜，宋江軍中的朱武都一一猜對，又故意讓兀顏延壽來打九宮八卦陣，等到他的軍馬進入陣

中，只見銀牆鐵壁、白茫銀海、火花滿地、烏雲蔽日，並不見士兵，結果兀顏延壽被捉，遼兵大敗奔走。隨即，宋江引兵往燕京出發，兀顏統軍聽了大驚，主動興起大隊之師，往宋江處殺來，卻被宋江眾人殺過對陣，遼兵四處亂竄逃生。

雖然宋江等人贏了遼軍一陣，但遼兵聲勢浩大，於是依照軍師吳用的計策，再擺下九宮八卦陣等待遼軍；遼軍也擺出浩大的太乙混天象陣，宋江不得攻打法門，十分心焦。就在此時，兀顏統軍派出一支軍隊離陣來攻，宋江軍馬措手不及，於是大敗；次日又輸了一陣，李逵還被捉了去。宋江等人只能以兀顏延壽交換李逵回來。之後，宋江等人再次輸了一陣，朝廷派來送冬衣的王文斌將軍得知，自告奮勇領兵對戰，同樣大敗於遼軍陣下。就在宋江苦思不得其解時，九天玄女託夢而來，傳得混天象陣法與破陣祕訣。

宋江將九天玄女所授，詳細告訴軍師吳用，準備了破陣需要的物品，並分撥眾人，果然大破兀顏統軍之陣，並殺了統軍與諸將。遼國郎主退入燕京中，固守城池，不出對敵。宋江在城下架起雲梯砲石，打算攻城。最後，遼國郎主決定歸降大宋，承諾年年進獻牛馬珍寶，不再侵犯，並派丞相褚堅來到宋京奉表稱臣。太師蔡京收了褚堅的好處，說服皇帝將收復的城邑還給遼國，要宋江等人班師回朝。

回朝前，魯智深對宋江表示，想先往五臺山探望師父智真長者，宋江也帶著眾兄弟同往參禮。眾人在五臺山住了一宿，宋江問智真長者眾人的前程如何，長者寫了一偈，說的是宋江一生之事；又寫了四句偈給魯智深，說的是魯智深的正果。接著，宋江等人拜別智真長者，往東京出發，經過雙林鎮時，燕青巧遇好友許貫忠，便向宋江告假一晚，往許貫忠家中敘舊。席間，許貫忠勸燕青，功成名就之後，要尋退步，才是明哲保身之道。

宋江等人入京之後，皇帝稱許不已，太師蔡京、樞密童貫拖延時日，不肯封授宋江等人官爵。而戴宗、石秀來到街坊閒走一回，見到一個公人說河北田虎作亂，回來便稟告宋江。宋江等人不想閒居於此，便興起出兵征討田虎的念頭。

【品味賞析再延伸】

「如鬼如蜮的，都是峨冠博帶；忠良正直的，盡被牢籠陷害。」指的是小人都穿上了峨冠博帶，在朝為官；而真正忠良正直、可為治世能臣的君子，卻被為官的小人們陷害，不得出頭。

余秋雨在《山居筆記》中的〈歷史的暗角——去年今日關山路，細雨梅花正斷魂〉一文中提及：「古今中外歷史舞台上，小人總是占盡風頭，張牙舞爪地演著『群戲』（偏偏又是這般的『團結』！），儼然以主角身分為所欲為。此刻的我不禁黯然——真正有為有守的知識分子，為何總是踽踽獨行，難道從來不曾有正義與公理的存在嗎？——這真是極大的諷刺啊！」看來在古今中外的歷史舞台上，上演的戲碼竟有極高的相似度。

不僅《水滸傳》中有「如鬼如蜮的」小人，毛宗崗在其所評改的《三國志通俗演義》中，說曹操「一生奸偽，如鬼如蜮」，是「千古第一奸雄」；就連傷金悼玉的《紅樓夢》也有「如鬼如蜮的」小人。在第三回中，賈雨村遇到當日同僚一案參革的張如圭，甲戌的側批便說：「蓋言如鬼如蜮也，亦非正人正言。」甲戌評《紅樓夢》常以姓名分析作者微言大義，如甄士隱即「真事隱」、甄英蓮即「真應憐」、賈化即「假話」、賈雨村即「假語存」、元迎探惜即「原應嘆息」等，因此張如圭即「張如鬼」，既如鬼如蜮，則非正人，是小人了。

這雪有數般名色：一片的是蜂兒，二片的是鵝毛，三片的是攢三，四片的是聚四，五片喚作梅花，六片喚作六出

第九十三回〈李逵夢鬧天池　宋江兵分兩路〉

【原汁原味的閱讀】

次日，宋先鋒準備出東郊迎春，因明日子時正四刻，又逢立春[1]節候。是夜刮起東北風，濃雲密布，紛紛洋洋，降下一天大雪。……當下地文星蕭讓對眾頭領說道：「這雪有數般名色[2]：一片的是蜂兒，二片的是鵝毛，三片的是攢三，四片的是聚四，五片喚做梅花，六片喚做六出。這雪本是陰氣凝結，所以六出，應著陰數。到立春以後，都是梅花雜片，更無六出了。今日雖已立春，尚在冬春之交，那雪片卻是或五或六。」樂和聽了這幾句議論，便走向檐[3]前，把皂衣袖兒承受那落下來的雪片看時，真個雪花六出，內一出尚未全去，還有些圭角[4]，內中也有五出的了。樂和連聲叫道：「果然！果然！」眾人都擁上來看，卻被李逵鼻中沖出一陣熱氣，把那雪花兒沖滅了。眾人都大笑，卻驚動了宋先鋒，走出來問道：「眾兄弟笑甚麼？」眾人說：「正看雪花，被黑旋風鼻氣沖滅了。」宋江也笑道：「我已分付置酒在宜春圃，與眾兄弟賞玩則個！」

1 立春：二十四節氣之一，國曆二月四日或五日，我國以立春為春季的開始。
2 名色：指事物的名稱。
3 檐：通「簷」。
4 圭角：泛指稜角、鋒芒。

【穿梭時空背景】

宿太尉保奏宋江等人前往平定石虎之亂，皇帝大喜，宋江等人擇日出發。田虎原是一個獵戶，煽惑愚民，而朝廷的文官要錢、武將怕死，竟然讓一個田虎占去五州五十六縣，稱霸一方，稱為晉王。宋江得燕青好友許貫忠所畫的三晉山川城池關隘之圖，派盧俊義領兵馬直逼陵川城下，降服將軍耿恭；再訂下計策，要耿恭領數百名馬步軍假意逃往高平城，果然讓盧俊義又得一城。接著，宋江等人分五隊軍馬，往蓋州打來。吳用先擬出聲東擊西之計，把守將鈕文忠耍得團團轉，再派時遷、石秀換上北軍號衣，逮住機會混入城中，並於夜晚放火燒城，鈕文忠疲於奔命救火，宋江則窮攻猛打，將全城軍將兩百人，趕盡殺絕。

宋江等人在蓋州城內過了元旦，並於宜春圃飲酒賞玩。李逵醉酒，夢入天池嶺。在夢中，他救了人家女兒，殺了強搶女孩的盜匪；還見了皇帝，也殺了蔡京、童貫、楊戩、高俅四個搬弄是非的奸臣，最後得到一位秀士的十字要訣：「要夷田虎族，須諧瓊矢鏃。」秀士要他牢記並告知宋江。次日雪霽，宋江計議兵分兩路，東一路由宋江領軍渡壺關，西一路由盧俊義領軍取晉寧，合兵臨縣，取威勝，擒田虎。

在宋江這邊，田虎的手下山士奇等八員猛將帶著三萬精兵鎮守壺關，而勉強歸順田虎的唐斌，假意與山士奇合作，卻射箭傳書給宋江，願意當宋江的內應，與他合攻山士奇，此計奏效，壺關就這麼被宋江破了。接著，宋江派軍攻打昭德城，遇上了田虎的陣前元帥喬道清，他善於妖術，困住眾人，幸虧公孫勝及時趕到，破了喬道清的妖術，昭德城投降。在盧俊義那邊，也已打下晉寧。田虎得知晉寧、昭德被攻下，派出國舅鄔梨及其女瓊英率軍出戰。

瓊英的身世頗曲折，她並非國舅鄔梨的親身女兒，是由親生父母的家僕夫妻收養長大，而鄔梨妻子未生育，對她疼愛有加，便讓養父母為鄔梨工作，好與瓊英坐臥不離。因為工作的關係，瓊英的養父意外發現瓊英的親生母親宋氏曾被田虎所擄，欲將她做個壓寨夫人，宋氏守節不屈，跳崖撞死。養父將此事告知瓊英，此後瓊英每夜睡夢中都有神人教她「飛石」的武藝，要完成她

報仇心願。

正當宋江為了攻城策略而大感苦惱時，瓊英養父前去見宋江，並透露瓊英的身世，在一旁的「神醫」安道全說：宋江陣營中的張清與瓊英有宿世姻緣，瓊英的飛石便是張清入夢教她的，可說吻合了李逵夢中神人的預言。於是瓊英養父聲稱找來一位身手不凡的人，帶他進入田虎軍中，瓊英與他比試石子，旗鼓相當，鄔梨十分看重他，便將瓊英許配給他。洞房花燭夜，張清透露了真姓名，兩人傾訴心中衷曲，成就了一段「飛石情緣」。最後，張清、瓊英協助宋江，大敗田虎，是攻克田虎的大功臣。

【品味賞析再延伸】

此回藉由地文星蕭讓之口說出關於雪的「數般名色」，這六個名稱在古代可用來形容雪，其中三種是古典詩詞中常作典故代稱雪的。

一是鵝毛。以鵝毛比喻飛雪，唐人白居易〈酬令公雪中見贈訝不與夢得同相訪〉詩中，有「雪似鵝毛飛散亂，人披鶴氅立裴回（徘徊）。」

二是梅花。用梅花開於樹端來比喻白雪落於枝椏，如唐太宗〈喜雪詩〉：「泛柳飛飛絮，妝梅片片花。」岑參〈白雪歌・送武判官歸京〉：「北風卷地百草折，胡天八月即飛雪。忽如一葉春風來，千樹萬數梅花開。」從唐太宗詩，也可讀到另一種常用來比喻雪的事物——柳絮。晉代才女謝道韞便是以「未若柳絮因風起」，來比喻空中飛舞的雪花。

三是六出。六出比喻雪花，因雪似花瓣分為六片，所以稱為六出。例如，南朝陳人徐陵〈經驛〉「三晨喜盈尺，六出舞崇花」、北周人庾信〈郊行值雪〉「雪花開六出，冰珠映九光」、唐人宋之問〈苑中遇雪應制〉「瓊章定少人千和，銀樹長芳六出花」、李嶠〈奉和遊禁苑幸臨渭亭遇雪應制〉「六出迎仙藻，千箱答瑞年」、元稹〈賦得春雪映早梅〉「一枝方漸秀，六出已同開」，以及高駢〈對雪〉「六出飛花入戶時，坐看青竹變瓊枝」。因此，雪也稱為六出花。宋代名相韓琦的〈詠雪〉中有：「六花來應臘，望雪一開顏。」便直接以「六花」簡稱六出雪花。

關於雪花結晶六出，詩人、文學家歌詠讚嘆其浪漫風韻，科學家則致力於研究其成因。根據

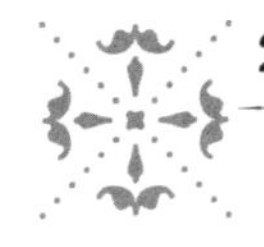

這雪有數般名色：一片的是蜂兒，二片的是鵝毛，三片的是攢三，四片的是聚四，五片喚作梅花，六片喚作六出

現代科學的解釋，雪花為冰晶體，當氣溫低於攝氏零度時，空氣中的水蒸氣會凝結成結晶狀的微小顆粒，在顯微鏡下才能辨視，其分子排列規則是六角形的結構，形成一種美麗的幾何圖形。

此外，《石點頭》第十三回〈唐玄宗恩賜纊衣緣〉也提到雪的「數般名色」：「一片蜂兒，二片娥兒，三是攢三，四是聚四，五是梅花，六是六出；團團以滾珠，粒粒似撒鹽；紛紛似墜錦，簇簇似飛絮；似瓊花片，似梅花瑩，似梨花白，似玉花潤，似楊花舞。」此處，有一組名稱不同——鵝毛與娥兒（婦女頭上的裝飾品），不過意思相似，都是在形容雪花飛舞的輕巧。

在《封神演義》第二十六回〈妲己設計害比干〉中也有：「團團如滾珠，霏霏如玉屑；一片似鳳羽，兩片似鵝毛。三片攢三，四片攢四；五片似梅花，六片如花萼。」除了聚四與攢四、六出與花萼外，又可見到另一組不同的名稱——鳳羽與蜂兒，也都是聲音相似、意思相近，因此可以推測，這是一種關於生活常識的口語俗諺，且有著些微的差異。

此外，常見以梅花、梨花、楊花、瓊花來比喻雪花，著眼它的瑩白輕細；或是以滾珠、撒鹽、墜錦、飛絮來形容雪花，則是凸顯它自空中飄落、飛舞的樣態。

【上知天文，下知地理】

蕭讓

綽號「聖手書生」，因為他會寫諸家字體。北宋末文壇流行仿四家書體：蘇（東坡）、黃（庭堅）、米（芾）、蔡（京），所謂「蘇蘊藉，黃流麗，米峭拔，蔡渾厚」，各有其特色。《水滸傳》作者便創造了蕭讓這個人物，讓他能仿制各種書體，以假亂真，彷彿他的手是神仙之手，因而冠上「聖手書生」之號。

金風未動蟬先覺，無常暗送怎提防

第一百三回〈張管營因妾弟喪身　范節級為表兄醫臉〉

【原汁原味的閱讀】

那王慶從小惡逆，生身父母也再不來觸犯他的。當下逆性一起，道是「恨小非君子，無毒不丈夫」，一不做，二不休，挨到更餘，營中人及衆囚徒都睡了，悄地趖1到內宅後邊，爬過墻去，輕輕的拔了後門的拴兒，藏過一邊。那星光之下，照見墻垣內東邊有個馬廄，西邊小小一間屋，看時，乃是個坑廁。王慶掇那馬廄裡一扇木柵，豎在二重門的墻邊，從木柵爬上墻去，從墻上抽起木柵，豎在裡面，輕輕溜將下去。先拔了二重門拴，藏過木柵，裡面又是墻垣。只聽得墻裡邊笑語喧譁。王慶趖到墻邊，伏著側耳細聽，認得是張世開的聲音，一個婦人聲音，又是一個男子聲音，卻在那裡喝酒閒話。王慶竊聽多時，忽聽得張世開說道：「舅子，那廝明日來回話，那條性命，只在棒下。」又聽得那個男子說道：「我算那廝身邊東西，也七、八分了。姐夫須決意與我下手，出這口鳥氣！」張世開答道：「只在明後日教你快活罷了！」那婦人道：「也夠了！你們也索罷休！」那男子道：「姐姐說哪裡話？你莫管！」王慶在墻外聽他們三個一遞一句，說得明白，心中大怒，那一把無名業火2，高舉三千丈，按納不住，恨不得有金剛般神力，推倒那粉墻，搶進去殺了那廝們。正是：「爽口物多終作病，快心事過必為殃。金風3未動蟬先覺，無常4暗送怎提防。」

1 趖：轉、折轉。

2 業火：佛教指地獄中燒煮地獄眾生的火，因是地獄眾生的惡業所招引的，故稱。

3 金風：秋風。古代常以陰陽五行解釋季節變化，秋在五行中屬金，所以稱秋風為「金風」。

4 無常：指勾人魂魄、使人死亡的鬼差。

【穿梭時空背景】

皇帝來到武學（軍事學校），有一位武學諭（教官）姓羅名戩，便趁機啟奏說：淮西強賊王慶造反，童貫、蔡攸奉旨征討，全軍覆沒，欺騙說是水土不服罷兵，因此造成王慶日益猖獗的情況。宋江等人正在回京途中，皇帝於是派人傳旨賞賜財物，並讓宋江等征討淮西。

關於王慶此人的來歷，他是一個好色之人，一日見到童貫弟之女、楊戩的外孫女嬌秀，因而魂不守舍。不過嬌秀已許配給了蔡攸之子，即蔡京的孫兒媳婦。蔡攸之子生來痴呆，所以嬌秀心有怨恨，她看上了王慶的風流俊俏，兩人便勾搭上了。不久，這事傳進了童貫的耳裡，王慶不敢再與嬌秀見面。童貫暗中派人吩咐府尹，要給王慶找個罪名，好除掉他，但因全城都知道王慶與嬌秀的姦情，反而不能置他於死地，否則蔡京等人臉上不好看，最後將王慶刺配遠惡軍州。

離開東京之後，王慶經過一市鎮，贏了街上使棒賣藝的一個漢子。有兩兄弟龔端、龔正見了，便想要拜他為師，以報復隔壁村人黃達的毆打。王慶因重賞了兩個防送公人，所以公人也不趕他上路，索性在龔家莊院暫時住下。不料，黃達得知消息後，來到龔家找人麻煩，結果卻被王慶打了個半死。黃達家人告到縣裡，防送公人趕緊將王慶送至州衙，發至牢城營中。龔正替王慶買通了管營張世開，讓他可以帶著枷自由出入。

兩個月後，張世開找王慶替他買把好角弓，王慶辦得不錯，之後張世開便常找他辦事，但不給錢，且嫌東嫌西，非打即罵。後來王慶才知道，原來那一日在街上贏的使棒賣藝的漢子就是張世開小夫人的兄弟，心中立刻明白自己的日子不好過了。

一天，張世開叫王慶去買兩匹緞子，回來後被嫌顏色不好、花樣太老，要他重新換過。等王慶重買回來，天色已晚，張世開在小夫人房內，沒人願意幫他通報，他知道明天再去肯定會招來毒打，乾脆半夜從後門進去尋仇。就在牆外，他聽到張世開與小夫人、小夫人兄弟龐元的談話，知道他們打算殺害自己，心中大怒，便趁著張世開去茅廁時，將他與小夫人兄弟給殺了。當夜，王慶逃出城外，第二天在七十里外的地方，遇到了表哥范全。范全曾學過療金印的方法，為王慶

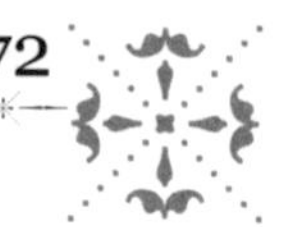

將臉上的金印點去，等到疤痕消了，他也敢出來走動了。

【品味賞析再延伸】

「金風未動蟬先覺，無常暗送怎提防。」此句的意思是，秋風還未吹動草木，蟬就已經察覺到季節的變化，而勾人魂魄、使人死亡的鬼差（無常）不知何時會出現，教人無從提防。

相似的句子在《水滸傳》中出現過三次，一是第三十一回，其中提到張都監自作孽不可活，而遭武松制裁，所以有：「暗室從來不可欺，古今奸惡盡誅夷。金風未動蟬先覺，暗送無常死不知。」

二是第七十四回，有一詩詠燕青曰：「功成身退避嫌疑，心明機巧無差錯。世間無物堪比論，金風未動蟬先覺。」便是以「金風未動蟬先覺」一句，讚詠燕青的機巧心靈、了身達命，能夠深知「狡兔死，走狗烹；飛鳥盡，良弓藏」的道理，討方臘功成後勸盧俊義歸隱，但不被接受，燕青於是選擇急流勇退，明哲保身。

三是此處的一百三回，「爽口物多終作病，快心事過必為殃。金風未動蟬先覺，無常暗送怎提防。」指的是張世開與龐元在那裡算計快活，欲陷害王慶，但王慶早在外頭聽得怒火中燒，恨不得立刻衝進去殺了他們，張世開等人卻毫無知覺，不知「無常」已來到自己身邊。

霹靂布袋戲「愁落暗塵」這角色在出招前，總會先吟詠一段：「風起了，蟬鳴了，你聽見了嗎？金風未動蟬先覺，暗送無常死不知。」當他吟出「金風未動蟬先覺，暗送無常死不知」，也就是他將出招，馬上有人要遭殃，無常大限即將來到的「信號」。

瓦罐不離井上破，強人必在鏑前亡

第一百四回〈段家莊重招新女婿　房山寨雙併舊強人〉

【原汁原味的閱讀】

王慶等方行得四、五里，早遇著都頭[1]士兵，同了黃達，跟同來捉人。都頭上前，早被王慶手起刀落，把一個斬為兩段。李助、段三娘等，一擁上前，殺散士兵，黃達也被王慶殺了。王慶等一行人來到房山寨下，已是五更時分。李助計議，欲先自上山，訴求廖立，方好領眾人上山入夥。寨內巡視的小嘍囉，見山下火把亂明，即去報知寨主。那廖立疑是官兵，他平日欺慣了官兵沒用，連忙起身，披掛綽鎗[2]，開了柵寨，點起小嘍囉，下山拒敵[3]。王慶見山上火起，又有許多人下來，先做準備。當下廖立直到山下，看見許多男女，料道不是官兵。廖立挺槍喝道：「你這夥鳥男女，如何來驚動我山寨，在太歲頭上動土？」李助上前躬身道：「大王，是劣弟李助。」隨即把王慶犯罪，及殺管營、殺官兵的事，略述一遍。廖立聽李助說得王慶恁般了得，更有段家兄弟幫助，「我只一身，恐日後受他們氣。」翻著臉對李助道：「我這個小去處，卻容不得你們。」王慶聽了這句，心下思想：「山寨中只有這個主兒，先除了此人，小嘍囉何足為慮？」便挺朴刀，直搶廖立。那廖立大怒，拈槍來迎。段三娘恐王慶有失，挺朴刀來相助。三個人鬥了十數合，三個人裡倒了一個。正是：瓦罐不離井上破，強人必在鏑[4]前亡。

1 都頭：州縣的捕盜頭目。
2 披掛綽鎗：披上戰袍，提起兵器，準備出戰。
3 拒敵：抵抗。
4 鏑：ㄉㄧˊ，箭，箭頭。

【穿梭時空背景】

王慶到定山堡段家莊看戲，因賭而與當地無賴段氏兄妹爭鬥起來，在表兄范全的介紹下，王慶與段氏兄妹結識，最後段三娘招王慶為婿。結婚當晚，官府查出殺人逃犯王慶的下落，帶兵前來捕捉，而段家此時才知王慶是犯人。在算命先生李助的鼓動下，段氏一家只好與王慶一起逃到房山寨。不料房山寨寨主廖立深怕日後受王慶等人的氣，拒絕他們入寨，王慶索性將廖立殺了，占山為王。王慶等人占據房山寨後，便打家劫舍，招兵買馬，日益猖獗，在三、四年間，占了六座軍州，封官授職，改元建號，自稱楚王。

宋江率軍征剿王慶，首戰告捷，之後調兵攻取宛州，力克宛州。

【品味賞析再延伸】

「瓦罐不離井上破，強人必在鏑前亡。」意思是，汲水的瓦罐免不了在井邊打破，或說「瓦罐不離井口破」，而爭強好勝者，也必然毀於爭強好勝之中。在第一百十四回中也有：「曾聞善戰死兵戎，善溺終然喪水中。瓦罐不離井上破，勸君莫但逞英雄。」前兩句也是現在常說「善泳者溺」的道理。

雖然也可以說，因為是「善泳者」，所以比一般人常下水，溺水的機率提高了；不過更可能的是，因為是「善泳者」，所以較一般人容易忽略水能載舟亦能覆舟的危險性，導致溺水。

《水滸傳》中，這些殺人從不手軟的英雄，在之後的征方臘中，十之八九都陣亡了，而且在作者的描寫下，他們都死得非常悲慘，如張順在攻打杭州時，想從西湖水池中爬進湧金門，不料城上硬弓、踏弩、苦竹箭、鵝卵石萬發齊射，讓這個水軍英雄喪身於池水之中。又如解珍攀登烏龍嶺，撓鉤搭住他的髮髻，他為了砍斷撓鉤，從懸崖上摔了下來，粉身碎骨，這個獵戶出身的英雄，也死在山溝底。

此外，還有被錘打死的、被飛刀殺死的、被石頭砸死的、被火炮打死的、被馬踏死的、被毒蛇咬死的、被剁死的、被活捉碎剮的……，一個比一個慘。就算活著回來的，也有不少成了殘廢，如武松左臂被砍斷。因此，征方臘歸來，宋江全軍沉浸在悲傷的氣氛中。

此處，從「王慶」這個人物的身上，尤其可看出《水滸傳》的版本之多、之複雜。根據胡適《中國章回小說考證》、馬幼垣《水滸論衡》、《水滸二論》、王利器《耐雪堂集》等書的研究，一百二十回本（目前坊間常見本子）中的王慶是個假上添假的「贗品」。王慶故事共有兩款四式之多：簡本及一百二十回本兩款；簡本諸本之間又有文字繁簡差異，有三式，而一百二十回本因與簡本截然不同，因此又一式。王慶本人的形象也有一真二假的分別。

此處所用一百二十回本中的王慶，父親是無惡不作的豪紳，王慶則「賭的是錢兒，宿的是娼兒，吃的是酒兒」，敗光了家業後從軍，遭刺配是因為勾引了蔡京未過門的孫媳婦，刺配後還四處惹事，殺人逃亡。這是經過兩次蛻變後的樣子。

不過在較早的簡本中，王慶的充軍、落草為寇是個曲折感人的故事，與林沖夜奔梁山的歷程類似，但可以說是林沖的悽慘加烈版。在王慶稱王後的續寫章回中，王慶反而變了一個人：野心大、短視好色、性情暴躁、武功平平無奇。

整體而言，若想看原汁原味的王慶，只能從簡本落草前的部分來看，簡本落草後的續寫也已失去「原味」，而一百二十回又改寫得太徹底了，與王慶的原貌相差何止十萬八千里！

富與貴，人之所欲；貧與賤，人之所惡

第一百十回〈燕青秋林渡射雁　宋江東京城獻伏〉

【原汁原味的閱讀】

吳用去到船中，見了李俊、張橫、張順、阮家三昆仲[1]，俱對軍師說道：「朝廷失信，奸臣弄權，閉塞賢路。俺哥哥破了大遼，剿滅田虎，如今又平了王慶，只得個皇城使做，又未曾升賞我等眾人。如今倒出榜文，來禁約我等，不許入城。我想那夥奸臣，漸漸的待要拆散我們弟兄，各調開去。今請軍師自做個主張，若和哥哥商量，斷然不肯。就這裡殺將起來，把東京劫掠一空，再回梁山泊去，只是落草倒好。」吳用道：「宋公明兄長斷然不肯。你眾人枉費了力，箭頭不發，努折箭桿[2]。自古蛇無頭而不行，我如何敢自主張？這話須是哥哥肯時，方才行得；他若不肯做主張，你們要反，也反不出去！」六個水軍頭領見吳用不敢主張，都做聲不得。吳用回至軍寨中，來與宋江閒話，計較軍情，便道：「仁兄往常千自由，百自在，眾多弟兄亦皆快活。自從受了招安，與國家出力，為國家臣子，不想倒受拘束，不能任用，兄弟們都有怨心。」宋江聽罷，失驚道：「莫不誰在你行說甚來？」吳用道：「此是人之常情，更待多說？古人云：『富與貴，人之所欲；貧與賤，人之所惡。』觀形察色，見貌知情[3]。」宋江道：「軍師，若是弟兄們但有異心，我當死於九泉，忠心不改！」次日早起，會集諸將，商議軍機，大小人等都到帳前，宋江開話道：「俺是鄆城小吏出身，又犯大罪，託賴你眾弟兄扶持，尊我為

1 昆仲：兄弟。

2 箭頭不發，努折箭桿：意指若沒有領導者的統籌與指揮，即使有心出力，往往也只是白費力氣。

3 觀形察色，見貌知情：觀察外表與臉色來推測內在與心情。

頭，今日得為臣子。自古道：『成人不自在，自在不成人。』雖然朝廷出榜禁治，理合如此。汝諸將士，無故不得入城。我等山間林下，鹵莽軍漢極多。倘或因而惹事，必然以法治罪，卻又壞了聲名。如今不許我等入城去，倒是幸事。你們眾人，若嫌拘束，但有異心，先當斬我首級，然後你們自去行事。不然，吾亦無顏居世，必當自刎而死，一任你們自為！」眾人聽了宋江之言，俱各垂淚設誓而散。

【穿梭時空背景】

王慶親自督征宋江軍，最後一舉為宋江所敗。宋江軍進入王慶宮中，搜擄了金珠細軟、珍寶玉帛，並解送王慶入東京。

梁山諸將自從接受招安後，陸續征遼國、平田虎、滅王慶。無奈徽宗軟弱無能，朝廷被奸臣把持，梁山諸將雖然立下大功，卻沒有得到應有的獎賞。蔡京四奸褊狹小器，深怕他們盡為天子重用，於是在平王慶之亂後，皇上御令召見時，便差人攔截聖旨，矯詔只讓宋江、盧俊義二人進宮受封，又傳旨出榜禁約，叫出征官員皆不可進京城，一心要將梁山諸將隔絕在外。

眾將得知後都有反心，對軍師吳用商議，但吳用不敢主張，只能向宋江傳達兄弟們的怨言，不料宋江卻告訴兄弟們：若大家有異心，就先斬他首級，再自去行事，否則他也必定自刎而死，令眾將聽後垂淚設誓。

幾個月過去了，當時正值元宵，京城照例大張燈火。燕青與樂和潛入城中看花燈，聽說了江南方臘造反，並得知朝廷欲征方臘的消息，三人立刻回報宋江，宋江等奏請天子願領兵出征。這江南方臘原是歙州山中樵夫，從水中見到自己身穿龍袍的影子，便對人說自己有天子福分，正好朱勔在當地徵取花石綱，所以方臘趁機造反。於是宋江等人出兵，準備南渡過江。

不料過江後不久，便發生了許多波折。雖然取回了江南第一大要地潤州，卻損了三員偏將：宋萬、焦挺、陶宗旺。所幸不久後的對抗，派出

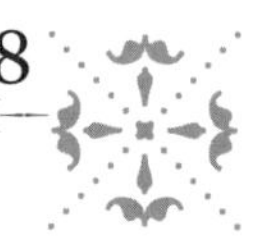

的關勝順利解決了元帥邢政和常州制置使錢振鵬——二人皆是方臘大將。同時敵軍派出了趙毅、范疇、許定、金節、高可立、張近仁六人，高可立見金節被「百勝將」韓滔追得緊，便搭箭張弓，正中韓滔臉頰。韓滔墜馬，「霹靂火」秦明搭救不及，被張近仁一鎗刺死。和韓滔親如兄弟的「天目將」彭玘見狀，急要報仇，卻被張近仁一鎗搠下馬去。後來關勝也差點摔馬，眼前失利，宋將只好暫且收兵回營。

隔天，宋江軍派李逵、鮑旭、項充、李袞再戰。四人一得知凶手即張、高二人，便衝著他們殺去。張、高被砍得身首異處：李逵砍翻高可立的馬腳，又立刻割了他的頭，綁縛在腰際；鮑旭從馬上揪下張近仁，也割了他的頭，一併送回營中告祭韓、彭兩位兄弟在天之靈。冤冤相報，一命償一命。

【品味賞析再延伸】

七十回後的《水滸傳》盡是寫梁山諸將接受招安和為朝廷效命的過程，最終交代殘餘將領「功成名就」後的悲劇結局。縱觀歷代開國功臣泰半沒有好下場，立下大功的人往往被視作心腹大患，因此鳥盡弓藏之事層出不窮。漢高祖讓呂后將韓信騙入未央宮中斬首，韓信死後，劉邦又殺了彭越；宋太祖有「杯酒釋兵權」；明太祖巧立罪名誅殺與他一起打天下的開國功臣。帝王之所以誅殺功臣，是認為他們對於自己的新江山有著莫大威脅，因此，一旦局勢穩定，不再需要他們東征西討時，便除之而後快了。正是所謂的「太平本是將軍定，不許將軍見太平」。

范蠡是歷史上懂得急流勇退的人。范蠡事越王勾踐二十餘年，成就越王霸業，被尊為上將軍，但他深知勾踐可與共患難，難與同安樂，於是決定離開。臨走時，還留書給好友文種，警告他若不求去，恐怕會遭殺害。但文種沒有聽他的忠告，最後遭越王猜忌，被賜劍自刎。

宋江與文種、韓信等類似，不懂得功臣自保之道，也看不透小人浮雲蔽日的險惡，而梁山泊英雄中的公孫勝、武松、燕青、李俊、費保等，則比宋江、盧俊義要來的聰明，明白什麼才是自保之道。

得之易，失之易；得之難，失之難

第一百十六回〈盧俊義分兵歙州道　宋公明大戰烏龍嶺

【原汁原味的閱讀】

方臘道：「寡人雖有東南地土之分，近被宋江等侵奪城池，將近吾地，如之奈何？」柴進奏道：「臣聞古人有言：『得之易，失之易；得之難，失之難。』今陛下東南之境，開基以來，席捲長驅，得了許多州郡。今雖被宋江侵了數處，不久氣運復歸於聖上。陛下非止江南之境。他日中原社稷，亦屬於陛下所統，以享唐虞無窮之樂。雖炎漢盛唐，亦不可及也。」方臘見此等言語，心中大喜，敕賜[1]錦墩[2]命坐，管待御宴，加封為中書侍郎[3]。自此柴進每日得近方臘，無非用些阿諛美言諂佞，以取其事。未經半月，方臘及內外官僚，無一人不喜柴進。次後，方臘見柴進署事[4]公平，盡心喜愛。卻令左丞相婁敏中做媒，把金芝公主招贅柴進為駙馬，封官主爵都尉。燕青改名雲璧，人都稱為雲奉尉。柴進自從與公主成親之後，出入宮殿，都知內外備細。方臘但有軍情重事，便宣柴進至內宮計議。

1 敕賜：即君主詔命賞賜。敕，君主的詔書或命令。

2 錦墩：色彩斑爛、圖案繽紛的絲織坐墊。

3 中書侍郎：秦漢時起，官多稱郎。侍郎為副長官。中書侍郎在宋代為主管文書、起草詔令的副長官。

4 署事：處理事情。

【穿梭時空背景】

這次自征方臘以來，雖然陸續收復了潤州、常州、宣州、蘇州等地，但梁山諸將已折了宣贊等十幾人。由於兩方勢均力敵，戰況陷入膠著。又聽說方臘派遣兩員猛將鎮守杭州：一個是僧人，法號寶光如來，人稱國師，武功不在魯智深

之下；另一個名叫石寶，也十分了得。對此宋江一籌莫展。就在這時候，柴進自告奮勇願深入敵軍做「細作」，以直接探察對方虛實。於是和燕青一人扮作書生，一人扮作僕從，便上路了。

但就在柴進二人離開不久，宋江軍又出狀況了。在一次和敵軍交戰中，「井木犴」郝思文被活抓後碎剮，幾乎剁成肉醬；「金鎗手」徐寧被毒箭射傷，救回時七孔流血。不巧神醫安道全又受召回京，無人醫治，不久就過世了。此時「浪裡白條」張順不甘久居劣勢，便私自計畫穿越西湖，以為先驅。他不顧危險，隻身前往。等到宋江知道此事時，傳回的已是張順身死的噩耗。

張順為人極好，在兄弟中人緣極佳。這次宋江再也難掩悲痛，於是不顧眾人反對，執意前往西湖弔喪。這下子正中敵軍下懷。宋江方到，便陷入敵軍埋伏，若非關勝等人冒死相救，宋江早已慘死刀下。

幾日後，戴宗傳來盧俊義軍消息，方知張清、周通、董平三人，已命喪黃泉。緊接著的幾場戰役，雷橫、劉唐、索超等六人都不幸戰死。此時，只見一人從江中爬上岸來，全身赤裸，口裡啣著一把刀，直衝入混陣中，將敵軍首領方天定一把砍下頭來，再騎著方天定的馬，直奔到宋江面前。一問之下，才知道原來是張順的魂魄回來，借他哥哥張橫的軀體復仇。宋軍於是扳回一城。

就在同時，柴進和燕青已順利進入方臘境內。二人憑著脫俗的外表和言行，很快便取得偽右丞相祖士遠等人的信任。經過層層推薦，沒多久柴進便得以親伴方臘。於是每日盡是花言巧語，努力博取方臘的歡心，而且總是在方臘苦於宋江的難以對付時，在方臘耳邊說出些好聽話。後來柴進受招贅為駙馬，從此得任意出入宮殿，深入探察方臘動靜虛實。最後宋軍便是靠柴進的裡應外合，才終於獲得勝利。

【品味賞析再延伸】

柴進貴為大周柴世宗後嗣，打從一開始，便以不凡姿態出場：「生得龍眉鳳目，皓齒朱唇，三牙掩口髭鬚，三十四五年紀。頭戴一頂皂紗轉角簇花巾，身穿一領紫繡團龍雲肩袍，腰繫一條玲瓏嵌寶玉條環，足穿一雙金線抹綠皂朝靴，帶

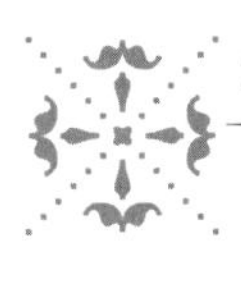

一張弓，插一壺箭」，裝扮之隆重，前所未見。此外，他廣散錢財，招賢納士，梁山好漢如林沖、武松等都曾接受過他的幫助。在入夥後，有別於多數壯士編列戰將，柴進則依所長被安排掌管錢糧。就因他儀表不俗，能言善道，所以不論是在元宵時冒充「王觀察」故舊，或是在方臘處搖身一變成了「能知天文地理，善會陰陽，識得六甲風雲，辨別三光氣色，九流三教，無所不通」的秀士，皆能輕易地瞞過眾人耳目。再者，他又能以淺近而深刻的道理勸慰人心，正因淺近，所以容易理解；因是道理，所以容易接受。愚昧的方臘就這樣被他耍得團團轉，言聽計從。

派遣間諜，是古來戰爭常見的一種危險手段。《韓非子．難一》有言：「繁禮君子，不厭忠信；戰陣之閒（間），不厭詐偽。」便說明運用欺詐在軍事上的重要性。《孫子兵法》更獨立成篇，將間諜細分為五：一因間、二內間、三反間、四死間、五生間。因間，又名鄉間，利用敵方鄉人做間諜；內間，利用敵方朝內官員做間諜；反間，利用敵軍派來的間諜，使他反過來為我方效力；死間，就是故意在外散布假消息，讓我方間諜有意地傳達至敵方，使敵方錯殺賢良忠烈；生間，就是能親自回來報告敵情的間諜。

早自殷商，伊尹就曾在夏做過間諜；周代興起時，姜子牙在殷搜集情報。戰國中的秦國，正是因發現韓國派來的水工鄭國，想利用建造大規模溝渠銷耗國力的陰謀，才下令逐客。至於後代如劉邦、岳飛，也曾用過反間。水滸中的柴進，則是《孫子兵法》中內間的極致。憑著先天的條件，運用機智，並搭配與宋江軍的默契，對方臘演出了一場漂亮的戲，終於為犧牲的眾弟兄湔雪前恥。

恨小非君子，無毒不丈夫

第一百二十回〈宋公明神聚蓼兒洼　徽宗帝夢遊梁山泊〉

【原汁原味的閱讀】

至今徽宗天子，至聖至明，不期致被奸臣當道，讒佞[1]專權，屈害忠良，深可憫念。當此之時，卻是蔡京、童貫、高俅、楊戩四個賊臣，變亂天下，壞國、壞家、壞民。當有殿帥府太尉高俅、楊戩，因見天子重禮厚賜宋江等這夥將校，心內好生不然。兩個自來商議道：「這宋江、盧俊義皆是我等仇人，今日倒吃他做了有功大臣，受朝廷這等恩賜。卻教他上馬管軍，下馬管民。我等省院官僚，如何不惹人恥笑！自古道：『恨小非君子，無毒不丈夫！』」楊戩道：「我有一計，先對付了盧俊義，便是絕了宋江一隻臂膊。這人十分英勇，若先對付了宋江，他若得知，必變了事，到惹出一場不好。」高俅道：「願聞你的妙計如何？」楊戩道：「排出幾個廬州軍漢，來省院首告盧安撫，招軍買馬，積草屯糧，意在造反。便與他申呈去太師府啓奏，和這蔡太師都瞞了。等太師奏過天子，請旨定奪[2]。卻令人賺他來京師。待上皇賜御食與他，於內下了些水銀，卻墜了那人腰腎，做用不得，便成不得大事。再差天使[3]卻賜御酒與宋江吃，酒裡也與他下了慢藥，只消半月之間，以定[4]沒救。」高俅道：「此計大妙。」

1 讒佞：說人壞話及以花言巧言巴結他人的人。
2 定奪：決定事情的去取可否。
3 天使：舊稱皇帝派遣的使者。
4 以定：一定。

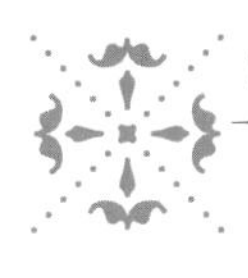

【穿梭時空背景】

在陸續征服大遼、田虎、王慶、方臘後，梁山諸將終於結束多年軍旅生活，歸返國都，接受眾人的歡迎喝采。可惜原本整整齊齊一百零八條好漢，如今只剩下二十七個。除了先前已受詔回京的五人外（如安道全、蕭讓），多半是戰死的（如秦明、史進等），也有病死的（如林沖、楊志）。少數另有人生規畫（如公孫勝），或認清事實的（如燕青、李俊）。於是這二十七人接受徽宗分封，正將、偏將，各授名爵。正將封為忠武郎，偏將封為義節郎，若有子孫的，也照名承襲官爵。一切看起來是如此美好，所有的努力和犧牲似乎都值得了。

但故事尚未結束。阮小七過去曾得罪童貫手下，於是被陷害奪回官誥，恢復庶民身分——其實這也是阮小七所希望的。他樂得消遙，滿六十歲才過世。其他如柴進、戴宗、李應、杜興等人，則自動納還官誥，皆得善終。

雖然如此，蔡京四奸仍無法容忍這群「罪仇人」如今「上馬管軍，下馬管民」的事實，腦筋便先動到盧俊義身上了。不久，盧俊義受詔入宮，服下御膳，而裡頭早被加了水銀。在返回盧州路上，盧俊義感覺腰腎疼痛，以致無法騎馬，只能坐船。後來水銀下墜腰胯，侵入骨髓，加上酒酣未醒，一不小心，就失足落水溺斃了。

再來是宋江。同樣手法，只是改下毒藥，讓宋江不禁大歎：「不幸失身於罪人，並不曾行半點異心之事。今日天子信聽讒佞，賜我藥酒，得罪何辜！」令人戚然歎惋的是，當宋江發現自己中毒時，他立刻想到的人是李逵，他不希望李逵發現朝廷如此奸弊而為他報仇，壞了梁山好漢一世清名。於是連夜差人往潤州請李逵前來，就在為李逵設的接風酒中，也下了藥。然後宋江據實以告，李逵竟毫無怨恨，只流著淚說：「罷，罷，罷！生時服侍哥哥，死了也只是哥哥部下一個小鬼。」至情至性，單純而對好友絕對信任，這就是李逵。後來二人約定死後合葬於景色與梁山泊相似的蓼兒洼。不久，吳用和花榮雙雙得宋江、李逵二人托夢而趕到蓼兒洼，二人決定縊死此地，四人最後合葬一處。

再說徽宗皇帝自賜御酒與宋江後，心中便常懷牽掛。一日午覺，竟夢見宋江前來申冤，哭訴

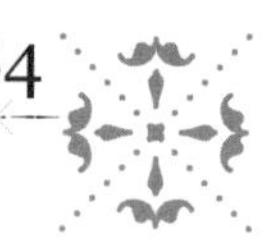

慘遭毒害一事。徽宗在盛怒之下立即吩咐調查。無奈實情終被四奸所掩飾，不了了之。

「恨小非君子，無毒不丈夫」，便是高俅與楊戩計畫謀害盧俊義時脫口而出，雖是歪理，卻也解釋了古今中外忠臣烈士走向絕路的背後因素。

【品味賞析再延伸】

宋江、盧俊義，就在一大部《水滸傳》的尾聲第一百二十回中——死了，被害死了。兩人並為梁山泊兩大首領，既是作者最嚮往的人物性格化身，更反映了那個時代最缺乏的正義和溫情。且看《水滸傳》作者如何經營二人形象。先是盧俊義，仔細探究全書對此人的安排，他晚至五十九回出現，六十回才加入梁山行列。往後，無論宋江如何勸進，並承讓梁山第一把交椅，盧俊義始終沒有答應。後來宋江欲藉論功行賞之名讓位，盧俊義偏偏無法早立戰功。一直到天書出世，才確立了各自地位——盧俊義就是第二，任務是佐助宋江。

儘管如此，盧俊義頗具領導魅力，從家僕「浪子」燕青的不離不棄，和梁山諸將的鼎力相助，便可得知。而他家境富裕，個性豪爽，武功高強，這部分恰好彌補了宋江的不足。於是他帶領著一部分梁山諸將，與宋江分頭奮鬥。但畢竟是副角，所以每當宋、盧各自率將分二路進攻時，情節發展便以宋江攻戰過程為重心。待戴宗等人回報盧軍狀況時，才藉由此人之口說明盧軍大概。

再看到宋江。若與《三國演義》相較，「及時雨」宋江的形象便與劉備有幾分相似之處：劉備得人和，宋江亦然；劉備愛哭，與趙雲初次分手時，便「執手垂淚，不忍相離」。關羽被害，他竟「一日哭絕三五次，三日水漿不進，只是痛哭」，甚至「淚濕衣襟，斑斑成血」；宋江也不遑多讓。當晁蓋過世，宋江「比似喪考妣一般，哭得發昏」；當梁山諸將解珍、解寶等人陸續喪亡，宋江則「哭得幾番昏暈」。劉備為王儲後代，代表正統；而宋江如李逵直言：「大宋皇帝姓宋（事實上姓趙），宋哥哥也姓宋啊！」雖非貴族，卻同樣冠著「宋」的姓。而劉備與宋江二人所追求嚮往的，不也都是中正清明的王朝嗎？

至於說到王朝，不得不提及《水滸傳》中的

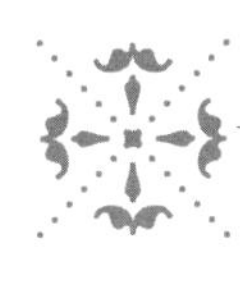

徽宗皇帝。當時朝政紊亂，民不聊生，作者把一切罪過都推給了蔡京等四奸。但仔細一想，若非皇帝容忍放縱，四奸實難有機會放肆作亂。甚至在宋江托夢於皇帝，徽宗確定了罪責歸屬後，於殿堂上「當百官前，責罵高俅、楊戩敗國奸臣，壞寡人天下」，但「終被四賊曲為掩飾，不加其罪」。何況四奸中的高俅，因擅長踢球，竟從街頭混混被提拔至太尉，成為全國最高軍事長官，位居三公。這一切，都指向一個極權時代難以亦無法啟齒的事實——宋朝因皇帝的荒謬、昏庸、無能，葬送了大好河山，於是宋江、盧俊義的遇害，也成為古來壯士難以避免典型的悲劇結局了。

中文經典100句・古典小說04

中文經典100句——水滸傳

編寫者　文心工作室（白百伶、呂婉甄、翁淑玲、張書豪、曾家麒、趙修霈、劉彥彬、魏旭妍）
總策劃　季旭昇
副總編輯　楊如玉
責任編輯　楊如玉、程鳳儀
發行人　何飛鵬
法律顧問　元禾法律事務所 王子文律師

出版　商周出版
城邦文化事業股份有限公司
台北市中山區104民生東路二段141號9樓
電話：02-2500-7008　傳眞：02-2500-7759
E-mail：bwp.service@cite.com.tw

發行　英屬蓋曼群島商家庭傳媒股份有限公司城邦分公司
台北市中山區104民生東路二段141號2樓
書虫客服服務專線：02-2500-7718・02-2500-7719
24小時傳眞服務：02-2500-1990・02-2500-1991
服務時間：週一至週五09:30-12:00・13:30-17:00
郵撥帳號：19863813　戶名：書虫股份有限公司
讀者服務信箱：service@readingclub.com.tw
歡迎光臨城邦讀書花園：www.cite.com.tw

香港發行所　城邦（香港）出版集團有限公司
香港灣仔駱克道193號東超商業中心1樓
E-mail：hkcite@biznetvigator.com
電話：852-2508-6231　傳眞：852-2578-9337

馬新發行所　城邦（馬新）出版集團
Cite (M) Sdn. Bhd. (458372 U)11, Jalan 30D/146, Desa Tasik, Sungai Besi, 57000 Kuala Lumpur, Malaysia
電話：603-9056-3833　傳眞：603-9056-2833

封面設計　鄭宇斌
封面插畫　阿蛋
電腦排版　冠玫電腦排版股份有限公司
印刷　韋懋印刷實業有限公司
經銷商　聯合發行股份有限公司
新北市231新店區寶橋路235巷6弄6號2樓
電話：02-2917-8022　傳眞：02-2911-0053

2008年11月25日初版
2018年06月01日初版3.5刷
Printed in Taiwan
ISBN 978-986-6571-61-9
原價NT$250

國家圖書館出版品預行編目資料
中文經典100句——水滸傳 / 文心工作室編寫.
-- 初版. -- 臺北市：商周出版：家庭傳媒城邦分公司發行, 2008. 11　面；　公分
（中文經典100句・古典小說04）

ISBN978-986-6571-61-9（平裝）

1. 水滸傳 2. 研究考訂 3. 格言

857.46　　97019165

廣　告　回　函
北區郵政管理登記證
北臺字第000791號
郵資已付，免貼郵票

104台北市民生東路二段141號2樓

英屬蓋曼群島商家庭傳媒股份有限公司城邦分公司　　收

▼

請沿虛線對摺，謝謝！

書號：BK9104　書名：中文經典100句——水滸傳

請於此處用膠水黏貼

讀者回函卡

謝謝您購買我們出版的書籍！

請花點時間填寫此回函卡，我們將不定期寄上城邦集團最新出版訊息。

姓名：____________________

性別：□男　□女　　生日：西元______年______月______日

地址：____________________

聯絡電話：____________　傳真：____________

E-mail：____________________

學歷：□小學　□國中　□高中　□大專　□研究所以上

職業：□學生　□軍公教　□服務　□金融　□製造　□資訊

□傳播　□自由業　□農漁牧　□家管　□退休　□其他

您從何種方式得知本書消息？

□書店　□網路　□報紙　□雜誌　□廣播

□電視　□親友推薦　□其他____________

您通常以何種方式購書？

□書店　□網路　□傳真訂購　□郵局劃撥　□其他____________

您喜歡閱讀哪些類別的書籍？

□財經商業　□自然科學　□歷史　□法律　□文學　□休閒旅遊

□小說　□人物傳記　□生活、勵志　□其他____________

對我們的建議：

____

____

____

____

請於此處用膠水黏貼